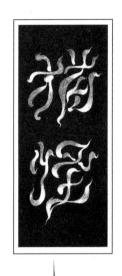

猫怪

长安
妖怪事记

张云·著

中信出版集团 | 北京

图书在版编目（CIP）数据

猫怪：长安妖怪事记 / 张云著 . —北京：中信出
版社，2022.9
ISBN 978-7-5217-4413-2

Ⅰ. ①猫…　Ⅱ. ①张…　Ⅲ. ①侦探小说—中国—当代
Ⅳ. ① I247.5

中国版本图书馆 CIP 数据核字（2022）第 081367 号

猫怪：长安妖怪事记
著者：　　张云
出版发行：中信出版集团股份有限公司
　　　　　（北京市朝阳区惠新东街甲 4 号富盛大厦 2 座　邮编　100029）
承印者：　北京诚信伟业印刷有限公司

开本：880mm×1230mm 1/32　印张：12　　　字数：319 千字
版次：2022 年 9 月第 1 版　　　印次：2022 年 9 月第 1 次印刷
书号：ISBN 978-7-5217-4413-2
定价：69.00 元

目 录

陀婢徐阿尼言，本从陀母家来，常事猫鬼。每以子日夜祀之。言子者鼠也。其猫鬼每杀人者，所死家财物潜移于畜猫鬼家。陀尝从家中素酒，其妻曰："无钱可酤。"陀因谓阿尼曰："可令猫鬼向越公家，使我足钱也。"阿尼便咒之归。

——［唐］魏徵等《隋书·独孤陀传》

隋大业之季，猫鬼事起，家养老猫，为厌魅，颇有神灵。递相诬告，京都及郡县被诛戮者，数千余家。

——［唐］张鷟《朝野佥载》

蓄造猫鬼及教导猫鬼之法者，皆绞；家人或知而不报者，皆流三千里。

——［唐］长孙无忌等《唐律疏议》

# 序章

咚！遥遥地，听见街鼓敲了第八百下。

"夜禁喽，关坊门！"有人喊了一嗓子，接着隐约传来一阵吱嘎嘎的响声。

雨淅淅沥沥下着。已经到了十一月，天气寒冷，月亮埋在薄薄的黑云里，白惨惨的雾气涌动起来，四下寂静无声。

长安城，被横竖三十八条街道分割成的一百零八坊，此刻同时关上坊门，皆淹没在这般水汽之中。

"思来想去，这事，我还是觉得无比蹊跷……"

说话的是个满脸短硬胡须的汉子，身材瘦削，驼着背，穿着一件圆领紧袖褐袍，背着个巨大的血红罗刹面具，黑色腰带上斜插着一支七孔笛，温润无比，看不出材质，或许是骨头的吧。

对面坐着七八个人，影影绰绰的灯火里看不清容貌。

即便是夜禁，在这坊内酒肆之中，众人倒是不担心被巡街的武侯们抓住打个半死。如此的夜谈，在大伙儿劳碌一天之后，多少能够寻些乐趣。

汉子怕是醉了，双目迷离，脸色却是煞白，似乎吓得不轻。

"你们说，这世上，除了自己之外，还会有个一模一样的吗？"汉子的手在颤抖。

有人笑了一声："骆驼，你没听说过孪生之子吗？"

答话的是个胡人，头戴黑幞头，身穿橘红窄袖圆领袍，下穿一件红白相间的条纹饰花裤，足蹬一双黑色高靿靴，身材短肥，红褐色的胡须飘于胸前，咧着嘴，戏谑地盯着叫骆驼的汉子。

"万年兄，莫要说笑。"骆驼顿了顿，转脸看着窗外白花花的雾气，沉吟了一下，道，"我说的是……一模一样的……自己！"

周围发出一阵低低的惊呼声。

"说的屁话，哪有这种事情！见到一模一样的自己……莫不是疯癫了？"胡人哼了一声。

骆驼似乎预料到对方的反应，并没有马上反驳，而是端起酒盏，满饮了一杯酒，放下，垂着脑袋："可是我方才，就在回来的路上，见到了。"

房间里一片死寂，昏暗里一帮听客目瞪口呆，包括那个叫万年的胡人。

骆驼交抱起胳膊，身体瑟瑟发抖。

"你们也知道，我是个杖头傀儡师，操的是早出晚归的营生。"他把头侧向另一边。

顺着他的目光，可以看到酒肆檐下放着一个木轮车，插着彩色布幡，车厢里摆放着众多木偶傀儡，小的长不足半臂，大的真人一般，着各色衣衫，眉目面貌，栩栩如生。

若是白天，倒不觉得有什么不妥，可夜晚白幽幽的光线之下，那些木偶虽沉默不语，但黑琉璃制作的眼睛闪烁着，诡异非常。

所谓的杖头木偶，乃是戏法的一种，以木杖操纵木偶完成动作，木偶内部虚空，眼嘴都可以活动，颈部以下接一节木棒或者竹竿，表演者称为傀儡师，于戏台上一手掌握两根操纵木杆表演，谓之"举偶"。

长安人爱热闹，所以傀儡戏最受欢迎，而骆驼的戏法除了一般的唱念做打之外，还夹杂幻术戏法，广受欢迎，所以邀请之人众多。

"今晚，我接了个来金银的大活儿，对方是个极为尊贵之人，故而结束得很晚。"骆驼肩膀颓然垂下，"离开了那府邸，眼见快到了夜禁，又下起雨，我便推着车子，急急往回赶。"

"街道上无有一人，蒙蒙雨气浓雾一般罩在周围，路都看不清楚，开始还能听到周围坊里传来的一两句人语，最后干脆连声音也消失了，只能听到自己的喘息和心跳……

"我绕过朱雀门，顺着朱雀大街往南走，不想走着走着，竟然晕头转向地到了务本坊西门外。"

万年哇地叫了一声："莫非到了鬼市那里？"

骆驼点了点头。

有人问道："鬼市乃何地？"

万年看了一眼那人，道："想必你是外来客，不知道这鬼市的底细。说是鬼市，其实不是某个处所，而是务本坊西门外的一片区域，那地方每到风雨如晦之时，就时常有人听到喧聚之声。秋冬之夜，偶尔会看到有人在卖干柴，不明事理的憨货买了往往发现是一捆白骨，都说是枯柴精。我还听闻，有人在月夜看到两个野鬼吟诗，一个曰：'六街鼓绝行人歇，九衢茫茫空有月。'一个和曰：'九衢生人何劳劳，长安土尽槐根高。'总之，那一片，到了夜里是个常人绝不敢经过的地方。"

言罢，万年皱起眉头望着骆驼："你顺着朱雀大街往南走，怎么会跑到务本坊西门鬼市去？"

说的也是，要知道务本坊和朱雀大街之间，可隔着一个庞大无比的兴道坊呢。

骆驼摇着头："我哪里知道，反正等认出路来，人已经在那里了。"

众人纷纷摇头。

骆驼叹了一声气，道："我本想尽快离开，怎料雨下得大了，瓢泼一般，我那些傀儡虽蒙了雨布，那般大雨之下，被浇得湿透毁坏，便停了车，在务本坊西门外的那个后土祠门楼下避雨。

"约莫等了一炷香的时间，雨不见停歇，人倒是冻得透骨寒冷，正忍耐不住，忽然从前方的蒙蒙雾气里，驶出一辆镶银挂花的牛车来。"

周围的人面面相觑。

能乘如此车辇之人，定然有些身份。寒冬雨夜，有钱有势的人多半在家里搂着歌姬温酒集会，谁会跑到那么个鬼地方去？

骆驼也看出众人的诧异，道："我也是惊奇，那车子无声无息就如此出现在了眼前，而且车上并无驾驭之人，那头犍牛一步一摇走来，到了祠门口，竟直勾勾停在我面前。接着从车上下来了一个人。"

说到这里，骆驼明显露出了恐惧的表情："那人下了车便走到门楼一角，站在那里，一声不响。"

万年"咦"了一声，问道："就一个人？"

"一个人。"

"男子还是女子？"

"男子。"

"你看清对方的面目否？"

骆驼挠了挠头："雨大天黑，那人距我几步之远，又在门楼阴影之下，看不清容貌。"

房间里又安静下来。

"开始我以为也是个躲雨的，并不在意，可转念一想，那人有牛车，根本不惧雨淋之苦，为何下到这门楼下呢？便不由得多看了他几眼。不看便罢，看了之后，我就觉得蹊跷了。"

"如何蹊跷了？"万年问道。

骆驼张了张嘴巴，道："虽然看不清那人容貌，可不管是身材还是神态，越看越熟悉，定然是个熟人，而且是个关系非同一般的熟人！"

满屋子的人，目光炯炯地盯着骆驼。

"我在脑子里思来想去，把认识的人想了个遍，也无法和此人对上号，但这人我肯定熟悉，太熟悉了！"骆驼的声音颤抖起来，"我终于忍不住，便对那人施了一礼，问了一句。"

"然后呢？"万年深吸了一口气。

"连问了几句，那人都没有回答，甚至都没有动。雨也小了，我推起车要走，刚迈开步子，听见那人在身后道：'我乃开明坊南横街第二家三郎也。'"

骆驼咽了一口唾沫，接着道："我那时心里暗道一声惭愧——怪不得觉得眼熟，原来是同住一坊之地的邻人呀，就笑了笑，道了声告辞，推车往南走，走了几十丈，突然觉得不对头，忍不住吓得怪叫起来！"

"为何？"听客里有人问。

骆驼抬起头，盯着众人，双目圆睁道："开明坊南横街第二家，便是我家呀！我长兄、二兄都早夭，三郎便是我自己呀！"

哇！周围顿时一片大乱。

"怎会有此等事?!"万年觉得不可思议。

骆驼战战兢兢："所以我觉得蹊跷呀！那人身材、神态甚至连说话的语气，都和我一模一样！更蹊跷的是，待我转过身，发现门楼之下早不见了那人，便是那牛车，也消失全无！"

听客们一个个顿时目瞪口呆。

"如此说来，果真是无比蹊跷了。"万年揪着胡须，喃喃自语。

"蹊跷个甚！在这长安城中，这般事情再寻常不过，我碰到件事，比这个蹊跷一万倍。"

就在此时，酒肆里走来一个人，呵呵一笑，走到酒桌跟前，一屁股坐下。

是个老者，约莫六七十岁，穿了件黑色长袍，油腻肮脏，瞎了一只眼，另一只眼睛眸色浑浊，肩膀上蹲着一只黑色大鸟，不知是乌鸦还是八哥，扑闪着翅膀。

"坊正。"听客中有人欠起身。

所谓的坊正，便是一坊之长，虽芝麻大的官儿，寻常人却也不能等闲视之。

老头儿揉着腿，龇牙咧嘴道："娘的，终是老了，刮风下雨这腿就成了烧火棍。"

"魏叔，你方才说的，是真是假呀？"万年给老头儿倒了一盏酒。

"自然是真的了，我一辈子活在长安城，见过蹊跷的事情太多了。"

老头儿转脸看了看骆驼，“这小子那个时辰碰到那般事，不足为奇。”

“何意？”万年道。

老头儿嘿嘿一笑，饮了一口酒：“你们没听过逢魔之时吗？”

“逢魔之时？倒是不曾听说过。”

“万年呀，你小子虽然是个粟特人，可也常年奔波在外经商，见多识广，怎么连逢魔之时都不晓得？”老头儿白了万年一眼。

万年微微一笑：“还请魏叔赐教。”

老头儿那只独眼变得迷离起来：“所谓逢魔之时，乃是天地交替、阴阳转化之时，此刻阴阳、乾坤颠倒，祸端、妖魔、疾病种种皆起于此时，妖物此时蠢蠢欲动，天色昏昧不明，正邪不分，百魅生，蹊跷现，人往往能碰到魑魅魍魉，故而称逢魔之时。”

万年歪起浓眉：“这逢魔之时，是什么时辰？”

“一天之中有两次，一次在黄昏之后深夜之前，一次便是在黎明破晓之际了。”老头儿如此解释。

众人长了见识，纷纷赞叹。

“魏叔方才说你见过一件事，比骆驼的要蹊跷万倍？”

“当然。”

“长夜漫漫，说来解闷，如何？”万年谄笑道。

老头儿脸上的笑容逐渐收敛，声音也变得低沉了：“我要说的这件事，发生在三天前，初七的晚上，也是那个时刻。”

所谓的“那个时刻”，自然指的是骆驼碰到蹊跷事的相同时段了。

此时屋子里鸦雀无声，只能听到外面雨点敲击在瓦片上的声响。

“那天我去西市买了匹老马，碰到些军伍中的老友，吃了不少酒，耽误了时辰，慢悠悠往回赶，拐到了开化坊荐福寺的东山门前……”老头儿晃了晃脑袋。

万年非常吃惊：“竟然在开化坊荐福寺的东山门！”

开化坊和骆驼碰到蹊跷事的务本坊距离很近，中间隔着一个十字街头，开化坊在西南，务本坊在东北。

至于荐福寺，在长安更是无人不知，无人不晓了。此地原本是前朝隋炀帝杨广做皇帝前的旧宅晋王府，如今的皇嗣李显先前也住在那里，被称为英王府，故而也被称为"潜龙旧宅"。永淳二年，大帝（唐高宗李治）驾崩后，乃为大帝献福立寺，占据开化、安仁两坊之地，是长安一等一的皇家大寺，便是如今的圣上也格外重视，屡屡至荐福寺降香、放生。

魏老头儿没搭理万年，继续道："当时虽未下雨，可同样浓雾弥漫，行人寥寥。我骑在那老马上，歪歪斜斜打着盹，突然听到了一阵鼓乐之声。"

"定然是寺里的佛歌了。"万年道。

佛寺之中有晚课，念佛唱经，不足为奇。

魏老头儿摆了摆手："佛歌我还分不出来？那分明是《庆善乐》。"

《庆善乐》乃太宗所制，又叫九功舞，是大唐最著名的文舞之声，此等歌曲虽民间也可演奏，但因是享乐之乐，绝不可能出现在佛寺之中。

"我当时诧异无比，这《庆善乐》怎会由荐福寺传出？故而睁大眼远远地往东山门那边看了一眼，这么一看……可不得了了。"

魏老头儿伸长了脖子，鸭子一般，独眼圆睁道："在那大山门之下，竟然出现了一群猫！"

"猫？"

"然也！"老头儿直起了腰，"一群戴着进德冠、穿着紫袴褶童子打扮的猫，真人一般大，舞着长袖，漆髻高耸，欢快而舞，前头有几只，吹拉弹唱，好不热闹。"

听客们全都哗然起来。

"坊正，不会是你老眼昏花了吧？猫，怎会穿起人的衣裳，还载歌载舞？"

魏老头儿怒喝一声："屁话！我虽老朽不堪，当年也是太宗麾下的锐士，苍蝇自眼前飞过也能分出雌雄，怎会看错？"

"若是如此……倒是蹊跷。"万年道。

"还有更蹊跷的。"魏老头儿兴奋起来，喝了一口酒，咳嗽了一声，"前头的猫吹乐起舞，后面的，约莫有十几只，推着一辆木轮大车，车上……"

说到这里，老头儿顿了顿。

"车上怎的了？"

"那车上……竟然垒满了一层层的银锭，全是上好的雪花银，光亮照着，炫目得让人睁不开眼。"

"嚯！"众人齐齐发出一声惊叹。

群猫穿衣、奏乐、跳舞本就稀奇了，竟然还押着一辆银车！

"然后呢？"万年知道魏老头儿不会说谎，听得津津有味。

魏老头儿目光随即黯淡下来："我当时也是借着酒劲壮起了胆子，策马奔过去，哪料想还没到跟前，鼓乐之声戛然而止，不但看不到那些猫妖，连银车也消失了。"

众人一个个呆若木鸡。

只有骆驼笑了一声："坊正，怕是你见我撞鬼，故意说这事吓唬我吧？"

魏老头儿恼怒起来："这崽子好没良心，我何时说过谎，那晚不但我一人见了，狄小公子你们知道吧？"

"莫不是狄国老的那位长孙？"

狄国老，便是闻名天下的狄仁杰狄相公，万人爱戴，如今的圣上也敬称其为"国老"，可惜两年前病逝了。

"正是！"魏老头儿郑重点了点头，"那晚狄小公子公事在身，领人经过，也亲眼所见。不仅如此，当时从南边还有一大队人马过来，衣冠不像我国人士，也看得清清楚楚。如今长安城都快传遍了，尔等竟然不知，真是孤陋寡闻。"

众人皆沉默，大眼瞪小眼。

"这长安城，人多得如尘土，宫室连绵，晚上灯火如天上繁星，何其壮观。白日，你我这等臣民熙熙攘攘，到了晚上，那便是百鬼夜行嬉戏之时，想来也寻常了。"魏老头儿喃喃道。

"如此说来，真是比骆驼遇到的，更蹊跷了。"万年点了点头道。

魏老头儿呵呵一笑："这些年天下虽看似太平，可也暗流汹涌，阴阳颠倒，乾坤不分，何等的事，都不算蹊跷。小老儿我劝各位无事早点儿安息，莫要半夜玄谈，否则招惹了一些东西，可就麻烦了。"

言罢，魏老头儿起身，一瘸一拐往外走，到了门前，停下脚，似乎对骆驼车上的那些木偶傀儡感了兴趣。

"这傀儡，今晚见了，不知为何总觉得眉目比往日有了人气了呢？"魏老头儿道。

"你酒饮多了吧！"骆驼摸出一些银钱丢在桌上，一溜烟外面去了，推着车子大步走了。

"这崽子没良心，还怕我拿你那傀儡不成？"魏老头儿骂了两句，大笑离开。

酒肆之中，一帮听客作鸟兽散。

只有那胡人万年，若有所思，兀自端起酒盏，喝了以后，摇了摇头："真是娘的蹊跷了！"

窗外，雨又大了起来。

白茫茫的雾气涌动着，天地混沌，偌大的长安城朦胧缥缈。

就在那雾气之中，似乎有什么东西藏匿着。

至于到底是何物，谁说得清楚呢。

毕竟，此刻是逢魔之时。

# 第一章　押运银车之猫

"有些事情，不知道真相，反而更好。"

天气阴沉，快要下雪的样子。

庭院空旷，青石地面被打扫得干干净净，一株巨大的槐树参天而立，其下的水池中，荷花早已枯萎，几只肥硕的鲤鱼兀自游动。池边堆积的土丘上，立着一个被苔藓覆盖的古老石像，看不出面容，仿佛是个童子模样，脖颈儿上系着一条红绳，有种诡异的可爱。

在长安，这般的院子并不算大，可如此整洁的，倒极少。不但地上无一点儿枯枝败叶，便是那槐树，树身也清洗得干干净净。

说话的是个四十岁出头的男人，皮肤白皙得如同初冬的霰雪，大冬天穿着一件白色的麻布长袍，坐在檐下走廊上，光着脚，丝毫不惧怕寒冽之气。

乌纱帽下，一双朗目灼灼有神，嘴角含着淡淡的笑，目光却盯着手中的一卷书。

不止手上，走廊周边也堆满了书籍，一尊紫铜香炉中，青烟袅袅。

这般的男人，宛若山谷中一朵洁白的山茶花，任何人见了，都不免心生愉悦之感。

"哎呀呀，这事我琢磨了一晚，越想越觉得怪异，坊门一开就直奔你这里来了。整个东西二京，谁不知道你'青钱学士'的大名呀？"白衣男人对面，坐着个高大的男人，赔着笑，正是那胡人万年。

这时，庭院里一个壮汉怒气冲冲地跑过来，叉着腰对康万年骂了一句："康老爷，门口赏石上那口唾沫是你吐的吧?! 俺天不亮就起来清扫，累得死狗一般，连树都刷了一遍，你个杀千刀的竟然吐了口唾沫!"壮汉年约五十，长得虎背熊腰，偏穿了件大红袍服，看着煞是有趣。

"狗奴。"白衣男人笑了笑，抓过身边的扫帚扔了过去。

壮汉接了，叹了口气："学士不学士，俺不知道，俺家少爷这洁癖，东西二京却是无人不晓! 平日里院中的癞蛤蟆他都不放过，用香熏得晕头转向，那可是千文一两的上好龙涎香呀，真是要家败了。"

走廊上，二人都笑。

正闹着，门外传来马嘶之声，没过多久，闯进来一个人，二十出头，面红齿白，身形魁梧，着一身大红色的锦袍，挎一柄长剑，全身上下收拾得干净利索，急急往里走。

"狄小公子，且住! 且住! 一脚的泥! 洗干净了先!"壮汉一把扯住那公子。

年轻公子满头是汗，焦急无比，却也忍住气，细细洗刷了一番，这才走到廊下，一屁股坐了，昂着脸望着白衣男人："出事了!"

白衣男人用书挡着脸，以防那年轻公子的唾沫飞溅过来，皱着眉头道："你方才吃蒜了? 臭气熏天!"

"别管什么蒜了。出了怪事! 真是蹊跷了!"

"狄小公子说的是荐福寺东山门之事?"康万年道。

"怎么，你们也知道了?"年轻公子诧异道。

"这般诡异的事儿，估计如今长安城都已传遍。"康万年看着白衣男人道，"御史，这等奇事，也只有你这般睿智之人能解释了。"

年轻公子张着嘴，跟着点了点头。

大唐，威势煊赫天下，万国来朝，国中英雄俊才如同过江之鲫，若论睿智，排第一号的举世公认乃狄仁杰狄老国公，可惜老人家已仙逝，如今占据魁首的，便是眼前这人。

他于大帝李治调露年登进士第，当时闻名天下的文坛领袖骞味道读了他的试卷，叹为"天下无双"。他起家岐王府参军，此后又应"下笔成章""才高位下""词标文苑"等八科考试，每次都位列甲等。后调为长安县尉，又升为鸿胪丞。其间参加四次书判考选，所拟的判词都被评为第一名，连文章高手、水部员外郎员半千都称他的文章有如成色最好的青铜钱，万选万中，因此在士林中赢得了"青钱学士"的雅称。后又擢任御史，风流名震天下，不仅国中人人无不以与其交往为荣，甚至新罗和倭国的使节每次来到朝廷，都削尖了脑袋四处打听这个人有没有新的作品问世，一旦打听到有，立刻不惜重金和珠宝，把他的新作买走，回国后广为传诵。

不仅如此，这人生性淡然，从不与人私结朋党，年过四十亦不娶妻，在宅子里养鹤点香、手执经卷不辍，尤好古往今来的典故、轶闻，自号"浮休子"，又精通《周易》玄理、《奇门遁甲》之术，尽是些稀奇古怪的本领，令世人叹息。便是驾崩了的大帝也曾赞叹："做人如文成，可谓完人也。"

张鷟，张文成，便是此人了。

"你觉得，猫真能载歌载舞，还能押运着一车银钱凭空消失吗？"年轻公子低声问道。

张鷟的脸上看不出任何的惊讶，反而露出无比讽刺的笑意来："千里呀，你大清早急匆匆地跑过来，为的就是问我这般混账的问题吗？"

被他唤作千里的年轻公子，乃是狄仁杰狄国老的孙子。狄家深受当今圣上眷顾，一门显赫，狄千里文武双全，人又俊俏如花，早已成为长安城无数女人思慕的对象，因家中排行第九，绰号"花九郎"。

"还有我！我早饭都没吃呢。"胡人康万年摸着咕咕直叫的肚子道。

御史冷冷一笑，眼皮翻了翻，又埋头于他的经卷之中。

狄千里和康万年相互看了看，不知如何是好。

张鷟看了一会儿书，才道："万年，你方才说做的那梦，是真是假？"

"梦？什么梦？"狄千里瞪着康万年。

"千真万确！"康万年对狄千里道，"就是我上次买的那头大青牛，不光长相好看，还善解人意，乃我心头宝。这几日做梦，都梦见这牛他娘的长了两条尾巴，奇怪得很，故而顺便前来一问。"

"不过是梦而已，有何大不了。"狄千里哑然失笑。

"你那青牛，怕是留不住。"张鷟打断二人的话，翻着书，目不斜视。

"所谓的留不住，指的是……"康万年摸着脑袋。

"自然是要丢了。"张鷟叹口气，终于合上书。

"不可能。"万年大笑，"我专门安排了个昆仑奴，日夜照顾，寸步不离，怎会丢了？"

话音未落，院门外出现个脑袋，面容漆黑如炭，看着院中，叫了一句："主人，不好了！"

"这不是我那昆仑奴吗？"康万年站起身，"怎的了？"

"牛……没了。"昆仑奴战战兢兢。

"没了？怎么会没了?! 哎呀呀！"万年转头看着张鷟，捶胸顿足，"都说御史是乌鸦嘴，料事百发百中，真是……哎呀呀，好好的一头牛，怎么会没了?!"

万年一边说，一边一溜烟去了。

狄千里看看康万年的身影，又看了看张鷟，呆道："你怎知道他牛要丢？"

"自然是那梦了。"

"梦？"

"我且问你，这'牛'字多了一条尾巴，是何字？"张鷟轻笑道。

"'牛'生双尾，那不就是……一个'失'字嘛！"

"就是如此了。"张鷟哈哈一笑，站起身。

那身雪白的袍子随风摆动，袖口用红线绣了只红色的大鸟，很是醒目。

"真是神了。"狄千里佩服得五体投地，说道，"我说的那怪异之事……"

"这世间，从无怪异之事，所谓的妖怪，不过是虚无缥缈的闲谈而已。"不知为何，张鷟看着窗外，一动不动。

"可我亲眼所见！"

"世人总会将所见、所闻的种种不可思议之事、物，认为是精怪所致，不足为奇，这怪猫……"说到这里，张鷟突然停顿了一下，望着门外笑了笑，"看来今日找麻烦的人，还挺多。"

"找麻烦的人？"顺着张鷟的目光，狄千里转过头去，见庭院门口来了一大队人马。

两辆贴金嵌银的华丽马车停住，仆人宫女服侍两旁。前后两队军士，身上甲衣鲜明，手持横刀，森然威武。

"这是张御史府邸吗？"为首的军士下马，走到门前问道。

"倒要怎的?!"张鷟那仆人，似是个头脑不灵光的货色，毫不客气。

车帘掀动，自马车上，下来两个人。

一人，紫衫、玉带、皂罗折上巾，面白无须，蚕眉高鼻，粉装玉琢一般。

一人，头戴高乌帽子，身穿白色狩衣，脚着木屐，腰挎长刀，年约三十出头，打扮不似中原之人。

"虫二，且请进来。"张鷟见了，微微一笑。

"他们进来可以，那帮混账军士，外面候着！这两位，来来来，洗刷了鞋具再说。"叫虫二的仆人对这场面习以为常，凶巴巴道。

紫衫那人笑容灿烂，道："早听说御史有怪癖，想不到竟是真的。"一边说，一边对那狩衣男点了点头。那外国之人，倒是极为紧张，盯着张鷟，满脸兴奋之色。

"好像是宫里来的。"狄千里小声对张鷟道，"宫里的两位上官找你何事？还如此大排场，莫非你真惹了麻烦？"

"呵呵，哪里的混账上官。不过……"张鷟哑然失笑，"说是上官，倒还真的有个'上官'。"

"啊？"狄千里不明就里。

说话间，那二人已清洗了鞋具，缓缓来到廊前。

张鷟缓步走向檐廊，来到院中那石雕前，取来竹勺，将清水倾注其上，绿苔越发青翠起来。

紫衫人侧立，耐心等了会儿，见张鷟兀自做着手中的事，笑道："我等诚心前来拜访，御史便是这等待客之道？"

这人，华衣之下，气度风流，眉目如画，声音婉转，真是让人心中一动。

张鷟缓步来到紫衫人跟前，眯着眼睛看了看，说道："乔装打扮，屁的诚心。原本还有几分姿色，穿上这男装，不伦不类，丑得很。"

"你！"紫衫人顿时气得说不出话来。

"我乃御史，国之重臣，你不过是个宫中女官，难道还要让我拜你不成？"

"女官？你是说……"狄千里仔细看了看那紫衫人，果然不见其喉结，不由得一愣，慌忙站起身来。

"这位，应该是狄国老家下的那位花九郎吧，上次见你，还是去贵府问候之时，转眼国老病逝已两载了。"紫衫人莞尔一笑。

狄千里越发慌张起来，"恕我眼拙，不知小娘子……不，不知上官是……"

"你呼人家姓氏了，还问人家是谁，真是混账呀……"张鷟在旁边哈哈大笑。

"姓氏？"狄千里满脸通红。

"我方才不说了吗，有一个'上官'。"言罢，他终于坐起来，面露戏谑之色，"千里，你面前的这位，便是当今圣上最为宠信之人，那位被称为'巾帼宰相'的上官婉儿了。"

"我的天！"狄千里如遭雷击，目瞪口呆，脱口道，"怪不得女扮男装都如此动人心魄！"

这赤裸裸的话，上官婉儿听了却不恼怒，反倒笑靥如花："花九郎这么说，真是折杀我了。"

"你俩就别相互吹捧了。婉儿，这位是？"张鷟看了看上官婉儿身边那人。

还没等上官婉儿答话，那人早已噔噔噔上前几步，弯腰施礼，用并不标准的汉音大声道："日本国遣唐使……不，日本国遣周使粟田真人，参见青钱学士！"

他抬起身，面容激动，唇角抽搐。

"御史，这位可是你的拥趸呢。"上官婉儿双眉一扬，嫣然而笑。

"日本国？不是倭国吗？"张鷟道。

"前日已代表我皇禀告大周陛下，允诺以日本国称之了。"粟田真人连连施礼。

"二位不必客气，坐吧。"张鷟点了点头。

上官婉儿、粟田真人在张鷟对面跪坐了，四人在廊下相互看着，一时竟然无话。

"你不在宫中服侍圣上，跑到我这破宅子中来，还带了个倭国……日本国使节，恐怕不是什么好事吧？"张鷟阴阳怪气地说道。

"你的狗嘴里，总是吐不出象牙来。"上官婉儿笑道，不过如花的面容却变得阴沉起来，"宫中，出事了。"

"宫中能出什么事？"狄千里吃了一惊。

"一件……一件诡异无比的事！"上官婉儿愁容满面，远山一般颜色的双眉微微一蹙，朱唇轻启，微微叹了一口气，为难的神态看着就让人心疼。

"宫中出事，有圣上；圣上倦了，有诸位大臣。你们跑到我这个破宅子里来，做甚？"张鷟走到院子里喂了一把鱼，再回来。不知何时，他手中竟然多了一枝蔷薇。

白色的蔷薇，灿然绽放，娇嫩的花瓣在风中摇摆。

旁边的粟田真人四处看了看，院子里空空荡荡，根本就没有蔷薇的花枝。

"这等事，怕除了你，别人办不来。"上官婉儿从张鷟手中取走那花，放在鼻下轻嗅了一下，眉头不由得舒展起来。

女人和花，总会没缘由地亲近。

张鷟重新在香炉中点上一炷香，笑道："我不过是个神棍而已，又穷又懒，除了长得比别人好看一点儿之外，便一无是处了。你们的事，我帮不了。"

粟田真人扑通一声跪倒："御史大人，还请救救在下！"

"粟田君，我不知你国风俗如何。在我国，'大人'二字莫乱叫，我们只有称呼父亲才叫大人。"张鷟哈哈大笑。

粟田真人满脸通红，忙道："还请先生救命。"

"唉。我这个人，就是善良，心软。说吧，到底怎么一回事？"张鷟摆了摆手，转过身来，脸上终于露出了一丝严肃之色。

粟田真人看着上官婉儿，上官婉儿持花而立，轻轻点了点头。

"说起来，还是因为在下的一只猫。"粟田真人叹了口气。

"猫？"狄千里忍不住盯着张鷟。

张鷟那张白净的脸，犹如一口古井，看不出任何的涟漪。

"我国素来钦慕贵国，视为上国，故屡遣使前来。这差事，说来荣耀，可……也不好做。"粟田真人低下头来，慢慢说道，"我虽出身公卿之家，但素无大志，只好风雅，不料被上皇看中，忝为这次的遣唐……遣周使，启程日期到了，便穿上丧服与家人告别……"

"贵使，我有点不明白，既然被选为一国之使，自当高高兴兴办差，为何告别之日穿上丧服？"狄千里诧异道。

粟田真人答道："狄公子不知，从我国来贵国，中间横亘着万里海疆，浊浪暴风不说，恶礁怪鱼比比皆是，九死一生，历来如此。便是能登上唐土，一行人十不存一。"

狄千里张大嘴巴，不说话了。

粟田真人抬起头，看着张鷟："在下家中父母早亡，三子一女，皆年幼，分别之日，挂念异常，所以就带了件家中之物，权当寄托。"

"何物？"狄千里问。

"一只猫。"粟田真人蹙起眉头，"一只上了年月不知道活了多少岁的黑色老猫。"

众人皆不说话。张鷟举头向天，看不到他的表情。

天气阴沉，似乎要下雪。

"一路上的艰险自不必说，总之是死里逃生，眼见已看到贵国的海岸，谁料遇到大风暴，樯倾楫摧，我被卷入水中，一个巨浪打过来，昏了过去。那一瞬间，自知活不成，禁不住向八百万神灵祈求。

"哪知醒来，竟然已在海滩之上，随行损失惨重，唯独我不但一身周全，连伤都没有，怀里死死地抱着那只老猫。我想，应该是那猫救了我的命，毕竟，在我国，猫乃格外灵异之物。"

粟田真人寥寥数语，众人皆沉浸在他的讲述之中。

"前来朝廷的路上，在下对那老猫呵护备至，当作神灵一般对待。到了长安，我等被安置在靖善坊的大兴善寺之中，等待陛下召见的日子，那只老猫一直陪伴我左右。陌生国土，能陪伴我的，只有这只故乡之猫，想来也是唯一的慰藉吧。"

粟田真人长吁短叹："本想受苦的日子到头了，没想到从初七那天开始，噩梦就来了。"

"初七？"狄千里低低吸了口气。

"那天早上，我像平时那般喂猫，唤了半天也不见它踪影，又让侍从找了整个寺院，也一无所获。与此同时，我们接到了盼望已久的消息：陛下接见，于含元宫设宴款待。

"此等大事，在下只能暂且将寻猫之事搁下，准备进宫。到了天黑，便精心装扮，领了侍从带着车辇，浩浩荡荡从寺里出来，往北缓行。怎知过了两个坊，车前传来仆人的惊呼声。"

粟田真人说到这里，狄千里"呀"地叫了一声，拍手道："那晚，对面的车辇人马，竟然是你呀？"

粟田真人诧异地看着狄千里："难道……"

"那时，我也在荐福寺东山门前。"狄千里道。

"如此说来，你们都看见了？"张鷟低下头，盯着二人。

粟田真人和狄千里不约而同"嗯"了一声。

"先是听到鼓乐之声，在下以为是何处在办宴会，于是并没在意。后来听到仆人惊叫声，急忙挑开车帘，便遥遥看到了可怕一幕，想不到百鬼夜行，竟然是真的！"

"百鬼夜行？"狄千里挺直了身子。

粟田解释道："此乃我国之说法：逢魔之时，万籁俱静之刻，尘世之人歇息了，魑魅魍魉便现身于城市街道之中，载歌载舞，戏谑闹腾，谓之百鬼夜行。"

张鷟呵呵一笑："什么你国的说法，粟田君，所谓的百鬼夜行，源头在我华夏。"

"哦？"

"上古，黄帝令其妻嫫母掌管祭祀，立为方相氏，掌管天下驱鬼禳灾，此职延续，后来就成了国之官职。《周礼·夏官》记载：'方相氏：蒙熊皮，黄金四目，玄衣朱裳，执戈扬盾，帅百隶而时傩，以索室驱疫。'就是说，遇到国家大祭，方相氏穿起祭祀之衣，戴着有四个眼睛的黄金面具，拿着戈和盾，领着后面象征着魑魅魍魉的无数鬼怪奔出城郭，意谓将妖魔鬼怪带出城郭不再为祸人间。我想这风俗传到了贵国，贵国人不晓得其中说法，便认为是百鬼夜行了。"张鷟沉吟道。

粟田恍然大悟："原来如此。"

"算我多话，粟田君且往下说。"张鷟露出不要在意的神态。

粟田晃动了一下身子，腰间的长刀磕碰到地板，发出"当"一声脆响。

"在下见那群猫皆穿上人装，载歌载舞，而且还推拉着一辆木车，车上似乎累累都是银锭，惊奇无比，忙叫人把车子赶过去看看。想不到还没到跟前，群猫连同银车都如同薄雾一般一晃眼不见了，真是蹊跷。"粟田脸色灰白。

"此事，和宫中的怪事，怕没什么关系吧。"张鹭道。

"当时想来，似乎并无关系，可事后……"粟田欲言又止，说道，"出了这种事，我便有些心慌意乱，吩咐仆人尽快赶路，过了开化坊，到了皇城前的东西大街上，拐了个弯，从车窗里远远看见对面来了个人。"

"若是平时，大街上摩肩接踵，行人熙攘，倒是不会注意。可那时已经快夜禁了，鬼影子都没一个，故而忍不住多看了几眼。不看便罢，一看在下顿时叫人停下车。"

狄千里忍不住道："贵使认识对方？"

"不认识。"

"那为何……"

"很简单。"粟田深吸一口气，郑重道，"因为那人手中抱着的，正是在下丢失了的黑猫！"

"不会吧。"狄千里哑然失笑，"远远地看一眼，你就能确定人家手里的猫是你的？这世间黑猫成千上万……"

"在下绝不会认错！"粟田语气坚决，"那只猫陪伴在下无数年月，在下对它比自己还熟悉，绝不可能认错。"

"然后呢？"狄千里问。

"在下命人将那人唤到车前，那人一身黑衣，身材瘦削，腰挎长刀，像是个武士，长得倒十分清秀，唇红齿白。我便问此人为何会有我的猫。那人倒是很客气，说既然是先生之猫，自然要物归原主。原本我还以为此人是个盗贼，但见言谈举止十分高雅，身上还幽幽散发出秘齐香的味道，令我闻之欢喜，便不再追问。失去的宝贝能找回，在下欣喜万分，还赏了那人一笔银子。"粟田躬了躬身，"然后在下就带着猫进宫了。"

"你竟然带着猫进宫？"张鹭第一次露出了震惊之色。

"怎么，有何不妥吗？"粟田真人昂着头。

张鷟没有说话，他看了看上官婉儿，两个人四目相对，表情复杂。

粟田真人见二人神色有异，便道："带着猫进宫，似乎……似乎的确不妥呢。不过，在下找回了猫，心情大好，没想那么多。再说，在下住在大兴善寺时，听闻陛下非常喜欢猫，那时想着把猫带进去，应该没事吧。"

张鷟冷冷一笑："你这家伙，忠言没听到，乱七八糟的话倒是听了一耳朵。"

"怎么……"粟田真人不知张鷟何意。

张鷟摆摆手，示意粟田继续。

粟田真人坐在走廊的木板上，有些战战兢兢："酒宴设在麟德殿，十分隆重，在下也是经常出入我国皇宫之人，与之相比，我国真是……真是井底之蛙了。

"尤其是陛下，英明神武，威严无上，令在下崇敬无比，感叹贵国真乃上国也！"

"然后出事了？"张鷟取出一把折扇，打开，扇面上用朱砂画了一只火红色的大鸟。

大冷的天，竟取出个扇子，粟田真人惊愕，狄千里却是视若无睹。

"开始倒是无事。"粟田真人摇头，"按照贵国接待使教我的礼节，在下小心行事，一分不差，尤其是献上了我国天皇陛下带来的礼物和国书之后，陛下更是十分满意，连'请改倭国为日本国'这样的要求，都答应了。可是眼见这会面即将圆满结束，祸事来了。"

说到这里，粟田真人额头上冒出了一层冷汗，身体也颤抖起来："那只猫，突然出现在宫殿之中！"

手中的折扇骤然一停，张鷟呆了呆。

"在下并没有将猫带入麟德殿，而是交给一个仆人，谁知道猫会出现在那里，而且当着无数人的面，缓缓来到陛下龙椅之下，蹲在陛下眼前，大声地叫了一声：喵！"

张鷟微微闭上眼睛，那长长的睫毛在微微抖动着。

"龙椅上的陛下发出一声惊叫，随即愤怒万分，大声叱问：'怎么会有一只猫?！'"粟田真人夸张地比画着。

张鷟似笑非笑："然后你承认了？"

"自然。"粟田真人点头，"在下赶紧走出座席，双膝跪地，说猫是在下的。"

"结果陛下勃然大怒，是不？"张鷟睁开眼，戏谑地看着粟田。

粟田点头道："是的，陛下龙颜大怒，将几案上的所有东西打落在地，与此同时，殿外羽林护卫冲进来齐齐捉拿那猫，怎知那猫也是厉害，在那么多的人之间，辗转腾挪，最后竟然跳上了陛下的龙案！"

"真是热闹了……"张鷟连声苦笑。

"陛下惊得仰面跌倒，内侍、宫女们纷纷救护，场面乱成一团，那猫怕也是被吓到了，喵喵怪叫，为了躲侍卫，竟扑到陛下身上，将陛下抓伤了……"

"没抓到脸吧？"狄千里说出这句话之后，立马意识到说错了话，急忙捂住嘴。

粟田真人此刻满头大汗："抓到女皇陛下的胳膊了……陛下昏厥过去，被搀扶着离开大殿。在下也被抓了起来，关进了宫里的一处侍卫所。在下实在想不到会出这种事，痛心疾首。在下倒是不怕死，唯恐这事会损坏了我国与贵国之间的关系，如果那样真是难辞其咎了。"

"那只猫呢？"张鷟道。

出了这么大乱子，他竟然只关心那猫。

"逃了。"

"逃了？"狄千里惊得眼珠子差点掉在地上。

"是的。在无数侍卫的抓捕下，当着文武百官的面，当着内侍、宫女的面，逃了。"粟田真人哭丧着脸。

"粟田君，你可真是养了一只……一只了不得的猫呀。"张鷟笑道。

粟田真要哭了："先生，别再取笑我了，当时要不是顾忌两国关系，在下早就拔刀切腹以死谢罪了。"

张鷟意味深长地哼了一声，扬起精致的眉毛："接下来呢？"

"在下被看押着，愁苦不已，一直到后半夜，趴在桌子上昏昏欲睡，突然门被一脚踹开，侍卫冲进来用枷锁把我锁了，丢进了牢里，而且还说我犯下了滔天大罪，即便是国使，也只有死路一条了。"

"猫抓伤了陛下，固然是你的失误，但你也是无心。再说，为了一只猫就要斩了国使，这似乎有点……"狄千里吸了一口气。

"有点不可思议，是吧？"张鷟替他把话说完。

狄千里使劲点头："陛下是英明之人，向来大度，这次……"

"那是因为你们根本不明白。"张鷟站起身来。

"不明白什么？"

"你们不明白，陛下这一生，最惧怕最讨厌的，就是猫。"张鷟的声音十分冰冷。

粟田真人目瞪口呆："怎么会?!"

张鷟转过身，悲哀地看着粟田："你是不是想，如此英明神武的女皇陛下，如此气吞天下的女皇陛下，如此手握大权视天下众生为无物的女皇陛下，最恐惧的，竟然是一只猫，是吗？"

"难道……难道陛下不喜欢猫吗？"

哈哈哈哈。张鷟发出一阵大笑。

"粟田呀粟田，让我说你什么好呢。当那只猫出现在麟德殿，出现在陛下眼前的时候，你的灾祸就来了。"张鷟喃喃道。

"在下……在下的确不明白呀。"粟田发出哭腔，"为什么陛下竟然对猫那么恐惧？"

张鷟看了看一直没说话的上官婉儿："你说，还是我说？"

上官婉儿看着手中的那枝蔷薇发呆，并没有搭话。

"还是我说吧。"张鷟重新坐下，盯着粟田，"你既然作为使节来我国，对宫里的那位，了解吗？"

"你是说陛下？自然……自然是要研究的。"粟田真人直起腰。

"哦，那就说说，所有你知道的。"

"所有的？"

"嗯。"

粟田真人挠了挠头："这位陛下的父亲武士彟，是并州的一个商人，当时隋朝弥乱，高祖、太宗于太原起义兵，陛下的这位父亲献上全部的家产充当军资，后来大唐立国，他也官居高位，封为应国公。"

照理说，直呼名讳，尤其是女皇父亲的姓名，是件大逆不道的事，可在这里，无人追责。

"武士彟娶了两任妻子，女皇陛下是第二任妻子杨氏的二女儿，这位杨氏并没有生下男丁，倒是那位已故去的长妻生下了两个儿子。"粟田真人侃侃而谈，"所以武士彟去世之后，杨氏带着三个女儿过得十分不如意，饱受欺压和冷遇。据说当年陛下十分可怜，穷困潦倒、缺衣少食，养成了极为倔强、强悍的性格。"

张鷟哑然失笑。看来这个粟田，来之前还真下了功夫。

"陛下十四岁时，被太宗召入宫，封为才人，赐号'武媚'，据说才能大志连太宗都为之赞叹，可太宗似乎并不喜欢她。太宗驾崩后，陛下入感业寺为尼，青灯古佛寂寞冷清地过了几年。后来大帝登基，她才时来运转。"

所谓的大帝，指的是李治了。

"她被大帝接入宫，因产下皇子，备受宠幸，后来……"粟田真人瞅了瞅张鷟和上官婉儿的脸色，"后来听说发生了一连串的事情，大帝废掉了王皇后和萧淑妃，立陛下为皇后。"

张鷟呵呵一笑，意味深长地说道："你倒是省略了不少事。"

粟田真人不知张鷟何意，说道："后来嘛，因大帝患头风之症，陛下掌权，被称为'二圣'，后来二人又称'天皇''天后'。大帝驾崩后，太子即位，陛下尊为皇天后。"

粟田这里提到的太子，指的是李显了。

"接着，那位皇帝被废，陛……陛下又另立新帝。"粟田真人有些结巴了。

也难怪他结巴，这段时间大唐的帝位可谓风雨飘摇——李显即位后，因触怒女皇，被废为庐陵王，第四子豫王李旦被立为帝。

"然后，就是李氏诸王反叛，陛下铁腕镇压，杀人无数，后来……后来改唐为周，降李氏皇帝为皇嗣，赐姓武，乃自称帝。"粟田真人皱着眉头，"再然后，就是一场场的乱子，最终又有了皇嗣之争。"

所谓的皇嗣之争，指的是女皇年老之后，侄子武三思、武承嗣谋求太子，屡屡劝说女皇，搞得女皇心动，而朝廷大臣尤其是一些重臣则坚持必须由皇嗣（当时的皇嗣已经由李旦重新变成了李显）继承大位。两派之间腥风血雨明争暗斗，死了无数人，后来还是女皇最为信任的狄仁杰狄国老劝服了女皇，确立李显为继承者。

"再往下，就是现在了。"粟田真人言简意赅地说了一通，说完了，眼巴巴地看着张鷟，"先生，在下来之前对陛下研究得很透彻，可从来没听说过陛下惧怕、讨厌猫呀。"

张鷟有些吃惊地说道："看来你知道的还真不少。"

"啊？"

"不过，粟田君，陛下为何惧怕、讨厌猫这种事情，恐怕你是不可能知道的。这种事情，是忌讳之谈，不但不会写成任何的文字，哪怕你在我国找人问，也没人敢告诉你。"

"为何？"

张鷟闭上嘴，为难地揉了揉太阳穴。

"请先生务必告诉在下。这样一来，即便是在下不日身首异处，也至少死得明白！拜托！拜托！"粟田真人双拳撑地，高高地撅起屁股，脑袋都要贴到地板上了。

"哎呀呀，"张鷟晃了晃脑袋，扶起粟田，看着他的脸，"粟田君，接下来我告诉你的，你出去之后，不要和任何人说。"

"在下对着八百万神灵发誓！"

"陛下惧怕、讨厌猫，并不是仅仅因为猫那种小东西本身……"张鷟用折扇轻轻敲击着手背。

"那是……"

"其实，令陛下真正惧怕、讨厌的……乃是阴魂不散的鬼呀。"

扑通。

听了张鷟的话，粟田真人一屁股坐在地上，一张脸五官扭曲。

# 第二章　口吐人言之猫

丁零。挂在檐角的风铃响了一声。

这声音，细细的、瘦瘦的，听起来让人越发觉得寒冷。

"是你说，还是我说？"张鷟浅笑着，对上官婉儿道。

上官婉儿轻哼了一声："御史要说的事情，我不清楚，如何说呢？"

"我都没说，你便说不清楚，分明是……"张鷟哈哈大笑。

好个聪慧、谨慎的女子呀。

"也罢，看来这个说闲话的坏人得由我来做了。"张鷟转过身来，面对粟田，正襟危坐，"粟田君，如你所说，这位陛下当初被选入宫，成为太宗的才人，后来太宗驾崩，她便入感业寺为尼，过得凄凄惨惨。"

"嗯。"粟田听得很认真。

"大帝登基之后，入感业寺上香祈福，见到了她，随即召入宫内。她自此一飞冲天，是不是？"

"的确如此。"

"你不觉得这里面很蹊跷吗？"

"所谓的蹊跷，指的是……"

"毕竟是父亲的女人呀，而且还是一个落发的尼姑……"张鷟眯着眼睛，狡黠地笑着。

"好像是有点蹊跷。"

"其实也没什么蹊跷的，因为太宗在的时候，她就已经和大帝偷偷摸摸地……"

"御史！"上官婉儿冷喝一声。

"哎呀呀，你让我说的嘛。"张鷟哼唧着。

上官婉儿无奈地转过脸去。

"粟田君，陛下当时能以尼姑之身入宫，除了和大帝是老相识之外，还应该感谢一个人。"张鷟道。

"谁？"粟田问道。

"王皇后。这女人出身名门，大帝身为太子时，她便是太子妃，二人关系很好。大帝登基后，她自然便是皇后，但是这位王皇后无法生育，时间长了，大帝的感情就开始转移到另外一个女人身上……"张鷟摇着折扇，"便是萧淑妃。"

"这位萧淑妃，同样了不得，不管是身世还是才貌，皆是一等一的人儿，脾气更是刚烈。所以两个女人之间的争斗，王皇后明显技不如人。粟田君，你若是王皇后，会如何做？"

"这个……或许会寻找帮手吧。"

"正是了。当时大帝去感业寺，王皇后是陪同之人，见大帝对那女子如此情深，喜不自胜，想着若将这个女人带回宫，大帝自然就会疏远萧淑妃，毕竟喜新厌旧是男人的本色。"

张鷟冷笑着："不过，王皇后根本想不到她这么做，是引狼入室了。"

众人都张大了嘴巴，这句话如果在外面说出来，张鷟十个脑袋也不够砍的。

"咱们的这位陛下，不仅才貌双全，论心计，放眼天下估计也只有太宗能够胜过她。这般的女子入宫，不管是王皇后还是萧淑妃，下场可想而知。"张鷟十分惋惜地摇摇头，"果不其然，入宫之后，这位步步为营，开始反客为主，第一个目标自然是王皇后，而手段嘛……"

说到这里，张鷟看了看上官婉儿，压低声音道："当时陛下生下一女，王皇后前往探视。王皇后走后，宫女发现公主死于襁褓之中。大帝暴怒，责令查问，陛下对大帝说，当时只有王皇后一人在房间中，故而……"

"呀！"粟田眉头抖动。

"这件事情，真相无人知晓。有人说，是陛下亲手掐死了自己的孩子……"

"张鷟！"上官婉儿再一次暴怒。

张鷟若无其事，继续道："自此之后，大帝极为厌恶王皇后，便有了废后的想法。可王皇后贤良淑德，在满朝大臣中威望甚高，便是大帝，也没有废黜她的理由。

"大帝没有，有人希望有，而且即便是没有，也要找出理由。"张鷟呵呵一笑，"于是乎，紧接着宫中发生了厌胜案，主角则是王皇后和萧淑妃，可谓被一网打尽。"

"厌胜案？"粟田听得不太明白。

"所谓厌胜，是一种诅咒他人致病致死的巫术，方法各种各样，最常用的是将仇人的形象绘成图画或者制成木偶，扎针念咒施法。"

粟田笑了："原来是这个，我国也有妇人经常使用，幼稚得很。"

"看来天下女人的心，一般地狠呀。"张鷟感慨着。

"所以你至今还是光棍一条，不会是因为这个吧？"一直没说话的狄千里打趣道。

张鷟轻咳了一声，赶紧转移话题："事情的结果是，大帝命人搜查王皇后和萧淑妃的寝宫，果然找到了念咒施法之物，结果龙颜大怒，最终废王皇后和萧淑妃为庶人，打入冷宫之中。"

粟田瞠目结舌："如此幼稚的术法，竟然就因此废了皇后？"

"听起来连你都觉得幼稚，是吧？"张鷟点了点头，"我也觉得幼稚，可如此幼稚的术法，为何让大帝那么愤怒呢？"

"为何？"

"因为……这厌胜之法，根本就不是用针扎木偶那么简单，而是……"张鷟停顿了一下，再次微微闭上眼睛，"而是猫鬼之术！"

"猫鬼之术？！"粟田真人没什么反应，倒是狄千里差点跳起来，"这可是大罪呀？"

"先生，恕我无知，这猫鬼之术与那针扎木偶，有什么区别吗？"粟田纳闷道。

狄千里双目上翻："区别可大了！针扎木偶，一般不会追究，但若是行猫鬼之术，按我国律令：蓄造猫鬼及教导猫鬼之法者，皆绞；家人或知而不报者，皆流三千里！"

粟田倒吸了一口凉气："竟如此……严重！"

张鷟微微颔首。

"在下有些好奇，"粟田直起身子，"律法乃一国之根基，律条每则都事关重大，为何单单把猫鬼之术专门写上，而且还有如此严重的处罚呢？"

"问得好！"张鷟啪的一声打开折扇，"因为当年的长安城——不，那时候还叫大兴城——曾经因为此法血流成河，死者无数，便是当年的高祖，也差点被牵连。"

"愿闻其详。"粟田道。

"万物生灵之中，尤其是和人亲近的生灵，最邪祟的恐怕就是猫了。据说家中养猫，年岁越老，越容易作祟。有典籍记载，猫死而化为鬼者，蛊毒之最，故而有了猫鬼之法。精通猫鬼邪术者不但可以利用猫鬼杀死其指定的人，而且还能夺取他的财产。"

"如何夺取？"粟田问张鷟道。

"具体我也不清楚，说是施展法术，对方的钱财就会出现在自己家中。"张鷟伸了个懒腰，"钱财的多少、杀人是否有效，和猫鬼的法力有莫大关系，所以术士会故意杀死猫以增加猫鬼的法力。行此等事，要先通过一段仪式念上一番专门的咒语，接着把准备好的猫杀掉，被杀的必须是老猫，年数越长越好。此后，每当子夜时分，畜养之人必须虔诚祭祀。之所以选择子夜时分，乃是因为子时属肖为鼠，以此献祭，最为合适。这种祭祀不可间断，因为猫鬼怨气极大，一旦祭祀不满意，便会反害畜养之人。祭祀的时间长了，畜养之人能够操纵猫鬼，便可放出害人。"

“真的能杀人吗？”粟田张大嘴巴。

“据说被害之人，先是四肢像针扎一般疼痛，接着全身疼不可忍，最后心口如同百虫啃噬一般，吐血不断，最终日益消瘦，不治而亡。而被害人的财产，也会在这段时间神奇地转移到畜养人之家。”张鷟解释道。

粟田大为感叹：“真是神奇了！不过，方才先生说大兴城的大案又是怎么回事？既然叫大兴城，那应该是隋朝的事情吧？”

“然也。”张鷟站起身来，看着阴沉的天空，“那是开皇十八年的事。当时隋朝国母独孤皇后突然无端病倒，全身刺痛，卧床不起。隋文帝与独孤皇后向来恩爱，急忙传召御医诊断，可一帮御医前后诊断无数次都束手无策，倒是个有见识的内侍大胆说那似乎是猫鬼之疾。隋文帝听了此言，立刻想到一人，便是独孤皇后异母弟弟独孤陀了。独孤家族，自赵国公独孤信以来，可谓名满天下。”

“这位独孤信，不就是那位‘三朝国丈’吗？”粟田忙说道。

张鷟十分高兴地说道：“不错。独孤信生有七女，长女为北周明帝宇文毓皇后，谥号明敬皇后。四女乃高祖之母，追封元贞皇后。七女独孤伽罗，就是我说的这位独孤皇后了。

“独孤家本鲜卑族，出于边塞，边疆之地向来巫术盛行，这位独孤陀的外祖母就极为擅长猫鬼之法，而且独孤陀的舅舅曾经还因为畜养猫鬼不当被害死。此种秘法代代流传，到了这一代，便传到了独孤陀的手里。

“所以一听是猫鬼之疾，隋文帝就立刻想到了此人，于是急忙召独孤陀前来讯问，独孤陀自然说没有。隋文帝无法，只得放了此人，但眼见得皇后的病情越来越重，最终命左仆射高颎、纳言苏威，和大理丞杨远共同案治。三人率领兵丁冲入独孤陀府邸搜查，结果，还真找到了施法之人。”

“真的是那独孤陀？”粟田听得呆了。

张鷟摇头：“独孤陀那般尊贵的身份，怎么会去冒险养猫鬼，真正养猫鬼的是他的一个老婢女，名为徐阿尼。这徐阿尼经不住拷问，一五一十都招了。她说自己原本是独孤陀外祖母的婢女，学得猫鬼之法，偶尔会施展一二。后来独孤陀与皇后不和，手头花销巨大，便命徐阿尼施法于独孤皇后处，以图从皇宫中盗取钱财。"

"然后呢？"粟田问。

"高颖等人将案情禀明隋文帝，光凭徐阿尼一人之言无法断独孤陀之罪，还是苏威有办法。他命徐阿尼施展法术，召回猫鬼。于是乎，一个深夜，皇宫之中，在隋文帝与众人面前，这徐阿尼在众目睽睽之下，施展了一次法术。"

"嚯！"粟田真人惊叹无比。

"子夜时分，徐阿尼置一碗香粥于皇后寝殿外，念了一番咒语，取一银勺敲击碗边，口中喃喃道：'猫鬼出来，毋住宫中！猫鬼出来，毋住宫中！'不久，徐阿尼便目光痴呆，两眼发直，脸色发青，人像是被什么东西拉住，恐怖异常。此案，随即定了。徐阿尼被斩，独孤陀因为是皇后之弟，免于一死，贬为庶民。而独孤皇后的病，自徐阿尼死后，便好了。"

"看来有些事情，不得不信呢。"粟田真人的口吻，简直像个小娘子。

"还有更热闹的。"张鷟苦笑，"大业年间，当时隋炀帝在位，城中再次发生猫鬼之事，民间谣传猫鬼害人，一时谈猫色变，满城风雨，人人自危。隋炀帝大怒，命大理寺追查，但猫鬼这东西来无影去无踪，根本抓不到。大理寺无法，干脆将城中所有家里养老猫之人看押抓捕，最后诛杀、流放的人家多达几千户，连我朝高祖都牵连其中，若不是有人求情，恐怕高祖也性命难保。"

"也是因此种种，我朝制定律法时，专门写下惩治畜养猫鬼之人的律条，视其为洪水猛兽一般的存在。所以……"在长长的讲述之后，张鷟终于停下来，他盯着粟田，笑道，"你明白大帝当年听闻王皇后和萧淑妃畜养猫鬼为何勃然大怒了吧？"

粟田瞪着眼睛说道："难道王皇后和萧淑妃真的养了猫鬼吗？"

"这个我就不清楚了，或许，有人栽赃也是有可能的。"张鷟呵呵一笑。

粟田沉默了。以王皇后的脾气，应该不会；至于萧淑妃，估计也看不上这种上不得台面的把戏吧。如果真的有人栽赃，那只有一个人了。

这个人，粟田可不敢说出名字来。

张鷟重新坐下，从旁边扯过来短几，双臂搭在上面，玩弄着扇子："王皇后和萧淑妃一同被打入冷宫，过得人不人鬼不鬼。大帝有一日，也是闲的，忽然想起了二人，就前去探望，看到二人那么可怜，内心极为不忍，毕竟一日夫妻百日恩，便告诉二人再忍耐几日，他回去安排一二，便可令二人出来。此事，很快传到了陛下的耳朵里。以她的性格……哼哼……"

张鷟发出了一声冷笑。

粟田听了，不由自主打了个寒战。

"陛下顿时大怒，令人将王皇后和萧淑妃各杖击一百，打得血肉模糊，又砍掉手脚，将其丢进大酒瓮里。据说当时场面之惨烈，王皇后、萧淑妃之可怜，便是宫中最凶悍的内侍也为之偷偷流泪。这么一折腾，没多久二人就死了。王皇后性格温顺懦弱，倒是没什么，据说死的时候还祝大帝万年安康，而萧淑妃那性子，可就闹出乱子了。"张鷟皱起了眉头。

粟田忙问："怎样了？"

"萧淑妃性格原本就刚烈无比，之前所谓的畜养猫鬼本来就是嫁祸冤枉，又遭到如此之待遇，一肚子滔天的委屈与怨恨，当然要迸发出来。据说萧淑妃临死之时，破口大骂，并且双目流血发出诅咒：'阿武妖滑，乃至于此！愿来世汝为阿鼠，吾为猫鬼，要生生扼其喉！'"

"真是太过分了。"这回连狄千里都听不下去了。

张鷟却脸色如常，收拢了折扇："是过分了，王皇后和萧淑妃十分凄惨，听说最后连尸首都没留下。二人死后，陛下一直噩梦不断，梦见二人披头散发满身是血，尤其是萧淑妃，化为面目狰狞之猫鬼，前来索命。所以陛下命令六宫禁止养猫，后又找来方士作法驱鬼，依然毫无作用，索性离开了长安，到了洛阳。"

粟田真人听了这么多的话，当真醍醐灌顶，感慨道："难怪陛下见了那只黑猫如此恐惧。不过先生，既然陛下恐惧猫鬼，尤其又害怕长安，为何此次又搬了回来？"

"这个我就不清楚了，问问那位。"张鷟说得累了，四仰八叉躺了下来，顺手指了指上官婉儿。

众人谈话之时，那一袭紫衣，始终站在院中，默默无语。

"原本陛下根本就不愿意回长安。"上官婉儿款款来到众人近前，给了张鷟一个白眼，"缘由嘛，是皇嗣之争。"

上官婉儿幽怨地叹了口气："武家也罢，李家也罢，还有其他之人，争得乌烟瘴气，朝廷折腾得不安稳，国家也变得动荡起来。方士说长此以往恐非社稷之福，唯有御驾回长安方可避之。长安长安，长治久安。"

"方士的话，陛下也信？"狄千里笑道。

"陛下英明神武，自然不会全信，后来有一次请狄国老赴宴，以此作笑谈，狄国老当时说：'宁可信其有，不可信其无，倒可一试。'国老是陛下唯一信任之人，这才带领百官回到长安。"

一听说到了自己的爷爷，狄千里没话了。

此时粟田真人变得十分激动，对着上官婉儿，俯身跪拜："言及此，在下有一事不明，还请告知。"

"贵使请讲。"

"事发之夜，在下被看守押去等待处罚，并没有说要在下性命，可为何陛下当夜又突然下诏将在下打入大牢，择日问斩呢？"

"这个……"上官婉儿一时语塞，沉默良久，才垂下头来，长长的睫毛抖动了一下，"因为当夜，发生了一件蹊跷事。"

"何事？"粟田抬起头，无比急迫。

"酒宴之上，陛下受到巨大惊吓，昏迷不醒，我与太平将陛下架回蓬莱殿歇息，不敢离开半步。"

上官婉儿口中的太平，指的是女皇最为宠信和喜爱的太平公主。

"约莫过了半个时辰，陛下才幽幽醒来，我与太平扶她起身，我亲手为陛下喂药，怎知陛下突然望着殿中一侧，放声尖叫，将我手中玉碗打得粉碎。"说到这里，上官婉儿酥胸剧烈起伏。

"怎的？"张鷟也来了精神。

上官婉儿一双美目盯着张鷟，面带惊惧之色："那只黑猫！"

"黑猫？"众人一声惊呼。

"不知何时，那只黑猫竟然出现在了大殿条凳之上，双目圆睁，喵喵怪叫，接着……"上官婉儿声音惶恐，"黑猫的背后，那面墙上，忽然出现了八个大字！"

"出现了字？墙上怎么会出现字？"狄千里问道。

上官婉儿摇了摇头："我哪里知道！那墙上原本干干净净，根本就不会有字！"

"什么样的字？"张鷟声音冰冷。

"八个巨大的灼灼放光的大字！"上官婉儿紧咬牙关，"八个大逆不道的大字！"

"大逆不道？那字是……"

上官婉儿盯着众人，一字一顿："'汝为阿鼠，我为猫鬼！'"

"啊！"狄千里和粟田真人都叫出声来。

"那不是萧淑妃当年说的……"粟田真人嘴巴张得比盆还大。

"陛下吓坏了，我急忙起身，想去看个究竟，就在此刻……"上官婉儿身体颤抖，"那只猫突然口吐人言！"

"猫，说话了?！"粟田真人快要崩溃了。

那只可恶的猫呀！他的内心一定如此想。

"是的！"上官婉儿带着哭腔，"那只猫突然说出话来，而且是极为阴森恐怖之语！"

"说了什么？"张鷟坐了起来，他的脸色很难看。

"猫说：'血海深仇，奇冤大恨，化身为鬼，前来索命！'"上官婉儿一脸惊惧地看着众人，"陛下再次昏倒，我吓坏了，太平也吓坏了，我二人急忙叫羽林侍卫，当时慌作一团，等侍卫冲进来，那猫……再次消失了。"

"从窗户逃走了？"张鷟问道。

上官婉儿摇头："当时寝殿门窗紧闭，根本出不去，侍卫搜查了所有角落，也没发现，就这么……凭空消失了。"

走廊里一片死寂。

"凭空出现的字，猫口吐人言，看来，的确是闹猫鬼了！"粟田真人可怜巴巴地看着张鷟。

不用猜，张鷟都知道粟田接下来要说什么了。

出了这种事，身为猫的主人，他这条小命，的确危在旦夕。

"陛下当晚醒来，原本想将粟田当场斩杀，被我苦劝乃止，当下之急是要除妖降魔保护陛下，所以……"

张鷟打断了上官婉儿的话："所以你们跑到我这里来了？"

"正是。"

"笑话。出了这档子事，朝廷里那帮人吃白饭的？文武百官个个睿智，查案子可以找大理寺，降妖除魔可以去找太常寺的人。我不过区区一个御史，圣上估计也顶多知道我这个名字而已，她怎么想到我？"

"陛下的确没想到你，她第一个想到的是狄仁杰狄老国公。陛下当时说如果狄国公还在，这种事情自然不在话下。可惜……"上官婉儿看了看狄千里，目光重新落在张鷟身上，"是我向陛下推荐的你。"

"婉儿呀，你可把我害苦了。我不过是个神棍而已，皇宫大内的事与我无关，我想你们还是另请高明吧。"张鷟打了一个哈欠，一副恹恹欲睡的样子。

"先生，还请多多帮忙！"粟田双膝跪地。

"不是不帮忙，我是没这个能耐。再说，陛下的事情我不感兴趣，"张鷟笑道，"我更关心平民百姓的。"

"这事，由不得你是否感兴趣。"上官婉儿昂起下巴，从袖中掏出一物，明晃晃地亮在张鷟面前。

那是一枚金凤令符。

"这个，你不会不认得吧？"上官婉儿戏谑地看着张鷟。

张鷟叹了口气，老大不情愿地整理了衣衫，跪下。

"陛下令你全权处理此事，可持此令符拘拿一切可疑之人。"

"臣，领旨。"张鷟行了大礼，表情如同吃了苍蝇一般。

上官婉儿把令符交给了张鷟，抱着双臂，咯咯一笑："辛苦你了。"

"最不喜欢你们这种权势压人的做法。"张鷟唉声叹气。

"接下来，如何？"上官婉儿直言道。

"还真是一件棘手的事情呢。"张鷟搓着手，阴阳怪气地说道，"这么厉害的一个妖怪，我怎知道如何。"

"少来，我还不知晓你，恐怕你心里定然不会认为这是妖怪吧？"上官婉儿白了张鷟一眼。

张鷟呵呵一笑，没说话。

沉默了一会儿，他打开折扇，望着阴沉的天空，喃喃自语道："什么时候这长安城又变得鬼魅重重了？这猫鬼，于我而言，头一次碰到，倒是好玩。"

"你不相信是妖怪所为？都出了这般种种不可思议之事。"狄千里问道。

"世间从来不存在不可思议之事。"张鷟摇着折扇，"有些事情，还是不知道真相比较好。知道了，反而无趣。"

狄千里挠了挠头说道："我原先也不太相信鬼怪之说，但这些事情一件件听下来，还真是半信半疑了。而且，还有件事情现在想起来，倒不知与这猫鬼有无关系。"

"怎了？"张鷟倒来了兴趣。

狄千里道："要不是听你们说这么多，我也不会想起来。那似乎也是初七晚上的事。"

"也是那天晚上？"粟田吃了一惊。

"那天晚上，我是去办事情，才经过荐福寺东门的。"狄千里说。

"何事？"张鷟习惯性地眯起眼睛。

"安乐郡主的宅子，出了一桩命案，我接到消息，急忙赶去。"

"安乐郡主？"狄千里这话，让张鷟和上官婉儿都为之一惊。

只有粟田真人不明就里，忙问道："安乐郡主，此人为何让二位如此惊讶？"

"这可是个极为难缠的人呀。"张鷟露出痛苦不堪的表情。

安乐郡主是如今皇嗣李显的女儿。李显这个人，一生起起落落，无比刺激。李治在世的时候他就被立为太子，后登基称帝，不久就被武则天废掉，贬为庐陵王，随即女皇大杀李氏宗亲。李显终日过着惴惴不安的生活，颠沛流离，妻子韦氏生安乐时，是在被押解的路上，连个包裹的东西都没有。情急之下，李显用自己的袍子将安乐包裹，所以取了个"裹儿"的小名，因为这种遭遇，李显对安乐极为疼爱。

后来，眼见得女皇年老，为争夺皇嗣，朝廷搞得鸡犬不宁。武家这边，女皇的两个侄子——梁王武三思、魏王武承嗣奔走积极，并上言武则天：如今之国乃是大周，不是大唐，陛下姓武，皇位自然要传给武家人；那边，满朝重臣铁心要求武则天立自己的儿子李显为皇嗣，为此争斗得满城血雨腥风。

最终还是狄仁杰力挽狂澜，狄国老说了一段让武则天恍然大悟的话：若是传位于李显，您百年之后，他自然要尽孝，为您立牌位，祭祀不断，因为那是您的亲儿子，我还从来没听过侄子给姑母尽孝的。

于是乎，武则天当机立断，将一直惴惴不安、时刻担心自己性命不保的李显接了回来，立为皇嗣。

不过，女皇也得为武家人考虑——一旦自己死了，李显登基，即便李显为人胆小懦弱，他身边的那帮大臣可不会放过武三思、武承嗣，到时候武家就完了。于是女皇做主，将李显的女儿永泰郡主嫁给武承嗣的嫡长子武延基，安乐郡主嫁给武三思的儿子武崇训，这样李、武两家亲上加亲，到时候就不会再有杀戮了。

女皇打的好算盘，可接下来事情就出现问题了。

大足元年，也就是去年，李显的长子，也就是大周国法定的皇太孙李重润，和永泰郡主、武延基三人因为议论武则天的那两个心头宝张易之、张昌宗兄弟，被愤怒的武则天下令赐死！

这件事情，令天下为之震惊——李重润是李显的嫡长子，武延基是武家皇嗣最有力的竞争者武承嗣的嫡长子，李、武两家嫡长子被同一天赐死，可谓旷古未闻。

发生了这种事情，武则天对李显和武承嗣失望至极，而不管是武承嗣还是李显，自然也都十分悲痛。武承嗣不久就郁郁而终，懦弱的李显以泪洗面，把满腔的爱都投注到了安乐郡主身上，溺爱得无以复加，越发使得安乐郡主蛮横泼辣、无法无天。

"安乐郡主府上怎么了？难道她又杀了人？"上官婉儿问道。

狄千里痛苦道："她打死仆人，那是家常便饭，不过这一次死的不是一般人，而是……而是她的亲生儿子。"

此言一出，张鷟和上官婉儿倒吸了一口凉气。

安乐郡主结婚之前，经常被女皇召到宫中，女皇对其极为溺爱，那时她就和武三思的儿子武崇训勾勾搭搭怀有身孕，后来女皇指婚，二人成亲，孩子自然也就生了下来。这件事情，东西二京无人不知，无人不晓。

"那孩子，应该刚满月吧？"上官婉儿算了算日子，低声道。

"正是！初七那天，郡主府上正办满月酒宴呢。"狄千里答道。

上官婉儿小嘴张了张："满月之日，孩子……死了？"

"嗯。"狄千里做了个无奈的表情，"那晚整个府邸热闹非凡，灯火通明，孩子被乳母抱上酒宴见了客人之后，就被带到房间休息。宴会结束后，仆人发现孩子头颅被劈开，里面的脑子不翼而飞，死于非命，可怜小小年纪。"

"头颅被劈开，脑子没了?！就在郡主府中?！"上官婉儿惊得魂飞天外。

狄千里默默点头。

"不可能吧！难道没人看护孩子吗？"上官婉儿喘息着道。

"当然有。"狄千里双手交叉抱于胸前，"孩子入睡之后，乳母和看护的侍女退出房间，那是府中心的院子，也有这般的走廊，走廊下的庭院种满了花草，乳母和侍女就在门口对面的走廊上聊天，从她们出来到孩子被发现死掉，根本没看到过有人进去。"

"凶手如果不是从房门进去的呢？"粟田真人问道。

狄千里直摇头："不可能。那孩子生下来身体羸弱，受不得一点儿风，安乐郡主命人将所有窗户从内部封死，只有大门才能进去。我到了现场仔细勘察，门窗没有任何破损，房间里也没有什么地道，房顶也不可能进人，凶手就像是个鬼魂一般杀了人凭空消失了。"

"可是……"张鷟打断了狄千里的话，"此事固然蹊跷，但这和猫鬼有什么关系？"

狄千里使劲拍了一下大腿："当然有了！就在发现孩子惨死、府邸里惊慌一片的时候，仆人发现有一只黑猫出现在房顶，而且……而且头上顶着一个白花花的人头骷髅，向着月亮做跪拜状，然后就消失不见了。"

粟田真人惊得下巴差点掉地上："猫戴着骷髅，拜月?！"

"我到的时候，安乐郡主大发雷霆，府上人心惶惶，私底下都说是猫鬼吃了那孩子。毕竟，猫鬼是最喜欢吃小孩儿的，尤其是小孩儿的脑子。"狄千里沉声道。

"好玩了，真是好玩了。"众人惊愕之时，张鷟发出一声冷笑，折扇快速地敲击着手臂，表情兴奋。

粟田真人满脸不可思议状——人家都死了孩子了，他竟然说好玩?！

"一群猫载歌载舞押着银车凭空消失；宫中殿墙上蹊跷出现文字，怪猫口吐人言要复仇；郡主府孩子被掏走了脑子，屋顶黑猫顶着人头骷髅拜月。三件事情，发生在同一个晚上，有意思，真是有意思。"张鷟自言自语，似笑非笑。

"先生，你的意思是……"狄千里被张鷟搞得有些丈二和尚摸不着头脑。

"看来，长安城的确来了猫鬼呀！"张鷟大声说道。

"可我分明记得，我们睿智英明的张御史你方才言之凿凿说这世间不存在鬼怪的呀？"狄千里冷嘲热讽。

"我收回那句话！"张鷟极为不正经地笑了笑，"既然出现了猫鬼，我这个神棍，该登场了……有趣，真是越来越有趣了。"

张鷟眯着眼睛，白皙的脸上露出了一片红晕，那是兴奋所致。

"既然如此，那你赶快收拾收拾，我们这就进宫。"上官婉儿催促道。

张鷟摆了摆手："不急，不急。"

"怎么了？"

"来人了。"张鷟闭上眼睛，"而且，似乎又发生了什么事。"

"来人了？"众人疑惑地看向门口，哪有什么人影。

"来了。"张鷟咬着折扇，唇角露出一丝微笑。

果然，没过多久，一阵急促的脚步声传来，一个气喘吁吁的身影闪了过来。

"御史，御史！"来人大呼小叫，正是那胡人康万年。

"刷鞋！刷鞋！"虫二拦在门口。

"刷个屁呀！"康万年暴脾气，一把推开虫二，一阵风般奔到走廊下，扶着柱子，喘着粗气，"御史，不得了了……"

上官婉儿等人像看怪物一样看着张鷟，不明白他怎么知道有人要来的。

"你那宝贝大牛，找到了？"张鷟笑道。

"找屁呀！不过是一头牛！"康万年直起腰，满头大汗，"死人啦！"

"莫急，莫急，长安城这么大，哪天不死人？说，谁死了？"张鷟蹲下身来。

"换成别人死，我一点儿都不关心，那个麴骆驼，死了！"康万年大声道。

上官婉儿等人懵懂地看着这二人。

"那个遇到蹊跷事的杖头傀儡师？"

"除了他还能有谁？！"康万年唾沫飞舞，"你快去看看吧，死得甚为蹊跷！"

上官婉儿算是听明白了，对张鷟道："一个傀儡师，低贱之人，管他做甚。快进宫吧。"

张鷟丝毫没搭理上官婉儿，对康万年道："万年，那麴骆驼的死，如何蹊跷了？"

"他娘的，闹鬼了！"

"闹鬼？"

"猫鬼！闹了猫鬼！"

康万年这话，让方才还漠不在意的上官婉儿神情一凛，便是狄千里和粟田真人，也是如同当头打了个炸雷。

猫鬼，又出现了？！

# 第三章　拼接尸体之猫

马车行驶在宽宽的朱雀大街上，微微摇晃。

车厢之内，狄千里斜着眼睛看着张鷟。

"如此紧急，你竟然还要沐浴更衣，且耗费了整整一个时辰。"狄千里摸着下巴说。

此时的张鷟，换上了一身漆黑色的翻领小袖长袍，头戴一顶高高的乌帽，容光焕发，身上散发一股幽香。

这家伙竟然出门前还熏了香？太过分了！狄千里如此想。

"死者为大，如此做，也是尊敬一二。"张鷟淡淡道。

"先生说得是。"粟田在旁边捂着嘴笑。

狄千里的目光扫了扫二人，呵呵道："你俩坐在一起，这么看，还真像阴间前来索命的黑白无常。"

可不是嘛，一个黑色长袍，一个白色狩衣，就差手里的哭丧棒了。

马车摇摇晃晃，行了不知道多少时间，忽然停下，外面传来虫二的声音："少爷，到了！"

开明坊坊门大开，门口皆是军士，张鷟一行人来，更是吸引了不少人。

众人下了马车，迈步入了坊门，沿着横街前行，来到一个院子跟前。

有一帮人在那里早已等待多时。

"参见御史！"为首的老头儿，正是开明坊的那坊正，姓魏的老头儿。

"魏伶？你如何成了此坊的坊正？你原先不是在西市吗？"张鷟见了魏老头儿，大笑。

"你和他认识？"狄千里凑过来。

张鷟指着那老头儿，笑道："此人当年在长安，甚是有名。原来是西市丞，养一赤嘴大鸟，甚为灵验，那鸟每日向人讨钱，行人给了它一文，它便用嘴衔着飞回去交给魏伶，人都称那鸟为'魏丞鸟'。"

狄千里抬头，果然见老头儿肩膀上落了一只大鸟。

"御史见笑了，小的年老，辞去了西市丞，回到此坊祖屋养老，忝为坊正。"魏伶尴尬一笑。

"那魏骆驼住在这院子中？"张鷟背着双手，看着前方院子道。

"正是，和小的隔壁。"魏伶做了一个请的姿势。

院子并不大，黄土垒成的围墙足有两人多高，看不见里头，几棵高大的柳树枝叶繁茂，笼罩住整个院落。乌头院门，上面长满了荒草，风一吹发出呜呜的声响。

众人鱼贯而入，见院中极为凌乱，杂草丛生，毫未修剪打扫，落满了鸟屎秽物。

"好臭呀。"上官婉儿捂住鼻子。

的确是臭，而且是一股尸体腐烂的臭气，虽不浓郁，但连绵传来，令人呕吐。

张鷟皱着眉头，对魏伶道："何人最先发现的？"

"是小的。"魏伶忙道，"这魏骆驼，租住的是俺的房屋，若是平时，俺自不管他。今日是收租之时，便上门喊他，怎想喊了半天也无人应答，只得让人撞开了院门，进去就发现……死了。"

张鷟点了点头，没再问，顺着小径来到正屋跟前，却听得狄千里低叫了一声："怎么这么多猫尸？怪不得如此恶臭！"

果然，在正房门口的一片草丛中，约莫有十几具猫尸扔在地上，脑袋都被砍去了，有的已经露出白骨，有的腐烂生出白蛆。

"御史，先进去看看吧。这事，随后再说。"魏伶叹了一口气，欲言又止。

“也好。”张鷟带领众人缓缓进屋。

这房子，是一个二层木楼，楼下是客厅，用来接客、日常自处，楼上应该是歇息之所，倒是宽敞。

一进屋，上官婉儿发出“呀”的一声尖叫，便是狄千里等人，也是脸色煞白。

房梁上，晃晃悠悠吊着一个人。

一根粗粗的麻绳套住脖颈，勒得那麴骆驼舌头长长伸出，一双眼睛瞪得老大。

更为蹊跷的是，麴骆驼的四肢都被砍去，在双手和双脚斩去处，竟然用细线缝上了四只黑猫腿，借由细线牵扯着，两个上爪一个高举，一个平伸。至于两个下爪，一个微微抬起，一个竖直奄拉在地面上，摆出无比蹊跷的姿势来！

地板上到处是血，腥味扑鼻，夹杂着那猫尸腐烂之臭，很是难闻。

张鷟脸色铁青，来到麴骆驼的尸体前，背着双手细细观看，那边狄千里则带着一帮人开始搜查房间，查看现场。

“尸体被发现时，便是如此吗？”张鷟问道。

“小的做西市丞多年，知道命案要将现场原封不动，故而没有挪动分毫，便是这屋子，也没有让人动。”魏伶回道。

“倒是……奇怪了。”张鷟细细观察了一番，后退几步，皱着眉头，若有所思。

过了一会儿，狄千里过来，说道：“屋子里虽然脏乱不堪，但并没有任何打斗迹象，也找不到麴骆驼被砍断的四肢。”

张鷟微微点头，看着通往二楼的楼梯，问道：“上面检查了吗？”

“检查了，不过……”狄千里顿了顿，“你还是亲自上去看看吧。”

“哦？”张鷟见狄千里脸色有些异常，没有多问，缓步上楼。

木楼梯，年久失修，颤颤巍巍，踩上去吱嘎作响。

上得楼来，张鷟也是倒吸了一口凉气。

整个二楼，乃是一个完整的宽大房间，密密麻麻、层层叠叠摆满了人偶！

虽是白日，但窗户都没打开，里面光线黑暗。

一屋的人偶傀儡，大的如同真人一般，小的也有手臂长短，用上好的黄杨之类木料制成。有的穿上各类颜色的服装，有的面带诡异之笑，有的龇牙咧嘴，有的怒目圆睁，沉浸在昏暗里，极为瘆人。

夜叉、恶鬼、般若、魑魅魍魉、狐精鬼怪，老叟婴孩……各路身份，各种表情，济济一堂。

这些人偶，一看就知道是岁月久远之物，经过长久的抚摸、舞动，裸露出来的部分都有一层厚厚的包浆，如同人的皮肤一般闪着光亮。尤其是人偶的脸，五官比例很是协调，或刷上白粉，或涂上红漆，毛发、鬓须栩栩如生。特别是眼睛，似乎是用琉璃制成，灼灼闪亮，置身其中，仿佛被一道道目光幽幽地注视着，让人不寒而栗。

屋子正中后墙，摆放着一张桌案，供着香炉，桌案后方，是一尊神位。说是神位，其实是一把巨大的高椅，上面端坐着一个真人大小的木偶，所有的木偶都位列其两旁，显得这木偶格外不同。

"好像，是个猫欤。"狄千里道。

的确是个猫，但又不是猫。准确地说，是一个猫头人身的怪物，身穿一件黑色的大袍，上面用朱砂画满了各色符咒。那头颅，披头散发，一张猫脸，用白粉刷得雪白无比，大嘴血红，舌头伸于嘴外，獠牙吐出，看上去好像很愤怒，却又隐隐带着一丝若有若无的狞笑。

桌案上，放着一个暗红色的木质长盒，已经被打开了。

张鷟缓步走到跟前，发现盒子里放着的是一副容貌和表情与那猫头人身怪偶一模一样的木质面具。

"此物，甚恶！"狄千里很不喜欢，伸手将面具拿出来，不料那面具后面有棉绳带子，扯动了下方一物，掉在地上。

张鷟弯腰捡起，发现竟然是一支笛子。

这笛子比寻常的要粗短，似乎是一整根骨头制成，原本的白骨被摩挲得晶莹透亮，如同玉石一般。

"这笛子倒是少见。"狄千里接过来，看了看，随即脸色一变，"这是……"

"人骨，而且应该是婴孩的腿骨。"张鷟沉声道。

"这混账东西，一屋子乱七八糟的东西，竟然还有一支人骨笛！定然是个作奸犯科之徒！"狄千里怒道。

张鷟哑然而笑："不过是些木偶、一支笛子而已，且收好。"

言罢，他在房间里细细走了一圈，看了个仔细之后，带着手抱木盒的狄千里下楼。

楼下众人早等得焦急了。

"怎样？"康万年挤在人群里，见张鷟下来，忙道。

张鷟的目光，落在麹骆驼吊起的尸体上，看了一会儿，转脸对魏老头儿道："找个干净的地方说话。"

……

院子里，铺上了一块雪白干净的毛毡，一帮人围成一圈跪坐。

"魏伶，你既然住在他隔壁，昨晚有无发现异常之处？"张鷟问道。

"没有。"魏伶想了想，摇了摇头，见张鷟盯着自己，忙解释道，"昨晚下雨，酒肆中说了些闲话之后，他就推着车子背上木偶走了。随后大家也都散了，我径直回到家，早早歇息了。"

"推着车子，背上木偶？"

"哦，他是杖头傀儡师，演戏卖艺，木偶都放在车子上，有个大的，真人大小，车子放不下，都背在身上。"

"是不是猫头人身？"

"正是。"

张鷟点了点头："昨晚一整夜，你有听到他院子里声响或者看到什么人出入吗？"

魏伶摇头说道："小的年纪大了，又饮了酒，挨着枕头便睡着了，雨声又大，并没听到，不过……"

"不过什么？"

"不过似乎……似乎隐约听到了笛声，小的不敢肯定。可是即便是有笛声，也不奇怪。"

"笛声？"张鷟看了看狄千里抱着的那个木盒，"为何说笛声不奇怪了。"

"他自己经常半夜吹笛。"

"半夜吹笛？"张鷟见魏伶面色奇怪，接着说道，"魏伶，你为人还算正直，不会有所隐瞒吧？"

"自是不敢。"魏伶摆摆手，露出为难的神情，"有些事，小的不敢说，怕说出来，连累了大家。"

看着他那为难的样子，张鷟笑了："你顾虑的，是那猫鬼之说吧？"

魏伶垂下头："御史，按照律令，发现养猫鬼者，知而不报，流放三千里哩。"

"放心吧，你只管直言，我替你做主，定不会责怪于你。"

"谢御史，那小的就说了。"魏伶闻言大喜，回头看了看房间里吊在梁上晃晃悠悠的麹骆驼的尸体，压低声音道，"御史，这麹骆驼，是个蹊跷的人哩。"

"你说的是他养猫鬼吧？"张鷟笑道。

"御史慧眼如炬！"魏伶叹了口气道，"这麹骆驼，乃是当年名动长安的麹四之子……"

"麹四？那个被称为'神手杖头'的麹四？"

"御史也知？"

"当然知道，这麹四不但木偶演得出神入化，更精通幻术，最擅长的是众目睽睽之下埋下一粒西瓜籽，浇上了水，片刻长大、结果，很是神奇。我当年看过他的戏法。"

"是了。"魏伶笑了起来，"麹四那些手艺，真是惊为天人。他是小的老友，当年小的为西市丞时，就交情不浅，可惜早死了。麹四生有三子，前两个都夭折了，剩下这骆驼，继承了他的手艺，说是继承，比他爹差远了，普通的傀儡戏倒能演，幻术却是一点儿没学到。"

"骆驼呀，原本挺好的一个孩子，虽沉默寡言，可人憨厚踏实，风里来雨里去，凭借着傀儡手艺，也能养活自己，我也是可怜他，时常照顾一二，故而走得近。可是后来，他就突然不知所终了。"

"不知所终了？你是说他突然离开了？"

"嗯。大概是光宅元年吧，那时他十六七岁，小的去找他，发现屋子里空空如也，连那些傀儡也没了，小的当时觉得这孩子恐怕是觉得长安难以生活，投奔他方了，为此暗自埋怨了自己好几年。"

魏老头儿长吁短叹一番，又道："这年月并不太平，本想再也看不到他，怎想去年，他突然找到了小的。"

张鷟默默无语。

魏老头儿道："他走的时候十六七岁，回来都三十好几的人了，还是光棍一个，不过相貌倒没怎么变化，唯独是脾气怪了些，比以前更沉默寡言。小的见他在长安举目无亲，就把这院子交给他住，他十分过意不去，小的也只得勉强收他几文租金。"

"他走的这些年，都干了什么，你知道吗？"张鷟问道。

"这个小的也问过他，他一字都不肯说，小的也就不好问了。"魏伶摇头说道，"开始倒还没什么，他早出晚归，四处演那傀儡戏，不过时间长了，小的就觉得蹊跷。"

"如何蹊跷？"

"他从不让小的进他那院子，出去就锁门，回来就关上，院子里经常半夜有猫叫，叫声凄惨，刚开始小的以为是跑来的野猫，后来……"魏伶顿了顿，"后来，小的听见他经常三更半夜在院子里吹笛子，那声音和一般笛子的声音不同，听着格外凄厉。再后来，小的还时常听到他院子里传来女人的声音。"

"女人的声音?"

"嗯!御史,骆驼这家伙,见到我们都不怎么说话,更别说见到女人了,光棍一个,半夜院子里竟然有女子之声,小的也觉得奇怪,问过他,他说我听错了。可小的年纪虽大,耳朵却好使得很呢,绝不会听错。"

魏伶皱起眉头:"这些事情加在一起,小的就已经怀疑了,有一件事情,让小的确信骆驼肯定有不可告人之秘密。"

"何事?"

"有一回,他晚上回来,院子里又响起了笛声,而且还有女子之声隐约传来,小的实在好奇,就搬来梯子上了墙头,见他坐在走廊上,双手满是血,身后放置着一个包裹,包裹散开,里面分明是几块大金锭。御史,他穷小子一个,哪来的金锭呀?

"小的一晚上辗转反侧,第二日待他出去了,便打了他的院门,怎想一进去,一院子的猫尸!"

"你说的那个女子……"

"倒是没看见,屋子里小的也搜了,并没有什么女子。"魏伶的脸色看起来有些阴沉,"那金锭,小的倒是找到了。"

"然后呢?"

"小的拿着金锭,坐着等他。一直等到晚上,他回来了。小的质问,他开始不肯说,后来见小的拿出金锭,说金锭是他有个奇遇得来的。"

"奇遇?"张鷟哑然失笑。

魏伶也是苦笑:"他说他平时推着车子经过坊外的一个街角时,经常被一块凸起的青石磕碰,好几次差点跌倒,有一天索性停下车把青石挖开搬掉,怎想下面有个陶罐,里头装着的就是这几个金锭。御史,小的活到这把年纪了,当然知道他说的是鬼话。小的当时气恼得很,直接当面拆穿。"

"你说他养猫鬼,是不是?"

"当然了！"魏伶大声道，"满院子的猫尸，半夜起来施法吹笛子，意外而来的金锭，还有奇奇怪怪的女子之声，肯定是养猫鬼了。小的在长安待了一辈子，猫鬼之事再熟悉不过。"

"他承认了？"

"嗯。"魏伶点头，"他痛哭流涕，说自己也没办法，穷的。小的也不忍心揭发他，毕竟麴四就他这么一个儿子了。自那之后，他变得老实许多，本想就这么过去了，哪知道后来一切照旧。小的去找他，他一概不听，小的索性也就不管了，怎想，到头来还是出了这等祸事。御史，你也知道，这猫鬼，凶煞得很哩，养猫鬼之人，几个有好下场的?！"

说到此处，魏伶抹起来眼泪："发生这等事，将来我怎么向死去的老友交代呀？"

众人都跟着叹气。

张鷟从狄千里怀中取过那木盒，打开，拿出那笛子。

一帮人盯着那笛子，表情各异。

张鷟将笛子放在唇边，吹了吹，声音果真是尖利阴森，如同有人啜泣呜咽一般。

吹罢，张鷟问道："魏伶，你听到的笛声，是不是如此？"

魏伶想了想，说道："曲儿不是这个曲儿，可的确是这般笛音！"

张鷟收起笛子，点头道："好，我已知晓，尔等且去忙吧。"

魏伶站起来，问道："御史，这骆驼的死……"

张鷟挠了挠头："从现场来看，如你所说，的确是猫鬼所为。"

"我就说嘛！唉！"魏伶捶胸顿足。

他一走，其他看热闹的人也作鸟兽散。张鷟唤来狄千里，两人嘀嘀咕咕一阵，不知道说了些什么，狄千里出去了。

张鷟起身，让狄千里的那些手下整理院子，收拢麴骆驼的尸体，忽然见方才陪同魏伶一起出去的康万年腆着笑脸兜了回来。

"你怎么回来了？闻名长安的大胡商不做你的生意，跑来凑什么热闹？"张鷟讥讽道。

康万年满脸是笑，目光盯着张鷟手中的木盒不放。

"御史，这笛子，从何而来？"康万年昂着头，那一张肥脸挤得满是褶子。

"明知故问，自然是麴骆驼的。"

"这笛子，还有用吗？"康万年小声道。

张鷟发出"咦"的一声怪音，目不转睛地看着康万年："你为何对这笛子如此有兴趣？难道……"

康万年忙摆手说道："御史，你可别冤枉好人，我没杀人！"

"我又没说你杀人，你慌什么。"张鷟眯起眼睛盯着康万年，笑道，"说，你欲怎的？"

康万年搓着手，眼巴巴望着那笛子："御史，若是这笛子对案情无用，可否卖与我？"

"卖与你？"

"嗯。"康万年看了看四周，凑过来，对着张鷟伸出五个指头，"五两金子，怎样？"

"呵呵。"张鷟一声冷笑。

"十两？"

还是冷笑。

"二十两！二十两够了吧？二十两金子呢！"康万年舔着嘴唇，兴奋得满脸通红。

"来人！"张鷟脸上的笑容蓦地收敛，一声厉喝。

军士听了，急忙赶过来问道："何事？"

张鷟指着康万年："将这个贱奴给我拿下！"

军士虽然不明白发生了什么事情，见张鷟表情认真，便虎狼一般走过来，将康万年摁翻在地。

"御史！你这是为何？"康万年肥脸贴在地上，一嘴是土。

"为何？凶案现场死者的东西，你不但如此上心，还要出二十两金子来买，分明是有鬼！"张鷟故作厉声道，看得上官婉儿和粟田真人都想笑。

"哎呀，御史，你冤枉死我了！我俩相识已久，你还不清楚我的为人吗？做生意我坑蒙拐骗都行，杀人却是从来不敢的呀！我可没杀麹骆驼！"康万年吓得要死。

"我不听你这些屁话，且拿了投入大牢，打个半死再说。"张鷟忍住笑。

"真是冤枉呀！"康万年杀猪一般大叫。

"那你说，为何要花如此重金买这笛子？"

"这个……"康万年极为为难，不愿说。

"不说？叉下去！"

"御史，我说！我说！算你狠！"康万年顿时尿了。

张鷟对军士点了点头，军士放手，康万年灰头土脸地爬起来。

"说吧。"张鷟重新坐下，拿着笛子，一脸不怀好意地笑。

"碰到你，我算是倒了八辈子大霉了！"康万年没好气地一屁股坐在毛毡上。

"御史，话我可以说，但如果这笛子到头来和凶案没关系，可否卖给我？"康万年双手叉在胸前。

"你个贱奴，果真是粟特人的秉性，什么时候都晓得讨价还价。"张鷟哭笑不得，"好，若是此案之后，这笛子果真和你没关系，送你也无妨。"

"那好极！"康万年大喜，眉飞色舞地拍起了手，又不放心地看着众人，"不过我说的，你们不能告诉别人。"

"快说！"

"好，我说，我说。"康万年笑了笑，伸长了脖子，用极为诡异的声音，幽幽地说道，"御史，你手中的笛子，可不是一般的笛子哦。"

康万年卖了个关子，神神秘秘地笑了。

长安城人口百万，万国来朝，域外之人众多，若论见识恐怕没有能比得过胡商，尤其是康万年这样的粟特人。他们终生都在跋涉辗转，见多识广，所以各种奇珍异宝都能认得，故而有"胡商识宝"的说法。对此，张鷟也是深信不疑。

"御史可知此笛的材质？"

"应该是人腿骨吧？"

"果然慧眼！"康万年大为佩服，他接着说道，"的确是人的腿骨，但非同一般，是十四岁幼女的腿骨，这女子必须是属虎的，而且是横死暴亡之人。"

众人听了，面面相觑。

"此笛，名唤招魂笛，与一种西域附近流行的极为邪恶的巫术有关。"

"康先生，既然是巫术，为何会流行呢？"粟田问道。

康万年哈哈一笑："因为这种巫术会给人带来无比的好运和钱财，当然了，也会有风险。"

"何意？"张鷟沉声道。

康万年指了指自己："御史，你看看我，现在过得怎样？家财万贯，仆人如云，荣华富贵一辈子也享用不完，可你知道吗，当年我是个吃了上顿没下顿、差点饿死的孤儿呢。我之所以有如今的发达，全靠曾经得了一支和此笛类似的招魂笛。"

"哦？"张鷟来了兴趣，"细说来听听。"

康万年也不隐瞒，说道："我是粟特人，虽然祖宗也是贵为昭武九姓的大户，可惜后来祖父犯了罪，全家被杀，只有我一个人逃了出来流落各地，最终被人贩子抓了，贩卖到了甘州附近的深山之中，给人做奴。也是在那里，我见识到了这种巫术。"

"那个地方，虽然闭塞，但年代久远，当地流传着一种叫孞让的妖怪。"

孞让？一听这词语，就知道绝非中原的东西。

康万年舔了舔嘴唇，说道："这种妖怪，传言是一种半神半鬼的东西，人身猫头，十分凶恶。它变化多端，能够化为靓丽女子、男人、老妇现身世间，但最常见的是会幻化成一个长发小孩儿的形象，出现在村落之中引诱婴孩。若陪他玩耍，就会被拐走。"

"拐走？"上官婉儿吃惊地捂住嘴巴。

康万年点头道："当地如果有人丢了孩子，寻找不到，就会料到是尕让作怪。一般十天半个月之后就会在一些隐秘之地，比如山洞里发现孩子干枯的尸体，死相惨烈。但是这种妖怪，和那种单纯作恶的妖怪不太一样，如果有人习得专门的巫术，就能够召唤来，将其供为家神。倘若供奉得让它十分满意，就会保佑家庭顺利，财富增长；但这东西心眼很小，若是让它不满意，或者生气了，那这家人就会家破人亡。"

"当地人有不少供奉尕让的人家，的确十分富足，但寻常人视其为洪水猛兽，绝对不和其打交道。巧的是，我当时的主人，就是一个巫师，家中就供奉了尕让。"

众人听得津津有味，张鷟扬起手中的人骨笛，问道："此物既然名唤招魂笛，应该就是招引那尕让的吧？"

"然也。"康万年笑道，"这种召唤的仪式十分烦琐，而且秘不示人，即便是自己的子女，也不轻易传授。之所以选取年龄十四、生肖为虎的横死的女孩，原因是这种人死后怨气最大，可以通灵，用其腿骨做笛，吹奏，就能够直接让尕让现身。巫师和尕让之间达成一种协议，然后就有了供养关系。"

"这种仪式，你会吗？"张鷟问道。

康万年哑然失笑："我怎么可能会呢。"

"那你方才说你的富贵都是拜那怪物所赐，既然如此，你们应该见过面吧？"粟田认真问道。

"是了。"康万年脸上明显露出一丝畏惧的神色，缓缓说道，"除了巫术召唤尕让之外，当地还有一种说法：倘若你偶然遇到了这东西，而且认出了它，就抓住它的头发，让它双脚离地，然后用最恶毒的言辞咒骂它，它就会求饶，满足你的任何愿望，不过……"

康万年说到此处，加重了语气："这东西反复无常，十分狡猾，一旦你放开它，它就会用各种诅咒的话骂你，而这些诅咒同样会实现！”

“此妖甚可恶！”粟田真人大声道。

康万年笑了笑：“可恶是可恶，但是有对付的办法。”

“何法？”张鷟问道。

康万年指了指自己的耳朵：“如果你将自己的耳朵堵上了，听不到它的诅咒，用你最快的速度逃离它，就没事了。不但没事，而且它许诺给你的愿望，还是会实现的。”

“你们粟特人果真狡猾！”张鷟呵呵一笑。

康万年做出了个无奈的样子：“我那时，身为奴隶，过着暗无天日的生活，吃不饱穿不暖，整天还挨主人的鞭子，随时都有可能送命，听闻了这尕让的传说之后，我就开始动了脑筋。

“那种特殊的巫术，我是肯定学不到的，主人绝对不可能教给我，于是我就想到了这第二种方法——只要我抓住它，咒骂它，让它满足了我的愿望，再堵着耳朵飞快逃离，那我的人生就截然不同了。

“于是，那几个月，干完活儿，我就在山林间游荡，希望能够遇到这妖怪，可也不知道怎的，连个影子都找不到。后来，我就想到了另外一个办法。”

“偷你主人的笛子？”张鷟自然料到了。

康万年嘿嘿笑了两声：“一天晚上，月朗星稀，我趁着主人睡熟，偷走了他的笛子，然后走入了山林。高山密林，人迹罕至，树影婆娑，阴风不断，我也是怕得要死，可求生的本能驱使着我。

“我来到了密林深处，找了一个空旷的地方，吹响了招魂笛。”

随着康万年的讲述，众人的心都提了起来。

“我不知道这方法能否奏效，就一直吹，一直吹，大概吹了一个多时辰吧，累得要死，也不见有什么尕让前来，垂头丧气，觉得这根本就是骗人的！

“我耷拉着脑袋站起来，想趁天亮之前溜回去，老老实实做我的奴隶算了。可就在转身的瞬间，发现旁边……站着一个孩子！"

康万年的声音，不由自主抖动起来："一个披头散发、全身赤裸的孩子，我看不清它的脸，只能看到两只黑暗中灼灼放光的绿色眼睛，以及它张开嘴发出的咝咝声。那声音，可怕极了，像是笑，又像是在哭！

"我怕得要死，可不知道哪来的勇气，小心翼翼地走到跟前，突然蹿上去，抓住了它的头发，把它拎在半空中。它拼命挣扎着，撕咬着，利爪抓得我的胳膊皮开肉绽，我忍着痛，不敢放手，然后用我知道的最为恶毒的话咒骂它，殴打它……"

回忆起当年的往事，康万年的身体瑟瑟发抖，他安静了一会儿，稍稍恢复了神色，接着说道："也不知道过了多久，那东西放弃了拼命抵抗，幽幽哭起来，哭得极为伤心，向我求饶。这时候，我向它提出要求。"

"什么要求？"粟田真人问道。

"我告诉他，我的愿望是成为人上人，家财万贯，仆人如云，荣华富贵，吃喝不愁！"

"它答应了？"上官婉儿道。

康万年点头："它答应了！然后……然后我一把将它丢下，双手堵住耳朵拼命往林子外面跑！它跟着我，双手舞动，血盆大嘴一张一合，我知道它在愤怒地咒骂我，嘿嘿，咒骂吧，反正我堵着耳朵听不到。

"我拼命地跑，一直跑，一直跑，不知道跑了多久，不知道翻过了多少山，穿过了多少河，一直看到东方泛起了鱼肚白。我累极了，死狗一般摔倒在地，回头看，鬼影子都不剩了。看来，我甩掉了它。

"我哈哈大笑起来，感觉成功了！"康万年脸上露出诡异的表情，"可就在我狂喜的时候，一个声音飘入了我的耳朵：'你会家财万贯、仆人如云、荣华富贵、吃喝不愁，但最终你将家破人亡、一无是处、生不如死，你的灵魂和肉体将受无比痛苦之啃噬！'"

上官婉儿吓得脸色苍白："是它？"

康万年痛苦地点了点头："是的。我最终还是落入了诅咒。"

"然后呢？"

"我疯子一般逃开了，晕倒在地。醒来时发现自己在一个商队里，一个粟特人的商队，商队的主人救了我，收留了我。我拼命干活儿，成了商队的主心骨，后来主人老了，把他的女儿嫁给了我。再后来，我的运气好极了，没几年就成了西域最富有的商人之一，家财万贯，仆人如云，荣华富贵，吃喝不愁，但噩梦也逐渐来了——我的妻子，好端端地难产死去，后来我连续娶了好几个女人，都是如此。我知道，它的诅咒在应验，终有一天，噩运会最后降临，那就是我的死期。"

一片死寂。

良久，张鷟开了口："所以你想拿着这笛子，回到那地方，再找到它？"

"是的，让它收回它的诅咒，这是我唯一的办法了。"康万年叹了口气，"这些年我四处都在寻找这样的笛子，这种笛子除了材质极为讲究之外，制作时必须加以独特的密法和咒语才能最终成功，很难找。"

"原来如此。"粟田真人呆呆地看着张鷟，"真是……匪夷所思呀！"

上官婉儿皱着眉头，喃喃道："倘若你说的是真的，这种巫术这样的笛子，应该是甘州西北之物，为何会出现在长安，而且是在麴骆驼这样的傀儡师手里呢？"

"这个不奇怪。"张鷟玩弄着笛子，"长安百万人，林子大了，什么鸟都有，来个甘州的巫术毫不稀奇，再说，魏伶说这麴骆驼蹊跷消失了许多年，鬼知道他有没有跑到甘州去。"

上官婉儿和粟田真人都觉得张鷟言之有理。

唯独康万年看着那笛子，又看着不远处麴骆驼那具诡异的尸体，似乎有话要说。

"怎么了？"张鷟问道。

"其实……"康万年犹豫了一下，"御史，'尕让'这个称呼，是甘州深山当地人的称谓，如果用长安的话来说，那就是……就是猫鬼。"

"猫鬼?! 尕让竟然是猫鬼?!"粟田真人差点跳起来。

张鷟也大吃一惊。

康万年使劲点头："千真万确！"

"真是……有趣了！"张鷟冷冷一笑，对康万年道，"万年呀，你算是帮了我一个忙，放心，此案若是办完了，笛子无用，我定会交给你，让你去找你的那个……尕让。"

"谢御史，那我走了。"康万年大喜，站起来对着张鷟施了一礼，转身走开，走了几步，停下来，又对张鷟心事重重地说道，"御史，尕让也罢，猫鬼也罢，都是极为邪恶之物，你千万要当心点……这麴骆驼的死……怕是不简单。"

"猫鬼固然可怕，你别忘了我可是闻名东西两京的神棍。"张鷟打趣道。

康万年笑了笑，兀自去了。

"你真相信他的话？"看着康万年的背影，上官婉儿道。

"我与他结识差不多十几年了，他不会说谎。"

"也就是说，你相信有什么尕让了？"

"你说呢？"张鷟哈哈大笑，站起身来，"猫鬼也罢，尕让也罢，所谓妖怪，不过是虚无缥缈之物。"

"但从现场看来，麴骆驼似乎的确在养猫鬼，而且死法……很像妖怪所为！"粟田真人认真道。

张鷟眯起眼睛，洁白的脸上，出现了神秘的微笑："连你都认为是猫鬼杀人，那寻常人更如此认为了？"

"御史的意思是？"

"世间不存在不可思议之事，杀死麴骆驼的应该是人，不是妖。"

"为何如此说？"

"麴骆驼的尸体我认真察看了，从绳索套在脖颈上的瘀痕来判断，是先被人勒死，然后砍掉四肢，再吊上房梁而成。"

"那为何要斩去四肢并在断处拼接上猫爪呢？而且还摆出了那么个怪异的姿势，跟跳舞一般。"粟田真人打破砂锅问到底。

张鷟皱起眉头："这个我暂时就不知道了，凶手似乎是在透露着什么，又似乎，好像是什么神秘的仪式？"

"你问我们，我们哪里知道。"上官婉儿直摇头。

三个人说着话，狄千里急匆匆地跑了进来。

"怎么样？"张鷟扬起眉毛。

"果然如你所料！"

"哈哈，如何？"

张鷟闻言大喜，双目之中，两道精光闪烁。

# 第四章　盗取贡银之猫

上官婉儿、粟田真人被这二人搞得摸不着头脑。

"你们两个这是做甚？"上官婉儿问道。

狄千里以敬佩的口吻说道："方才御史遣散了看热闹的人，让我出去暗中观察是否有蹊跷之人混迹其中。果真有个人，很是奇怪。"

上官婉儿望着张鷟："你是如何料到的？"

"很简单。若是你，杀了人，想不想知道之后的情况？毕竟，事情传开了，惊动了官府前来勘察。"

"当然想知道了。"

"那就是了。"张鷟呵呵一笑，"一般说来，杀人凶手大多会重新回到案发现场，我也是抱着侥幸的心理让千里去看看。"

"对方是什么人？"粟田真人问道。

"一个女人。"

"女人？"粟田真人兴奋了，"方才那魏伶也说经常能够听到从麹骆驼院中传来女子的声音，难道……"

"什么样的女人？她人呢？"张鷟问道。

"穿着打扮，倒和寻常的百姓无异，但瞒不了我，一般的平民女子，再年轻都有操劳之色，那女子年纪约在二十出头，却是容貌脱俗、举止高雅。她混在人群中，跟好几个人打听麹骆驼的事，然后急匆匆走掉，我已经派了两个得力手下跟踪她，找到她的住所，就捉来！"

张鷟摇了摇头："还是不妥，既然不是寻常人家的女子，那就说不定有来头，你亲自去一趟。"

"好嘞！"狄千里答应一声，一溜烟跑了。

狄千里走后，张鷟命令那帮军士和坊里的武侯收好魏骆驼的尸体，保护好现场，又带着上官婉儿和粟田真人来到坊里的酒肆，随便吃了午饭，这么一番忙活，时间已经过了晌午。

张鷟要了壶好酒，三个人浅酌慢饮，单等狄千里，怎知等了一个时辰也不见他的影子。

上官婉儿明显不耐烦，说道："御史，你对这小小的杖头傀儡师如此地感兴趣，我不责怪你。可如今现场也查看了一番，该进宫了，圣上的事，远比这重要得多。"

"有什么不一样？都是性命。"张鷟毫不在意。

"那怎能一样？圣上若是有什么意外，天下动荡。"上官婉儿气得粉脸涨红，"你怎么如此分不清事情轻重缓急。"

粟田真人也点头："先生，内舍人说得对，既然千里一时半会儿来不了，不如先去宫中，如何？"

张鷟看着这二人，哑然失笑："也好。唉，皇命大于天，我这个神棍，又能如何？"

粟田真人大喜，急忙命令外面的军士套车。

三个人上了车，队伍离开明坊，浩浩荡荡地向北面含元宫而去。

此时的长安城，街道之上熙熙攘攘，极为热闹，三教九流之人，诸国的商人使者，络绎不绝，马车行于其间，停停走走，到了含元宫，已经是日暮时分了。

含元宫，初建于太宗贞观八年，当时名永安宫，是太宗为太上皇李渊修建的夏宫，也就是避暑用的宫殿。贞观九年五月，李渊病死于大安宫，夏宫的营建工程也就此停工。李渊驾崩后，改称为大明宫，又称"东内"。

龙朔二年，高宗李治染上了风痹，因厌恶皇宫太极宫地势卑下，于是大修大明宫。当时为修此宫曾征收关内道延、雍、同、岐、幽、华、宁、鄜、坊、泾、虢、绛、晋、蒲、庆等十五州一百二十一万钱，且在龙朔三年二月减京官一月俸，以助修建。经过这次大规模营建，大明宫才算基本建成，更名为蓬莱宫，皇帝入住其中。咸亨元年宫殿再次改名为含元宫，占地广大，宫殿雄伟，规模宏大，真可谓"九天阊阖开宫殿，万国衣冠拜冕旒"，堪称"万宫之宫"。

女皇称帝，迁都洛阳，虽多年不驾临长安，但含元宫依然地位显赫。

去年，女皇回到长安，按照规矩，应该入住太极宫，但女皇向来不喜那地方，遂令太子入住太极宫东宫，自己则住进了含元宫，处理日常政事。

来到含元宫丹凤门前，一行人下了马车，在上官婉儿的带领下，进了宫门，一路向北，穿过含元殿、宣政殿、紫宸殿，经由一重重守护森严的宫门，这才进入内廷。

一路上，所见皆是甲胄鲜明的羽林军士，三步一岗，五步一哨，看守严密，杀气腾腾，整个宫内，一片肃然。

又走了约莫半个时辰，上官婉儿将张𬸚带到一座大殿跟前。

这座大殿极为雄伟，琉璃砖瓦，宽大的屋檐微微挑起，倒映在满天阴云的阴影之下，显得格外沉穆。

这就是女皇的寝殿蓬莱殿了。

"走吧。"身为内舍人，上官婉儿对宫中再熟悉不过，在头前带路。

"不用禀告陛下吗？"张𬸚问。

"陛下受到惊吓之后，就住进了含凉殿，不在这里。"上官婉儿转过身，摇了摇头。

张𬸚松了一口气："那太好了。"

"怎么了？"

张𬸚苦笑："我这个人，满朝文武一个都不放在眼里，不知怎的，每次见到陛下，就如同老鼠见到猫一般，陛下凶得很哩。"

"那叫君王之威！"上官婉儿白了张𬸚一眼。

三人进了宫门，穿过宽大的殿前广场，上了层层台阶，这才来到殿门前。

"自从那晚之后，这些军士就一直把守此处，里面什么都没动，你进去仔细察看一番，这一次，全看你的了。"上官婉儿命军士开了殿门，带着张鷟和粟田真人走了进去。

含元宫张鷟自然来过多次，但这内廷的蓬莱殿却是头一回来，进到殿堂中，不由得目瞪口呆。

大殿分为三间，正中放置着一张纯金打造的巨大龙椅，一只一人多高的金凤张开双翅站于龙椅之上，俯视下方，无比威严。檀木制成的龙案上，摆满了层层的章表奏议，周边更是摆设了各种各样的奇珍异宝——赤红色的珊瑚树供奉在一整块羊脂玉雕刻而成的弥勒佛前；用青玉、白玉、珍珠做成的巨型水仙摆设旁，立着一面烧槽琵琶；两尊高大肥硕的蓝玛瑙镶金宝象，分列在紫檀木雕嵌寿字镜屏风左右；一尊紫金蟠龙游凤熏香炉中，上好的龙涎香青烟袅袅，沁人心脾。

除此之外，其他的摆设也是犀角、象牙、玳瑁、鹤顶、青金、宝石应有尽有，光线照射之下，灼灼放光，琳琅满目。

这是武则天召见重臣的地方，张鷟细细察看了一番，咂了咂嘴，进入了左边的书房。

书房巨大，但布置得十分清雅，四周整齐摆放着众多的书卷，条案上文房四宝同样价值连城，一张摊开的锦帛上还留下没有抄完的经文，其上女皇闻名天下的飞白书堪称绝代。最引人瞩目的，乃是挂在墙上的书画，皆是名家所为，其中的一幅，让张鷟吸了一口气："这不是王羲之的《兰亭序》吗？我听闻太宗驾崩时，遗命此物陪葬，为何在这里？"

上官婉儿一副怪罪他多嘴的样子："此乃摹本。"

"我看……不太像。"张鷟呵呵一笑，"这《兰亭序》挂在如此显眼贴心的地方，看来陛下对太宗真是念念不忘。"

"小心你的舌头，乱说话！"上官婉儿脸色青白。

"我说错了吗？听闻陛下一生最崇拜、最爱慕的男人，就是太宗了。"

"张鷟，你若再如此张狂，莫怪我不客气。"上官婉儿气得够呛。

"好好好，不说实话了，走，去寝殿。"

右边，是女皇的就寝之所，也是最小的隔间。进去之后，张鷟发现屋子被隔成内外两部分，里面摆放着一张象牙镶嵌的雕花大床，铺着一床暗红织金锦，床头放置着青缕玉枕、象牙镂花镜、赤金云牙盆、各种稀奇古怪盛放药物的锦盒等，暗香流溢，那么大的一张床，光是看了就让人想入非非。

外间放置着桌椅板凳，亦有书架，金色的帐幕围裹四周，雕花大梁下，两盆牡丹灿然绽放。

已经冬天了，竟然还能看到如此的牡丹，张鷟凑上去玩弄了一把，这才细细观察周围。

"当晚那八个奇怪的大字，出现在哪里？"

"此处。"上官婉儿指了指面前的墙壁。这墙壁斜对着女皇的床，通过隔间的房门，正好能看到。墙壁下则是书桌，书桌旁是窗户，关得严严实实的。

书桌对面，是女皇的梳洗台，放置着胭脂粉黛自不必说，还有牙梳、折扇等物，正中是一面大铜镜。张鷟走过去掀开罩在上面的金色遮布，照得人须发根根清晰。皇家的东西，就是不一样。

"先生，这墙壁没有任何异常之处。"粟田真人走到那面墙跟前，几乎把眼睛贴在上面，一寸一寸观察。

这大殿的墙壁都是用青砖垒成，里面刷上了一层白泥，又悉心地贴上了素色锦缎，别说是字了，上面干干净净，连一点儿褶皱都没有。

"当时那八个大字就突然出现在墙上，清清楚楚，占满了整面墙！"上官婉儿指着墙道。

"可我看不到任何痕迹，而且墙上没有人做过手脚。"张鷟察看了半天，站起身，摇了摇头。

"所以蹊跷呀！"上官婉儿道。

"那只猫出现在哪里？"

"那个高凳上。"上官婉儿指着书桌旁的高凳，说是高凳，其实是很少有人坐的，更多的时候，应该是放置着盆景摆设之类的东西，那地方靠着窗，接近阳光。

"当时的这扇窗户是关上的？"张鷟指了指那面沉重的窗户。

"窗户一直没动，从里面封得死死的，不单这一扇，所有的窗户都是如此。"

"然后猫就不见了？"

"嗯。每一个角落都搜了，没找着，也没看见那只猫出去过。"

"当时除了陛下、你和太平公主外，殿内还有其他人吗？"

"仅有一个服侍的侍女，亦吓得要死。"

"还真是奇怪了。"张鷟的脸上露出一丝失望来。

现场毫无诡异之处，也找不到任何有价值的线索。

张鷟随即提出要面见女皇的请求，被上官婉儿拒绝了。

"陛下惊吓过度，御医吩咐静养，你还是别见了。"上官婉儿的语气，没有任何商量的余地。

"既然如此，那就先回家再说。"张鷟打了个哈欠，抬脚往外走。

"这就完了？"上官婉儿张大嘴巴。

"此事急不来，待我回去慢慢思索。"张鷟一副精疲力尽的样子。

也只得由他。

三人穿过重重叠叠的宫阙，出了丹凤门，离开含元宫，向南到了东西大街，往西而行。

苍白的太阳在阴云中时隐时现，天色已经黯淡下来。

马车晃晃悠悠行驶在大街上，两边灯光次第亮起，喧嚣热闹。

张鷟靠在扶手上，目光望着外面，发呆，似乎是在想着事情。

他这样子，粟田和上官婉儿都不好打扰他。

一直到了朱雀门跟前，忽然见一队杀气腾腾的军士自皇城中冲出，最前方一匹雄健的高头大马上，端坐着一位身材高大、皮肤黝黑、满脸虬须的黑大汉，四十多岁，一身明光铠鲜亮无比，威风凛凛。

这汉子十分着急，领着军士蜂拥而来，街道上的行人纷纷躲避，顿时鸡飞狗跳。

"没眼力的狗奴！还不快将车子赶开，挡了本将军的去路误了大事，斩了你狗头！"黑大汉纵马来到跟前，见张鷟的马车拦路，怒喝了一声，声音之大，真如霹雳。

张鷟伸出头去，看了看，笑道："我道是谁，原来是李大将军呀，怎么，如此飞扬跋扈，不怕本御史参你一本？"

那黑大汉原本怒目圆睁，气势汹汹，见到张鷟，吃了一惊，滚鞍下马，来到跟前，哈哈大笑："原来是御史！不敢不敢，你手下留情，俺老李一家老小全靠俸禄讨活哩！"

"说的屁话，我听闻你刚买了一个大宅子，花费五百金，上月娶了两个小妾，皆是倾城倾国之貌……"

"哎呀呀，御史，这男人嘛，可不是都如此……"黑大汉被张鷟臊得满脸通红，忸怩无比，方才的杀气腾腾，半点都没了。

粟田真人在车里悄悄问上官婉儿："这位，谁呀？"

上官婉儿看着张鷟和那黑大汉，哭笑不得："也只有这家伙能如此和他说话，放眼大周的朝廷，谁见了他不胆战心惊。"

"哦？"

"此人姓李，名多祚。"

粟田真人大惊："莫非是那黑煞李羽林？！"

"是了。"

"八百万神灵呀！原来是他呀。"粟田真人吐了吐舌头。

上官婉儿说得不错，不光东西二京，便是大周天下，李多祚的名号也是响当当。

此人祖先世代为靺鞨酋长，后来归顺大唐。年轻时李多祚便骁勇善射，慷慨激昂，屡立军功，累迁为右鹰扬大将军。大唐讨伐黑水靺鞨时，李多祚设计诱其渠长，置酒高会，乘着他喝醉将他斩杀，击破其众。后来室韦及孙万荣反叛时，李多祚与诸将率兵进讨，因功劳改迁为右羽林军大将军，执掌禁兵、宿卫北门前后二十余年，深得皇家信任，更是女皇的心腹倚重之人。他为人恩怨分明，脾气暴躁，人都呼其为"黑煞"。莫说朝中文武百官，便是女皇那两个心头宝一般的男宠张易之、张昌宗兄弟也对他忌惮三分。

这般的猛汉子、暴将军，见到张鷟，竟如同一块泥一般任其踩躏。

"老黑，何事让你如此心急火燎的？"说完了玩笑话，张鷟指了指李多祚身后的那帮凶神一般的羽林军士。

"俺老李快要愁死了！碰上这么一桩怪事，查不出个结果，估计俺的斗大脑袋要掉喽。"李多祚愁眉苦脸。

"怪事？怎么个怪法？"张鷟来了兴趣。

"一言难尽！"

"既然一言难尽，那就多说几句便明白了。"张鷟指了指旁边的一家胡姬酒肆，笑道，"请你饮几杯酒，如何？"

"如此……也好，正好向你这神棍请教请教。"李多祚大喜，转脸对那帮军士吼了一声，"你们这帮杀千刀的，且散于两旁，待俺和御史饮了酒再说！"

军士得令，哗啦啦散开了。

酒肆雅间，四个人对坐，只有粟田真人是生人。互相介绍完，李多祚呵呵一笑："俺看着衣装怪异，想不到竟然是倭国之人。你国之人，都如此矮小吗？土鼠一般。"

粟田真人一口酒没咽下去，被呛得连连咳嗽。

"你方才说什么怪事，又言脑袋要丢了，却是为何？"张鷟摇着折扇。

李多祚长长叹了口气，端起酒盏一饮而尽，"梆"的一声将酒盏砸在桌子上说道:"别提了!气杀俺也!俺把贡银弄丢了!"

"贡银?贡银不是地官的事吗?怎么和你扯上关系了?"张鷟坐直了身体。

所谓的地官,指的是户部。

光宅元年,女皇那时还是太后,高宗李治驾崩还没到一个月,她颁布诏令,开始大刀阔斧地改制,不但旗帜改用金色,东都洛阳改成神都,朝廷中枢也改名易号——中书省改称凤阁,长官改称内史,门下省称鸾台,尚书省改称文昌台,吏部、户部、礼部、兵部、刑部、工部六部改称天官、地官、春官、夏官、秋官、冬官。

贡银这种事情,来源广泛,既有各地方官府上缴的,也有分封之王进贡的,不一而足。但一般都是统一交给户部,李多祚的官职是右羽林大将军,乃是守护皇宫安全的人,和贡银八竿子打不着。

"这你就有所不知了。"李多祚看了看左右,压低声音,"此笔贡银乃是陛下去年从洛阳前来长安时,亲自让我从户部领来的,一直交给我看管,说是自有用处。"

"莫不是那笔大云佛银?"上官婉儿一愣。

"内舍人也知道?"李多祚睁大了眼睛。

"何为大云佛银?"粟田真人自是不明白。

"《大云经》听说过吧?"张鷟笑道。

"倒是听说过。"粟田道。

关于《大云经》倒是有个故事:当年女皇登帝位,面对的最大一个问题就是从古至今还从未有人以女子之身成为皇帝的,天下人都如此想,自然要找个理由。这也成了让女皇头疼的难题。不承想,有个叫法明的僧人求见,献上一部经书《大云经》,里面明确写有名为净光天女的菩萨将君临一国的记载,女皇大喜,诏令天下书写、诵读《大云经》,并于全国各地兴建大云寺。

张鷟对粟田真人解释道:"所谓的大云佛银,指的是专门用来印制

《大云经》、修筑大云寺的银子。"

这么一说，粟田明白了。

上官婉儿却摇头道："这笔大云佛银和以往不一样，我听陛下提起过，乃是特意用来修建一尊佛像的。"

"佛像？"

"是的，陛下来长安时，发愿要在慈恩寺修建一尊纯银大佛，保佑国泰民安，也愿大佛佑护自己。而且这笔钱并不是各地贡献上来，而是陛下自己的。"

"我明白了。"张鷟用折扇敲了一下桌子，"如此，也就不需要地官那边插手了。"

"是呀，所以一直由俺看管，可俺把它弄丢了！"李多祚垂头丧气。

"怎么会弄丢了呢？！"上官婉儿也急了。

"反正是弄丢了，全丢了！"李多祚咬牙切齿，"若是捉到那偷银贼，俺定然将他千刀万剐！"

"不可能！那可不是三四两啊。"上官婉儿根本不相信。

"那笔银钱，究竟多少呀？"张鷟笑道。

"十万两！"

上官婉儿言罢，张鷟的笑容顿时僵在脸上。

的确不可能！若是三四两的银子，哪怕多一点儿，三四百两丢了，也说得过去。十万两银子，在禁军的看护下丢了，绝对不可能！不说别的，就是搬运也不好搬呀！

"真的没了！"李多祚握紧拳头，"所以说是件怪事呀！"

众人面面相觑。

"老黑，到底怎么回事，你细细说来。"张鷟面沉如水。

李多祚临窗而坐，犹如铁塔一般，那张黑脸焦急而无助。

"这笔银子俺深知极为重要，到长安后，就放在了西内苑的内库之中，御史，那地方你是清楚的。"

张鷟点了点头。

长安城的皇宫是太极宫，太极宫出了玄武门往北，一墙之隔就是西内苑，西内苑东面就是含元宫，这地方地理位置十分重要，里头亭台楼阁、水榭山峦，还有马球场之类的所在，说白了就是皇家寻常的玩乐之所。

西内苑的内库，用来放置皇家的私人财产，占地广大，守卫也极为森严。女皇迁都洛阳后，长安的西内苑没有了往日的繁华和热闹，可此次回銮，西内苑也是重地，毕竟东边就是含元宫，李多祚的右羽林卫大部分都驻扎在那里。

"来到长安后，俺将这十万两银子放在内库中，而且是以前专门盛放银钱的银库，墙壁足有五尺厚，青砖垒成，刀锋都插不进去，没有任何的窗户，只有一扇沉重铁门，只有我有钥匙。银子放进去之后，俺派五百军士团团围住，日夜看护，这般安排，万无一失吧？"李多祚一双眼睛睁得铜铃一般。

"万无一失！"粟田真人大声道。

"可是……"李多祚晃了晃手，"可是，他娘的没了！十万两银子，一夜之间，无影无踪，莫名就消失了！"

"怎么可能！"

李多祚激动起来："日头快要落山的时候，俺亲自带人进去查看的，银子都在，一点儿不少，然后俺出来锁门，亲手锁的门，几百军士守护，半夜里打开再进去，十万两银子全没了！"

"等等，"张鷟打断了李多祚的话，"夜里？丢银子是哪天夜里的事？"

"初七晚上。"

"初七晚上?！"这下，张鷟、上官婉儿、粟田真人同时惊呼起来。

"怎了？"李多祚看着三人，不明所以。

"又是初七晚上呀……"粟田真人痛苦地呻吟了一声。

旁边的张鷟苦笑连连："这一晚，可真是群魔现身、百鬼夜行了！"

李多祚见三人面色蹊跷，急忙要问底细，张鷟不好跟他说明，正在为难，忽然见上官婉儿视线变得飘忽不定，神情紧张。

这女子，不仅容貌倾城，而且心细如发，似乎是觉察到了什么东西。

"李将军的这一件事，让我想起当晚的另外一件事，刚开始我觉得两件事没什么关系，但是现在看来，似乎……"上官婉儿想了想，"似乎……"

"你是说当晚荐福寺东山门前，群猫载歌载舞押运银车消失的事？"张鷟也心头一跳。

"猫押运银车？"李多祚听到"银车"二字，差点跳起来。

张鷟将这件事情一五一十说个明白，李多祚连连摆手。

"这岂不是胡说八道嘛，猫怎么可能会做出如此的举动来。"黑煞将军一生杀人如麻，似乎对鬼神之说嗤之以鼻。

"李将军那边丢了十万两贡银，当天晚上有人看见群猫押运着一车银子，这不会是巧合吧。"上官婉儿认真道。

"你那贡银，是银饼还是银锭？"张鷟问道。

"银饼。"

张鷟和粟田真人相互看了一眼。

"当晚，群猫押运的的确是一车的银饼。"张鷟道。

"不会吧？"李多祚面色沉凝。

"一车的银饼，足有十万两。这长安城虽然富户很多，但家里放着十万两银子的人，几乎没有，尤其还是十万两的银饼了。"张鷟眯起眼睛道。

寻常人，大多用的是银锭或者碎银，银饼这东西，一般是官府或者数额巨大的买卖才能用得到，十万两银饼，太特殊了。

"御史，你们的意思是，当天晚上猫鬼偷走了俺的十万两贡银？"李多祚思来想去，再也不说什么鬼怪不可信的话了。

"虽然现在无法肯定，但两件事情之间有着莫名的联系。"张鷟用折扇重重地敲了一下桌面。

"御史，若你暂时无事，能否和俺一道去内库察看一番，说不定能够找出有用的线索，总比在这里胡思乱想强多了。"李多祚转过脸。

"既然都和猫鬼有关，去去倒也无妨。"

李多祚大喜，起身付了银钱，带着张鷟等人下了酒楼，飞身上马，领着羽林军士掉头进入皇城。

一帮人浩浩荡荡，入了宫城，出了玄武门，进了西内苑，走走停停，拐来拐去，最终来到了一处极为偏僻的所在。

这是一片连绵的巨大院群，用极高的城墙围裹，里面一棵树都没有，整整齐齐地矗立着一栋栋外表几乎一模一样的黑瓦红墙建筑。这些建筑和皇宫里的大殿截然不同，每一间都有几丈高，墙壁壁纸十分厚实，很多连窗户都没有，看上去就像是一排排巨大的棺材一般，冰冷阴森。

李多祚前头领路，最终停在了一栋建筑跟前。

这栋建筑位于内库的最里面，是个单独的小院落，周围满是兵丁，院落中东西还有两间偏殿。匾额上用工整的隶书写着"银库"二字。

"这就是存放十万两贡银的地方，原本也是宫里放置官银的。"李多祚领着张鷟等人上了台阶。

李多祚掏出钥匙，打开了沉重的大锁，两个膀大腰圆的壮汉走过来，使尽全力才将那两扇巨大铁门吱嘎嘎推开。

"从丢银之后，俺便吩咐手下不要移动里面的东西，一切都是案发时的状况。"李多祚道。

张鷟没有接话，抬脚进屋，里面黑暗无比，李多祚让军士点亮了放置在墙上的铜灯，张鷟才看清了屋子里的情景。

里面没有任何的桌椅板凳，地面皆是用青色条石铺成，极为平整，而且经过打磨，光滑如镜。

在面积巨大的地面上，均匀分布着一个个方方正正的凹槽，边长也有三五步的距离，深约六尺，寻常的人跳进去，是看不到脑袋的。

北墙最里面，紧靠着墙有一个巨大的青石雕刻的莲座，莲座上供奉着一尊大佛，跏趺而坐，宝相庄严。

李多祚引着众人，来到那大佛跟前，指着大佛下方的一个大坑，说道："就是这里了。"

"挖这么多的坑干什么？"粟田真人没见过这阵势，咧了咧嘴，蹲在这些凹槽旁边，仔细观看，发现凹槽的内部竟然用厚厚的青瓷包裹，格外奢华。

"贵使不是我国人士，自然不知道这皇宫银库的讲究。"李多祚微微一笑，指着这些大坑说道，"银子若是累积在地面上，容易倒塌，这里放置的可不是三五两银子，往常都是整屋整屋的，那么多的银子若是倒塌成一片，整理起来十分烦琐，而看守银库的人固定时间是要清点的。银子放入这些银棺中，就没有了倒塌的麻烦……"

原来这些大坑叫银棺，真是贴切。

"而且，储存在这里的银子，一般都铸成规格统一的银饼，四四方方，规格一样，整齐摆在里面，当最上一层银饼和银棺地面齐平的时候，这一坑就有二十万两，不多不少。"

李多祚如此一解释，粟田真人啧啧称赞。

不过，很快粟田又发现了问题："为何这银棺四壁都是用厚厚的青瓷砌上呢？"

"不光是四壁，底面也是用青瓷砌上，这层青瓷足足有三寸厚！"李多祚比画了一下，"至于为何用青瓷，乃是宫中流传已久的传统。传说银子这东西，久而有灵，若是放入地下，容易钻土隐匿，遇到铜铁之类，更是会跑得无影无踪，只有瓷陶之物，方才能隔绝它的灵气。"

"这个我倒是听说过。"粟田真人笑道，"在我国，也流传埋入地下的银子找不到的传说，老银成妖的说法，很是广泛。所以一般埋金银入地下，都会用陶罐瓷罐之类，绝不用金属之物。"

"这些都是无稽之谈。"张鷟冷哼一声，将目光聚焦到那大佛上。

这大佛，足有一丈多高，青瓷材质，质地厚实，内里空心，手指敲上去发出清脆的金石之声，甚是雄伟，需仰头才能看清真容。

莲台底座几乎压着银棺的边缘，石质细腻，上面雕有肥硕莲花、力士、狮子等物。佛祖端坐两台之上，左手结禅定印，手掌向上放置于脐下，右手结触底印，手臂越过莲台，手面向外，手心向内，五根手指指向地面，慈眉善目，望之使人顿生崇敬之心。

佛前没有供桌，所以青石莲台上有几摊凝固的蜡油，想来是看守的人将供烛在莲台上点燃供佛。

"银库之中，怎么会有一尊佛陀造像？"张鷟问道。

李多祚双手合十，拜了拜，说道："此处当然不会放置，这尊是十天前运来的。"

见张鷟迷惑，李多祚忙道："陛下这十万两贡银不是要铸造佛像吗，便是这尊大佛了。"

这么一说，张鷟明白了。

宫廷造佛像与民间不同，往往工匠先用瓷器烧造一尊样品，送与皇家过目，若是不满意，便要修改，一直等到准许了，才能动工，按照这瓷器样品的样子，用金银铜之物锤揲或者浇铸。

"从何处运来？"张鷟围着佛像转了一圈，前后左右仔细观察。

李多祚不知他为何对这尊佛像如此感兴趣，回道："荐福寺。"

"荐福寺？"张鷟愣了一下，"陛下铸造大佛，不是发愿在慈恩寺供奉的吗，为何瓷佛从荐福寺而来？"

"这你就有所不知了，陛下固然是发愿造银佛供奉于慈恩寺，但慈恩寺的那帮和尚诵经作法行，铸造的手艺就不如荐福寺的了，而且陛下对这尊银佛格外看重，特意请来了一位高僧安置于荐福寺，一切事情由他亲自主持。至于铸造的工匠，都是荐福寺的僧人领头的。"

"明白了。"张鷟脸上平淡至极，一双眼睛终于离开了瓷佛，望向了大佛下方的那个大坑。

"这银棺，甚深呀。"张鷟勾着头往里看，里面一片黑暗，根本看不到底部，索性抬腿纵身跳了进去，把李多祚等人吓了一跳。

"御史，你欲何为？"

"十万两银子在这里没了，我总得察看察看吧。"巨坑中传来张鷟的声音，听起来很沉闷。

李多祚递给了张鷟一个火把，张鷟举着，细细观察。

上官婉儿、粟田和李多祚蹲在上面，面面相觑。

这时上官婉儿深吸了一口气，微微皱起了眉头，轻声道："你们有无嗅到一股气味？"

"进来就闻到了，有些刺鼻，说不出来的难闻恶臭。"粟田真人摇头道。

"也不是臭，而是说不出来的味道，直往鼻子里钻。"上官婉儿捂住嘴巴。

旁边的李多祚笑："你们知足吧，这已经算是轻微的了，原本能把人熏死，俺的四个手下现在还躺在床上。"

正说着话，只见坑里头的张鷟，张大了嘴巴，使劲挥舞着火把，那火把原本熊熊燃烧，现在似乎要熄灭了。

"莫非御史要上来？"李多祚解开腰带，扔了进去，拖死狗一般把张鷟拽出坑外。

张鷟仰面朝天躺在地上，面色铁青发紫，身体微微抽搐，呼吸急促，好一会儿才缓过来，大声道："李黑煞，坑里面你到底放了什么东西，味道怪臭无比，差点把我憋死！"

看来深坑里头的怪味比上面的要浓得多。

"银棺里面还能有什么东西？除了银子就没别的了。"李多祚挠了挠头，"至于这气味，之前是没有的。"

"那何时有的？"

"丢银子那晚。"

"哦，怎么回事？"

李多祚似笑非笑地说道："俺也不太清楚，那晚俺喝得大醉，只听得外面一片慌乱，当值的校尉跑进来说银库出事了，俺急忙起身，用钥匙开了锁，一推门，俺的佛！顿时熏得差点一头栽倒。屋子里不但有恶臭怪味，更有一股雾色涌动而出。俺让一个校尉领着三人冲进去，没多久传来鬼哭狼嚎之声，随后那校尉一人跌跌撞撞跑出来，话没说几句就昏厥过去。俺命人将大门敞开，散了半天，待恶臭味淡了，才带人冲进去。"

"你进去时就发现银子没了？"张鷟问。

"嗯。那几个狗奴也不知为何，全身抽搐，口吐白沫，皮肤溃烂，俺看都难活命，只有校尉伤势轻些。所以，军士们都说闹了妖怪。"

"蹊跷了。"粟田真人嘟囔着嘴。

张鷟咳嗽着，看着大坑："这一坑能装二十万两银子，你的十万两只能填一半，你是怎么装的？"

"的确装了一半，不过不是上下一半，而是左右一半。"李多祚比画着，"银饼全都垒在了坑的北面，从底下一直垒到和地面齐平，南北的另一半是空的。"

"银坑南边的底部，有一个孔洞，是怎么回事？"张鷟问道。

"那是排水用的。这大殿很少修理，一旦漏雨，就会进水。银子这东西虽然不容易生锈，但是如果有水在里面总是有耗损，所以才留着那孔洞排水。"

"排水的？这东西原先有吗？"张鷟摊开手，手掌上放置着的，好像是一坨固状的蜡油。

"这东西肯定不是银棺中的。"李多祚转脸看了看青石莲台，"应该是从莲台上掉进去的，俺们都是在莲台上点供烛。"

张鷟点了点头，沉默了一会儿，抬头道："最先进入银库昏迷的军士何在？"

"羽林卫所中躺着呢，怎么，你要去看？"

"自然要去。"张鷟站起身，一脸神神秘秘地喃喃自语，"说不定他们看到了妖怪了呢。"

# 第五章　释放怪雾之猫

"如今看来，凶多吉少哩。"个头矮小的御医一边说一边用两根手指轻轻地捋着银白胡须。

内苑羽林卫所，一间宽敞的房间内，弥漫着一股脓水和腐烂物的恶臭。

张鷟用一条白色方布折成的面巾包裹着口鼻，站在一排大床前。

对面横躺着三个大汉，身体上长满了铜钱大小的恶疮水疱，即便是脸上，也是密密麻麻、层层叠叠，黄色的脓水以及翻开的皮肉，令人作呕。

他们早已经没有了动作的力气，静静躺在床上，只有喉咙里发出咕噜咕噜的拉风箱一般的声响，张开的嘴，舌头、喉咙也已腐烂，不仅呼吸困难，而且因为疼痛牵动着鼻翼放大，一双双眼睛赤红夹带着血丝，宛若夜叉恶鬼一般。

"怎么会变成这样？"上官婉儿毕竟是女流之辈，被眼前的景象吓得有些花容失色。

"老夫虚活几十年，这般的恶症亦是头一次碰到，"御医不忍心地看着那三个大汉，摇了摇头，小声道，"应该是救不活了。"

"是中毒吗？"张鷟仔细观察了三个军士一番后，来到御医跟前询问。

"这个无法确定，表面上看，似乎和中毒很像，但天下的毒药老夫略知一二，还没有见到这般的毒药发作之状，很是蹊跷。以老夫看，更像是因为吸入了那怪雾所致，至于那怪雾的底细，恕老朽无能了。"

御医长长叹了一口气，收拾医盒，掀开门帘出去了。

"这三个狗奴，在俺麾下效力多年，办事利索，忠心耿耿，落得如此下场，俺也是气破肚皮。"李多祚看着军士，很是伤心。

"你不是说还有个校尉吗？"张鷟抬头道。

"不错，他的症状倒是不严重。"

"人在何处？"

李多祚走出去，没过多久，领了一个人进来。

这人一身甲胄，腰佩横刀，个头不高，瘦削干练，年纪在三十岁左右，皮肤白净，蒙着面巾，只能看到额头和眼角分布着几个水疱，他一边走一边咳嗽着。

"就是此人了。"李多祚道。

"右羽林校尉忽吉见过各位上官！"校尉施了一礼。

"校尉何方人士？"张鷟问道。

"安西人，跟随俺也有两三年了，别看瘦小，武艺高强，他这口横刀便是俺抵挡起来也有些吃力。"李多祚对此人甚为爱护，拍了拍那校尉的肩膀，"忽吉，你速将那晚之事禀明张御史。"

忽吉点了点头，咳嗽着说道："当时大门开后，小人带着三个手下冲入银库之中，里头涌动着一股雾气，味道极其古怪难闻，小人走在最后面，刚开始呼入那怪雾之后，觉得口鼻刺痒，便觉得古怪。小人生于安西，见识过一些毒雾毒气，一般来说，毒雾呼入口鼻便会有这般感觉，因此急忙屏住了呼吸……

"就在此时，有一个军士一头栽倒在地，拼命撕扯着自己的喉咙，高呼难受，剩下两个也全身抽搐口吐白沫。小人大惊，顾不得许多，慌忙取出手巾撒上尿捂住口鼻，想将他们救出去，可惜他三人块头极大，一时无法得手，而且小人虽捂住口鼻，但自觉也无法抵挡那毒雾，急忙转身拼命往殿门口跑去，可就在此时……"

忽吉说到这里，声音停顿了一下，明显有些犹豫。

"如何了？"张鷟问。

"小人不知当不当讲。"

"讲。"

"小人不知自己是否有了幻觉，就在转身之时，隐隐约约听到了鼓乐之声。"

"鼓乐之声？"张鷟脸上露出惊诧之色。

"是的，鼓乐之声，虽不甚响亮，但听得清清楚楚，有锣有鼓，丝竹管弦，甚为动听。"

张鷟转脸看着李多祚："你们在殿外也听到了？"

李多祚摇头："倒是没在意。"

忽吉继续说道："小人当时也奇怪，这银库里空空荡荡，根本没有人，也不可能有乐器，怎会有鼓乐之声？所以小人忍不住转身向后看了看，结果……"

忽吉垂着头，声音抖动："小人看到了一双眼睛，一双沉浸在怪雾之中的眼睛，灼灼放光，死死地盯着我。那眼睛，就如同……深夜中看到的猫的眼睛一般。小人吓坏了，跌跌撞撞跑了出去。"

李多祚摆了摆手，对张鷟道："俺带人进去时，里头除了那三个昏厥的狗奴之外，其他什么都没有，银子不翼而飞了。"

忽吉点头："此事甚为怪异，小人觉得……可能是闹猫鬼了。"

"开始俺不信，可这几天来，左思右想，怕只有如此解释。"李多祚痛苦地说道。

这事情，果真是越听越不可思议。粟田真人和上官婉儿齐齐望向张鷟。

张鷟眼睛扫了扫忽吉，问道："你当时听到了鼓乐，识得那曲子否？"

忽吉想了想，答道："小人对乐礼略通，如果没听错的话，应该是《庆善乐》。"

《庆善乐》！上官婉儿和粟田真人面面相觑，便是张鷟也苦笑起来。

李多祚见他三人表情奇怪，忙问道："怎么了？"

"居然是《庆善乐》，如此看来，倒是对得上。"张鷟拍了拍手，对李多祚说道，"黑煞，你还记得我之前跟你说的，有人在荐福寺东山门看到群猫押运银车离奇消失的怪事吗？"

"嗯，这与《庆善乐》有何关系？"

"当然有关系。当时那群猫载歌载舞，演奏的就是忽吉听到的《庆善乐》。"

李多祚差点跳起来："这么说，果真是那群猫妖偷了俺的银子了！"

这家伙是个急脾气，直起腰对外面高喊了一声："来人！"

门外军士进来。

"点上五百人，随俺一起走一趟荐福寺！"李多祚声嘶力竭。

"李将军，此欲何为？"上官婉儿道。

"当然是找银子了！那群猫妖在荐福寺消失，没准把银子藏在了那里！"李多祚冷笑了一声，"若是真让俺搜到了，嘿嘿，不管是妖是鬼，俺一刀斩之！"

"如此，怕是不好吧。"上官婉儿摆了摆手。

"怎了？"

"荐福寺不是一般的寺庙，原先是当今皇嗣的王府，如今更是国寺，寺中高僧云集，连陛下都很是尊敬，你带着军士杀气腾腾闯入佛门净地，不怕陛下怪罪你？"

"怕，怎的不怕？可俺更怕银子找不回来陛下砍了俺的斗大脑袋！"李多祚连声冷笑，"顾不得这么多了！"

上官婉儿知道李多祚脾气暴躁直爽，一旦决定了的事，九头牛也拉不回来，只好望向张鷟。

张鷟倒满脸是笑，对上官婉儿的目光视若无睹，不但不劝阻，而且还举双手赞同："我觉得这样也好，不管能不能在荐福寺搜到银子，都一定要去察看一番。两件事情联系紧密，管它什么王府国寺，十万两贡银要紧。再说，此等大事，便是寺中高僧们知道了，也会体谅的。"

"然也！御史今天说了句人话。"李多祚哈哈大笑，腆着肚子出去了。

不愧是羽林卫，转眼工夫五百人马就聚齐妥当，五百军士，金盔金甲，挑起羽林卫的旗帜，催动胯下高头大马，一阵风般离开西内苑，朝南而去。

"这么闹腾下去，怕是要出乱子。"马车中，上官婉儿揉着太阳穴。

张鷟盘腿而坐，轻摇折扇，双目微闭，没有回应上官婉儿的话，只有嘴角，挂上了一抹微笑。

大队人马出了宫城、皇城，自朱雀门往南行，到了安仁坊向东拐，继而转向南，马蹄声声，动如雷霆。

此时夜色浓重，遥遥地听到了"咚"的一声鼓声——已经到了夜禁时刻。

天气阴沉欲雪，月华早被浓云遮盖，氤氲暗淡中，宽阔的街道上几乎没有行人，很快就到了荐福寺的东山门。

果真是巨大的一座寺院，占地连绵广阔，楼台殿堂铺展开去，高大的佛塔黑乎乎地矗立在夜色里，犹如一尊金刚罗汉。

李多祚一声高喝，五百人齐齐下马，手中的火把将那东山门照得如同白昼一般。

"这就是那山门了。"张鷟下了车子，缓缓来到山门跟前，昂着头，喃喃道。

说是山门，其实根本不是一扇门那么简单，准确地说，这是一个巨大的殿堂楼阁。通体用砖石、巨木修建而成，开左、中、右三门，中间的门极为宽大，足够容纳两辆马车并肩而行，门道内侧立梁柱，上承梁架，在其上修建了三层的楼阁，高足两丈有余，屋瓦借用金色琉璃，鸱吻高挑，檐角翼展，巍峨壮观。门上匾额"荐福寺"三字，一看就是女皇亲手御书的飞白体，气势恢宏。

不过这山门似乎还在整修，门道外面以及上方的楼阁都搭了极多的木架，很多地方还用帷幕包裹着，周围的地面上也堆放着砖石木梁。

李多祚这一帮人马来到山门前，早惊动了守门的僧人，为首的一个走过来，双手合十说道："敢问将军……"

"开门，俺要进去！"李多祚是个急性子，挥了挥手。

僧人愕然："将军深夜要带兵入鄙寺？"

"屁话！不进去俺半夜三更的来逗乐子？"李多祚瞪大了眼向那僧人斥责道。

"如此，怕不好吧？"僧人皱起眉头。

"怎恁地唠叨？开门便是！"

"放肆！"就在那僧人为难之际，一声厉喝传来，只见从侧门中闪过一人，是个年轻的僧人。

好俊俏的僧人！众人眼前一亮。

他年纪二十多，一身青色僧袍映托出高大的身材，面若暖玉，目似朗星，鼻梁高挺，五官轮廓分明，看模样，倒是个胡僧。

"智玄师兄！"看门的僧人见了这年轻和尚，松了一口气，双手合十，"这位将军要带兵入寺，贫僧……"

"知道了。"叫智玄的和尚摆了摆手，打发守门的僧人去了，转身看着李多祚，脸色冰冷，"敢问将军高姓大名？"

"右羽林将军李多祚。"

"李将军，深夜带兵来鄙寺，意欲何为？"

"屁话如此多！俺先进去再跟你们住持说！"李多祚不耐烦道。

智玄冷笑一声："将军既身居高位，也应该知道这荐福寺的来头！此乃皇嗣旧府、大周国寺，佛门清净地，岂能是你一句话就能带兵入内的？！"

"放肆！别说你这破寺了，便是含元宫俺也来去自如！"李多祚大怒，手一挥，一帮军士如狼似虎地往前涌。

"护法！"智玄高喊一声，从左右门道里蜂拥出来一群僧人，一个个同样是金刚怒目，拦住去路。

眼见形势不妙，就听见嘎嘎两声响，中间的大门缓缓打开，一个老僧在簇拥中走了出来。

"还不退下！"老僧低吼一声，犹如龙吟虎啸，僧人们齐齐双手合十躬身施礼。

这老僧，年近七十，龙行虎步，身披金色锦襕袈裟，长眉阔目，神采飞扬，面相庄严，令人观之便心生崇敬。

"贫僧荐福寺住持义净，见过各位檀越。"老僧双手合十，微微顿首。

"你就是住持呀，好办了，俺要进去办事！"李多祚根本不管对方是何人。

"黑煞，义净大师面前，不得无礼。"张鷟急忙走出来，呵斥了李多祚一声，旋即对那老僧躬身施礼。

"这僧人，很厉害吗？"粟田真人偷偷对上官婉儿问道。

自打与张鷟结识，他还没见到这个神棍对人如此恭敬有礼过。

"何止是厉害，实在是……实在是我大周少有的一等一的高僧。"望着那老僧，上官婉儿也是面露崇敬之色，"大师幼年出家，天性颖慧，遍访名德，博览群籍，年十五即仰慕法显、玄奘之西游，二十岁受具足戒。咸亨二年取道海路，经室利弗逝至天竺，一一巡礼鹫峰、鸡足山、鹿野苑、祇园精舍等圣迹后，往那烂陀寺勤学十年。后又游学七年，历游三十余国，返国时，携梵本经论约四百部、舍利三百粒至洛阳，陛下亲自迎接，敕住佛授记寺。去年受陛下邀请，任荐福寺住持，译经讲法，名动天下。"

"怪不得。"粟田真人点了点头。

"竟是张御史？哈哈，上次那盘棋还未下完呢，想不到夜半相会，甚是有趣。"义净似乎和张鷟交情匪浅，笑容灿烂，又看了看李多祚，"张御史，这么多军士，不知为何……"

"能否入寺再说？"张鷟为难道。

"倒是无妨，不过这帮军士要下马步行进去了。"义净十分大度。

张鷟冲李多祚点了点头，低声吩咐了几句，李多祚摆了摆手，五百军士留下少许照看马匹，其余的安安静静跟在张鷟、义净身后进寺。

"大师，上月我来，此山门还是另外一个样子。"来到山门下，张鷟昂了昂头。

门道下倒是没什么脚架，能够遥遥地看到上层楼阁的巨大弧形天井。

义净大师笑道："陛下欲做一场大法事，故而重修此山门。原来的山门老旧破败，如今这山门兼取华夏与天竺风格融于一身，故而壮丽得多。此等事情，贫僧是无能为力的，多亏了小徒智玄。"

义净大师指了指旁边的那年轻和尚，极为赞赏。

"智玄大师年纪轻轻竟有如此大才，佩服。"张鷟笑道。

智玄冷哼了一声，别过脸去。

义净大师拉着张鷟的手，一边走一边小声道："你莫与他一般见识，他脾气虽有些孤僻，但精通佛理、工于明巧，未来定然是龙象之才。"

二人边走边聊，拐来拐去，最终进了一间大院。军士们都在外面守候，义净、智玄师徒二人带着张鷟等人进入一间大殿，宾主落座。

说是落座，其实不过是摆上了个厚厚的坐垫。大殿空空荡荡，只有一尊巨大的佛陀造像，金光闪闪，肃穆庄严。

"不知御史此来，所为何事？"义净大师跏趺而坐，手持念珠，笑道。

"无事不登三宝殿，鷟是为一桩怪事。"张鷟苦笑不止。

"能让张御史视为怪事的，非同一般，贫僧愿闻其详。"

张鷟便将初七晚有人在荐福寺东山门下看到群猫载歌载舞押运银车，随后凭空消失的事，一五一十说了一遍。

义净大师安静听完，面带狐疑地看着张鷟："此事，当真？"

张鷟笑道："自然当真。初七晚很多人亲眼所见，这位便是其中之一。"言罢，指了指粟田真人。

粟田真人郑重地点了点头。

义净大师轻轻拨动手中的紫檀念珠，道："御史说的这事，贫僧倒是并没有听闻。"

"大师没听过？长安城都快传遍了。"

"的确闻所未闻。"义净转脸看着旁边的智玄，"你一直负责东山门的修建和监工，可曾见过？"

智玄双手合十恭敬道："师父，弟子率领僧俗修建山门，都是日出而作，日落而息，夜禁之时早就歇息了，不曾听过什么猫妖之类的胡扯。"

"如何是胡扯？很多人亲眼所见，而且俺的银子的确丢了！那群猫妖不但押的是银子，唱的曲儿也和俺那边一样……"李多祚急了起来。

张鷟摆手示意他闭嘴，然后对智玄道："那晚东山门处有寺内僧人否？"

"无有。"智玄想都没想，"那晚是初七，有大晚课，全寺僧人都集中在一起诵经修习，那边无人看守。"

义净大师连连点头，证明智玄所言非虚。

"这就不好办了。"张鷟苦着脸。

此时，只听见外面传来喧闹之声，随后一个小和尚急急忙忙跑进来。

"住持，那伙军士好不讲理，竟然要搜寺！"小和尚气得够呛。

"放肆！荐福寺岂能说搜就搜?！"智玄急忙起身，面色涨红，"佛门圣地，岂敢如此！"

"智玄！"义净大师叫住了智玄，望向李多祚。

李多祚拍了拍胸脯："没错，俺之前吩咐的！大和尚，猫妖偷了俺的银子，有人看到它们跑到了你这里消失不见了，所以银子说不定就在你们寺里，故而得好好找找。"

这家伙也是聪明，把搜查说成了"找找"。

义净又看了看张鷟。

这家伙此刻低着头，装模作样地拍着大腿，嘴里喃喃自语："不好办了，这下不好办了。"

"智玄，让他们搜吧。"义净低声道。

"师父！"智玄气得咬牙切齿，"咱们荐福寺可不是寻常小寺！这帮人太无礼了！"

"你口口声声不让搜，莫非是心中有鬼？"李多祚笑道。

智玄毕竟年轻，怒道："我们荐福寺光明磊落，何谈心中有鬼?！分明是尔等混账!"

"罢了!"义净低喝一声,"搜搜就搜搜吧,李将军也是为了国事,不做亏心事,不怕鬼敲门,咱们没偷银子便成,至于那猫怪……呵呵。"

义净大师连连大笑,自然觉得这是怪语乱谈。

有了义净的吩咐,荐福寺僧人不再阻拦,四百多军士举着火把三个一伙,五个一堆,见院子就进,见屋子就钻,将整个荐福寺翻了个底朝天。

外面鸡飞狗跳,大殿里头倒是安安静静。

上官婉儿、粟田真人等人静待消息,张鷟竟然和义净大师下起了围棋。

约莫过了一两个时辰,搜查的兵丁开始陆续回来禀告。

荐福寺殿堂庭院众多,细细搜索很是耗费时间,漫长的等待之后,传来的消息让张鷟等人不断失望——贡银影子都没找到,至于猫怪,更是毛都没发现一根。

"什么都没发现?"李多祚对前来回禀的手下大声道。

"是!"

"搜得仔细否?"

"就差挖地三尺了!"

"都搜遍了?"

军士点了点头:"都搜了,没放过任何一个屋子、任何一处地方!不过……"

"不过什么?"

"距离此地不远,后面的一个大院子,寺里僧人说什么也不让搜,而且说没有陛下允许,任何人不得进去!除了那院子,其余的地方都搜遍了。"

李多祚闻言,吸了一口气,转脸看着义净:"大和尚,那院子,为何搜不得?"

义净捏着棋子的手停在了半空中,苦笑道:"那院子,你们还真的不能搜。"

"哦，为何？"张鷟观着棋盘，面色平淡。

"原因贫僧不能告诉你们，没有陛下的手谕和命令，任何人皆不得入内。"义净大师言辞之间，毫无商量的余地。

"倘若……"张鷟抬起头，嘴角露出诡异笑容，"倘若我非要进去呢？"

……

很小的院子，甚至有些破落。

原本雪白的墙壁已经斑驳脱落，长满了青苔，檐头长满了枯草，在风中摇曳，发出低低的呜咽之声，黝黑的瓦片上落满了厚厚一层金黄色的叶子，是银杏。

院中那一棵大树伞盖一般扩展着，白色的树身光洁直挺。

这么个院子，在荐福寺无疑是最不起眼的所在，张鷟想不出为何义净坚持不让自己进去。

木门敞开着，可以看到院中的一池残荷。

"御史，其余事皆可答应你，唯独这院子你们不能进去。"义净挡在门前，双手合十，态度坚决。

"莫非你这里面藏了什么人？"张鷟看着义净，像是看着一件奇怪的东西。

"的确是有人。"

"既然是有人，见一面又有何妨？"

"此人极为尊贵，莫说是你，便是陛下前来也是在门外下辇脱履恭行。"

"哦，当今竟然还有如此之人？那我更要拜见一番了。"

"恕难从命！"

两个人沉默了，僵持着。

张鷟望了望院中，突然高叫道："不知里面是何贵人，张鷟张文成前来拜见！"

他的声音尖锐而高亢，仿佛一只鸣叫的鹅一般。

真够无赖的。粟田真人和上官婉儿偷笑。

"御史，你太无礼！"义净恼怒起来，上前就要拽走张鷟。

"义净，放这帮娃儿进来吧。"

院中，传来一声低低朗笑。

笑声沉穆洪亮，带有极强的穿透力，仿佛在人心头响起，震得张鷟耳朵嗡鸣不止。

此人！张鷟心头不由得一动。

义净大师乃是闻名天下的高僧大德，年已近七十，此人竟然直呼其名，应该辈分比义净还要高，放眼天下，张鷟想不到何人有如此的尊严。

"是，遵师祖法旨！"义净听闻，转身面向庭院，躬身行礼，对张鷟哭笑不得，伸了伸手，"请吧。"

跟随着义净，众人鱼贯而入。

树下，坐着一个人。

千年银杏树，树根突出于地面之上，如同蟠龙一般游走，遒劲粗壮。就在那树根之上，放置着一张蒲团，一老僧跏趺坐于其上，微风吹来，衣袖飞舞。

好个老僧！

一身素色紫金宽大僧袍之下，宽大敦实的身材好像立起了一块石碑，高耸挺拔，方脸阔目，凸额大耳，雪白的长须垂于胸前，神采奕奕，不怒而威。

老僧身侧，树枝之上，挂着一幅条轴古画，古画之下，竟然卧着一头吊睛白额老虎！

一人，一虎，静处于天地之中，虽无言语，但望之气象万千！

张鷟倒吸了一口凉气，心想：这老和尚不简单！天下僧人，何止千万，但有资格穿上这一领皇家钦赐的紫色僧袍者，屈指可数！

"小子参见上人！"张鷟来到近前，躬身施礼。

"吼！"卧于老僧旁边的那头猛虎懒洋洋睁开眼，望着众人，缓缓站起，一声呼啸，吓得一帮人心惊胆战。

"这猫儿。"老僧呵呵一笑，摆了摆手，"此乃贵人，不得无礼。"

老虎被呵斥，露出委屈的神色来，耷拉着脑袋偎依着老僧坐下，一双虎目却炯炯地盯着众人。

"你便是那青钱学士吧？"老僧眯着眼睛，望着张鷟，脸上微微一笑，果真是慈祥无比。

"惭愧。"张鷟破天荒地谦虚了一回，"国师面前，小子那些都是虚名。"

"你知老衲是谁？"

"紫衣法王，两京帝师，小子若连上人都认不得，这双眼睛也该挖了去。"

"哈哈哈哈。"老僧朗笑几声，"你与你师父一般德性，口齿不饶人。"

张鷟也笑。

"内舍人，这老僧是何来头？"粟田真人低声对上官婉儿道。

上官婉儿看着那老僧，神情激动："这位呀……便是大唐圣教中被誉为'日月双星'的其中之一了。"

"日月双星？"

"举国僧人，如同过江之鲫，论威望和修为，如今位于巅峰者，有二人，你不知吗？"

"这个……确实不知。"

"你听说过南宗北宗吗？"

"略知一二。"

"眼前这位，便是北宗上座！"

"莫非是……"粟田真人闻言，目瞪口呆，"莫非是神秀大师?！"

"然也！"

"八百万神灵呀！竟然是他！"粟田真人急忙整理衣袖，望着老僧双膝跪拜。

当年，达摩老祖自天竺入中原，创立禅宗，主张依佛心，不立文字，教外别传，不拘修行，以期"直指人心，见性成佛"。历经二祖慧可、三祖僧璨、四祖道信、五祖弘忍，发扬光大，成为天下佛门正统至尊。

自五祖弘忍后，禅宗分为南北两宗，南宗以慧能为尊，北宗以神秀为圣，各显神通，统领天下法教，时人誉为"日月双星"。

神秀大师年少时便出家，后于五祖弘忍处求法，深为五祖器重，称其为"悬解圆照第一""神秀上座"，令为"教授师"。五祖圆寂后，神秀大师于江陵当阳山玉泉寺，大开禅法，声名远播。四海僧俗闻风而至，声誉甚高，世人赞其为"无上法王"。女皇建立大周之后，对神秀大师深为敬重，特请神秀大师前往神都洛阳，亲自行弟子之礼，赐紫金法袍，以旌其德。

粟田真人拜过了神秀，退到后面，转脸对上官婉儿道："内舍人，关于神秀大师，我听过一个故事，不知是否属实。"

"怎么？"上官婉儿一愣。

"前来长安的路上，从南宗的僧人口中听说。说是五祖行将圆寂之时，乃命门人各呈一偈，表明自己的悟境。神秀大师呈偈曰：'身是菩提树，心如明镜台，时时勤拂拭，莫使惹尘埃。'慧能大师听说后，亦作偈曰：'菩提本无树，明镜亦非台，本来无一物，何处惹尘埃。'五祖将两偈比较，认为慧能的悟境高于神秀，夜里为慧能大师宣讲《金刚经》大意，将衣法密传给慧能，命他连夜南归，自此禅宗才分为南北两派。"

"一派胡言！"上官婉儿低喝了一声，"此乃南宗僧人编造所为。被弘忍大师选定为正宗继承人的，乃是神秀大师，之所以南北分为两宗，是因为神秀大师与慧能大师的主张不同而已。"

"有何不同？"

"神秀大师不仅精通儒道，饱学老庄，更是继承四祖道信以来的东山法门，以'心体清净，体与佛同'立说。因此把'坐禅习定''住心看净'作为一种观行方便。在修行方式上，主张要在通达佛经大义的基础上，循序渐进，乃能达到即心见佛、了然顿悟的境界，也就是说，主张渐进和顿悟同时兼得。而慧能大师，讲究的是'不立文字，教外别传'，也就是说只需老实坐禅，悟心见本性，便可顿悟成佛，主张的是顿悟。"

"如此说来，二者有何优劣？"粟田真人道。

"无优劣之分，不过是方法不同而已。"上官婉儿想了想，"一个是禅宗的集大成者，通达三藏十二部大小乘经教；一个是直接从佛经中另辟蹊径，独立成说。"

"原来如此。"粟田真人连连点头。

此时，神秀和张鷟也相谈甚欢。

"上人不是在洛阳吗，为何到了长安？"张鷟坐于神秀下首，恭敬道。

"洛阳与长安，有分别吗？"神秀微微一笑，"皆是芥子、泥丸而已。"

张鷟笑。

"那娃儿。"神秀指了指李多祚。

原本气势汹汹的李多祚，此刻如同个猫儿一般，弯着腰走过来，笨拙地叉手行礼。

"愣着干什么，还不带你的人去搜查。"神秀指了指自己的院子。

李多祚涨红着脸："不敢！"

"有何不敢，老衲也是个人呀，一般无二，搜吧。"

李多祚还要多言，张鷟摆了摆手："上人让你搜，你便搜。"

"是。"李多祚讪讪笑了一声，转身带着军士搜查去了。

"你师父仙逝，已经二十多年了吧。"院子中嘈杂无比，神秀大师脸上古井无波，看着张鷟淡淡道。

"二十五年矣。"

"是呀，白驹过隙，何等神通人物，到头来也不过是空空而已。"神秀大师微微叹了口气，似乎沉浸在往事的回忆里。

张鷟颔首，没有打断老僧。

神秀大师将了将胡须，一双大手抚摸着那头猛虎的额头，老虎发出愉快的低声咆哮。

"你深夜到荐福寺，所为何事？"神秀道。

"乃是为了一桩怪事而来。"

"怪事？这世界，还有怪事吗？"神秀哑然失笑。

"听起来，的确是怪事呢。"张鷟将群猫现于荐福寺东山门的事说了一遍。

神秀默默听着，并无言语。

"小子也算有些见识，此事却是困惑不已，事关重大，还请上人解惑。"张鷟道。

"蠢呀。"神秀大师哈哈大笑，摇了摇头，指着挂于枝头的那幅条轴，"你看那上面，画的是什么？"

张鷟转头望去，却见那条轴上，广大的白绢处，画了一个圆圈。

用毛笔饱蘸墨汁，用劲画的一个粗粗的圆圈！除此之外，别无他物。装帧如此精美的条轴上，竟然不是山水人物，而是一个圆圈？！

"似乎是一个圆圈。"张鷟老实道。

"的确是个圆圈。"神秀笑，"但老衲看，却是面镜子。"

镜子？上官婉儿、粟田真人等人瞪大眼睛看着那个大圆圈，怎么看也看不出是面镜子。

老僧望了望张鷟，见其盯着那画没有言语，乃道："你还记得老衲当年说与你的那偈语吗？"

"记得。'一切佛法，自心本有；将心外求，舍父逃走。'"张鷟回道。

"其实，心这个东西，也是虚妄的。"神秀大师呵呵一笑，"世尊言：'凡所有相，皆是虚妄。'一切相都是缘起不实，如同镜中花、水中月，不可捉摸。比如这树，砍伐了来，做成条案，你们说那是'条案'，若做成了桌子，你们又说那是'桌子'，其实哪有什么条案、桌子呢，都不过是一般的木头而已。所以，当你们说'条案''桌子'时，你们便落入了'相'中，而我说'木头'时，我也落入了'相'中；甚至，我说'相'这番话的时候，也同样落入'相'中。世间万物，皆是如此，江河湖海也罢，日月星辰也罢，芸芸众生也罢，魑魅魍魉、妖魔鬼怪也罢，都不过是'相'而已。"

神秀大师这番法言，听得众人连连点头。

"修行之人，首先之行，乃是要尽观世间之'相'，心知是'相'，才能知道何者为'心'，继而要知道'心'也是'相'，所有法皆是'相'，再而得知诸法非法、诸相非相。心也罢，相也罢，并没什么不同，而且都如镜中花、水中月一般，便是色空不二。

"如此，则离色、声、香、味、触、法，得无垢无染、无相无住、无贪无嗔、无痴无恼之心，是谓'应无所住，而生其心'，方是正道。"

神秀大师口吐莲花，众人醍醐灌顶。

"依上人所说，那押运银车之猫鬼，乃是虚幻？"

"你师父当年有一言，甚为有理，曰：'世间无有不可思议之人、不可思议之事。'你忘了？"

"倒是了。"张鷟连连点头。

神秀大师呵呵一笑，指着那画，对众人道："尔等再看看。"

众人转脸望去，一个个目瞪口呆——条轴上原先画的那个大圆圈，不知何时，竟然变成了一面镜子，一面细致入微的墨画古镜！

"所以老衲方才说它是个镜子呀。哈哈哈。"神秀大师朗笑不已，"看到的，不一定就是存在。"

众人呆若木鸡。

"这是幻术？还是……神通？"粟田真人不敢相信自己的眼睛，喃喃道。

"不过是把戏而已。"神秀大师言辞淡然。

"上人对'猫鬼'怎么看？"上官婉儿上前一步，轻声道。

"边州之巫术尔，不足为奇。"神秀大师双目微闭，"与这条轴上的变幻，一般无二。"

"依大师所言，也是虚妄了？"

"可以这么说。"

"但已经死了人了。"

"哦?"

"一行猫鬼巫术之人,死于非命,且死状极其诡异,不但四肢被斩去,还被拼接上猫尸,做蹊跷之舞蹈状。"上官婉儿皱起眉头,"既是虚妄,又怎可杀人呢?"

神秀大师望向张鷟。

张鷟将麴骆驼的事情说了一遍。

神秀大师听罢,表情柔和,说道:"虚妄当然不可杀人……"

说到此处,大师欲言又止,看着张鷟,露出一抹意味深长的笑容:"也是巧了,你说的这诡异舞蹈,老衲好像清楚它的底细。"

# 第六章　火中杀人之猫

"这也是老衲听说的。"

大和尚坐在树根上，背后的天幕浮现出一轮圆月。

浮云散去，夜空陡然变得澄澈起来。

月光流水一般一缕缕倾斜下来，映照出大和尚那张深邃的脸。

"祆教，你们都知晓吧？"神秀大师呵呵一笑，"老衲曾经有个很好的朋友，是个祆正。"

众人都点了点头。

祆教，也就是琐罗亚斯德教，又叫拜火教，是从西域传来的一种胡教，隋唐时朝廷皆允许其在中原传教，而且备受皇室、贵族推崇，长安就建立了不少祆祠，信众颇多。所谓的祆正，乃是祆祠的传教领袖，相当于佛教寺院的住持，为德高望重的大修行之人。

该教认为阿胡拉·马兹达是最高主神，是全知全能的宇宙创造者，它具有光明、生命、创造等德行，也是天则、秩序和真理的化身。马兹达创造了物质世界，也创造了火，即"无限的光明"，因此琐罗亚斯德教把拜火作为他们的神圣职责。

阿胡拉·马兹达在善恶二元论中是代表光明的善神，与代表黑暗的恶神阿赫里曼进行长期的战斗，最后获得胜利。该教经典之一的《创世记》认为宇宙自亘古以来善、恶二神即已存在，中间间隔为虚空，二者相互斗争，于是开始了创世过程。创世分为七个阶段：天空、水、大地、植物、动物、人类、火。为了战斗，阿胡拉·马兹达创造了世界和人，创造了火。琐罗亚斯德的出生是善神阿胡拉·马兹达胜利的结果，琐罗亚斯德每一千年生育一个儿子，他指定第三个儿子为救世主，以彻底肃清魔鬼，使人类进入"光明、公正和真理的王国"。

这种宗教教义简要分明，仪式神秘，而且传教之人往往有极其高超的法术，故而在长安赢得众多信众。

"祆教除了行拜火仪式外，还有诸多隐秘法术，更有巫师者，有沟通阴阳之能，各种诡秘巫术数不胜数。老衲要说的，也是从那朋友处听来的，尔等可一听，不必当真。"神秀大师笑容灿烂。

众人被神秀大师说得好奇无比，纷纷屏声静气。

"其中有一种巫术，乃是在半夜三更举行。一帮信众穿上各种衣服，做不同之装扮，帝王、文人、老姬、乞丐、恶鬼等等，不一而足，围成一圈跳舞，一巫师坐在圈中，奏响诡异之乐，信众随着音乐跳跃辗转，逐渐疯狂。巫术进行到最终，将会招来阴神，信众可以向阴神许愿，愿望皆可得到满足。"这般言语，从神秀大师口中说出来，真是有些怪异。

"许愿就可满足？这也太好了。"粟田真人脱口而出。

神秀大师捋了捋胡须，摇头道："世间之事，有白白得来的好处吗？许愿固然可以实现，但也有代价，这代价便是——这群人中，有一个人必须要被阴神带走作为回报。"

"也就是说，要死的？"粟田真人张大嘴巴。

"是如此说。"神秀大师点点头，然后看着张鷟，"围成一圈的信众，所跳的舞蹈，老衲曾经见到过，舞姿很是单调，动作亦十分诡异——双手高高举起，一脚高抬，另一脚直立，仅以脚尖着地。"

"这不就是麴骆驼的尸体所呈现之舞姿吗？"上官婉儿惊道。

张鷟沉吟了一下，问神秀大师道："此舞有何说法吗？"

神秀大师摇头说道："老衲也不知，不过此舞之名，老衲倒还记得——大光明之舞。"

"大光明之舞？"张鷟口中念叨了几句，点了点头。

此时，神秀大师沉思了一会儿，开口道："老衲还记得，此巫术中的阴神，乃是袄教神灵中的一种，是个人身猫头的女鬼。"

哇！上官婉儿惊呼起来。

粟田真人则脸色煞白，扯了扯张鷟的衣袖："麹骆驼的尸体，不就是被斩断四肢拼接上猫的尸体吗？难道与此有关？"

"但不是说乃猫鬼所为吗？"上官婉儿道。

"谁知道呢？猫鬼也是猫，阴神也是猫，或许是一回事呢？你忘了，猫鬼是从西域传来，这袄教也是西方之教。"粟田真人沉声道。

唯独张鷟沉默不语。

"鬼神之事，虚无缥缈，自不可信。"神秀大师呵呵一笑，"老衲也是无聊，与你们说此等奇谈怪论，不说了，不说了，再说，老衲便要犯戒了。"

言罢，大师跏趺而坐，双手置于腹下结禅定印，一股无比肃穆、庄重之气息自大师身上喷薄而出，看来是瞬间进入了清净三摩地。

这姿态，无疑是告诉众人他要修行了。

张鷟带着大家起身，施礼告辞。

"小子，记住，过去之心不可得，现在之心不可得，将来之心不可得，世事流转，一切皆是幻象，无论何时，保持内在之觉醒，便可拨云见日。"神秀大师朗声道。

"小子记住了。"张鷟点了点头。

"如此就好。"神秀大师闭上嘴，显无比威猛之姿态，接着一阵龙吟虎啸般的诵经声响彻院落——

"南无萨怛他，苏伽多耶，阿啰诃帝，三藐三菩陀写，南无萨怛他，佛陀俱胝瑟尼钐……"

这诵经声，真是佛门狮子吼，震彻心神，令人听之顿生五体投地之感。

不过，心细的上官婉儿发现了异样。

"大师诵经，为何不见张嘴而听到声音呢？"

听了上官婉儿此言，众人纷纷望去，果然见神秀大师嘴巴紧紧闭上，不见任何的翕动。

真是神了！

"诸位檀越，此便是师祖的大修行呀。"一旁的义净一边引领众人往外走，一边小声解释，"像我等修行诵经，是焚香净体之后口诵；师祖，乃是神诵了。"

"神诵？"

"然也。师祖的修行已经超脱自然，脱离五蕴，自由自在，无有障碍，故而不张嘴亦能发诵经声，闭目亦可观三千世界。"

"如何解释？"粟田真人问。

义净还真有些为难了："此乃大修行之征兆，你们未经过修行之事，自然不懂得，要解释嘛，也十分之难，最通俗的……嗯……你们听说过腹语吗？"

"腹语？"上官婉儿愣了一下。

"嗯。只能说和腹语类似，但师祖的神诵远非腹语所能比。"

此时，走在前方的张鷟突然身形停住，回头死死盯着义净："大师，你方才说什么？"

"贫僧说神诵……"

"不是这个！"

"腹语？"

"对！腹语！腹语！"张鷟蓦地兴奋起来，顾不得许多，一把拽住上官婉儿。

上官婉儿被他扯得身形踉跄，差点跌倒。

"怎的？"上官婉儿惊道。

"我且问你，陛下那晚，就是那只黑猫口吐人言的晚上，寝殿之中除了圣上、你、太平公主三人之外，还有一个侍女，对吧？"张鷟双目圆睁。

"的确如此。"上官婉儿点头，"你怀疑是那侍女冒充猫鬼说话，但她从始至终嘴巴都是闭上的，难道……"

上官婉儿似乎有些明白张鷟的想法了。

"那侍女何在?!"

"应该在宫中吧。"上官婉儿答道。

"走,去含元宫!"张鷟"啪"地合上了手中的折扇,兴冲冲往外走。

粟田真人却被这两个人弄得云里雾里。

众人出了院子,见李多祚正召集军士嘀嘀咕咕说着话。见张鷟出来,李多祚来到近前。

"搜不到俺的银子,如何?"

"搜不到就搜不到,且回宫,我还有要事!"张鷟回道。

"那怎么行!"

"黑煞,此事先放置一边,日后再说。"

"那俺都交给你了。"李多祚翻了个白眼。

众人与义净大师告辞,匆匆往回走。

眼见得来到东山门前,却见浩浩荡荡进来了一队车马。

马是高头大马,车是华盖香车,几十个女仆前呼后拥,来头不小。

张鷟低头赶路,与那车擦肩而过,怎料走了几步路之后,那车突然吱嘎一声停下。

"莫不是张御史?"车中传来一个男人的声音。

张鷟回头,见一个身着素色皂袍的男人在仆人的搀扶下离开车辇,走了过来。

这男人身材高挑,面净无须,年纪在二十五六,生得唇红齿白,好生俊朗,不过面带悲恸之色,眼角还有泪痕,来到张鷟跟前,纳头便拜。

"这不是……高阳郡王吗?"张鷟看了此人一眼,赶紧将其扶起。

"此人是谁呀?"粟田真人问上官婉儿道。

"梁王次子,安乐郡主夫君。"

"竟然是他!"粟田真人捂上了嘴巴。

此人便是狄千里所说的那位苦命父亲了——初七晚上离奇死于密室

之中、脑浆被取出的那男童之父，武三思的二儿子，安乐郡主的丈夫武崇训。

"郡王为何夜半来荐福寺？"张鷟和武崇训亦认识。

"唉……"武崇训长长叹了一声，指了指马车前的一个仆人。

那仆人怀中抱着个牌位，上面写着一行小字，是故去亲人的灵牌。

"实为犬子……超度而来。"武崇训一边说，一边落下泪。

"那晚之事，实在是……大不幸。"人生痛苦的事有很多，丧子之痛算其一，张鷟很是同情。

"御史也知晓了？"

"略闻一二。"

"如此也好，省得跟御史再说了。"武崇训擦干了眼泪，整理衣衫，对着张鷟深深施了一礼。

"郡王这是要做甚？"张鷟被武崇训弄得有些糊涂。

"御史，明察秋毫的本事，东西两京无人能比得过你，还请为犬子申冤呀！"武崇训凄凄惨惨。

"这个……"

"犬子死得蹊跷，死得凄惨，若不能为孩子抓住真凶，真枉为人父了！还请御史替犬子将那鬼怪绳之以法！崇训定感激不尽！"武崇训连连行礼，潸然泪下。

"郡王……这件事，能否日后再说？"

"御史答应了？"武崇训抬起头。

看着那张悲痛的脸，张鷟也是叹了一口气："我还有要事，来日再到府上拜访，如何？"

"好！多谢御史！届时崇训定亲自接御史过去。"见张鷟答应了自己的请求，武崇训紧紧皱起的眉头舒展开来。

"好，郡王多多保重身体，张某告辞。"张鷟点了点头，转身离去。

"可怜的一个人儿。"粟田真人与张鷟、上官婉儿上了马车，看着远去的武崇训，十分感慨。

车轮声响。大队人马离开荐福寺往含元宫赶去。

马车中，粟田真人直勾勾地盯着张鷟，然后又看了看上官婉儿："你二人到底做的哪出把戏？李将军的贡银还没查到线索，为何急急回含元宫？"

"为了陛下那晚的蹊跷事。"张鷟双目微闭。

"怎了？"粟田真人道。

"自然是发现了线索。"上官婉儿回道。

"线索？何线索？"

上官婉儿见粟田真人懵懂，解释道："当晚寝殿中黑猫口吐人言，在场的只有陛下、我、太平和一个侍女，虽然自始至终我都没见到那侍女张嘴，但御史见神秀大师的神诵，从义净大师口中听到腹语二字，就有了线索。"

这下粟田真人也明白了，转脸对着张鷟："你是怀疑那侍女搞的鬼？"

"当初我也只不过是怀疑，但神秀大师身上发生的事证实了我的猜测。"张鷟看着窗外，"侍女可自由出入寝殿，完全可以将黑猫藏在长裙之中带入，趁陛下、太平和婉儿不注意，放出猫，然后站在旁边，待陛下发现受到惊吓，她用腹语说出诅咒，如此则表面看上去如同黑猫口吐人言了。"

"妙极！"粟田真人听罢，拍手称赞，"那离奇出现在墙壁上又诡异消失的文字呢，怎么解释？"

"这个我暂时还不知，不过倘若蹊跷果真是那侍女所为，抓住她定然能够水落石出。"张鷟笑道。

"车夫，快点！"粟田真人倒是急了，对外面喊了一句。

"婉儿，那侍女是何底细，你清楚吗？"张鷟问上官婉儿道。

"这个倒不是甚清楚。"

"你是内舍人，掌管后宫的女官，难道还不清楚那侍女的底细？"

"若是在洛阳，定然一清二楚。陛下来长安一年有余，洛阳的侍女并没有悉数带来，所以人手缺乏，便从太极宫中找了一些留守侍女过来服侍，这个侍女便是其中之一。"上官婉儿解释道。

自高祖李渊一直到高宗李治，唐朝的都城都在长安，太极宫乃是皇宫，故而侍女众多，女皇建立大周后，迁都洛阳，原先在太极宫的侍女就留下一部分，称之为留守侍女。

"此女名唤长乐，久在太极宫中，为人倒也谨慎细致，平日里也老实得很，言语很少。虽然年纪已老，但懂得琴棋书画，举止得体，我便留了下来。除此之外，便一无所知了。"上官婉儿道。

"没关系，等会儿找到这侍女，自然就一清二楚。这一天，真是累杀我也。我睡会儿，到了地方再叫醒我。"张鷟伸了个懒腰，横躺在车中，闭上眼，很快发出了呼噜声。

……

已经到了后半夜。硕大的月亮不知何时被团团浓云遮盖，夜空惨白阴沉，冷风吹拂，怕是很快就要下雪。庞大的含元宫，高高矗立在龙首原上，仿佛一只匍匐巨兽，悄无声息。

马车在丹凤门前停下，守门的军士一个个恹恹欲睡，查验过了，挥手放人。

含元宫后宫的一座殿堂，灯火通明。

张鷟坐在上首，看着晃动的烛火，打了个哈欠。

外面已经下雪，鹅毛一般的雪花簌簌落下，很快地上就白了。

上官婉儿、粟田真人陪坐左右，双目炯炯地盯着殿外，李多祚大马金刀地立着，有些不耐烦。

"怎去了这么长时间？"粟田真人小声问道。

"宫大。"上官婉儿点上一炷檀香，香烟袅袅，"此时已是夜半，宫女们都已经睡了。"

一炷香烧完，门外响起了脚步声。

进来的是个十五六岁的宫女，体态婀娜，可能是因为一路小跑，剧烈喘息。

"人呢？"上官婉儿看了看宫女后面，见空荡无人，蚕眉微皱。

"禀内舍人，长乐并不在她的房间里。"

"不在？去何处了？"

"这个……贱婢不知。"

"还不去找?!"上官婉儿大怒。

宫女忙转身，急急出去了。

"宫太太，几个侍女、内侍去寻，怕是颇费时间，让俺手下的人也去寻吧。"李多祚笑道。

"也好。"张鷟点了点头。

李多祚转身出去，很快伫立在外面的羽林卫士四散开去。

又约等了一个时辰，依然不见有人来报。

"倒是蹊跷了。"上官婉儿站起来，低声道，"一个宫女，照例不可能乱跑，怎会寻不见？"

这时，李多祚迈步走了进来。

"怎样？"粟田真人忙问道。

"该找的地方都找遍了，人影子都不见一个！"李多祚挠了挠头，对上官婉儿道，"那宫女不会逃了吧？"

"她怎知道我们要找她审问？"上官婉儿冷声道。

说话间，忽然听到外面有人大喊："不好，走水了！"

随即，外面一通大乱。

宫中失火可不是小事，众人急忙出了大殿，顺着羽林卫士手指的方向向北望去，果然见大火烧得北面天空都红了。

"好大的火！"粟田真人惊道。

"是护国天王寺！"上官婉儿对含元宫无比熟悉，看了一眼，又急忙喊道，"来人！赶紧去救火！"

宫中的那些内侍、宫女们慌成一团，拿起各种盆、桶纷纷向北跑去。

"黑煞，派一队卫士前去保护好陛下，剩下的人，都去救火。"张鷟眯着眼睛看着北方，脸上没有任何的表情，淡淡道，"我们也去吧。"

众人离开含凉殿，一溜烟往北赶。

含元宫面积巨大，基本上分为三个部分：从丹凤门到紫宸殿，是政务区，殿堂楼阁皆是皇帝与大臣商量政事、接见外国使臣、日常办公的地方；紫宸殿到太液池，为后宫，是皇帝休息之所；太液池往北，连片的建筑皆是玩乐、祭祀、游赏之用，护国天王寺便在其中。

这座寺庙和一般的寺庙不同，修在皇宫之中，虽然面积不如荐福寺、大慈恩寺之类的国寺，但规格极高，是皇室祭祀、礼拜之所，供奉着佛祖、神灵，这样的地方失火，非同小可。

从含凉殿到护国天王寺，中间路途不近，待张鷟等人赶到，寺院里外早已经密密麻麻全是人，无数宫女、内侍、军士往来穿梭，用各种器皿拎水救火，场面十分混乱。

等走到寺中，见大火蔓延开来，四周建筑皆遭火龙漫卷。

"掌事的人何在？"上官婉儿怒气冲冲，蚕眉倒竖。

很快跑来了一个年老的内侍，后面跟着几个侍女。

一个个皆灰头土脸，衣衫满是灰烬、污泥，老内侍更是头发、眉毛烧得焦黑，狼狈不堪。

"参见内舍人！"

"怎么回事？"上官婉儿怒道。

"这个，老奴也不知。"老内侍见上官婉儿如此表情，也是惊惧万分，"不知怎的火就烧了起来。"

"怎可能突然之间就起火！"上官婉儿面沉如水。

"不会是有人放火吧？"粟田真人道。

"不可能！"老内侍摇头，"含元宫防范森严，层层的守卫，闲杂人等想进来绝无可能！这寺里三班看守侍卫轮流值守，每个殿堂更有宫女专门照顾，更不可能有人溜进来放火。"

众人都点头。这深宫之中，外面人溜进来放火，除非长了翅膀。

"火从哪里开始着的？"张鷟问道。

老内侍指了指北面："好像是从天王殿着的。"

天王殿是护国天王寺的主殿，位于寺院的正后方。

张鷟领着众人往后走去，穿过几道大门，来到一座大殿前。

上官婉儿看着面前的景象，面如死灰。

巨大的殿堂，早已经倾塌，彻底烧毁。

"我等反应过来时，这大殿早已经火龙一般，根本无法扑救，所以我们就放弃了，赶紧去救其他的地方。"老内侍垂着头道。

张鷟眯着眼睛看着地面，对上官婉儿点了点头，证明老内侍说的是真的。

天王殿周围的空地上，积雪已经厚厚一层，雪地上没有任何的脚印，干干净净，证明没有人靠近过这座大殿。

"天王殿值守的是何人？"上官婉儿喝道。

"是奴婢。"一个宫女战战兢兢地走了出来，脸色吓得煞白。

"知罪否？"上官婉儿转过身去，冷冷道。

宫女扑通一声跪倒在地，哭了起来："奴婢……奴婢冤枉呀！"

"冤枉？此寺乃皇家祈祷之所，有多重要不用我说吧？你身为值守之人，竟然粗心大意致使其毁于一旦，百死莫辞！"

"内舍人饶命！奴婢……奴婢并无任何疏忽！"宫女闻听上官婉儿此言，吓得花容失色，毕竟这是不可饶恕的死罪。

"这么说，我还冤枉你了？"

"不敢！"宫女抹着眼泪，"禀内舍人，奴婢今晚和平时一样，按时进殿里里外外仔细检查了一番，还特意灭了香烛，里面明火都不存一点儿，如何会失火……呀！"

宫女说到此处，惊叫了一声，猛地站了起来，看着倾塌的大殿，脸色煞白。

她这番表情，让众人的目光纷纷聚焦在她身上。

"怎了？"上官婉儿怒道。

"长乐姐姐还在里面！"宫女叫道。

"长乐？"上官婉儿倒吸了一口凉气，一把将宫女扯了过来，"你的意思是长乐在大殿里?!"

长乐，可不就是众人苦苦寻找的那个宫女吗。

"正是！"宫女哭道。

"到底怎么回事?!"上官婉儿气得全身颤抖。

宫女跪倒在地，禀道："就在奴婢检查完了大殿，出来准备关门上锁时，长乐姐姐走了过来，说是要进殿。"

"进殿？半夜她进殿干吗？"上官婉儿问道。

"当时奴婢也问她，她说近日宫中怪事连发，她白日没空，特意等忙完了过来上香跪拜，祈求天王保佑。奴婢和她也算熟悉，平日里长乐姐姐对我们这些人都很好，所以就让她进去了，还告诉她，等她祈祷完了，替奴婢把殿门锁上。"

"她会不会拜完出来了？"粟田真人心存侥幸地问道。

"不可能。"宫女想了想，坚决地摇摇头，"她进去之后，奴婢就去自己房中洗涤衣物……"

宫女指了指右后方，那边有一排小殿，是这些看守宫女歇息的地方，距离天王殿有几百步之远。

"奴婢洗完衣物，端着脏水出来倒掉，还看见长乐姐姐呢。"

"你看到了她？"张鷟轻声问道。

"是的。当时大殿房门半关，虽然离得远，但奴婢还是能看到长乐姐姐跪在天王像下。"

"你没看错？"

"不会看错。"宫女摇头，"长乐姐姐奴婢很熟，而且当时她侧对着这边，能看到半边脸呢。这天寒地冻的，姐姐跪在地上，身形笔直，双手合十，一动不动，虔诚得很。"

"那会不会等你倒完水回去之后，她拜完走掉了？"粟田真人问道。

"不会！"宫女再次摇头。

"为何？"张鷟眯起了眼睛。

宫女指着周围的雪地："姐姐来的时候，天空阴沉快要下雪了，我出来倒水看到她时，雪早下得纷纷扬扬，地上积了厚厚一层雪。你们看，雪地上一个脚印都没有，说明她并没出来过。"

说到这里，宫女哭了起来："可怜的长乐姐姐，定然是……丧命火中了！"

"你没说谎吧？"上官婉儿道。

"奴婢就算有一百个胆子也不敢说谎！"

那老内侍走过来，道："长乐进来时，我也看到了，雏奴并无虚言。"

"会不会是长乐跪拜的时候，不小心引燃了火？"粟田真人道。

张鷟想了想，摇了摇头："应该不会吧，香烛之类的东西，即便是打翻了引着了火，也有足够的时间扑灭，即便火势无法控制，长乐也会有足够的时间逃出来，不会眼睁睁地丧命火中吧。"

众人纷纷点头。

"你们围绕大殿仔细察看，看有没有脚印！"张鷟指了指周围。

一帮军士、内侍等人四散开去，没过多久，检查完了，禀告大殿废墟周围雪地上干干净净，的确没有任何进出的脚印。

"看来的确殒命了。"粟田真人叹息道。

张鷟没说话，背着双手走向冒着袅袅青烟的大殿废墟。

众人跟在身后。来到近前，李多祚命令军士搬开倒塌的房梁瓦砾。

天王殿高大，清理起来极为费时费力，张鷟发下话来说活要见人死要见尸，所以众人搜查得十分仔细。

约莫过了一个时辰，人群中有人发出了一声惊呼。

"怎么了？"张鷟一边问一边走到近前，待看清，不由得一愣。

一尊巨大的造像倾倒在地，断成两截，正是供奉的天王。这尊造像乃是用一整根巨大檀木雕刻而成，惟妙惟肖，足有一丈高，几人合抱粗细，烧得焦黑一片。不过尽管断成两截，但并未彻底烧成灰烬，而是斜倒在地上，和地面、基座组成了一个三角形，上面的瓦砾杂物塌下来，让木像下面形成了一个不大不小的空间。

这空间里一片灰烬，焦臭难闻，一个内侍拿着一个焦黑的簪子，跪在地上，呆呆举起手。

"这是长乐姐姐的。"方才那宫女急忙道。

"看来果真是烧死了。"粟田真人道。

这么大的火，结实的檀木造像都烧得焦黑，凡人的血肉之躯早化为灰烬了。

张鷟脸色难看。好不容易发现了可疑之人，眼见得案件有可能水落石出，竟然在关键时刻发生这种事，岂不是功亏一篑。

"啊呀！"灰心丧气之时，旁边有人又叫了一声。

这一回，叫的人是李多祚。

"怎了，一惊一乍的！"张鷟没好气地训斥起来。

"你们看！"李多祚指着地上的一处，激动无比。

众人走到李多祚跟前，纷纷弯下腰看着地面，脸色顿时变得格外诡异起来，周围气氛为之一紧，死寂一片。

地面，烧裂的青砖之上，赫然一个巨大的猫脚印！

脸盆大小的一个猫脚印，由灰烬组成，赫然在目！

寻常的猫，绝无可能有那么大的脚！

想起宫中发生的那件诡异事，面对着这个猫脚印，众人面面相觑。

"将军！"此时，几个士兵走过来，拖着一个人。

"怎了？"李多祚大声问道。

"抓着一个可疑的家伙！"士兵把那人丢在地上。

"鬼！鬼！别杀我呀！"那人鬼哭狼嚎，神情行将崩溃。

从衣着打扮来看，应该是个内侍，年纪不大，在十六七岁，吓得五官扭曲，双手抱头，裤裆里屎尿齐出，臭不可闻。

"小五？你这田舍奴怎弄成如此模样?!"老内侍将那人搀扶起来，气道。

叫小五的年轻人看着老内侍，嘴一咧哭出来："阿叔，救命呀！救命呀！"

"怎么回事?"张鷟看着那几个士兵，指了指小五。

"禀御史，我等搜查周围，在西边的角落里发现这狗奴昏倒在地，叫醒了，鬼哭狼嚎，又叫又咬人，神情癫狂，很是可疑，故而擒来！"

张鷟盯着小五，对老内侍问道："此是何人?"

"回御史，此人是老仆的内家侄子，跟随我宫中当差，平日里懦弱老实，今天不知怎的癫狂了。"

"阿叔，我见到鬼了！猫鬼！"小五大叫道。

这话，让张鷟目光一凛！

"小五，众人都在此处，你莫怕，好好说说，到底怎么了?"张鷟走到跟前，拍了拍小五的肩膀。

老内侍又安抚了一会儿，小五终于安静了下来。

"是这样，今夜小的不当差，天气又冷，就偷偷跑到西边的偏院找个无人的角落喝酒……"小五抹着眼泪。

"喝酒为何偷偷摸摸的?"粟田真人小声问上官婉儿。

"此乃宫中规矩，内侍、宫女不得允许，擅自饮酒者杖八十。"

张鷟摆摆手，示意二人闭嘴。

小五抽泣着："小人喝着酒，吃着肉，倒也快活，正大快朵颐，忽然听到一阵脚步声。我吓坏了，急忙将酒肉藏起，跑出来，遥遥看见前方黑暗中有个人影……"

"谁?"老内侍问道。

"是个女子，看着穿着打扮，也应该是宫女。"小五红着脸，"小的那时喝了酒，色心就上来了，想寻个乐子，就走上前，调戏了她几句。那女子却不闻不问，一个劲往前走，小的就越发放肆起来，快走几步，扯住她的衣角，拉住她。"

"你这个狗鼠辈！干的好事！"老内侍训斥起来。

小五哭道："我那也是猪油蒙了心！"

"好了，继续说！"李多祚不耐烦道。

"小的扯住她衣袖，见她停住身躯，就动手动脚，她亦没反应，小的就……就……"

"就怎样了？"

"小的就双手抓住她肩膀，将她的身体扳了过来，哪知……哪知她转过身来后，小的看到……看到……"小五全身颤抖，再也说不下去了。

"你看到什么了？"张鷟大声道。

小五快要哭出声来："一张怪脸！"

"怪脸？"

"满是鲜血的一张猫脸！龇牙咧嘴，扭曲变形，鬼！猫鬼！"小五双眼一翻，差点晕过去。

"一个女子，长着猫脸?!"李多祚扯着小五的衣领，"你没看错？"

"没看错！绝对没看错！就在小的面前，一丝一毫清清楚楚！然后小的吓得双目一黑，就什么都不知道了。"小五哭道。

大风呼啸，雪纷纷扬扬落下来。

一帮人呆立在雪中，没有一个人说话。

良久，粟田真人昂头看着张鷟："先生，猫鬼夜行了。"

……

# 第七章　踏雪无痕之猫

雪还在下，空气干冷，肥大的雪花落在手掌上，逐渐融化，最终消失不见。

张鷟看着自己的手掌发呆。

"倘若并无猫鬼呢……"张鷟喃喃道。

众人不解。

"我是说，倘若有人装神弄鬼，那长乐的死……"张鷟转过身来。

粟田真人将自己头上的乌纱高帽摆正："无法解释，常理无法解释。"

他看了看大家："从始至终长乐都在天王殿不曾离开，大殿周围的雪地上没有任何的脚印便是证明，长乐不小心打落香烛引燃大火说不通，那就说明定然是有人在大殿里杀了她，然后纵火。"

上官婉儿等人都点头。

粟田真人摇头："若杀人纵火的是人，他不会傻到将自己一块儿烧死，他要逃出来的，只要逃出来，雪地上就会有脚印！事实上……"

"天王殿里会不会有密室地道一类的东西呢？"张鷟问道。

"绝不可能。"最清楚的就是上官婉儿了。

粟田真人咧咧嘴："那这样就解释不通了，若凶手是人，如何凭空消失？"

众人皆沉默了。

"闹鬼了，"李多祚的脸上露出恐惧之色，"踏雪无痕，定是闹鬼了！"

"长乐的房间在什么地方？"张鷟忽然问道。

"在温室殿旁的偏宫。"上官婉儿回道。

"带我去看看。"张鷟冷声道。

一帮人离开混乱不堪的天王寺，向南快步而行。

温室殿距离不甚远，拐过了大殿，从一扇朱门进入，便是一个小小的院子。

几十个宫女早已在院中等候，一个个穿着单薄的衣服瑟瑟发抖，不知是因为寒冷还是因为恐惧。

"长乐的房间在何处？"上官婉儿盯着她们，言语中带着肃杀之气。

"在这边。"一个年约二十的宫女站出来。

"你领御史进去。"

宫女急忙推开门，带领张鷟等人进去。

房间并不大，左右两边各有卧具，不过是铺在地上的窝棚而已，很是简单，除此之外就是日常用的几案条凳了。

"奴婢和长乐住在一处，这边是长乐的东西。"侍女指了指右边。

张鷟走到近前，细细搜索。

宫女的生活都过得比较清苦，长乐的东西并不多，被褥、衣物之外，所剩寥寥，床头放着个小小书架，也不过堆放些宫女必读书目。

张鷟耐心搜了一遍，连被褥都一寸一寸捏了一遍，毫无所获。

"这箱子是长乐之物？"上官婉儿将被褥掀开，在枕头下方的位置，打开一个暗藏，取出一个小小木箱。

"是。"侍女看了看，慌忙点头。

"你怎知这里有暗槽？"张鷟笑道。

上官婉儿也笑："御史忘了，我曾经也是个贱婢呢。"

上官婉儿的祖父上官仪当年获罪被杀，婉儿随母亲郑氏贬配入内廷为婢，也是可怜的宫女，十四岁时因为聪慧善文被女皇重用，这才脱离宫奴之身，所以对此熟悉，倒也正常。

张鷟接过那小木箱，轻轻打开。

箱子里空空荡荡，只有一个白色的丝缎手帕，一层层揭开，竟然是个纯金的镯子。

"这是长乐的东西？"张鷟问那侍女。

侍女看了看："好像是。"

"是就是，不是就不是，如何说好像是?!"上官婉儿哼了一声。

"禀内舍人，长乐姐姐平日里话语不多，人也冷淡，和我们并不熟谙，奴婢也只是见过一两回她独自拿着个镯子发呆，奴婢也没细看过，不过似乎是她的。"

"这不应该是个宫女的镯子。"张鷟举起那金镯，晃了晃。

即便是粟田真人这样的日本国人，也看得出来这镯子不一般。

质地优良不说，镯子做工精细，上面用极细的游丝线雕刻出一只铺展尾羽、栖落于梧桐树上的凤凰，栩栩如生，惟妙惟肖，而且凤凰双目镶嵌着两颗红色宝石，灼灼闪亮。

凤凰这图案，绝非一般宫女能用的。

"这是……皇家之物呀。"李多祚接过来看了一眼说道。

"看来，此女不简单呀。"张鷟盯着镯子，若有所思。

"一帮狗奴，皆拖出去杖杀之！"外面庭院之中传来一声厉喝，随即伴随着军士的甲胄碰撞之声以及宫女们的哀求之声。

"谁如此飞扬跋扈？"粟田真人愣道。

张鷟和上官婉儿对视，皆苦笑。

"姑奶奶来了，怕是不好。"李多祚也是连声叫苦。

众人出了屋子，见院落周围满是羽林卫士，将那帮宫女团团围住，刀枪闪着寒光，杀气腾腾。

众人簇拥中，一袭红衣赫然而立。

是个女子。

一个三十多岁的女子，长裙曼摆，铺展拖地，上面用金线绣着朵朵巨大的牡丹花，雍容华贵，天气如此寒冷，却衣领敞开，露出大片雪白的胸脯。

繁复富丽的金步摇下，一张倾城倾国的面庞，眉若青黛，目似秋水，带着无比的妩媚之色，同时又散发着无比的霸气。

这般的女人，让人看了一眼就无法将目光转移他处。任何一个男人见了，恐怕都要心动吧。

"太平公主怎么来了？"粟田真人吓了一跳。

"你见过她？"张鷟笑道。

"当然了，在下入长安时，公主就是负责接待之人。"

"哦。"张鷟愣了下，点了点头。

"你们竟然也在这里？"太平见了张鷟等人，倒是有些意外，缓步走过来。

大雪之下，红衣如火，人娇如花，身形还未到，一股浓艳的奇香就弥散而来。

"见过公主！"众人急忙施礼。

"免了免了。"太平挥了挥手，原先冷若寒霜的脸绽放如花，盯着张鷟，眉梢带笑，"张文成，你可知罪？"

"臣不知。"张鷟微微弯了腰。

"好你个青钱学士，本公主前些日子让你到我府中赴宴，你为何不去？"

"这个……"张鷟叹了一口气，"公主的宾客皆是高士，我这个神棍去了，岂不是给公主跌了颜面，不去也罢，不去也罢。"

"我看你是怕污了你的清名吧？"

"不敢。"

"你有何不敢的。"公主纤细的手指轻轻在张鷟的胸前点了点，声音哆哆道，"世人皆说我是狐媚，是也不是？"

"这个……臣并无听说。"

"得了吧，不要在我面前说谎话，我呀，还是有些自知之明的。"太平捂着嘴，咯咯笑起来。

"公主为何深夜到此？"上官婉儿急忙出来替张鷟解围。

太平脸上的笑容僵住，很快全无笑意，指着跪在雪地上的那些宫女："还不是因为这些狗奴，陛下龙体有恙，宫中竟起了大火，全是一帮废物！"

"陛下……知道火起了？"上官婉儿一惊。

"那倒没有，我闻外面大乱，急忙起身赶到陛下那里，五郎、六郎早已经派人守护，虚惊一场。不过即便如此，这帮狗奴也该杀！"

太平口中的五郎、六郎，指的是女皇的男宠张易之、张昌宗，皆是风流俊俏之人，深得女皇宠信，随着女皇年事已高，二人独揽大权，皆封为国公，威赫滔天。

原本这两人皆是太平养的男姿，后来献给女皇，才飞黄腾达，所以太平和二人的关系匪浅。

"不过是一场意外，这些宫女倒是无罪，还请公主饶过。"张鷟施礼道。

"你倒是会做好人。"太平一双美目在张鷟身上扫来扫去，笑道，"也罢也罢，既然文成替你们说情，便饶了尔等！"

"谢公主，谢御史！"那些宫女一个个感激涕零，磕头拜谢。

"陛下命你调查怪事，可有结果？"取笑完了，太平昂起头，恢复她那股霸气，沉声问张鷟。

"倒是还需些时日。"

"事关重大，还需你费心。"太平长长叹了一声，"当初就劝陛下不要回长安，不听，结果……咦，文成，你手中这金镯何处得来？"

太平公主见张鷟手中的那镯子，美目微张。

"公主认识这镯子？"

"倒是看着熟悉。"

张鷟闻言大喜，将镯子双手奉上。

太平接过来，细细察看了一番，脸色大变："此镯，何处得来？！"

张鷟见太平颜色有异，忙道："怎了？"

"这镯子，不应该出现在此地！"

"不应该出现在此地？为何？"

"这镯子的主人，我认得，而且早就死了。"太平公主皱着眉头道。

张鷟看了看上官婉儿，二人皆十分惊愕。

"公主可否移步说话？"张鷟道。

"还是去我那里吧。"太平盯着镯子，喃喃道。

望仙台。含元宫的一处独特建筑下，是一个道观。

是的，皇宫中的道观。

说是道观，其实与一般道观截然不同，大唐皇室以老子子孙自居，对道教极为扶持，故而在皇宫中修建了这一处建筑供奉老子。

太平公主此人好道术，住在这里不足为奇。

巨大的厅堂中，铺设豪华，太平坐在上首，卸去外面的厚衣，一身微微透明的丝纱，越发显露出那丰腴迷人的体态来。

"今晚我说的这话，你们听听就行了，万不可传出去。"太平将那镯子放在面前的几案上，沉声道。

众人纷纷点头。

太平抬起头，粉脸凝滞，眉头微皱："这镯子，是赵妃的。"

"赵妃？哪个赵妃？"上官婉儿不由得愣住，随即花容失色，"难道是……"

太平点头："不错，七哥的那位正妻。"

高宗李治子女众多，太平所说的七哥，指的是如今的皇嗣李显。

"那位不是已经……已经死去多年了吗。"上官婉儿忙道。

"所以我很诧异。"太平公主望着镯子道。

"恕在下无礼，这位赵妃又是怎么回事？"粟田真人问道。

上官婉儿白了粟田真人一眼，示意他闭嘴。

太平公主倒是无所谓的样子，笑道："无妨，陈年旧事，大家又不是外人，说说也无妨。"

言罢，太平长长叹了一口气，道："我这位嫂子，真是个可怜人呢。"

房间里寂静无声。

"那是上元二年的事了，当时父皇病重，陛下……不，那时她还是我的母后，母后杀了她。"

太平顿了顿，又道："这位赵妃，是七哥的正妻，是个很好的人，贤良淑德，脾气温顺，两个人感情很好。她的死，完全归结于她的母亲、我的姑奶奶常乐公主。

"我的这位姑奶奶，论血缘，是皇爷爷的女儿，论辈分，是父皇的姑姑，所以父皇与她关系十分之好，好到什么程度呢……基本上无话不说吧。

"母后这个人，向来不能容忍父皇身边有任何关系密切的女人，姑姑也不行，所以找个理由将姑奶奶一家贬斥到了千里之外。这般还不解恨，后又将姑奶奶的女儿——就是这位赵妃——召到了宫中习文德。所谓的习文德，说白了就是软禁。"

粟田真人不解，道："但是这位赵妃可是英王的正妃呀！"

李显当时被封英王。

"正妃？咯咯咯，正妃怎么了，母后连父皇都不放在眼里，一个儿媳妇还能怎样？"太平笑了笑，"我这位嫂子召入宫中之后，就被囚禁在一处偏僻院落，院门从外面锁上，无人问津，自生自灭，连饭菜伙食都要自己做。她自小娇生惯养，怎熬得住？过了几个月吧，看守的军士发现院子接连几天没有冒炊烟，就打开了院门，发现她死在冰冷的房间里，尸体都已经腐烂生了蛆虫。"

"真是……太惨了。"粟田真人面露不忍之色。

"死了之后，尸体就由宫中内侍草草处理了，对外说是抱病而亡。"

"就如此不了了之？"粟田真人难以理解。

"还能怎样？"太平摇了摇头，"七哥那个人，性格软弱，根本不敢忤逆母后，自己的妻子这般下场也是无可奈何，只能自己躲在家里哭哭啼啼，连嫂子的尸体都没见到。"

房间里叹息声不断。

太平公主指了指那镯子："我之所以认识这镯子，是因为我和七哥向来关系极好，他和赵妃两情相悦，便特意命人打造了一只送与她，打造镯子的工匠还是我府上的。赵妃极为喜欢，好几次将这镯子交与我观赏，我那时还暗笑她是田舍奴，不过是个破金镯而已。"

她这话说得有底气，天下的珍宝，她应有尽有，自然不会将一个金镯放在眼里。

"文成，这镯子你哪里得来的？"太平看着张鷟。

张鷟将镯子拿起，放入衣袖之内："公主，此事还不能说。"

"神神秘秘的，果真是神棍！好好好，不说也罢，由你。"太平咯咯一笑，随即面色严肃，"难道这镯子和猫鬼一案有关？"

张鷟沉默不语。

太平见张鷟面色，惊道："真的有关？！这可是天大的事了！陛下对萧淑妃这恶鬼……不，猫鬼，极为痛恨，这两日屡屡过问，若是和赵妃有关，那七哥……"

"公主！"张鷟立刻直起了身体，"此事和皇嗣没有关系！"

"怎么没有关系？赵妃是七哥的正妻，陛下年事已高，七哥若是动了心思……"

"公主！无中生有之事不能妄言！"张鷟冷汗都出来了。

当今的大周，因为皇嗣的问题，早已经暗流涌动。尽管女皇已经立下李显为皇嗣，但女皇毕竟年事已高，十分多疑，时刻害怕有人谋逆，对李显尤为关注。

朝廷内外，拥护李显继承皇位的大臣固然许多，但亦有很多站在武家那边，两帮人私底下暗中较劲。如此关键时期，倘若女皇知道猫鬼一案和赵妃有关联，即便这位赵妃已死多年，但毕竟是李显曾经的正妻，而且是感情很好的正妻。天下任何一个男人，对自己爱人的死，都不会无动于衷。以女皇的多疑性格，若是联想下去，那李显的皇嗣之位……

"公主，事关重大，不能信口胡说！这镯子怎么来的，我不能告诉你，但皇嗣与此案绝对无关，还请公主慎言。如此，大周幸甚，天下幸甚！"张鷟正襟危坐郑重说道。

难得见到他有如此紧张的时候。

太平见他一副吃人的样子，扑哧笑出声来："好啦好啦，我不过是开个玩笑而已。"

"此等玩笑，还是不说为好！"张鷟摇了摇头，站起身来，"很晚了，我等不敢打扰公主休息，先告辞。"

"你们自忙你们的去。"太平慵懒地起身，来到张鷟跟前，小声说了几句，张鷟脸色沉凝，太平公主又咯咯笑了几声，起身回内舍了。

一帮人走出来，张鷟面沉如水。

"方才太平跟你说什么了，你如此模样？"上官婉儿道。

"她提醒我小心为上，莫要把自己折了进去。"

"此话何意？"

"应该是劝我收手吧。"张鷟苦笑一声，"这水，可是越来越浑了。"

"你不会半途而废吧？"

"你说呢？"张鷟看了上官婉儿一眼，哈哈大笑，"回家回家，天都快亮了，困杀我也！"

众人出了道观，一路向南行。中途李多祚离去，宫中出了这等乱事，身为右羽林将军的他责无旁贷，恐怕要忙乱一番了。

张鷟、粟田真人和上官婉儿三人绕过紫宸殿，向南走了一段路，忽然见前方站着一群人。

"那不是恒国公吗，怎么会在此处？"上官婉儿看了看道。

恒国公就是张易之，此刻他应该守着女皇，怎么跑到这里。张鷟也有些纳闷。

不过等他闪目细看之后，便更诧异了："婉儿，和恒国公说话的那位，不是狄司马吗？"

"是！不对呀，狄司马丁忧在府，一直不出门，怎会半夜到了宫中？"

上官婉儿大惊。

粟田真人踮脚看了看，见一帮内侍围簇中，一个光鲜亮丽、俊美无比的少年郎正在和一个一身素衣、须发斑白、五十岁左右的男人说着话，彼此态度很是亲密，那素衣男人说着说着，取出一个黑色锦盒交给了张易之，张易之态度慎重，双手接过，两人又说了一阵，素衣男人施礼告辞，两人才分开。

"这事情奇怪了！"张鷟沉声道，"狄司马怎会如此?!"

粟田真人见张鷟和上官婉儿无比震惊，不禁问道："这狄司马何许人也，让二位如此大惊小怪？不过是个私人会面嘛。"

"并非如此。"张鷟白了粟田真人一眼。

上官婉儿解释道："这位狄司马不是别人，而是已经亡故的狄仁杰狄国老的儿子狄光远，官拜州司马。"

"那么说来，和千里老弟的关系是……"

"狄千里的父亲。"上官婉儿道，"狄国老亡故不久，狄司马理应守孝三年，所以平日里大门不出，二门不迈，待在府中不问世事已经快两年了，今日怎么会置守孝于不顾深夜进宫呢？"

历朝历代，守孝最大，父母去世，丁忧在家，便是皇帝也不能轻易召唤，狄家天下闻名，家风淳厚，狄光远此人也是正直仁义，绝不会行此等不孝之事。

"如此，真是匪夷所思了！"张鷟摸着下巴道。

"管他呢，和我们倒是没什么关系。走吧，马上又要下雪了。"粟田真人催促道。

张鷟点点头，三人继续行路。

出了丹凤门，上了马车，张鷟还沉浸在思索之中，看着外面的雪花，喃喃道："蹊跷，思来想去，还是蹊跷。"

上官婉儿和粟田真人互相看了看，不知道神棍说的蹊跷到底指的什么。

地上积雪肥厚，车轮驶过，簌簌作响。

空气干冷，偶尔听到几声鸟鸣。

车窗外的光线逐渐明朗起来，东方逐渐浮现出鱼肚白。

天快要亮了。

马车晃晃悠悠往张鷟的宅邸走去，到了家，晨鼓早敲了三通，长安城一百零八个坊，坊门大开，于常人而言，一天的生活开始了。

马车在院子门前停下，三人鱼贯而入，仆人虫二垂着头打扫着院子中的积雪，见三人来，急忙端来温水洗刷了一遍，才放三人进屋。

"少爷，千里来了多时，在正厅等着呢。"虫二嗡嗡地道。

"这虫鼠辈，让他去办些事情，竟费了一日。"张鷟冷笑了一声。

炉火正旺，炽红的木炭烤得房间里温暖如春。

狄千里坐在一幅画轴下面，呼噜呼噜地喝着羊汤。

那画，尺寸巨大，差不多占据了一整面墙，画了个翻着白眼的僧人，甚是诡异。

"你这厮，竟在我这里过得滋润。"张鷟见了满头是汗的狄千里一手拿了个胡饼，一手端着羊汤大快朵颐的样子，呵呵一笑。

忙活了一天一夜，众人自是辛苦，早饿得前心贴后背。

"虫二，于我等也来碗羊汤。"张鷟打着哈欠叫了一声。

没过多久，见虫二端了一个热气腾腾的铜盆走进来，咣当一声放在桌上，又上了二三十个胡饼，嗡嗡道："你们要吃，自己动手，我活儿还没干完。"

言罢，哼着小曲去了。

"这狗奴。"张鷟笑骂一声，亲自动手，与粟田真人、上官婉儿各自来了碗汤，就着胡饼，吃得倒是快活。

"让你办的事情，怎样了？"张鷟一边吃一边问狄千里道。

狄千里裤腿上满是泥巴，风尘仆仆，看来一晚上也没闲着。

"别提了。"狄千里吃饱喝足，抹了抹嘴巴，"在麴骆驼宅子外的那宫女，我手底下的那帮混账跟丢了。气死人，不过也算有些其他的收获。关于麴骆驼的底细，偌大的长安城，打听一个傀儡师，颇为费事，不过幸亏我消息灵通，到底给挖了出来。"

"哦，说来听听。"张鷟喝了一口羊汤，用一片洁白的巾布擦擦嘴角。

三个人，抬着头望着狄千里。

"这麴骆驼先前在长安的事，还算明白。都如那魏老头儿所说，干的是傀儡卖戏的营生，日子过得清苦，后来攀上了高枝。"

"高枝是？"粟田呼啦一口喝了汤，疑惑地问道。

狄千里笑着说道："也不知这家伙烧了哪门子高香，被当年的庐陵王看上了。"

所谓的庐陵王，指的是当今的皇嗣李显，高宗李治驾崩之后，李显继位为帝，当了两个月的皇上，被武则天废黜，贬为庐陵王。

"当年皇嗣被贬到了均州，离开长安之时，不知怎的将麴骆驼召走了。"狄千里解释道。

"被庐陵王看上，这小子也是好运气。"粟田真人道。

狄千里摇头："好运气？你是不晓得底细，那时的庐陵王，朝不保夕，说是贬走，实际上更像是囚禁，身边除了王妃韦氏，也就七八个仆人，凄苦伶仃。从长安到均州，一路跋山涉水，又多盗贼，说不定哪天一条性命就没了。"

"即便如此，麴骆驼也去吗？"粟田真人问道。

"嗯，而且这麴骆驼从始至终都跟着庐陵王。从均州到房州，整整跟了十四年，一直到庐陵王被重新立为皇嗣回来。这十四年，庐陵王的日子过得战战兢兢、凄苦无助，若不是王妃韦氏劝说，好几次就自杀了。"

"这个我也听说过，说这位皇嗣性格老实懦弱，被废黜、贬走之后，大受刺激，性格更是一惊一乍，每次女皇派人去，总怀疑是来赐死的，尝尽了世间艰难，倒是这位王妃一直陪伴，体贴备至，以至皇嗣当年说若是有荣华富贵之日，定不忘王妃之恩。"粟田真人笑道。

狄千里摸了摸下巴："说得是。咱们这位皇嗣，性格虽然懦弱，却也是老好人一个，对王妃言听计从，对身边的人也是有情有义。重新被立为皇嗣之后，凡是跟随他的旧人，皆得到了厚赏。所有的仆人中，麴骆驼是最得信任的一个，据说皇嗣回来后不久，就赏赐给了麴骆驼一个大宅子，要封其高官厚禄，皆被麴骆驼谢绝了。"

"谢绝了？"

"嗯。麴骆驼不但什么都没要，而且离开了府邸，说是皇嗣已经再无后顾之忧，他也就无什么遗憾了，索性做个平民百姓。"

"真是个仁义之人！"粟田真人赞赏道。

张鷟自始至终没有说话，面色阴沉，心神不定，听到这里，轻摇折扇道："听来，麴骆驼和皇嗣关系匪浅？"

狄千里挠了挠头："这事情我是从皇嗣府上的一个老侍女口中听说的，她也是一路陪着皇嗣吃苦受累，不过听她的口气，与其说麴骆驼和皇嗣关系不错，倒不如说麴骆驼深得王妃信任。"

"王妃？"

"然也。当年陪同庐陵王离开长安的那帮人中，只有麴骆驼自始至终对王妃言听计从，对于皇嗣，麴骆驼不过是尊敬有加。"

"原来如此。"张鷟微微点了点头。

狄千里继续道："离开王府之后，麴骆驼行踪飘忽，后来到了长安，操起旧业。据我打探，熟悉的人都说麴骆驼变化很大，以前老实开朗，回到长安后沉默寡言，很少和人有交往，神神秘秘，除了傀儡卖戏，谁也不知道他平时还干什么。后来……"

狄千里沉凝了一下，接着说道："后来陛下自洛阳来到了长安，朝臣随行，皇嗣自然也跟了过来，麴骆驼经常去东宫表演……"

东宫在长安太极宫之内，大唐立国起，就是皇太子居住的地方，如今虽然是大周，礼制亦是一般无二，身为皇嗣的李显居住其中。

"情况，不太妙呀……"张鷟突然长叹了一声。

"何意？"粟田真人问道。

旁边的上官婉儿此刻也是面带忧虑之色。

"十万两贡银诡异消失，荐福寺发现群猫押运银车，那里是原先皇嗣的旧宅英王府；含元宫陛下寝殿墙上出现诅咒文字，萧淑妃冤魂附于老猫身上，口吐恶言，和此事有嫌疑的那长乐，虽搞不清具体的身份，却持有皇嗣原先的王妃赵妃的金手环；养有猫鬼的麹骆驼离奇死亡，他也是当年陪伴皇嗣之人。你们觉得这情况好吗？"

房间里沉默了。

如今所有的线索，都似乎和皇嗣有着莫名的联系，让张鷟不由得想起了太平公主的那些话。

"若是……那就麻烦了。"上官婉儿欲言又止。

"是呀。当今大周经历腥风血雨，好不容易才确立了皇嗣，天下万民为之振奋，都渴望大唐再立，这紧要关口，若是皇嗣有麻烦，那……"张鷟不敢想下去。

"可不单单是麻烦那么简单。"上官婉儿苦笑，"陛下的性子我是清楚的，若是知晓这些事情和皇嗣有联系，定会勃然大怒，到时不但皇嗣会废黜，恐怕还会有性命之忧。"

"那就是灾难了！"狄千里惊愕道。

"此事事关重大，还须仔细探查，定要让皇嗣脱身。"张鷟沉声道。

"不过，若到头来真是皇嗣所为……"狄千里拉长了声音。

"不可能！"张鷟断然摇头，"皇嗣的为人我最清楚，老实忠厚，陛下与他，虽是母子，但他畏之如虎，平日里在陛下面前言谈举止都战战兢兢，生怕做错，怎么有胆子去做这些事情？"

"话虽然说得有理，但人心隔肚皮。"狄千里嘀咕道。

众人又不说话了，房间里气氛凝重。

"哦，还有件事情，倒是蹊跷得很！"狄千里站起身来，伸腰打了个哈欠。

"何事？"

"此事和麴骆驼没关系，倒是我那亲爹。"

"狄司马？"张鷟和上官婉儿相互看了一眼，表情古怪。

"怎么了？"狄千里见张鷟等人神情愕然，忙问道。

"没事，你且说。"

"打探完了麴骆驼的事，我往这边赶，半路上遇到我爹，吓了一跳。"狄千里皱起眉头，"半夜三更的，看见他的马车，我还以为见鬼了呢。"

张鷟等人皆笑。

"祖父去世之后，我爹一直待在家中守孝，从不出来，看到他的马车，我眼珠子都快掉了。"狄千里笑道，"便赶紧拦住了车，跳了上去，问他半夜三更是不是找胡姬去了。"

看得出来，这父子二人关系极好。

"我爹差点把我打死，待他脾气消了之后，跟我说了实话。"狄千里转脸看着张鷟，"说他到含元宫走了一趟。"

见张鷟面无表情，狄千里有点失望："你不想知道他进宫去干什么了？"

"想说便说，莫要卖关子。"

"我爹此去，是为了一个锦盒。"

张鷟、上官婉儿、粟田真人当晚的确见到狄光远和张易之嘀嘀咕咕，而且亲手交给了张易之一个锦盒。

"锦盒里面装了何物？"张鷟问道。

狄千里摇摇头："我爹不知道。"

"不知道？是不想告诉你吧。"

"非也。"狄千里坐了下来，"我爹与我，无话不谈，不会不告诉我，的确不知道。"

"那说不通了，他送的锦盒，难道还不清楚里面装了什么？"

"锦盒不是他的。"

"哦?"

"那东西,是我祖父的。"

此言一出,张鷟等人面面相觑。

狄千里的祖父狄仁杰,天下谁不知道?不但位高权重,而且身上流传着许多奇异传说,几乎就是神人一个,他留下的锦盒……

"且慢,狄国老已经去世两年,这锦盒……"

"我也奇怪呀,就问我爹,开始我爹死活不肯说,后来受不了我的胡搅蛮缠,才开了口。"狄千里得意一笑,"锦盒是祖父去世之时给我爹的,他老人家瞑目那晚,特意将我爹唤入房内,屏退了所有人,摸出了个锦盒交与我爹手中,并且千叮咛万嘱咐,说一旦皇宫之中发生不可思议之诡异事,便将锦盒交给张易之。"

"皇宫中发生不可思议之诡异事?!"这话,让张鷟腾的一下站了起来,"此言,是狄国老所说?!"

"千真万确,原话。"

"这未免太……"张鷟倒吸了一口凉气,"太不可思议!"

不光是他,上官婉儿和粟田真人也惊得够呛。

"狄国老离世已经两年,两年前陛下还在洛阳呢,狄国老怎么会料到皇宫中将发生不可思议之诡异事?!"上官婉儿小嘴微张,"难道他老人家真的像传言中所说有未卜先知之能?!"

"我也甚为震惊。"狄千里不由得吐了吐舌头,"而且祖父告诫父亲锦盒万不能打开,所以父亲一直密封保存。这些天发生在陛下身上的诡异事虽封锁严密,但还是有人漏了出来,父亲听到了,这才连夜进宫,按照祖父的遗言,将锦盒交给了张易之。"

"张易之当时怎么说?"张鷟问道。

"我爹将祖父之言告知他后,张易之似乎并没什么吃惊,接过锦盒说了些客气话就走了,这让我爹也感到奇怪,好像张易之和祖父之间有些不为外人所知的秘密。"

张鷟用扇背敲着手心说道："狄国老为人光明磊落，正直仁义，且身为国之重臣，一人之下，万人之上，高风亮节自不必说，张易之何等人？不过陛下的一个男宠而已，虽仗着陛下垂青，身居高位，权势滔天，可为正人君子所不齿，狄国老怎么可能和他有深交，而且还有不为人知的秘密?！"

"所以我觉得蹊跷呀。"狄千里叹了一口气。

"甚是蹊跷！"上官婉儿连连点头，"国老怎么两年前就料到宫中会发生诡异事，而且……"

张鷟接过话来："国老去世时官拜鸾台侍郎、同凤阁鸾台平章事，加银青光禄大夫，兼纳言，为国之柱石，他所说的不可思议之事，定然非同一般，而且一定和一个人有关系……"

"陛下！"上官婉儿和狄千里异口同声。

"然也。"张鷟双目微闭，"你们都知道国老和陛下的关系。"

这个，不光上官婉儿和狄千里知道，说起狄仁杰和武则天的关系，恐怕普天之下无人不知。

狄仁杰一生坎坷，几起几落，因为奸臣所诬，几次险象环生，最后因为武则天的信任，不但没有被害，反而备受重视，最终成为大唐群臣之首。武则天后来所做的每一件大事都要咨询他的意见，狄仁杰的才能和人品，武则天推崇备至，对他也是尊敬有加。

不光如此，武则天比狄仁杰年长八岁，随着年事增高，虽然朝堂上有文武群臣，膝下子女众多，又有张易之、张昌宗这般的男宠，但实际上内心非常空虚孤独，能和武则天说知心话的，便只有狄仁杰一人了。

不单是国家大事女皇要找狄仁杰商量，就是自己一些平日里无人能言的心里话，女皇陛下也喜欢和狄仁杰分享，所以偌大的皇宫之中，经常能看到白发苍苍的女皇拉着同样白发苍苍的狄仁杰如同寻常老头儿、老太太那样晒着太阳聊着天，有说有笑。

女皇的这种宠信，很复杂，不光光是敬佩狄仁杰刚正不阿、磊落无私的人品与非凡的才能，更是兼有发自肺腑的极端信任。

放眼女皇一生，城府心计，世间无二，放眼天下，能让她一生毫无顾虑信任的人，只有狄仁杰一个！

当年为了确立皇嗣，整个朝廷天翻地覆，各种势力钩心斗角，女皇陛下难以取舍，拥立武氏武承嗣、武三思为皇储的人数不少，拥立李氏子孙为皇嗣的同样人数众多，平心而论，女皇陛下偏重于立武家人继承自己的大业，可最终还是狄仁杰的一番话，让女皇改了主意，立了李显。

狄仁杰此举，天下为之赞叹、敬佩，实际上，若不是女皇的信任，那是绝不可能成功的。

在狄仁杰人生的最后几年，武则天的这种信任更是无以复加，她称呼狄仁杰为"国老"而从不直称姓名，狄仁杰喜欢面折廷争，甚至当着群臣的面驳斥女皇，若是换成别人早被拖出去开刀问斩了，但女皇每每"屈意从之"。狄仁杰因为年老，几次要引退，女皇都不允许，考虑狄仁杰年纪大，女皇让狄仁杰上朝不用像群臣那样行跪拜之礼，而且公然跟群臣说："非军国大事，勿要去烦扰国老。"

久视元年，狄仁杰病逝，女皇当着群臣的面痛哭流涕，几欲昏厥，后来每当遇到大事群臣不能决断之时，女皇也常常垂泪叹息："上天为何这么早就夺走了我的国老呀！"

狄仁杰和女皇的关系，便是如此密切。所以狄仁杰去世之时所说的"宫中发生不可思议之事"，肯定是和女皇有关的，否则他不可能这般煞费苦心留下锦盒。

可问题是，狄仁杰怎么会料到女皇身上会发生诡异事呢？

这件事难以解释的地方太多，张鷟皱起眉头苦苦思索了一番，对上官婉儿道："婉儿，你速速回宫一趟。"

上官婉儿蕙心兰质，很快知道了张鷟的意思。

"你与张易之关系匪浅，务必要想尽方法打探出那锦盒之内到底装了什么东西。"

"好。"听了张鷟此言，上官婉儿粉脸一红，点了点头，急急起身去了。

上官婉儿离去之后，张鷟让虫二上了茶水，和狄千里、粟田真人二人边喝边聊，将荐福寺的事尤其是神秀大师的一番言辞说了一通。

"'大光明之舞'、胡人巫师？"狄千里听了之后，甚为惊诧，"既然此事和麹骆驼的死关系密切，须细细打探了！不过……"

狄千里苦恼地挠头："我素来对巫术无有好感，而且和胡人不怎么打交道，对此倒是知道不多。"

"这个倒无妨。"张鷟呵呵一笑，"此等事情，咱们这里有个人手到擒来。"

"哦？"粟田真人和狄千里都抬起头齐齐看着张鷟。

张鷟急忙摆手："我可没这般本事，在东西二京，暗地里的那些混账事、混账人，没有能逃过我家虫二眼睛的。"

狄千里和粟田真人张大了嘴巴。

"少爷，你自己的事自己去办，莫要裹上俺！每次替你办事，都是乌烟瘴气的。"虫二似乎对此很有意见。

"虫二，看不出来你有如此本事！"狄千里惊道。

张鷟哈哈大笑："你二人可千万莫小看虫二，他深藏不露。"

"行啦，莫要给俺脸上贴金！老爷当年就说过，俺这条老命早晚送在你手中。"虫二没好气地摇了摇头，最终还是昂脸看着张鷟，"大光明之舞、胡人巫师是吧？"

"然也。"

"行，两个时辰之后，俺给你回话。"言罢，虫二放下手中的茶水，转身出去了。

"先生，他一人形单影只，不会有危险吧？"粟田真人颇为担心。

"我与他同去！"狄千里站起身，却被张鷟阻止了。

"长安城里，你'花九郎'的名头太响，哪个不认识你？你出面，容易引来风波，至于危险……"看着狄千里，张鷟笑了，"你的剑术，长安城里也算是高手了吧？"

"那是自然！"狄千里颇为自负。

张鷥干笑了两声，伸出两根指头晃了晃："在虫二手下，你走不过两个回合。"

"不可能！"狄千里哪里肯信，但见张鷥一脸认真的样子，转脸看着虫二远去的背影，也是呆了。

"好了，忙活了一天一夜，我们三个还是去歇息一番，好好睡个觉。"张鷥站起身，看着窗外阴沉的天空，笑了笑，"养精蓄锐，今晚估计有得忙活。"

# 第八章　身为神灵之猫

街鼓响了。窗外，雨雪点点，人迹寥寥。

不知何处响起了琵琶声，宛若朔风吹甲，铮铮硬朗。

已经日暮，天色苍茫，夜色薄纱一般涌动上来，氤氲朦胧。

雪白的蜡烛点上了，照亮了桌子上的茶盏。

"虫二这般晚了还未回来，不会出事吧？"狄千里玩弄着手中的那把佩刀。

的确，虫二出去已经整整一日，先前说两个时辰就能回来，直到现在还没见影子。

张鷟换上了一身黑色素袍，坐在榻上，越发显得唇红齿白。

"且等等。"他软软地摇着手里的折扇，闭上了眼，沉默会儿，笑道，"来了。"

果然，片刻之后，门外响起了一阵脚步声。

吱嘎，房门推开，一个人影晃了进来。

虫二身上已经满是雪花，进来之后一边拍打一边笑了起来："这帮市井无赖，真是麻烦。"

"如何了？"狄千里忙问虫二。

虫二坐下来，一张老脸冻得通红："打探清楚了。"

"哦？"粟田真人和狄千里忙凑到跟前。

虫二喝了口茶，向着炉火暖了暖手："还真有这个'大光明之舞'。"

此言一出，狄千里和粟田真人喜出望外。

"俺出去探听了，倒是比以前费时费力。"虫二面对着张鸶，火烤之下身上的湿气化为缕缕水汽，"一般的长安人，定然是不会知道的，这所谓的'大光明之舞'只于一个秘密团体中流行，清楚的人不多。"

"秘密团体？"

"是了。"虫二苦笑一声，"当下，有一秘教颇为流行，唤作'大光明教'，教主是个西域巫师，本领通天，据说有出入阴阳、参透生死之能，擅长驱鬼画符、接引神尊，信徒祈愿治病极为灵验，所以信徒众多。"

"我怎么没听说长安有这个什么大光明教？"狄千里问道。

"此教和其他教众不同，行事极为隐秘，等级森严，若是想入教，须有已经入教的可靠人推荐，吸纳教众规矩极严，而且每次集会也是秘密进行，绝不暴露在众目睽睽之下，连俺以前都没怎么听说。"

张鸶打断了虫二的话，问道："大光明之舞和这大光明教有何联系？"

虫二摆了摆手说道："此教以'光明神'为尊，只拜这一神，每次集会，由教主亲自和光明神沟通，接引光明神降临，信众祈愿也都是经由教主传达给这个神灵，只要答应，据说都能实现。而大光明之舞，便是迎接大光明神降临之时跳的祭祀之舞。"

"那光明神真的会降临？"粟田真人惊道。

"很多高级信众亲眼所见神灵降临，说得栩栩如生，倒是神奇。"

"不过是装神弄鬼的把戏。"狄千里嗤之以鼻。

虫二笑道："不论如何，那些信众倒是信服得很，入教的人也是滚雪球般壮大，听说不少达官显贵也趋之若鹜。"

"既是一教，可有寺址？"张鸶问道。

虫二摇头："此教蹊跷，并无立足之地，那教主也是神龙见首不见尾，所以俺花费了不少时间才打探明白。"

"既然连栖身的寺庙都没有，信众平日如何去朝拜那什么光明神？"

"这个就有趣了：那光明神的本体，居住在一个木箱之内，由那教主背着，只有在集会时方和教主一同出现。"虫二感慨道，"此巫师，行事谨慎，倒是个极难对付之人。"

"得想法逮住这个神棍！"狄千里怒道。

张鷟冷笑："不妥，此人并未触犯律法，你如何抓他？再说，他信众甚多，抓住了要闹出大事情，打草惊蛇，反而不妙。"

"那如何是好？"粟田真人昂头道。

张鷟望向虫二："这几日，他们可有集会。"

虫二笑："今晚便有一场。"

"好极！"张鷟兴奋无比，"能否混进去？"

虫二神秘一笑："俺忙到如今才回来，可不就是为此准备的吗？"

言罢，他走出门，拖进来个大包，打开，拿出了几件衣服，皆是素黑色的长袍，无任何花纹、装饰，只在胸口处用细细的银线绣了一团火焰。

"此乃信众集会所穿的教袍，且换上。"虫二道。

张鷟拎起一件，闻了闻，捏住鼻子："腌臜得很，一股怪味！"

"御史，这般紧急时候，莫要顾虑这些了！"狄千里知道这神棍有洁癖，也不管他，和粟田真人生拉硬扯给张鷟穿上。

四个人换上了衣服，虫二又取出了四块牌子，分与众人。

方方正正的牌子，不大，制作得颇为精致，张鷟、粟田真人、狄千里三人分的是铜牌，虫二捏着的，却是个银牌。牌子上干干净净，也只刻了团火焰。

"为何有铜有银？"粟田真人不解道。

"自然是等级，一般信众为铁牌，往上就是铜牌、银牌，最高级的是金牌。"虫二指着三人道，"此教防范严密，养有护教的死士，此次前去，你们都要听从俺的命令，不可造次，明白否？"

"这狗奴。"张鷟哭笑不得。

……

醴泉坊，此坊在朱雀门街西第三街，街西自北向南第四坊，坊中有醴泉寺，故得名。乃是长安城西的一座大坊。

张鷟等人赶到时，还未到夜禁之时，坊内外热闹非凡。

坊门外靠着街道，搭起一座高达十尺的灯棚，悬挂着上千盏颜色各异、各种式样的彩灯，灯棚上蒙有绢纱，悬挂着诸多神像，飞起的檐角上挂着风铃，风吹铃响，声音清脆空灵。

灯棚下，二三十个壮汉光着上身，锣鼓声里舞动着一条草龙，上下腾挪，不时喷出火来，引得看客连声叫好。

坊内外，更有无数商贩、店铺，一路走过去，摩肩接踵，叫卖之声不绝于耳——

"均州斑纹石印，上等货色！"

"神道经符，祛病消灾！"

"秘藏陀罗尼咒，西域圣僧加持，快来接善缘呀！"

……

尤其是坊内的主街上，大周三百六十州的各色人等，新罗、大食、波斯、西域等各国人士，远道而来，连绵的驼队、华丽的马车往来穿梭，宣州的红毯、邺城的绸缎、洪州的名瓷、西域的玉石……各色商品琳琅满目，贩卖胡食、胡饼的小摊前，吃客众多，酒肆门口，蒙着面纱、身材曼妙的胡姬笑容灿烂，一边舞蹈一边往里面拉扯客人，真是热闹非凡。

"果真是上国之都呀！"粟田真人看得头晕目眩，大为感叹，拉着狄千里道，"为何胡人这么多？"

的确，放眼望去，不管是大街上还是两旁的店铺，高鼻阔目的胡人众多，十分醒目。

"此坊乃是长安城中的胡人聚集之地，自隋炀帝时便是如此了。"狄千里解释道。

四个人此行不为取乐，在虫二的带领下离开主街，在巷道中兜兜转转，约莫一炷香的时间，在一片连绵的建筑下停住脚步。

"怎么来到了波斯胡寺？！"狄千里抬头看了看，低声道。

"这便是那集会之地了。"虫二笑道。

粟田真人后退了两步，仔细打量面前的这片庞大建筑，见高顶低檐圆门花窗，明显是异国的特色。

"长安怎会有胡寺？"粟田真人问道。

"这个说来就话长了，"狄千里笑道，"祆教自北魏时传入华夏，信众甚多，后来在东西二京都建有胡寺，你面前的这座，乃是最大的一个，说来还有故事哩。"

"愿闻其详。"

"我国之极西，有一大国波斯，你知道吧？"

"这个自然知晓，此国历史悠久，十分了得。"

"然也，此国也是一大国，可惜日渐衰败，被崛起的大食人击败，波斯王名唤伊嗣俟者，只得往东逃，最终还是被杀，他的儿子登基为帝，叫作卑路斯，一路跑到了吐火罗国，后来又向我大唐求救。那时，大帝还在位，派王名远出使西域，设立波斯都督府，立这卑路斯为都督。咸亨年间，卑路斯亲自来朝，大帝封其为右武卫将军。

"仪凤三年，大帝派裴行俭护送卑路斯回国为波斯王，不过裴行俭到了碎叶城就回来了。那卑路斯便滞留于吐火罗，不断受到大食侵扰，部众离散，复国无望。后来就病死了。"

粟田真人听到这里，倒是惊讶得很："这波斯王倒是可怜。"

"人有生死，国有存亡，天理使然，波斯虽大，也终有国灭之日，这位卑路斯一生都以复国为愿，可惜大势已去，也只能客死异乡。"

"那和这胡寺又有何关系？"粟田真人指着这片建筑道。

狄千里解释："卑路斯是波斯王，信奉的自然是这祆教，他当年到长安时，特意向大帝请求在长安修建一座胡寺做祭祀之用，大帝见他可怜，就允诺下来。于是便在此处修建，花费颇多。卑路斯死后，他的独子泥涅师在吐火罗统领卑路斯遗留下来的为数不多的人马，依然一心要复国，在安西都护府麾下效力，偶尔也会回长安来。此寺除了供胡人朝拜胡神之外，更是波斯国的所在地，当然了，只是个可怜的躯壳而已。"

"昔日疆土万里一大帝国，如今只寄身一座寺庙之中，何其悲哉。"粟田真人听罢，感叹不已。

"你二位啰唆完了没？完了赶紧办正事。"虫二给二人一个白眼，来到一扇小门前，环顾四周，见无旁人，便敲了敲门。

门上开了个小洞，露出一张脸来。

"做甚？"

"大光明神万年！"虫二叫了一声，双手合十。

门后那双眼睛仔细打量了四人："有信物否？"

虫二将四人身上的牌子递了过去，等候了一会儿，小门吱嘎打开。

"弟兄，集会马上就要开始，尔等来得太迟。对大光明神不敬，可是要有报应的。"那人低声道。

张鷟瞥了瞥，见非是胡人，而是个同样身穿黑色法袍、面有刀疤的汉子。

"弟兄，对不住，家中杂事太多。"虫二弯腰施礼。

"且去吧，"那人不耐烦地挥了挥手，"大光明神保佑你们，弟兄。"

虫二这才转身领着张鷟等人往里走。

"你们称呼怎么听起来怪怪的。"粟田真人问道。

"信徒之间，不论男女，皆以弟兄相称，等会儿你们都别说话，以防露了马脚。"虫二提醒道。

看来他的确先前做了许多的功课。

胡寺阔大，雪后寒冷，巨大的树木落尽了叶子，只剩下黝黑的枝条指向天空，阴影斑驳。

他们在高大的殿台楼阁之间兜兜转转，又转过了几座大塔，便来到了一个没有任何装饰的棺材一般的泥房子跟前。

长安城中绝没有这般的房屋，从外面看甚是巨大，容纳两三百人不成问题，却没有窗户、屋檐、斗拱，完全就是用泥土垒成的土窑一般。

泥房子周围，三三两两的黑衣汉子手握弯刀巡护，其中胡人居多，也有唐人，从身形、姿态来看，皆是打过仗的锐士。

到了门前，有人验明了牌子，将四个人放了进去。

进了门，里面一股暖流扑面而来。

殿堂宽阔高大，墙壁上挂着一口口铜锅，内里注满了油脂，被人点上了火把，将周围照得如同白昼。散落四周的火炉里，炭火炽红，烧得极为暖和。

地上铺着厚厚的波斯地毯，放置坐垫，约莫一百多人挨着一排排坐着，窃窃私语，不知说了什么。

张鷟四人在最后一排选了个不起眼的角落坐下，抬起头，发现大殿的后方，是一个巍然耸立的高台。

高台全部由黑色岩石垒成，前后皆有台阶，顶上垂下黑色的帐幕，遮掩出一处私密空间，从外看不清里面的情况。

"弟兄，法事何时开始呀？"张鷟转脸对身旁的一个信徒问道。

这信徒肥头大耳，衣着光鲜，似是个富贵之人。

"弟兄，你是新加入的吧？"那人看着张鷟笑。

"刚入教几天，此等场合还是第一次来。"

"我一眼就看出来你是新来的。"那人笑，"我们不叫法事，而是称之为见神。"

"见神？"

"然也。你也是好运气，入教几天就能见到真神，我成信徒已经一年多，不过参加了三四次而已。"

"怎会如此？"

"这你就不明白了，大光明神哪是一般人能见的？需要诚心诚意才有资格。"

"怎样才算是诚心诚意呢？"

"那要看你的表现，比如捐献财物即是一种。实话跟你说，前后我已经捐献了一千两银子，才有资格坐在这里。"那人指了指自己的座位，又指了指前面，"看到了吗，前面那些人捐得更多。"

张鷟仔细看了看，发现殿中的这些人，虽然年纪不同、装束各异，但一个个皆非普通百姓。

一千两银子可不是小数目，即便是富足之家，也是一笔不小的开支。

"一千两银子竟然捐了，你不心疼？"张鷟装出一副吃惊的样子。

那人恼怒起来："弟兄，一看你对大光明神就不够虔诚！钱财乃身外之物，若能够得到大光明神的肯定，死后就能进入大光明世界，那里应有尽有，富足圆满，人寿无限，可谓美哉……"

那人一边说，一边做出陶醉的模样，又道："而且若是幸运，被抽中就可到那高台前亲自向神祈求，灵验无比。"

"果真如此？"

"那是当然！我有一弟兄，乃是好友，家中老母生病，十年卧床，上个月上台祈愿了，那老人家的病很快就痊愈了。怎么不神奇？弟兄，对大光明神，你要虔诚，不能有丝毫的怀疑，惹怒了尊神，可是大罪过！"

张鷟唯唯诺诺点了点头，呵呵一笑。

正说着呢，忽然听到鼓声"咚"地响了起来。

大殿里顿时鸦雀无声。

"来了，成就者来了！"胖信徒急忙坐直身体，低声道。

他口中的成就者，自然指的是那法师了。

张鷟定睛观看，见鼓声之中，两排手持弯刀的护法锐士缓步而入，分列在高台左右。在几个姿色上等的胡姬的拥护之下，一个身穿白色法袍的诡异巫师出现在众人面前。

白色的法袍上，胸口用金线绣着一团火焰，灼灼抖动。

宽大的法袍下，法师身材瘦削。一个白布头套遮住了他整个头部，只在面上挖出的两个孔洞，露出一双眼睛，却看不到他的面容。

法师弯着腰，由胡姬搀扶着，步伐缓慢，甚至有些颤颤巍巍。

引人注目的，是他背上背着的一个硕大木箱。

这木箱和他的身材极为不成比例，通体用名贵的紫檀木打造，上面刻满了密密麻麻的符咒，用五色彩绸覆盖着，很是神秘。

此人一出现，大殿里的气氛就变得热烈起来。信众齐齐高声诵着经咒真言，看着那巫师与那木箱，面露无比崇敬之表情，很多人更是哽咽着哭出声来。

张鷟等人也低着头，胡乱张着嘴，搪塞过去。

巫师一步一晃地登上高台，胡姬掀开帷幕，放其进去。布帘垂下，一人、一箱，消失其中。

咚！

鼓声又响，大殿内鸦雀无声。紧接着，一声低低的诵经之声从帷幕中传来。

声音很小，隐约若无，但如同老龙低吟，穿透力极强，而且声音逐渐变高，如同一条涓涓细流迅速壮大，成为波澜壮阔的大河，最终汹涌澎湃，连大殿中的空气都抖动起来。

狄千里、粟田真人二人面色如土，张鷟却是微闭双目，嘴角挂着一丝神秘笑容。

那经文非是唐语，冗长连绵，不知过了多长时间，戛然而止。

与此同时"轰"的一声，自那帷幕之内，一道白光闪现，随即红雾喷薄而出，将整个高台淹没。

胡笳、鼓声响起，那红雾之内，陡然出现一朵朵巨大花朵，似是白色莲花，灿然绽放，紧接着花朵迅速凋零，化为一团团火焰，闪动飞舞！

接着，火焰轰然炸开，闪现出一尊神灵来，它面生三眼，龇牙咧嘴，血盆大口，赤身裸体，身披人皮，颈项挂着人头璎珞，手持巨大骷髅棒，立于火焰之中，舞蹈跳跃，凶煞无比。

信徒们纷纷跪拜，口中念念有词，更有人掏出银锭、金块投向高台之下。

紧接着，那凶神瞬间消失，化为点点白色火焰悬浮，顷刻之后，白色火焰汇聚，生成一棵白色大树，枝叶繁茂，一朵朵白色花蕾绽放，每一朵花蕊中，都立着一个极小的神尊，有男有女，有老有少，面目俊俏，宝相庄严，多身体赤裸，嬉戏玩闹，一副其乐融融的样子。

俄而花树缩小，化为一个阔大宝座，那诸多神尊围聚在宝座之下，双膝跪地，似乎在等待着什么。

"大光明神马上就要出来了！"张鷟旁边的那肥信徒声音颤抖道。

鼓声骤紧，雨点一般响起。

红色雾气消散，显现出那帷幕和高台的真容，忽然一道耀眼光芒自帷幕里射出，打在那悬浮于虚空中的宝座之上，紧接着诡异的一幕出现了……

帷幕之顶，宝座之上，虚无之内，突然凭空出现了一尊神灵来！

虽看起来虚幻，但身形、面目清晰，那神灵身穿法袍立于火焰之中，脖子以下，乃是个身材曼妙的女子之身，一手持利剑，一手托火焰，头颅却为妖魔之状，血盆大口，獠牙外翻，嘴角一直咧到耳下，双目巨大，炯炯放光，瞳孔倒竖，凶煞无比。

"呀！"粟田真人小声惊呼起来。

不光是他，狄千里也目瞪口呆，扯了扯张鷟："这不是，不是……人身猫头吗！"

他看到了，张鷟也看到了。

这大光明神，竟然是个人身猫头的……怪物！

"闭嘴！"虫二赶紧摁住了两个人，以免被发现。

"大光明神万年！"

"大光明神万年！"

"大光明神万年！"

大殿中响起了山呼海啸之声，这尊神显现令信徒为之疯狂，很多人疯狂撕扯着自己的衣服，痛哭流涕，跪拜不止，纷纷将身上的财物朝高台投去，极尽癫痴。

就在此时，鼓声"咚"的一声又响起，刹那之间，包括那大光明神在内，所有的东西消失得荡然无存，一切都像未发生一般。

一个胡姬走到高台下，将耳朵贴住帷幕，做倾听之状，里面发出阵阵"咝咝"的低声怪叫，胡姬不断点头。

接着，胡姬上前两步，指着信徒："你，你，你……还有你，且来！"

"在下吗？"粟田真人也被点到了名，不由得愕然。

虫二掐了他一把："且去，莫要慌张。"

粟田真人急忙站起，跟着被点名的四五个信徒走向高台。

被点到名的信徒，一个个兴奋无比，低着头、弓着腰，双手合十，朝着高台一步一跪，最终匍匐在地，爬到台下。

粟田真人也算机灵，跟着照猫画虎。

众目睽睽之下，信徒挨个凑近高台帷幕，似乎是和帷幕中的人在说话，但声音很低，听不清楚。

谈话的时间长短不一，不过信徒一个个皆连连点头，目露满意之色。

粟田真人是最后一个，张鷟等人在下面看了，都替他捏了一把汗。

和其他信徒一样，粟田真人凑到帷幕跟前，弯着腰和里面的说话，时而惊愕，时而点头，时而面露欣慰之色，最后竟然双目含泪，跪拜一番转身回来。

这让张鷟等人感到无比怪异。

"见神已毕！"粟田真人回到座位之后，胡姬高叫一声，鼓声响起，帷幕掀开，那巫师被搀扶出来。

这一次，巫师明显和进去时不一样，身上的法袍满是汗水，身形摇晃，气喘吁吁，背着那巨大木箱，几乎是被胡姬抬着离开的。

恭敬地送走巫师之后，大殿中恢复了热闹，信徒们纷纷站起，相互高声说着话，大多是为自己没被点名而叹息，三三两两聚成一团，一边说一边往外走。

张鷟等人也混在人流中走出大殿。

"似乎，比你这个神棍要高明呢。"狄千里笑着对张鷟道。

"幻术罢了。"张鷟摇着折扇。

"但无比真实。若是你，能有此布设吗？"

张鷟想了想："诸多奇象，我也能展现一二，不过最后凭空出现的那尊神，我倒是做不出来。很是奇怪。"

"连你也看不出那巫师的手法？"这倒让狄千里吃惊了。

张鷟的神棍之术，他可是最为清楚的。

"蹊跷。"张鷟摇了摇头，"我想，应该是那个大箱子。"

"你是说……"

"那尊神非幻术，虽身形虚幻，却是实实在在地存在，我想，应该和那箱子有关系，不过现在不是追究这些奇象的时候，你们看到那尊神的容貌了没有？"

"人身猫头。"狄千里道。

的确，人身猫头。这个形象，让众人浮想联翩！

"看来，和我们调查的事情，大有关联。"张鷟沉声道。

"神奇呀！"跟在众人后面的粟田真人似乎还沉浸在震惊之中。

"方才你嘀嘀咕咕都说了什么？"狄千里问道。

众人都对此好奇。

"神奇！"粟田真人一副心悦诚服的模样，"帷幕之中传出来的声音，似人非人，先是道破我并非真正的信徒，把我吓了一跳。然后，又把我的身世说了一遍。"

"身世？"狄千里睁大双目。

粟田真人点头："说我非唐人，年岁几何，家中有何人，父母是否健在，一五一十道来，说得一点儿不差！而且说我不久将有大难、有性命之忧，我问如何才能逃避，他让我速速离开长安。"

"你祈愿了没有？"张鷟笑。

粟田真人点头："我许愿一家老小平平安安。"

"你倒是实在。"狄千里讥讽。

"不管你们怎样，我算是信服了，果真是神通广大！"粟田真人意犹未尽，"神奇！"

张鷟懒得理他，转身对虫二道："今日没看到那大光明之舞。"

"此舞极为罕见，我探访的人也只是听说，没人亲见过。"虫二回头看着那泥房子，"看来要等到下次了。"

这时候，胡寺之中信徒也快要走光了，四个人一边说一边快步往外走，来到前院，忽然见不远处一个侧门大开，晃晃悠悠进来了一群人。

一群衣冠鲜艳、挑着灯笼的宫女、内侍，围着一辆高大马车，驶进了院中。

"咦，这么晚了怎会有宫中的马车进来？"张鷟皱起眉头，急忙拉着狄千里等人躲进了幽暗之处。

马车停下来，侍女搬出条凳，从马车上走出一人。

"她怎么会到这里？"看着那人，张鷟目瞪口呆。

她下身穿着绛紫色石榴裙，上披短小襦衣，年近四十，体态丰腴，容颜娇美，面无笑意，冷若冰霜，嘴角微微上翘，面带哀怨之色，远远看去，真是"眉黛夺得萱草色，红裙妒杀石榴"。

这女子，富贵有气韵，显然非寻常人。

"这不是……"狄千里也认识。

"谁呀？"粟田真人懵懂。

"此乃当今皇嗣的王妃——韦妃是也。"张鷟低声道。

"那位陪同着当年的庐陵王一路艰辛十多年不离不弃的韦妃？"

"正是。"

"她怎么会到这里来？"狄千里疑惑无比。

的确。李显现在是皇嗣，也就是储君，居住在太极宫东宫之内，韦氏作为王妃，也和李显住在一起，东宫规矩甚严，怎会在夜里跑到这胡寺来？

正说着呢，忽然见后面又来了一队人马，皆是身穿圆领窄袖袍衫的军士，中间一人，戴黑色幞头，着紫色袍衫，束金玉带，面如朗月，身材高大瘦削，颔下有须，年纪在五十开外，神采奕奕。

"梁王怎么也在这里？"狄千里只觉得天雷阵阵。

梁王者，武三思也。作为女皇的侄子，武三思深得宠信，几年前和武承嗣、李显同为皇嗣的后备人选，为人机敏有城府，善于钻营权术，虽在群臣中名声不好，不过党羽众多，可谓大周炙手可热的权贵。

武三思与李显一家，关系复杂：论血缘，李显是女皇的儿子，武三思是女皇的侄子，二人是表兄弟；论儿女，李显的女儿安乐郡主嫁给了武三思的儿子武崇训，二人又是儿女亲家；论权势，武三思是当年李显的强有力竞争者，支持武、李两家的大有人在，拥护者势同水火。

为皇储之事，女皇当年犹豫不决，最终虽确立了李显，但害怕自己百年之后李显当了皇帝，那些曾经拥护他的人会将武家斩尽杀绝，这是女皇不愿意看到的。所以女皇特意将武、李两家人召到一起，命令他们以后相亲相爱，更是做主让李显和武三思做了儿女亲家，也是有意拉拢。

不过即便如此，李、武两家的关系也是复杂诡异，明面上和和气气，实际上暗流涌动。

一个胡寺，又是晚上，李显的王妃韦氏竟然和武三思同时出现，这就难怪张鷟等人感到震惊了。

"听说韦妃和梁王的关系……很微妙呢。"粟田真人小声道。

张鷟冷笑了一声。

这件事情，是长安人最为津津乐道的闲谈。

李显当年被贬为庐陵王，时刻性命堪虞，终日战战兢兢，说到底，他还是个懦弱无能之辈。性格强势、有主见，又始终对自己不离不弃的韦氏就成了他的主心骨和依靠。这韦氏也不简单，出身名门望族的她太清楚权力的游戏了，所以想尽方法贿赂巴结朝中重臣、权贵，以期能让李显东山再起，其中就有梁王武三思。

女皇掌握大权之后，武三思始终都深得信任，可谓权势滔天，若是能够得到武三思的支持和垂青，被贬的李显不但无性命之忧，而且说不定还能做个富贵王爷。故而韦氏对武三思极为上心，于是乎，就有了流言——韦氏为讨好武三思，与之私通，关系匪浅。

此事是真是假，无人知晓，不过天下向来没有凭空而来的闲言碎语。

不远处，武三思下了马，来到韦妃的面前，伸手握住了她的柔荑，面带微笑，低低说了几句，又轻轻搀扶韦妃往寺庙后面走去，那些随行的人员大部分都留在原地，只有少数的内侍、宫女、军士随行，而且都抬着箱子，捧着锦盒，表情凝重。

"蹊跷了。"张鷟沉吟一声，转身道，"去看看。"

"怕是有些麻烦。"狄千里指了指那些留守，皱皱眉头。

"不难，调开便是。"虫二脚尖点地，身体腾空，化为一道黑影流星一般穿过树林。

很快，那些随行人员中火光乍现，传来惊呼之声，乱成一团。

"这虫二还真是了得。"狄千里赞叹道。

"走。"趁着混乱，张鷟笑了一声，带着狄千里和粟田真人弓着腰一路小跑，来到了后院。

远远地，一行人看到了武三思和韦妃，二人闲庭信步一般，并没有在寺庙大殿前停留，而是径直往北行走。张鷟三人紧紧跟着，眼见这一帮人进入了丛林之中。

"再往后，就没有殿台楼阁而是建造的林苑，他们要做甚？"狄千里看了看张鷟。

波斯胡寺面积很大，四分之三都是成片的建筑，唯独在寺北是一片丛林，种满了各种树木、花卉，垒积着假山怪石。时节已经到了深冬，天气严寒，这群达官显贵跑到这黑咕隆咚的丛林里，天知道他们要做什么。

带着满腔疑问，三个人兜兜转转，最终停留在一块巨石后方，探出头来。

这地方居高临下，下方的情景一览无余，尽收眼底。

却见一片开阔平地上，搭建出一方平台，铺着厚厚的波斯地毯。地毯四周，皆点上了红色蜡烛，烛影晃动，中间放置一尊铜鼎，铜鼎上摆放着血淋淋的人头，还挂着人皮、断肢等诸多血腥之物，几个仆人往里面投放东西，燃烧起来，青烟袅袅，芳香扑鼻，另有几个年轻胡姬，身披霞衣，赤足而动，脚腕、手腕戴着金环，环上有小巧铜铃，随着舞动，发出清脆的声响。这几个胡姬，手中拿着各种各样说不出来的法器，口中念念有词，似乎是在作法。

"好像是要举办一场法事。"张鷟皱起眉头。

正说着，忽见内侍们竖起了几个帷幕，韦妃、武三思以及随行的宫女、内侍鱼贯而入，不知道在里面干了什么。

约莫一炷香的时间，这些人才现身，不过摇身一变，成了另外一副模样。

"这是……"狄千里倒吸了一口凉气。

武三思身穿巨大华服，高冕、大裘、玄衣、纁裳，玄即青黑色，纁即黄赤色，玄与纁象征天与地的色彩，上衣绘日、月、星辰、山、龙、华虫六章花纹，下裳绣藻、火、粉米、宗彝、黼、黻六章花纹，无比庄严华丽！

"此乃……此乃帝王才能穿的大裘冕呀！武三思实在是放肆！"狄千里怒道。

"放肆的不止他一人。"张鷟冷笑道。

张鷟说的人，是韦氏。

这女人换上一身大红色的凤袍，头戴高高的黄金凤冠，首饰花十二树，并两博鬓，衣以深青织成，纹为翟翟之形，无比端庄华贵。

不管大唐还是大周，对衣冠穿戴要求皆极其严格，等级森严，韦氏所穿，乃是最为庄重的皇后礼服，而她不过是皇嗣的妃子而已。

众人惊诧至极，武三思和韦氏身后，一帮人鱼贯而出。

这些原本的宫女、内侍，彻底改头换面，有的富商打扮，有的胡人打扮，有的着农夫之衣，扛着锄头，有的袒胸露乳俨然青楼女子，更有的索性穿着破衣烂衫装作了乞丐，林林总总，让人眼花缭乱。

"这到底是……"粟田真人哪里见过这等世面，目瞪口呆。

"似乎是神秀大师所说的那大光明之舞。"张鷟喃喃道。

说话之间，武三思、韦氏领着那群乔装打扮的宫女、内侍走上了方台，围成一圈，不知何时，那台中多了一个人。

这人何时出现，张鷟等人都没注意，好像凭空而生一般。

"是方才那巫师！"狄千里沉声道。

虽然换了着装，但从身形判断，狄千里所言非虚。

巫师穿着一身猩红色的宽大法袍，上面同样绣着密密麻麻的金色符咒，头上戴着一副猩红色的龇牙咧嘴的猫脸面具，披头散发，头发斑白，坐在地上，手中握着一支长长的骨笛。

"那面目和骨笛，与麴骆驼家中发现的，甚为相似。"粟田真人道。

张鷟微微点了点头。

呜！

巫师将骨笛放在嘴边，猝然吹响。

那声音，和一般的笛子不同，没有丝毫的悦耳悠扬，反而透出无比的嘶哑、凄厉。

与此同时，包括武三思、韦氏在内的围成一圈的人群，开始缓慢地动起来。

# 第九章　骷髅拜月之猫

呜——呜呜!

笛音连续响起,几乎没有任何的起承转合,但也没有不成曲调,只是机械、单一、僵硬,透出无比的诡异。

那围成一圈的人群,开始舞蹈,脚步挪动,并逆时针旋转。

"那舞姿……"粟田真人捂住了嘴巴。

所有人的动作,配合那笛音,同样的呆滞、僵硬、机械——双手高高举起,一条腿高抬,一条腿直立,脚尖点地,这种姿态,正和麹骆驼死时的姿态一模一样。

呜呜呜呜!

笛声逐渐加快,人群舞蹈的动作也开始加快,最后人影晃动、飞转,几乎连面目也看不清楚了。

大鼎之内,烟雾渺渺,散发出奇香,弥漫四周,随即将那人群和巫师都淹没其中。

呜呜呜呜!呜呜呜呜呜!

凄厉嘶哑的笛声在烟雾中闪烁,让人耳朵嗡嗡作响。

也不知过了多久,笛声骤然停歇,烟雾散去,只见方台上横七竖八躺满了人。包括武三思、韦氏在内,所有人都呈现出昏迷状,身体抽搐,口吐白沫。

那巫师摆了摆手,下方等待的胡姬上前,捧着银壶,先是每人灌了一口乳白色液体,接着又取出一种黑色的丹丸塞入众人口中,使他们服下。

良久，众人逐渐有了知觉，纷纷爬向那巫师。

巫师用骨笛点了点韦氏，似乎是选中了她。

韦氏面露狂喜之色，跪在巫师的脚下，低声向巫师说着什么，巫师一边听一边点头，接着猛然站起，从胡姬的手中取过一根皮鞭，高高举着，狠命抽打起韦氏来。

皮鞭虽不甚粗，但牛皮所制，抽打在皮肉上的脆响让人毛骨悚然。

蹊跷的是，那韦氏虽然惨叫着，可竟然面露一种无比享受的微笑来。

"这是……"狄千里惊得眼珠子掉了一地。

"果真是巫术。"张鷟嗤之以鼻，"我猜，应该是那大鼎中的烟雾以及喂下的药丸所致，让人癫狂，神志不清。"

"堂堂王妃，竟如此……真是开了眼界了。"粟田真人摇着头道。

约莫二十鞭抽完，巫师停下，几个胡姬走过来，搀扶韦氏进入了帷幕，似乎是换衣服去了。

"这就是那大光明之舞？"粟田真人看得意犹未尽，还想说什么，忽然脚下一滑，一块石头被蹭下，发出巨大的声响，叽里咕噜滚了下去。

"何人?!"方台四周的守卫很快发现了三人，高声叫着，抽刀亮剑冲了过来。

"混账呀！"狄千里恨不得一巴掌拍死粟田真人，"哐当"一声拔出兵器，大声道，"你们先走，我来抵挡！"

"抵挡个屁呀！对方人多势众，好汉不吃眼前亏，走也！"张鷟扯着狄千里，一溜烟跑了。

"站住！"后面的几十个守卫紧追不放，有的人已经取出了弓箭。

嗖嗖嗖！

劲风袭来，暗箭纷飞，几乎擦着头皮掠过，吓得粟田真人哇哇大叫。

"往哪里走？"天黑路滑，周围又都是树木，狄千里分不清方位，很是着急。

"别管哪里了，一直往前跑吧！"粟田真人大叫道。

三个人急急如丧家之犬，迈开步子朝北面跑去。

在假山、密林之中，跌跌撞撞，后面守卫死追不放，乱箭齐发，三个人心中叫苦不迭。

如此这般兜兜转转，终于来到了胡寺的北门，远远地见到几个守卫站在那里。

"我去干掉那几个家伙，冲出去就安全了。"狄千里飞身跃起，与那守卫打作一团。

双拳难敌四手，狄千里虽武艺高超，对方也不是吃素的，五六个守卫围着他刀兵相向，狄千里狼狈不堪。

"滚开！"忽然一道黑影闪现，双脚连环，将两个守卫踢飞，又身形如电，放倒了剩下的，"走！"

"虫二，你可算来了！"张鸷满头大汗，看着虫二，呵呵一笑。

"赶紧走！"虫二咧嘴一笑。

嗖！

一支白翎箭飞来，贴着虫二耳朵飞了过去，"咣"的一声钉在墙上。

四个人撒腿冲出寺门。

"追！"后面的守卫脚步翻飞，一路追赶。

已经过了夜禁，外面的街道上空旷无人，四个人在前，一帮守卫在后，猫追老鼠一般。

一口气奔出三条街，张鸷等人累得死狗一般。

"不行了，实在是跑不动了，砍死我，我也跑不动了。"粟田真人扑通一声躺倒在地，吐着舌头喘着粗气。

张鸷脸色苍白，累得话都说不出。

"在那里！"那帮守卫呼啸而来。

眼见得要成瓮中之鳖，忽听到马蹄声，一辆巨大马车风驰电掣般出现在街口。

"上车！"马车上一个黑衣人招了招手。

"走！"四个人大喜，跑到马车上，扑入车厢中。

"驾！"车夫挥动鞭子，两匹高头大马发出咴儿咴儿的嘶鸣，消失在夜幕之中。

听着后方的追赶声越来越远，最终消失不见，狄千里瘫坐在车厢里，长吁了一口气："好险！"

"多谢朋友相救。"张鷟挑开车厢前方帘子，对那车夫施了一礼。

车夫嘿嘿一声笑，没有言语。

"你的人？"张鷟望向虫二。

虫二摇头。

"我也不认识。"狄千里在旁边道。

"诸位不要猜测了，等会儿见了我家主人便知。"车夫甩着马鞭道。

车轮飞驰，转过几个街角，在一巨大朱门前停下。

四个人下车，张鷟抬头看了一眼匾额，愕然道："怎么到了这里？"

长安城一百零八坊，每个坊都如同个巨大方框，东西南北开着四个坊门，里面住满了各色人等，早晨开门，夜禁前关门，只有达官权贵才有资格直接在坊墙上另开大门对着大街。

眼前的这大门便是，不仅高大，而且门面涂上了朱红之色。"太平公主府"五个隶书大字，赫然在目。

"转来转去，又转回了醴泉坊。"狄千里低声道。

女皇的所有儿女中，最受宠爱的就是太平公主，受赐的宅子也多，光在长安就有四五处，这醴泉坊便是其中之一。

车夫在前，四人在后，进了府邸，穿过无比曲折、豪华的亭台楼阁，进入了一间大殿。

酒席早已备好，朱红色的格盘中，各色佳肴琳琅满目。

正面主位之上，端坐着笑意盈盈的太平公主，烛光摇曳之下，真是"罗衫叶叶绣重重，金凤银鹅各一丛，每遇舞头分两向，太平万岁字当中"。

"多谢公主救命之恩。"张鷟整理衣衫，款款而拜。

"方才是否吓得胆子都飞出口外？"太平公主笑了笑，指了指两旁的座位。

四人分列坐了。

"公主怎知我等的踪迹？"张鷟跪坐，饮了一盏酒。

狄千里等人虽端着酒装作若无其事的样子，可一个个也竖起了耳朵。

仔细想来，这事情的确是怪。

"我可没追踪你们。"公主指了指自己的衣服，"我连衣服都没换，刚从宫中回来。"

"公主的意思是……"

"外头夜禁，街道空旷无人，你们打打杀杀的声音隔几条街都听得清清楚楚。我不便出面，只能让车夫接你们了。"公主略略笑道。

"公主不便出面，此话何意？"

"追你的那帮人，我认识。"太平倒是很大方，没有半点隐瞒的意思。

"公主认识那帮人？"

"自然。实际上，那胡寺的一套把戏，我也参加过。"

"公主……也参加过?!"这回狄千里坐不住了。

"然。"公主哀叹一声，"别人羡慕我等出身高贵，衣食无忧，其实哪懂得我等的苦处。深处这大宅高墙之内，也是无聊，那等事情，也算有趣。我想梁王和韦妃，也是如此吧。"

看来那巫师的信徒还真的不少。

"既然如此，那巫师的底细公主清楚否？"张鷟问道。

太平摇头："却是不清楚，我加入的时间并不长，去过几次，觉得无趣便退出了。"

太平一边说，一边端起琉璃酒盏，饮了一口，面颊绯红："御史怎么会去那种地方？"

"也是无聊罢了。"

"御史骗人了，想来是和案子有关吧？"太平狡黠一笑。

不愧是个聪明的女子呀。

张鷟呵呵一笑，没有回话。

"怎么会追查到了胡寺？以我看来，那巫师所作所为，似乎和宫中发生的诡异事无甚关联吧。"太平饶有兴趣。

"自是没有关系，御史也是帮我，我手底下刚好有个傀儡师的案子。"狄千里出来替张鷟打圆场。

"傀儡师的案子，怎讲？"太平愣了一下。

张鷟对狄千里使了个眼色，狄千里没领会张鷟的意思，太平公主倒是看在眼里，笑道："御史莫要多想，我也是无聊，想听个乐子。"

话这般说了，张鷟也不好意思阻拦。

狄千里便将麴骆驼的事情一五一十说了个清楚。

"这死法，却是诡异了。"太平公主听得眉飞色舞，突然一愣，仿佛想起了什么，"此傀儡师，是否名唤麴骆驼？"

"公主怎知是此人？"狄千里大惊。

太平公主也是愣住："真是麴骆驼？"

狄千里点了点头。

"那太可惜了。"太平公主无比惋惜地摇了摇头，"这个麴骆驼，我亦认识，他傀儡戏的本事长安无出其右，有时也让他来府上表演。他是七哥的老仆，更是韦妃的心腹，故而打过不少交道。"

"韦妃的心腹？"张鷟抬起头，看了看太平公主。

太平公主颔首："我也是听七哥说的。这麴骆驼当初好像是犯了什么事，若不是韦妃出手相救，一条小命早没了，后来就一直跟在七哥、韦妃身边，对韦妃忠心耿耿。可惜，如此的义仆，竟然死了。"

这是一个重要情报。张鷟心中不免有些激动。

麴骆驼的诡异之死，胡寺的所见所闻，加上韦妃，这些事情联系起来，张鷟一时觉得其中有太多云雾缭绕般的纠葛。

"千里，你说麴骆驼死前的那晚见到了个和自己一模一样的人，是吧？"

"是了，第二天就死了。"

"那一晚，是初七？"

"然。"

"初七……"太平公主揉着额头，喃喃道，"那天晚上，我见过他。"

张鷟双目不由得微微一闪。

"公主见过他？"狄千里诧异道。

太平公主点头："那天晚上，安乐府邸乱得很。"

闻听此言，狄千里忍不住和张鷟相互看了一眼。

初七晚上，安乐郡主与武崇训的儿子满月之喜，结果发生了命案，孩子离奇死在密室之内，头颅被割开，脑浆被取出，而且还有黑猫在房顶上顶着骷髅拜月，当然乱，不过……

"听公主的意思，难道……"张鷟吸了一口凉气。

"然。"太平公主点头，"那天晚上我在安乐的府上见到了麴骆驼，他的傀儡戏是庆祝的最热闹所在，所有人都去前院看热闹了，后来有侍女惊慌失措跑出来，才知道发生了惨案，我也去看了，吓得够呛，接着大家不欢而散。"

麴骆驼当晚竟然在安乐郡主府，而且就在发生离奇惨案的晚上……

张鷟闭上双眼，脑筋飞转，所有的线索开始在脑海交织、盘旋……

"公主，我等告辞！"再次睁开眼，张鷟站起身。

"这么晚了，不多待会儿吗？"太平公主感到诧异。

"美酒、美食，还有公主这般的国色天香之人，自然是想多待，不过下臣有要事在身……"

"你们且忙去吧，我还是分得清轻重的。"太平公主盈盈起身送客，"御史，查案固然重要，但兹事重大，须小心谨慎为妙，保重身体。"

"多谢公主。"

张鷟等人躬身施礼，拜别了太平，出了大宅。

"怎么了？"狄千里见张鷟表情凝重，凑过来问道。

"你不觉得蹊跷吗？"

"何意？"

"麹骆驼。"

"麹骆驼怎么了？"

"没怎么，我觉得此人……"张鷟欲言又止，看了看北面，"去安乐郡主府。"

"安乐郡主府？这么晚了去那里做甚？"粟田真人道。

张鷟冷冷一笑："不去，怎能查出来蛛丝马迹。"言罢，他摇着折扇，向北款款而行。

看着他的背影，狄千里和粟田真人面面相觑。

金城坊。安乐郡主府。

金城坊位于醴泉坊北，仅隔着一条街。从金城坊、醴泉坊中间的大街往东走，不远就是进入皇城的顺义门，此二坊地理位置之重要，可想而知。

安乐虽为郡主，但府邸之大，和太平公主不相上下。安乐郡主不仅仅是当今皇嗣李显最宠爱的女儿，女皇对她也是疼爱有加，又是梁王武三思的儿媳妇，所以恩荣无比。

按照大唐的礼法，郡主嫁人，须住在夫家，但安乐郡主特殊，女皇不仅特意赐予一府之地，还准许其独自居住，故而武崇训并不住在梁王府，而是住在这里。

从郡主府外向里看，里头虽灯火通明，却寂然无声，守门的仆人也是眉头不展，看来那桩惨案对其伤害甚大。

狄千里上去通姓留名，门人急忙进去禀告，时候未久，府门打开，武崇训亲自带人出来迎接。

"深更半夜打扰郡王了。"张鷟施礼道。

"御史怎能如此说，荐福寺见了一面，我还在念叨呢。"武崇训亲自拉着张鷟进府，脸上虽然挤出一丝笑，也不过是强颜欢笑，遮掩不住那无尽的悲痛，"御史公务繁重，为了犬子竟夜里上门，我这个做父亲的已经感激不尽了。"

这位高阳郡王，和他父亲武三思不同，为人纯善，而且看起来重情重义。

将张鷟等人迎入正厅，武崇训急忙命令仆人奉上茶水，极尽殷勤。

"郡王，你我也算熟人，无须绕弯子，我此次来，是为了初七晚上的那件事，我定尽力而为。"张鷟喝了口茶，沉声道。

武崇训听罢，双目垂泪，哽咽了一声，道："也好，还请御史费心，定要还我那可怜孩儿一个公道，且随我来。"

离开了正厅，武崇训领着众人穿过殿堂楼榭，最终来到了府中的一处幽静之所在。

前方是一片开阔的小广场，铺满了雪白的细沙，立着几块奇石，构成一幅极美的枯山瘦水，意境悠远。

广场后，是一个大大的两进院子，门匾上写着"悠然居"三个飞白大字，竟是女皇的手笔。

前院倒是寻常，净石铺地，东西是两排厢房，应该是侍女、奴仆居住的地方，走进后院之后，众人惊叹不已：院子是个标准的四方形，用环形的木廊围裹组成一个密合的空间，东南西北各有房间，不过北方的殿堂略大，应该是正厅，四方形中间原本是一处空地，虽然已经到了隆冬时节，竟摆满了诸多花草，红绿粉白，姹紫嫣红，郁郁葱葱。加上凸出的山石、修竹，真是个神仙般的所在。

"此地名为悠然居，是我与郡主最喜欢的地方，这些花草皆是宫中赏赐的特贡之物，犬子生下之后就一直住在那里。"武崇训指了指北方的正殿。

众人沿着回廊缓步来到北方正殿前，见雕栏玉砌，富丽堂皇。迈步而入，张鷟四处看了看，发现正殿并不大。

正殿分为左、中、右三边，中间布置得规规矩矩，用来接待贵客，左边是书房，右边是卧室。

察看之后，并无异常。到了卧室，却见一张巨大的象牙床靠墙放着，鹅绒缎被上血迹斑斑，还保留着当时的模样。

"御史，殿堂就这般，并不大，因为天气寒冷，小儿体弱，故而所有的窗户都从里面封死，也无地道通入房间内。事发当晚，几个侍女和奶妈就在对面的走廊上坐着，并没有看到任何人进来，可小儿便这么……"武崇训哀叹一声，说不下去了。

"案发之后，有没有清查府中之人？"张鷟问道。

武崇训点了点头："当时府中来人众多，事发后，虽慌乱一团，但郡主强忍着悲痛镇定下来，命令府中卫士将所有人集中在门前广场之上，一一检查，并没有发现犬子丢失的脑浆。后来又让仆人们将整个府邸都搜了个遍，同样没有找到，也没发现可疑之人。也就是在那时，发现了那只猫鬼。"

"你指的是那只头戴骷髅在屋顶上拜月的黑猫？"

"正是！就在这殿堂的屋顶上。仆人们搬来梯子，有的想爬上去，有的干脆开弓放箭，那猫却一晃就不见了。"

张鷟又细细察看一番，出了殿门，来到南边的回廊，面北而坐，看着殿堂的大门。

案发当晚，那帮奶妈和侍女就坐在这里聊天。

院中并没有什么高树，中间那些斑驳的花草摇摇晃晃，视线一览无余，不管是殿门还是回廊都看得清清楚楚，若是有人进殿，定然会发现。

"麴骆驼那晚也在？"张鷟看着武崇训道。

武崇训一愣："御史也认得此人？"

张鷟苦笑："算是吧。"

武崇训想了想，回复道："此人傀儡戏长安闻名，犬子满月，便叫他来耍上一把，除此之外，还有幻术、喷火、舞狮等杂耍，此人并没有什么异常。"

"且将当晚的那些侍女和奶妈叫来。"张鷟沉声道。

武崇训挥手让管家去了。不久，四五个侍女和一个胖胖的妇人来了，全身是伤，都用铁链锁着，见到张鷟便双膝跪倒，哭天抢地，直叫冤枉。

"莫要哭了，我来问，你们讲实话，说不定还能还你们清白。"见到这帮人无比凄惨，张鷟也是不忍。

哭声停止了。

"当晚你们在此聊天时，有没有人进过院子？"

"无有！没人进过小官人的房间。"奶妈抽泣道。

张鷟摇头："我问的是有人进过院子吗？"

奶妈这才明白过来，想了想，小心翼翼地说道："那就只有……只有郡主了。"

"郡主？"

"嗯。之前郡主抱着小官人在玩闹，我进去喂了奶，哄小官人睡了，就和郡主一起出来，我们经过东厢房，郡主进去换了衣服，到前面广场去参加宴会。"

"对的。"一个侍女道，"还是我服侍郡主换的衣服，然后郡主就出去了。"

"之后就没有人进来过？"

"没有。"奶妈和侍女同时摇头。

这时，另一个年纪大一点儿的侍女犹豫了一下，虽未说，却被张鷟看在眼里，冲其笑了笑，老侍女急忙直起身子。

"老爷，后院是没看到过什么人，可前院，我见过一个人。"老侍女道。

"谁？"

"那傀儡师。"

"哦？"张鷟双目一凛，"你遇见他的时候，他是从后院出来的？"

"这个我就不知道了，我当时端着一盘点心进来给大家吃，撞见了他。两手空空，背着他的那个真人大小的杖头傀儡，我问他干什么，他说找茅房，我就引他去了。"

"当时他有无异常？"

老侍女认真想了想："没有，现在回想起来，身上干干净净，手上也干干净净，没有血迹。"

"那杖头傀儡呢？"张鷟固然问道。

"那傀儡？"老侍女一愣，又道，"也没什么，一个傀儡而已，外面罩着一副衣袍，鼓鼓囊囊的。"

"御史怀疑是麴骆驼所为？"武崇训坐下来，摇头道，"不可能，事发之后，包括麴骆驼在内的所有艺人都被仔仔细细搜索了一番，当时我就在跟前，他那木偶虽然罩着衣袍，仆人掀开，里面空空如也，并无犬子的……脑浆。"

张鷟笑而不答，站起身来，对那老侍女道，"郡主之后就再也没有回来过？"

"没有，一直到事发之后。"侍女道。

"张文成，难道你怀疑是我杀了自己的儿子不成?!"此时，一个低沉的声音响起。

众人吓了一跳，急忙转身，却见四周回廊上并无人影。

正惊诧，却见大门阴影下，闪现出一个身影来。

一个女人。一个貌美无比、满脸高傲的女人。一个身穿斑斓彩衣的女人。她站在那里，隐藏在阴影之下，如果不说话，根本没人会注意到。

张鷟的目光，落到了那女人的衣服上。

那衣服，倒是……蹊跷。

不是用寻常的绫罗绸缎制成，细看才会发现竟然是用鸟的羽毛织就，各种颜色，鲜艳无比，令人眼花缭乱，但昏暗之中，却又不停变幻，映着檐角、月影。众人没注意也是正常。

张鷟呵呵一笑："郡主身上的这件，便是那百鸟裙吧？"

"怎了？"安乐郡主款款来到跟前，面色如霜，语气冰冷。

安乐郡主的百鸟裙，东西二京无人不知，无人不晓。爱美之心人皆有之，这位郡主特为尤甚，本来就长得漂亮，加上集万千宠爱于一身，更是对衣服追求备至，即便是宫中的赏赐之物，她也觉得寻常，就让人进入山林，捕捉那些罕见的鸟儿，摘取各色的鲜艳羽毛，用金丝、银线穿攒，做成了两件百鸟裙，雍容尔雅，堪称无价之宝。

东西二京的那些贵妇人纷纷效仿，以至于长安、洛阳附近的山林中，羽毛鲜艳的鸟儿几乎灭绝。

"这百鸟裙，据说变幻莫测，从正面看是一种颜色，从旁看是另一种，在阳光下呈一种颜色，在阴影中又是另一种，根本看不出本色，不知属实否？"张鷟眯着眼睛道。

安乐郡主脸上浮现出一丝得意："当然了，天下无比此衣更华贵的了。"

"可否借来一观？"张鷟笑道。

安乐郡主大怒，欲当场发作，被武崇训扯过去，嘀嘀咕咕一番，公主不情愿地走到房间里，不多时走了出来，将裙子扔给了张鷟，"让你这田舍奴开开眼！"

张鷟接过，只觉得此衣看起来虽大，竟轻得很，重不过半斤，若是折叠，恐怕袖子里就能放下。

"千里，你且披上，我看看。"张鷟将百鸟裙递给狄千里。

"张文成，你放肆！"安乐郡主勃然大怒，"我的宝衣，怎能让臭男人穿上？"

"难道郡主不想调查清楚小官人的死因？"

"你……"安乐郡主闻听此言，愣了一会儿，"好！你们尽管胡闹，若是查不出来，脏了我的宝衣，我饶不了你们！"

在张鷟的示意下，狄千里披上了百鸟裙，不伦不类，十分可笑。

张鷟指了指院中的那些姹紫嫣红："且俯身到那些花草中。"

狄千里不知他要做什么，一副不情愿的样子，跳下回廊，披着百鸟裙，弓着腰进入了花草丛中。

"啊！"站在回廊上的一帮人，看着眼前的景象，不约而同发出了一声惊叫。

五彩斑斓的百鸟裙，极为完美地融入花草之中，若不是仔细观看，根本发现不了！

"郡主，你帮了大忙。"张鷟转过身，对安乐郡主施了一礼。

"御史，这到底是怎么回事，难道……"武崇训脸色苍白。

张鷟看着安乐郡主："你穿上这百鸟裙之后，宴会中途有没有下过身？"

"有。"安乐郡主想也没想，"一场宴会怎么可能就一件衣服了，那晚我一共换了四身衣服。"

"换下百鸟裙之后，放在什么地方？"

"广场外特意搭起了供休息的帷幕，就在里面。"

"那就对了。"张鷟微微一笑，对武崇训、安乐郡主道，"二位若是不怕辛苦，可否随我去一个地方？"

"去哪里？"安乐郡主冷着脸。

"去一个能够揭开谜底的地方。"张鷟神秘一笑。

……

马车在开明坊前停下。

已经夜禁，坊门紧闭。

"千里，去叫门。"张鷟下了车，让狄千里去叫门。

"怎来到如此一个腌臜地方？"安乐郡主在武崇训的搀扶下走过来，抬头看着开明坊，皱起眉头。

比起她的金城坊，开明坊这等三教九流人聚集的地方，自然是个腌臜地方。

张鷟笑而不语。

狄千里叫了一会儿，坊门开了，竟然是坊正魏伶。

"御史？这深夜……"魏伶看到张鷟，吃了一惊。

"去麴骆驼家。"张鷟对魏伶道。

带着满肚子的疑问，魏伶前头领路，曲曲折折，将众人带到了麴骆驼的院子前。

"张文成，你带我们来这地方，做甚？"安乐郡主捂着鼻子嗡嗡问道。

"一会儿你们就知道了。"

狄千里开了门，众人来到麴骆驼家中一楼大厅。虽然麴骆驼的尸体已经被搬走，但现场还保留原样。魏伶点了烛火，大厅通明。

"千里，去楼上把那个真人大小的杖头傀儡搬下来。小心点。"张鷟坐下，摇起了折扇。

众人都不知他葫芦里面卖的什么药，觉得莫名其妙。

狄千里噔噔噔上楼，没过多久，抱着那个杖头木偶走了下来。

"你要这傀儡做甚？"狄千里小心翼翼把木偶放在地上。

灯光之下，巨大的木偶，目光森然，面目猩红，嘴角含笑，无比诡异。

张鷟直起身，向狄千里伸了伸手："借你佩刀一用。"

狄千里接下了佩刀，递给张鷟。

张鷟弯下身，细细观察那木偶的头颅，很快在木偶的脑后找到了一个凹槽，用刀尖伸进去，轻轻一拨，啪嗒一声轻响，木偶的脑袋裂开。

哇！

与此同时，房间里传来一声无比凄厉的尖叫。那是安乐郡主发出的。

其他人，一个个呆若木鸡。

木偶的头颅，是个空壳，裂开之后，里面装着一个血淋淋的完整的人脑！它不足成人脑浆的一半大，已经有些干枯，但因为天气寒冷，还未腐败。

"这是……这是犬子的？"武崇训声音颤抖。

张鷟站起身，点了点头。

"杀我孩子的，是麴骆驼？！"安乐郡主声嘶力竭。

"我想，应该是了。"张鷟叹了一口气。

"先生，这到底是怎么一回事？"粟田真人一双大眼注视着张鷟。

所有人都注视着这个神棍。

"很简单。"张鷟摇着折扇，"麴骆驼在表演之后，盗走了郡主的百鸟裙，然后穿上它进入了后院。方才你们也看到了，阴影之下，百鸟裙斑驳神奇的颜色，不易被人发现。他披着百鸟裙顺着回廊拐角溜进姹紫嫣红的花丛中，缓缓接近北边的正殿，那几个侍女奶妈聊着天，不可能聚精会神盯着院中，即便是余光扫过，也会被百鸟裙混淆了视线。麴骆驼从花丛中来到大殿门口，只需要天空中有浮云掠过或者阴影斑驳之时，快速迈进房门，侍女、奶妈根本发现不了。"

"进去之后，他杀了小官人，取出脑浆，装入傀儡头中，再穿上百鸟裙原路返回，神不知鬼不觉。等到了外面，将百鸟裙折叠塞入傀儡的衣袍中，即便是被侍女撞见了，也发现不了。然后他大摇大摆来到广场，将百鸟裙原样放回，就万无一失了。

"即便府中很快发现小官人遇害，即便你四处搜查，也没人会想到小官人的脑浆装在了这里。"

张鷟指了指那木偶，摇头道："麴骆驼经常去府里表演，对府里的地形十分熟悉，对郡主的百鸟裙也极为熟悉，我想他为了做这件事情，定然谋划了很久。"

"这个可恶的贼人！"安乐郡主气得浑身发抖，"我要杀了他！"

"你杀不了他，"张鷟摇摇头，"他已经死了。"

"死了？"安乐郡主声色俱厉，"死了我也要将他挫骨扬灰，可怜我的孩儿呀！"

郡主放声大哭，武崇训咬牙切齿，搂住安乐郡主一边安慰，一边身体颤抖地对张鷟道："可是御史，麴骆驼为何要杀犬子？我待他不薄，每次他表演我都给了十足的赏赐！"

"不错，没有理由呀。还有，出现在屋顶上的那个头戴骷髅拜月的猫，又是怎么回事？难道也是麴骆驼搞的鬼？"狄千里问道。

"魏骆驼为何对小官人下手，又为何要残忍取下小官人的脑浆，目前还不清楚。至于那只怪猫，我想应该不是魏骆驼所为，毕竟当时他在广场被搜查，分身乏术。"张鷟揉着太阳穴，"这还需继续调查。"

张鷟在这边说着，那边安乐郡主已经哭得昏厥过去。爱子的脑浆血淋淋地出现在自己眼前，这种打击不是一般人能承受得住的。

高阳郡王武崇训也是几近崩溃，张鷟安慰了一番，许诺一定会查个水落石出之后，总算是劝服了。悲痛欲绝的武崇训带着孩子的脑浆，领着仆人离开了。

"先生，你怎知道是魏骆驼所为，而且还断定孩子的脑浆在傀儡之中？"武崇训一帮人走后，空荡荡的房间里就剩下了几个人。

张鷟眯着眼睛看着外面的夜空："开始我也只是怀疑。"

众人相互看了一眼。

"随着我们的调查，魏骆驼此人越来越诡异，身份也变得神秘莫测，而且当晚也出现在安乐郡主府上，多有蹊跷。悠然居勘察一番之后，我做了个猜想：若我是魏骆驼，杀了孩子，取了脑浆，并且还要顺利带出来的话，会放在哪里？思来想去，只有一个可能，就是这木偶之中了。"

"至于魏骆驼是怎样鬼一般在侍女和奶妈的眼皮子底下进入房间而不被发现，我并不知晓，直到穿着百鸟裙的郡主站在我面前，我才想到了他的诡计。"

张鷟皱着眉头："尽管现在郡主孩子的死已经水落石出，但这件事情还远未打探清楚，有太多的疑点。其一，那只诡异的黑猫到底是怎么回事，依然是个谜，不过我觉得应该是另外的人干的，至于是谁，又为什么这么做，我还无从知晓。

"其二，魏骆驼此人，和高阳郡王、安乐郡主无冤无仇，和那孩子就更没什么仇恨了，为何会做如此残忍之事？即便他养猫鬼、信奉巫术，可要孩子的脑浆做甚？我还是百思不得其解。"

"那只头戴骷髅拜月的黑猫的确无法参透，不过魏骆驼此举，我觉得还是有些眉目的。"狄千里站起来，在房间里踱着步，"一般杀人不过两种，一种是误杀，一种是有目的之杀。如今看来，似乎和误杀都没关系，那就只有一种可能了。"

"你的意思是麹骆驼杀那孩子，是有某种目的？"粟田真人觉得狄千里所说有理。

"当然了。"狄千里指着躺在地上的木偶，"你们想呀，若是只想杀人，杀了就杀了，完了赶紧脱身便是；而麹骆驼呢，杀了孩子之后，竟然还完整地取出孩子的脑浆，冒着被发现的天大风险，将脑浆带出来，这说明什么？说明他的目的，是为了这孩子的脑浆。"

众人纷纷点头，包括张鷟。

不过很快，一个同样的问题浮现在众人的心头——麹骆驼要一个孩子的脑浆干什么？

"养猫鬼是不需要人的脑浆的，而且这种东西，乃是极为人所不齿的凶秽之物，我大周之人，定然不会要这等东西……"

张鷟话还未说完，狄千里已经明白了："你的意思是说……"

"然。"张鷟看着众人，"你们还记得胡寺那巫师做法事、跳大光明之舞时，方台上放置的大鼎了吗？"

"是了！那大鼎上摆放着血淋淋的人头，还有人皮什么的，西域的巫师，就喜欢这些东西！"粟田真人拍手道。

"麹骆驼此人，是韦妃的心腹，对其忠心耿耿，而韦妃对那巫师的把戏信奉得虔诚无比，若是巫师需要这些东西，韦妃是不会干的，只有让麹骆驼来办。"张鷟呵呵一笑，"还有，麹骆驼的死状，正是跳大光明之舞的姿态，这说明他的死和那帮人有着直接的关系。"

"会不会是这样：麹骆驼奉命取孩子的脑浆，然后因为什么原因，被前来接应的人灭口，并且被报复性地斩断四肢，拼接上猫尸，搞成那副鬼样子。"狄千里分析道。

"有些道理。"张鷟沉吟起来，"不过，有些地方解释不通，譬如，那人即便是杀人灭口，也没必要将麴骆驼的尸体弄成那个样子，那样做岂不是暴露了他们？还有，如果是巫师派来的人，说明他们要这婴孩的脑子有用，但为什么杀了麴骆驼之后，没将脑子拿走呢？"

的确还有很多解释不通的疑点。

"唯一可以肯定的是，麴骆驼的所作所为、他的死，和那个巫师与韦氏有关系！"张鷟站起来，看着众人，目光坚定，"我们已经越来越接近真相了！"

随着打探的不断深入，诡异的、不可思议的事层出不穷，让众人觉得如同陷入泥沼一般脱身不得，不过从麴骆驼的身上，至少看到了一丝曙光。

"接下来怎么办？"狄千里问道。

"韦妃身份特殊，她是皇嗣的妃子，动了她就等于动了皇嗣，宫中猫鬼的事情已经够糟了，若是这等事情也和皇嗣扯上关系，传出去，皇嗣的情况就更不妙了。所以先打探那个巫师的底细，抓住他，或许能有新的线索。"张鷟淡淡道。

"我这就回去点齐手下去胡寺抓人！"狄千里大声道。

张鷟冷笑："今晚我们闹了一场，已经打草惊蛇，那巫师还会在胡寺里待吗？"

"那如何是好？"

"虽然他神龙见首不见尾，但毕竟是在胡寺，而且用的是西域的巫术，或许胡寺里面管事的那位祆正知道一些事情。"

张鷟所说的祆正，就是波斯胡寺的住持，和佛教寺庙的方丈一般的地位。

"今晚且回去休息，明天，我们再去胡寺。"张鷟打了个哈欠，走向门外。

外面，又开始下雪。纷纷扬扬的大雪，笼罩住这座大城，铺天盖地。

# 第十章　吹响骨笛之猫

狄千里与粟田真人站在门外。

天气寒冷，大雪没有停止的意思，二人冻得哆哆嗦嗦。

门推开，虫二拎着两只木桶走出，身上冒着白色水汽。

"还没完呀？"狄千里叫道。

"才洗了第二遍。"虫二头也不抬。

"这都一个多时辰了吧！"狄千里睁大眼睛，看着屋里，故意提高嗓门儿，"他身上有什么脏东西？是掉进粪坑里了吗？"

虫二一副见怪不怪的表情："这有什么，他有一次沐浴，从早晨一直到晚上。"

"这神棍！"狄千里欲哭无泪。

又过了一个时辰，神棍总算是出来了。他换上一身洁白的宽大锦袍，光着脚，戴着黑色高帽，摇着折扇。他算得上精神焕发。

"我刚才在里面，卜了一卦。"神棍一边走一边说。

跟在后面的狄千里差点暴怒："什么？我们两个在外面冻得青头紫脸，你在里面优哉游哉地泡澡，还算了个卦？"

"然。"

"然个屁呀！太过分了！"

挂着两行鼻涕的粟田真人急忙打圆场："卜卦乃是神圣之事，当然需要沐浴更衣，先生，不知卦象如何？"

"大吉！哈哈哈。"张鷟怪笑一声，飘然而去。

"神棍！但愿咱们别像昨晚那般被人撵得鸡飞狗跳就好了。"狄千里叹着气。

波斯胡寺正门口，车来人往，行人一个个气定神闲。

马车停下来，张鷟命虫二向门口的胡僧递上了自己的名帖，那僧人接了，慌忙向内禀报。

未过多久便有一干人等前来迎接。

寺内和昨晚不同，熙熙攘攘，信徒不少，大多是胡人。

张鷟一行被领到寺后的一个白色大殿中，安排落座，又有人奉上茶水。

"祆正于大殿正做法事，还请御史稍候。"一个胡僧道。

"无妨。"张鷟悠闲坐着，呵呵一笑。

等了一炷香的时间，门外传来脚步声，一个老僧踱步而入。

这老僧，穿着一身白色袍子，很是破旧，甚至还缝上了补丁，但洗得干干净净。

他年约七十，须发皆白，手中握着一串三十三颗枣木制成的念珠，龙行虎步，气势威严。

"让御史久等了。"老僧看见张鷟，笑容灿烂。

"你这日子倒是过得逍遥。"张鷟也不起身，摇着折扇，冷嘲热讽。

看来二人不但认识，还很熟。

"此乃胡寺祆正沙赫尔，你们可别小看他，他当年可是波斯的国师。"张鷟向狄千里和粟田真人介绍道。

二人惊愕万分，急忙站起施礼。

"罢了罢了，不敢称国师。"沙赫尔坐下，脸色颓然，望着殿外，叹道，"想我波斯，当年疆土万里，何等气吞天下；如今呢，国破家亡，也只剩下这一座小寺了。"

言语之内，带着无比的不甘和悲怆。

"我听说贵国主在吐火罗已经召集了兵马，准备向西征伐？"

张鷟所说的国主，指的就是挂着个波斯王名头的泥涅师了。

"何谈征伐。"沙赫尔连连摆手，"大食雄兵六十万，国主东拼西凑，手下才三千人，又无粮草、资银，复国无望。若不是大周庇护，恐怕早被连根拔起了。唉！"

沙赫尔说的是实话。波斯被大食所灭，泥涅师虽随父亲逃到大唐，波斯王系才算没有被赶尽杀绝。大食和之前的大唐——现在的大周——如同两头狮子，虎视眈眈，但都不敢向对方下手，故而泥涅师虽有复国之念，大唐却并无西征之意。丢掉了国家，泥涅师要人没人、要钱没钱，只能滞留在吐火罗望着故国兴叹。

"御史今日为何到我这里来？"沙赫尔拨动着念珠，笑道。

"逛逛。"张鷟微微闭上眼睛。

沙赫尔哑然失笑："御史是个闲不住的人，没有什么事情恐怕是不会来的。"

"也可以如此说。"张鷟笑了，"最近长安流传着一件怪事，你没听说？"

"怪事我听得多了，但不知御史说的是哪一件？"

"大光明教。"

张鷟说完，双目死死盯着沙赫尔。

老僧的嘴角，不由自主地抽动了一下。

"听闻一西域巫师装神弄鬼，招揽信众颇多，收受财物、供奉，更引得很多有头有脸之人甘愿跪拜其脚下，弄得乌烟瘴气。还听说，这巫师和你，关系匪浅呀。"张鷟的语调，阴阳怪气。

"御史，可不能乱说！"沙赫尔慌了起来，"我和他不熟！"

"不熟？你的意思是，认识了？"

"这个……"沙赫尔犹豫了一下，面露难色，最终点了点头。

"看来果真是你们胡寺里的人。"

"万不能这么说！"沙赫尔连连摆手，"他是他，我们是我们，我们是圣教，他行的是巫术，不能混淆。"

"哦，那为何他的据点在你们胡寺？"

"这个……"沙赫尔沉吟了一下，"御史找他，意欲何为？"

"斗法！我要与他斗法！"张鷟一副暴跳如雷的表情。

沙赫尔吓了一跳，粟田真人和狄千里同样惊得张大嘴巴。

"斗法？为何？"沙赫尔百思不得其解。

张鷟气愤道："这厮着实可恶！抢了我的财源！"

"哦？"

"你也知道，我这个御史俸禄可怜，靠的就是信众捐献的财物才能衣食无忧，东西二京，谁不知道我张鷟的神术？"

"然。"沙赫尔点点头。

"以前我信众颇多，自打这厮出现之后，我信众日益寥落，都跑到他那里去了！故而我要和他斗法，公平比试一番，让信众看看谁的本事高！"张鷟说得有鼻子有眼。

"御史没必要和这样一个人一般见识吧？"

"十分有必要！我向来便是小心眼。"张鷟冷哼一声，"对了，我听闻此人最擅长的就是跳什么'大光明之舞'，一个大男人，竟然跳舞，真是可笑！"

沙赫尔哈哈大笑："御史，那不过是此人偷梁换柱学来的混账巫术，哪里是什么'大光明之舞'。"

"此话怎讲？"

沙赫尔长叹一声："御史也知道我等的处境。当年波斯疆域万里，如今则是家国不在。我等寄身在长安，守着这一座小寺，完全看着大周的脸色过日子，小心翼翼伺候着，别说是圣上、朝廷，便是随意一个芝麻大的小官，我们也不敢得罪。

"这巫师，的确是个波斯人，年约六十，自西域而来，投靠在我们这里。起先倒还没什么，做了两三年的僧人，学习了一些圣教的皮毛之后，就开始出去招摇撞骗，他本来就幻术高超，故而收了不少信徒，后来甚至还有一些我们根本招惹不起的人为其撑腰……"

沙赫尔唉声叹气："再后来，他干脆就在寺里传播他的那些歪理邪说，我等惹不起他，更惹不起他身后的那些人，只能睁一只眼闭一只眼。此人所谓的大光明教、大光明之舞，皆是偷取了我圣教的一些东西自己篡改而成，根本就是个败类。

"他的'大光明之舞'其实真正的名字是'狄那之舞'。"

"狄那之舞？"张鷟坐直了身体。

沙赫尔道："御史对我圣教应该有所了解，我们视阿胡拉·马兹达为最高主神，是全知全能的宇宙创造者，它具有光明、生命、创造等德行，也是天则、秩序和真理的化身，是代表光明的善神，而阿赫里曼则是代表黑暗、毁灭、破坏的恶神。"

张鷟连连点头。

"世界便是在光明与黑暗、善与恶的争斗中辗转，我等供奉着马兹达神，以火纯净万物，驱走黑暗和邪恶。除了这位主神外，马兹达神为了阻止恶神的破坏，还创造了六位善神作为自己的助手，我们称之为'七位一体'，这六位善神是主神的化身，也是世界的庇护者。"

"这倒是第一次听说。"张鷟认真道。

沙赫尔笑道："御史非我信徒，自然是不知道的。这六位善神，分别是天空保护神、大地保护神、水神、植物保护神、动物保护神和人类保护神，各司其职。

"在这场横亘永恒的善与恶、光明与黑暗的争斗中，人也必然裹挟在内，死后的待遇如何，全靠生前崇拜信仰主神的虔诚程度和表现而定，行善者得善报，行恶者得恶报，人死之后，灵魂转世，归于何方，都要经过一场审判。"

"审判？"

"是的。御史，根据我圣教的教义，人死后，灵魂在尸体上停留四天，以检查其一生的思、言、行，第四日就要进入审判之桥！那是一座被烈火包围的洁白桥梁，被巨大的灵魂之犬守护，那里住着一位神灵，就是人类保护神，名唤狄那。

"如果生前是善良之人，狄那会变身为容貌靓丽的少女，跳起蹁跹美丽的舞蹈，将他引至天堂之路；如果生前是恶人，那么狄那则变成另外一副丑陋、恐怖的模样——人身猫头的凶神，张着血盆大口，在烈火中跳起驱魂舞，将恶人的灵魂送入地狱之途，让其永受沉沦之苦！"

沙赫尔话语中带着无限威严："狄那神是公正的，没有人能逃过她的慧眼！她跳的舞蹈被称为'狄那之舞'，那是灵魂之舞！狄那神有审判灵魂之权，故而广受供奉和敬仰，不光是我们圣教崇拜她，巫师们也对她崇敬有加，并且有专门以自己灵魂和血肉为祭祀之物来供奉狄那神的巫师。

"这些特殊的巫师，会以一种秘传的特殊巫术召唤狄那神，行巫术时，他们会装扮成狄那神的模样，穿上法袍，头戴猫脸面具，吹响骨笛，召唤狄那神附体。与此同时，信徒们装扮成各种身份，围成一圈，环绕着巫师跳狄那之舞，狄那神降临之后，信徒们就可以向狄那神祈求，说出自己的愿望，据说极为灵验。不过这毕竟是凡人召唤神灵并向神灵提出要求，所以必须付出代价——舞蹈中的一人，必须献出自己的灵魂给神灵，也就是死。"

沙赫尔的话，众人听了毛骨悚然。

随即沙赫尔愤怒起来："这等巫术，为我圣教所不齿，但凡人都会有各种各样难以实现的欲望，不少人对其深信不疑，所以根本无法消除。"

"那个巫师，便是如此吧？"张鷟问道。

"然。"沙赫尔苦笑，"他原本就是个供奉狄那神的巫师，来到长安后，将'狄那之舞'改名为'大光明之舞'，吸纳信众，搞得乌烟瘴气，但我们无可奈何。"

"他背着的那个箱子，里面的光明神，是怎么回事？"

"这个我也不知道。"沙赫尔摇头，"那个箱子与他形影不离，即便是睡觉时也在身边，里面装着什么，没人知晓。他搞的那些法术，我也见过，基本上都是幻术，但显现出来的光明神形象，却不是幻术所为，似乎是另外一种特殊的手段。具体是怎么做出来的，我实不知。"

听了这么多，张鷟觉得还算满意，轻轻摇着折扇，微闭双目沉思了一会儿，又问道："那个巫师，现在何处？"

"这个……"沙赫尔看着张鷟，十分为难。

"放心，我找他乃是私事，不会说是你告诉我的。"

沙赫尔见张鷟脸色凝重认真，咬了咬牙回答道："他现在不在这里。"

"不在这里？"

"听说昨晚行巫术时，有人捣乱，他当晚就离开了，去了……"沙赫尔看了一眼张鷟，低下头，"如今他应该在旧寺里。"

"在义宁坊的那个寺里？"张鷟大喜。

祆教在长安城，有两座胡寺、一座祆祠。醴泉坊的这个胡寺，乃是高宗所立，距离醴泉坊不远的义宁坊里还有一座胡寺，那是当年唐太宗答允胡商所建的寺庙，所以被称为旧寺。

张鷟对狄千里点了点头，狄千里起身出去了。

这一次来，狄千里带足了手下，足足有六七十人，早已经摩拳擦掌在寺外等候多时。

"御史找那人，恐怕不是为了斗法吧。"沙赫尔见狄千里出去的时候杀气腾腾，对张鷟道，"若是生了什么乱子，万不能说是我透露的。"

"这你尽可放心。"

狄千里走了之后，二人聊着闲天，耐心等待。

约莫过了一个时辰，狄千里气喘吁吁地跑了回来。

"怎样了？"张鷟问道。

狄千里气急败坏："跑了！"

"跑了？"

狄千里一屁股坐下，一口气喝完了盏中茶："我带人进去之后，四处搜查，忽然有大量的信众冲过来，我等与其周旋时，那家伙从后门跑了。"

"跑哪里去了知道吗？"

"这个就不知道了。街上人多，混进去如同鱼入大海。"

"可惜了！"粟田真人捶胸顿足。

张鷟转脸看着沙赫尔："他还有其他的藏身之地吗？"

沙赫尔为难道："此人向来狡兔三窟，除了旧寺和本寺之外，长安城中也有诸多住所，不过，听闻他大多会在供奉的金主家里。"

"供奉的金主？"张鷟微微闭上了眼睛。

"御史，这个我就不能说了。那些贵人，我们招惹不起。"沙赫尔红着脸道。

"明白了。此次多有打扰，先告辞。"张鷟站起身。

沙赫尔倒是客气，一直将张鷟送到寺外。

马车之中，狄千里失落地看着张鷟："如何是好？"

"去东宫。"张鷟冷笑一声。

"去东宫？为何？"狄千里和粟田真人都为之一震。

"沙赫尔说这个巫师常待在供奉的金主家里，而且这个金主他也招惹不起，那定然是身份不同寻常的人了。你们想想，昨晚出现在胡寺的……"

"哦！"狄千里和粟田真人恍然大悟。

"梁王和韦妃都是那巫师的信徒，但从昨夜的表现来看，韦妃和他的关系更好。千里带人捉拿他，他不会去梁王府，因为那里太远，而东宫较近，故而我觉得他最后可能逃到东宫去了。"

"佩服！"狄千里和粟田真人纷纷称是。

"去东宫！"狄千里吸了一口气，大声对车夫道。

醴泉坊往北，经过金城坊，转而向东，通过守卫的检查，跨过安福门，就来到了一条宽阔无比的东西横街之上。

这是整个长安城的中心。街道的南边是皇城，大唐的各个重要的政府部门办公之地；北面，是宫城，大唐以来便是皇帝居住和接待使臣、朝臣之地的太极宫。

太极宫面积巨大，深宫高墙，建筑铺展连绵，尽管女皇迁都洛阳，但这座宫城依然是宏伟庄严，毕竟它是大唐的灵魂所在。

宫城分三部分。正中的巨大宫殿是太极宫，那是名副其实的皇宫；太极宫西，为掖庭宫，是宫女、内侍居住的地方；宫东，便是东宫，为皇太子居住之地。

马车在街道上慢悠悠地走着，经过太极宫巍峨的正门承天门，往东又走了一段路，来到了重福门下。

重福门是东宫的正门，虽比不上承天门的金碧辉煌，但亦是威严雄壮。

张鷟等人下了马车，来到宫门口，早有羽林卫士走了过来。

"御史张鷟，有要事拜见殿下。"张鷟沉声道。

"殿下这几日身体有恙，传下令来，朝廷官员，一律不见。"卫士很不耐烦地摆了摆手。

"怎么办？"粟田真人看着张鷟，苦着脸。

张鷟笑着低声道："咱们这位殿下，可真是战战兢兢、小心谨慎。"

"何意？"粟田问。

狄千里也笑，解释道："他做了两个月的皇帝，龙椅还没捂热就被贬为庐陵王，被赶到均州那个鸟不拉屎的地方，整天担惊受怕，怕被赐一杯毒酒或者一匹白绫；好不容易苦尽甘来被立为皇储迎接回来，更是害怕陛下哪天看他不顺眼废了他、杀了他。陛下这个人，最讨厌的就是臣子拉朋结党，所以这位殿下自从成了皇嗣之后，整天待在宅子里，从不出去，更不会和任何朝臣有接触。明白了吧？"

"原来如此，那他过得还真是窝囊……不，真辛苦。"粟田真人捂住嘴巴。

张鷟从袖中掏出那块金凤令符，交与卫士："你将此物示于殿下。"

羽林卫士都不傻，见了这令符，立马恭敬无比，一溜烟地跑了进去。

过了片刻，卫士出来，躬身施礼："诸位，殿下有请！"

"看来还是这东西好用呀。"张鷟接过令符，重新收好，笑了一声，带着粟田真人和狄千里进宫。

东宫虽没有太极宫大，但也面积惊人。女皇迁都洛阳后，此处很多年没有人居住过，稍显破落，可经过收拾和清扫，倒是别有味道。

随着内侍穿过一座座大殿，三人走进了一个院落。说是院落，和寻常人家的院落有着天壤之别。

里面有山有水，有花有草，殿堂高耸，华贵无比。

内侍弓着身子，引着三人穿过御花园，来到一座临湖而立的大殿下。

湖是人工挖掘，波光粼粼，大殿临湖而立，十分清雅。

进了朱红色的大门，里面被炭火烧得温暖无比。

拐进了别殿，只见一个身穿明黄色龙袍的男人坐在桌前看着手中的书本。

他年约四十五六，圆脸长须，体态肥硕，但面容苍白、憔悴，束起的头发花白枯槁，弓着腰，不断咳嗽着，呈现出一股和其年龄极其不协调的老态龙钟。

这便是当今的皇嗣李显了。

"殿下，张御史来了。"内侍尖着嗓子小声道。

"呀！张御史，速速请来！"李显显然没有在认真看书，听到声音，慌慌张张站起来，撞倒了桌子上的香炉，手忙脚乱。

"见过殿下。"张鷟三人躬身施礼。

"御史……不必多礼，不必多礼！"李显快步走过来，想弯腰回礼，忽然意识到自己是皇嗣，不该如此，又觉得不回礼显得没礼貌，顿时手足无措。

那副小心翼翼、战战兢兢的样子，让粟田真人也不由得内心暗自叹息。

想大唐高祖、太宗开国，何等的英明神武，何等的气吞天下？想女皇陛下，何等的霸气十足？而眼前这个人，这个身上流淌着太宗血液、身为女皇之子的皇嗣，竟然看起来是如此的懦弱，毫无威严。

“殿下请。”张鷟示意旁边的榻椅。

“好……好好好。御史也请，御史也请。”李显脸上挤出一丝僵硬的笑容，对张鷟极为客气，等张鷟坐了，他才坐下，而且还只是半个屁股沾着椅榻。

好不容易众人落座，李显看了看众人，又看了看内侍，不知说什么好，眼神慌张，气氛尴尬，想了半天，才哆哆嗦嗦道：“不知御史前来，是为了……”

“禀殿下……”

“我看御史递上了令符，难道是陛下召我？我……我这段日子一直在东宫，从未出去过，我……我并无任何忤逆之事……”还没等张鷟说话，李显就打断了，额头上冒出一层冷汗，脸色灰白如纸。

“殿下多虑了，下臣此来，并非陛下所召。”

“哦。那就好……不是，我的意思是……这个……”李显越发局促起来。

“禀殿下，下臣此来，是有事请教。”

“请教……不敢当！御史尽管吩咐……尽管吩咐。”

张鷟抬起头，看着李显，淡淡道：“不知殿下可听说宫中发生的怪事？”

“啊？”李显听完瞪大了双眼，面目都有些扭曲了，“听说了，听说了。不过……也不是太清楚。”

张鷟耐着性子，将武则天寝殿出现诡异文字、萧淑妃冤魂附在黑猫身上索命的事情说了一遍。

李显听得胆战心惊，不停擦着冷汗。

“此事……甚为……可恶！可恶！听闻陛下受惊，我本想进宫探安，但太平不让我去。御史，我不是那不孝之人，所以……”

张鷟连连摆手：“殿下且宽心，下臣此来，非是问罪。”

“哦。”李显费力地咽了一口口水，呆呆地看着张鷟。

“宫中闹猫鬼，陛下极为愤怒，令下臣负责探查。其实不光是宫中，长安也接连出现几起诡异凶案，和猫鬼都有极大联系。"张鷟便将麴骆驼的死、安乐郡主府凶案以及西域巫师的事情说了一通。

"经过我等的探查，发现那巫师与麴骆驼的死以及猫鬼案联系甚大，当晚王妃也在寺中，而且和那巫师关系匪浅。今日我等前去捉拿，巫师逃走，我想王妃会不会知道那巫师的下落，故而前来讯问。"

李显听了张鷟说的这些事，再次紧张起来，而且比之前更为恐惧："御史，我等和那猫鬼案没有任何的关系呀！"

李显不傻，女皇最痛恨的就是猫鬼，如果自己卷进了猫鬼案，女皇……接下来，自己的处境……

李显已经不敢往下想了。

张鷟忙安慰道："下臣也认为殿下和这些事情无关，但有些事情还得问清楚。"

"定知无不言！"李显简直要崩溃了，"御史说的那个巫师，我也见过，的确偶尔来东宫……不，常常来东宫……不过，我和他并不熟悉，他的事情我亦不清楚，他找的人是韦妃，他的事，我也从韦妃那里听说过一二。"

李显结结巴巴的样子，看起来十分慌张。

"韦妃是个好女人，自从跟着我，就没过过什么好日子。担惊受怕，操心劳力，她认识这个巫师，是因为……因为患了……羊角风。"

"羊角风？"张鷟皱起了眉头。

"然。"李显点头，"大概是六七年前吧，韦妃就患上此症，开始还属轻微，后来越发严重，尤其来到长安后，更是难过，有时发起病来，癫狂抽搐，痛苦不堪。后来，麴骆驼把那巫师领了过来，韦妃才与他结识。"

"竟是麴骆驼牵线的？"张鷟很是吃惊。

"嗯。"李显冷汗直流，"至于发生了什么事，我不知晓，韦妃很快就对那巫师奉若神明，说其神通广大，巫师赐予仙药并且作法，减少了韦妃的痛苦。"

"真的？"

"真的。我亲眼所见，韦妃的病情的确好了许多。"李显真诚地看着张鷟，根本不像是说谎的样子。"不过这几日，韦妃的病情又严重了，昨晚半夜回来犯病，抽搐得昏厥过去，直到现在还未醒来，御医一直在照顾。我想或许是因为病情加重，她昨晚才去找那人的吧。"

听完这些话，张鷟沉默不语。

"殿下，麹骆驼这个人，怎么样？"狄千里问道。

李显急忙摆手："我对麹骆驼并不是那么熟悉。"

"他不是跟随你十几年吗？"

"嗯。从我离开长安，他就跟着。不过他跟的人不是我，而是韦妃。当年他无意间误杀了一人，将要被处死，韦妃路过，见其可怜，便救了他。自此他便跟随我们，也算是忠心耿耿。但他只对韦妃言听计从，是她的贴心人，对我嘛，不过是一般的主仆关系罢了。"

"今天，那巫师有没有来过？"张鷟问道。

李显看了看那内侍，内侍站出来道："没有。只要那巫师来，定然是我前去重福门外迎接，否则他根本难逃羽林卫士的手心。"

"殿下，我去探望一下韦妃，不知可否？"狄千里低声道。

"自然……可以。"

狄千里施了一礼，站起来，随那内侍去了。不多时便返回来，冲张鷟点了点头，证明李显所言非虚。

张鷟和狄千里相互看了看，脸上都露出了失望的表情。

巫师没来东宫，韦妃又羊角风发作昏厥，看来探查又要暂时搁置了。

张鷟站起身，想要告辞，突然想起了什么，从袖中掏出一物，高高举起，对李显道："殿下，这东西你认不认识？"

"这东西……怎么会在你的手里？"看着那物，李显突然神情大变，五官狰狞，疯了一般上前一步，抢了过去，望着张鷟，完全失控，声嘶力竭地喊道，"它……怎么，怎么会在你的手里?!"

看着李显的表情，张鷟已经知道太平公主之前并没有说谎。

这件事，麻烦了。

"陛下寝殿猫鬼一案，一个宫女嫌疑最大，此物是她的。"张鷟冷冷道。

"绝无可能！"李显紧紧地攥着那只镯子，那么用力，手指关节微微发白，"此物是我爱妃的！她已经……逝去多年。"

"赵妃吧。听说殿下连尸体都没有看到。"

李显终于落下泪来。一个年近五十的男人，对着一只镯子潸然泪下。

可能，没有任何人能够明白他的心境。

真正的爱，并不需要轰轰烈烈，而是藏在心底的永远无法抹去的挂念，如同酒一般，慢慢发酵着，令人难以忘怀。

"赵妃的镯子，怎会出现在一个宫女手中？"李显抬起头。

"下臣不知。"张鷟摇着折扇，"不过，眼下的形势，对殿下甚为不利。"

张鷟的好意警告，李显置若罔闻，他的全部注意力，都在那只镯子上。

"御史，我能保留下这金镯吗？"

"殿下不怕惹祸上身？"

李显自嘲地笑了："还有什么祸不祸的，我这个皇嗣，如同坐在大鼎上，下面是熊熊燃烧的烈火，各种各样的人往里面一把一把地加柴……御史，你为人正直，也不怕你说与别人听，这些年，我过的什么日子呀？江山社稷也罢，大唐大周也罢，都和我无关了，我想做的，只是安安静静做个普通人，看看花，看看月，看看这长安城的雪。仅此而已。"

"你想做个普通人，别人可不这么想，而且你也不能。"张鷟上前一步，盯着李显，"你只有两条路，一个是登上皇位，另外一个……"

"死路一条，"李显笑了，"我知道。不过，御史可知，我已经连自己的丧服都准备好了。"

"殿下何需如此？"

李显举了举手中的镯子："不管何时，我都不怕。被贬在外时，我就没想过还能活着回到长安。"

张鷟沉默了。

李显转过身，坐下来，继续看着他的书，那只镯子被他放在手边，阳光照着，灼灼放光。

"御史回吧。尽心办你的案子。我信任你。"

"下臣告辞。"张鷟恭敬施礼，转身带着狄千里、粟田真人跨出大门。随后，李显的声音从里面传了出来。

"御史，国老去世前，我曾问过他一句话。"

李显说的国老，指的是狄仁杰。

张鷟站住。

"我问国老他去了之后，这天下谁还有本事像他那般明断是非。你知道，国老说什么吗？"

张鷟沉默。

"国老说，青钱学士张文成，可接我衣钵。"

张鷟的双目，微微闭起。

大殿里传来李显的笑声："宫中诡案，你尽可放手去查，不用特别顾虑我，有道是不做亏心事，不怕鬼敲门。你束手束脚，反而别人看了会多想，明白吗？"

"下臣……明白了！"

"宸晖降望金舆转，仙路峥嵘碧涧幽。羽仗遥临鸾鹤驾，帷宫直坐凤麟洲。飞泉洒液恒疑雨，密树含凉镇似秋。老臣预陪悬圃宴，余年方共赤松游……"殿中传出李显的读书声。

那诗，是狄仁杰的诗。

通过窗户，张鷟看到李显的身影，端坐在那里，岿然不动。这一刻，张鷟内心颤抖了一下。阳光照射下的那身影，迷离恍惚的，竟然多了一点点太宗的身影。或许，李氏的血脉，从来没有淡去吧。

……

回去的路上，天又阴霾重重，飘起雪花。车中的诸人，一路都默然无话。

高头大马在张鷟的宅门前停下，撩开车窗，张鷟发现门前站满了羽林卫士。

"看来，宫中又出事了。"张鷟喃喃道。

是李多祚。

张鷟脚刚着地，就被他一把扯住。

"御史，快，跟俺进宫！"

"宫中怎了？"

"陛下召见！"

"陛下？"张鷟深吸一口气，"她为何要突然召见我？再说，陛下龙体有恙……"

"哎呀呀，一句两句他娘的说不清楚！走！莫让陛下等急了。"李多祚脾气暴躁，早急得额上青筋条条绽出。

车轮飞滚，直奔含元宫。

车厢中，张鷟盯着李多祚："到底出了何事？"

"宫中又死人了！"

"死人了？何人？"

"一个守护寝殿的侍卫，死得十分怪异，喉咙被咬开，血肉模糊，简直如同遭遇了猛兽袭击一般，脸上也全是利爪留下的抓痕。"

狄千里和粟田真人面面相觑。

"有线索吗？"

"没有。很普通的一个侍卫，昨晚一共十八人当值，后半夜出的事。俺已经将剩下的十七人都关了起来，等陛下召见之后，你可去审问。"李多祚的心情很不好。

"陛下召见我，为了此事？"

李多祚点点头，又摇了摇头："是，也不是，你等会儿就知道了。不过……你小心点。"

李多祚还想说什么，想了想，话到嘴边又咽下。

马车在丹凤门前停下，一帮人急急进宫。

来到麟德殿外，狄千里和粟田真人在偏殿等候，张鷟跟着李多祚面圣。

大殿外面，里里外外站了几层军士，甲衣鲜明，刀枪林立。

"御史张鷟，觐见！"门口的老内侍见了张鷟，高声喝唱。

迈入大殿，里面的空气仿佛已经凝固。

那种肃杀之气，扑面而至，让人喘不过气来。

高高的龙椅之上，端坐着女皇。

已年近八十的她，身穿明黄色的团龙黄袍，犹如山岳一般挺直而坐。发已雪白，但脸上看不出一丝的皱纹，那眉毛，那轮廓，让人丝毫无法怀疑她年轻时是何等的倾城倾国。

不过，女皇陛下此时的表情很不妙——一张脸苍白如纸，圆睁的双目里满是血丝，扶着把手的双手在微微颤抖，连身体也在摇动，整个人，宛若一张被拉到最大限度的强弓，随时都可能弦响箭出！

那股滔天的霸气、戾气，好像雷霆一般，一波波席卷而下，不管谁见了，都会内心战栗吧。

张易之、张昌宗二人分列左右，裘衣华服，容貌俊俏，是粉妆玉砌一般的两个少年人。上官婉儿立在龙椅前，面沉如水，看着张鷟，暗暗使了个眼色，好像是在提醒。龙椅下方，大殿中，厚厚的丝缎坐垫上，跪坐着二人。

这两个人张鷟都认识——一个是梁王武三思，一个是太平公主。

二人面对而坐，武三思闭着双目，气定神闲，太平公主则看着张鷟，嘴角带笑。

这二人，怎么会出现在这里？张鷟暗道。

正想着呢，忽听得一声厉喝："张文成，你可知罪？"

女皇陛下勃然大怒。

张鷟撩开衣袍，双膝着地，跪拜之后，昂起头："臣不知！"

"你竟不知?! 好! 好! 好!"女皇一连说了三个"好"字,忽笑了起来。那笑声,尖利而嘶哑,带着无比的愤怒。

"我且问你,我让你查猫鬼一案,你做得如何?"

"目前,只是有些线索,还未有结果。"

"还未有结果?恐怕等你有了结果,我的尸体都要横在这里了!"武则天猛地站了起来。她的身材并不高大,甚至有些佝偻,可一旦站起,仿佛顶天立地一般,让人仰视。

"你是在为他遮掩吧?"武则天一双眸子死死盯着张鷟,灼灼放光。

这样的表情,张鷟太熟悉了。这些年,已经有无数人死在这般的目光之下。

张鷟没有说话,而是抬头看了看上官婉儿,又看了看太平公主和武三思。

"莫要看他们!你知道的,我也已经全知道了!"女皇伸出手,指着张鷟,"你,这是在作死!"

"陛下若让臣死,不费事,只需一句话,臣便可横尸殿外!但若是说臣替人遮掩,说臣欺骗陛下,臣不敢苟同!"张鷟昂着下巴,没有丝毫的畏惧。

女皇再次笑了。那是嘲讽、可怜的笑,如同猫看着一只即将死于爪下的老鼠。

"好,我便让你死得明白。"女皇弯腰坐下,张易之、张昌宗二人急忙搀扶。女皇生气地一把将二人推开。她的身子骨,似乎还很硬朗。

"张鷟,我且问你,梁王的孙儿惨死,凶手是何人?"

"是一个叫麹骆驼的傀儡师。"

"这个傀儡师是东宫的旧人,而且还是心腹,是否?"

"这个……可以这么说。"

"你倒是实诚。好,我再问你,此傀儡师与一个巫师沆瀣一气,装神弄鬼,韦氏也参与其中而且是关键人物,是否?"

"是。"张鷟看了看武三思，武三思没有任何反应，还是那般的风平浪静，"和巫师掺合在一起的，可不止韦妃一人。"

"不要扯那么多！"女皇当然知道张鷟的言下之意，粗暴地打断了，"当晚，出现在我寝殿中的黑猫，化身那个贱人，口吐大逆不道之言，你已经有了线索，是否？"

"是。是一个叫长乐的宫女。臣怀疑，此女用腹语装神弄鬼。"

"好！"女皇点了点头，剧烈咳嗽了一阵，"那宫女随身之物，有一金镯，是否？"

"是。"

"此镯是当年那个姓赵的贱人的，是否？"

"是。"

"那个贱人是何人，你知否？"

"曾是殿下的正妻。"

"好！"女皇冷声笑了起来，"如此种种，都指向他！已经足够了！你不但不立刻禀告我，还秘而不宣，若不是我问婉儿，还有这两个……"女皇指了指武三思和太平公主，"恐怕我还要被蒙在鼓里！张文成，你好大的胆子！"

"臣向来胆大，但并没有欺骗陛下的胆子。"

张鷟跪在地上，不卑不亢。

"欺君罔上，隐私结党，包庇罪无可恕之人，其心可诛！"

女皇冷笑着，缓缓伸出手。那根枯槁冰冷的手指，遥遥点着张鷟："不但他该杀，你也该死！"

# 第十一章　咬人喉咙之猫

长长的一声叹息。

乌纱帽被轻轻放在了地上。跪着的张鷟的脖颈，长长地伸着，做出一个奇怪的动作。

"张文成，你这是做甚？"女皇冷冷道。

"陛下既然要杀臣，臣送上一颗脑袋。"张鷟的声音古井无波。

女皇的双目中，闪过一丝寒光："你真以为我不敢杀你？"

"敢。这天下都是陛下的，何况鷟的一条小命。"张鷟挺直上身，仰望着女皇。那是高高在上的女皇，满脸愤怒的女皇。

"陛下杀臣之前，能否允许臣斗胆谏言？"

"讲！朕虽老朽，却还未昏庸。"女皇笑了两声。

"陛下觉得大周还经得起折腾吗？"

女皇的笑容僵在脸上。

"张文成，你放肆！"梁王武三思怒道。

女皇摆摆手，示意张鷟继续。

"陛下，如今的大周暗流汹涌，定下皇嗣方才得到几年太平。皇嗣之兴废，事关大周千年之基，万不能仓促行事……"

女皇很不耐烦地打断了张鷟的话："你说的我都知道。不过，我向来都是这个秉性：一是一，二便是二，若皇嗣犯下大罪，亦可斩之！"

"陛下此言是有道理，但以下臣看，目前皇嗣并无任何罪过！"

"哦，那我方才说的那些事情，难道是诬陷吗？"女皇额头的青筋条条绽出。

"臣不敢有此念!"张鷟跪拜道,"陛下方才说的那些事情,固然是事实,但眼下案件疑点重重,不可不查之!"

"那我倒要洗耳恭听了!"

"陛下,麴骆驼固然杀死了安乐郡主之爱子,此人畜养猫鬼,死得也蹊跷,但何人杀了此人,目前还无线索……"

"完全可能是东宫杀人灭口。陛下,当初皇嗣之争,东宫夫妇对臣很有成见,即便是臣有错,也不可杀了臣的爱孙,可怜那孩子,刚出生于世……"武三思老泪纵横。

女皇脸色铁青。

"梁王此话差矣。"张鷟拱手道,"皇嗣宅心仁厚,当初又在陛下面前发下誓言,自此武、李为一家,绝不可能做出如此事来。麴骆驼此人,几年前就离开东宫独自生活,他所做之事,不能一味联系到东宫身上。他为何要杀梁王爱孙,还需继续探查……"

"是否与那巫师有关系?"女皇问道。

"目前看来,似乎有些关系。"张鷟点头,"从麴骆驼死时的诡异姿态来看,和那巫师搞的一套把戏极为契合,不过可以暂时排除巫师那帮人所为,陛下请想:若是巫师派人杀了麴骆驼,肯定不会故意留下线索指向自己。"

女皇点了点头。

"麴骆驼生前和巫师关系匪浅,这是确定的事。不过巫师所为,乃是装神弄鬼的幻术而已,不足为怪,至于牵扯到其中的韦妃,不过和一般求神拜佛的信众差不多,求个愿望而已。再说,梁王也是如此吧。"

张鷟看着武三思,武三思转过脸去。

"那个宫女呢?她总不会和皇嗣没关系吧?"女皇冷喝道。

"宫中发生的怪事,臣觉得亦不过是装神弄鬼。那晚怪猫现身口吐人言,臣猜想乃是宫女腹语所为,这宫女身上的确有赵妃的镯子,但陛下,赵妃早已经死去多年，一个镯子不能说明任何问题——赵妃当年死于宫中，尸体草草处理，说不定身上的镯子被什么人拿了去，辗转流落。

"还有，这宫女同样离奇死去，死状蹊跷。从现场来看，此女不应该是自杀，而应是有人刻意为之，凶手为何杀人灭口，我想同样值得探查。"

张鷟一番说辞，让女皇连连点头。

"还有，陛下恐怕不会忘记，那晚除了怪猫口吐人言，墙上凭空出现了字迹，这个目前臣并无头绪，也该深挖下去。"张鷟顿了顿，"臣觉得，宫女所为，乃是有人背后主使，再杀人灭口。"

"这似乎并不能排除七哥的嫌疑。"太平公主皱着眉头。

张鷟呵呵一笑："似乎是这样，但皇嗣的为人，陛下最清楚，历来忠厚老实，而且自从立为皇嗣以来，整日深处东宫之中，从不和外臣交往，可谓形单影只，臣不认为他能够在含元宫中有这么多的势力和帮手。"

"倒是有些道理。"知子莫若母，女皇对李显的为人还是清楚的。

"除此之外，长安城中还有一些案子，与猫鬼案关联甚大。"张鷟看了立于殿门旁的李多祚一眼，李多祚赶紧低下头，吓得满脸煞白。

"宫内宫外，凶案频发，而且都与猫鬼有关，臣觉得其中的联系十分复杂，眼下应该抽丝剥茧深挖下去才对。"

"朕等不了！"女皇咳嗽了一声，指了指殿外，"等你细细查出来，大周恐怕要举行国丧了！"

女皇说的，恐怕是昨晚侍卫身死之事。

"就在我的寝殿外面，侍卫被咬破喉咙，天知道下一个会不会是我？"女皇冷哼着，"张鷟，此案必须速速查个水落石出！"

"臣遵旨。"

"至于皇嗣……"女皇双目一凛，"固然你伶牙俐齿为他分辩，但如今看来，种种迹象都指向他，他逃不了干系！"

"陛下，万不可有废储之念！"张鷟大惊，跪拜在地，连连叩头。

"陛下……"这时，一直不说话的张易之站了出来。

"五郎怎的了？"女皇看着张易之，脸上闪过一丝柔情。

张易之跪在女皇脚边，一双手轻轻揉捏着女皇的双腿，令女皇不由得闭上了眼睛。

"陛下，臣觉得御史说的倒是有些道理。"

"嗯？"

张易之笑靥如花："臣不懂什么军国大事，但亦不希望看到陛下黯然神伤。皇嗣乃是陛下血脉，老百姓间有句话，虽然不堪入耳，却甚是有道理……"

"何话？"

"子不嫌母丑，狗不嫌家贫……"

"放肆！掌嘴！"女皇闻听此言，也是生气。

这话若是换一个人说，估计早曝尸殿外了。

张易之服侍女皇多年，自知女皇的脾气，当即晃着手，装模作样扇了自己几个嘴巴子："看我这张臭嘴！真是该打。不过陛下，臣说的也是肺腑之言，皇嗣是您的亲儿子，哪有儿子要害母亲的道理。再说，皇嗣为人老实，没这般的狠心肠。"

"他没有，不代表身边的人没有。"女皇缓缓道。

"那也不该为此就怪罪到皇嗣身上。陛下，依臣看呀，现在决断，还是草率了些。您觉得呢？"

张易之说完，大殿里面一片死寂。所有人都竖起了耳朵。

张鷟看了上官婉儿一眼，二人目光对视，很快移开。

女皇闭着眼，沉默不言。

皇嗣废黜与否，事关重大，生死全由女皇接下来的话决定。

"皇嗣……"女皇缓缓站起来，"李多祚！"

"臣在！"

"让你的羽林卫将东宫团团围住，令皇嗣闭门思过，禁足！"女皇的声音，冰冷无比。

张鷟长出了一口气。

“张文成，此案速速查个水落石出！我不会冤枉一个好人，但也不会放过一个坏人！”女皇站起来，张易之想向前搀扶，被她一下子推开了。

“我还没有老得不能动！这天下想杀我的人多了，可结果呢？”女皇呵呵一笑，“我武曌还不是活生生地站在这里！”

“陛下万年！”张易之大声道。

“万年是虚话，天下就没有长生之人，但朕亦不是泥菩萨，当年，人我都不怕，还怕什么鬼不成？”

女皇指的，自然是萧淑妃了。

“陛下说得是。”张易之等人唯唯诺诺。

“都退下吧，我累了。”女皇长叹一声，摆了摆手。

一帮人叩拜出殿。

张鷟来到殿外广场，等待多时的狄千里和粟田真人早急不可耐。

“先生，你怎全身是汗？”粟田真人看着张鷟的后背，发现已经全被汗水濡湿。

“鬼门关上走了一遭。”张鷟苦笑。

“他们怎么也在？”狄千里看着前方，那边梁王武三思和太平公主也陆续带着手下离去。

“问问那个人吧。”张鷟指了指一边。

远处，一身紫衣的上官婉儿款款而来。

“御史，生气了？”走到跟前，上官婉儿垂着头道。

“怎敢生你的气。”张鷟冷嘲热讽，“内舍人做的好事呀。”

“你少阴阳怪气的。”上官婉儿噘起嘴，“我也是没办法，太平进宫来陪陛下，多说了几句，陛下大怒，随即召来梁王，并逼问于我，我无法，只能如实相告。陛下的脾气你清楚，最痛恨有人欺骗她，故而……”

“幸亏还是禁足，否则麻烦就大了！”张鷟怒道。

“好了好了，我知道错了，人家也不想。”上官婉儿红着脸道，“这么凶干吗!"

张鷟白了上官婉儿一眼，做出一副懒得搭理的样子，忽朝前方招了招手："黑煞!"

人高马大的李多祚大步走了过来，身上的甲衣发出清脆的响声。

"御史，方才多谢了! 若你把贡银丢失的事情说了，恐怕俺的这颗人头也要被砍了。"李多祚后怕道。

"先将那混账贡银放在一边，我问你，昨夜那死去的侍卫到底怎么回事?"

"这个……"李多祚环顾四周，小声道，"孩子没娘，说来话长，御史且随俺来。"

一帮人跟着李多祚，离开了麟德殿，向南而行，绕过了含元殿，来到西侧的一片建筑面前。这里是护卫禁宫的羽林卫的歇息之所。

"尸体在里面。"李多祚来到一处偏殿，示意看护的军士开门。

房间倒是宽敞，走进去之后，见床铺上放置着一具尸体，蒙于其上的白布一片殷红。

张鷟走到床前，轻轻掀开尸布，眼前的景象，让众人都不约而同地倒吸了一口凉气。

这军士并不高大，但体型健硕，面白无须，年纪也就二十出头，脖子下喉咙被咬开，露出乳白色且微微泛黄的喉管，伤口很深，几乎能够看到白色的颈椎骨，脸上更是被抓得面目全非，皮开肉绽!

这情形，完全就像是被恶狼啃噬一般!

张鷟让人除去了这尸体的衣物，蹲下来，细细察看了一番，眉头紧锁。

"太惨了。"粟田真人在旁边喃喃道。

"怎样?"狄千里见张鷟站起来面色很不好，低低问了一句。

"脖子差点就被咬断了，伤口很蹊跷，我还从未见过，并不是简单的撕咬那么简单，而是咬死了他之后，还在上头咀嚼了一番，故而伤口处根本看不清牙印……至于脸上的抓痕，如黑煞所说，乃是尖利的东西抓挠出来的，很像动物的爪痕。”

“宫中根本就没有什么野兽。西苑倒是养了一些，可绝不会跑出来。”李多祚张大嘴巴，“肯定是那猫鬼了！”

“别胡扯。”张鷟摇头道。

“怎是胡扯了呢？诸位，你们想呀，那个宫女死在天王殿里头时，猫鬼留下那么大的一个脚印，说明那东西体型巨大。而且……”李多祚指了指军士，“这家伙壮实得很，一般人可没能耐扑上来咬死他！”

李多祚的话，让粟田真人等人纷纷点头。

羽林卫士那都是百里挑一的军士，个个功夫了得，能近距离这么咬死他，对方的身手……

“当晚和这军士一起执勤的人，何在？”张鷟沉声道。

李多祚朝门外喊了一句：“狗子，刘三！滚进来！”

不多时，两个汉子站在张鷟面前，都三十出头的年纪，体格彪悍，不过此时脸上惊恐万分，见到张鷟，急忙施礼。

“且宽心，我找你们来，只是问问案情。当晚到底怎么一回事，细细说来。”

两个卫士相互看了一眼，叫狗子的先开了口。

“禀御史，昨晚是我们执勤，不过我中途去了望仙台那边巡视一番，等我回来就已经……”狗子一边说，一边扫了刘三一眼。

刘三表情惶恐。

“当时，是你和他在一起？”张鷟盯着刘三。

刘三扑通一声跪倒在地：“御史，我可没杀他！”

“狗奴，御史说你杀人了吗？你慌什么！”李多祚一脚将刘三踢倒，“莫非真的是你小子下的手？”

“我哪里敢呀？”刘三哭着鼻子，“将军，御史，我和他一无怨，二无仇，杀他做甚？”

“那你慌什么？”张鷟冷笑道。

刘三垂下头："我……我是不敢说。"

"不敢说？何意？"

"昨晚，是碰到鬼了。"

"碰到鬼？"

"可不是嘛！"

"你怕说了，那鬼会报复你？"

"嗯！"

"何其荒谬！"张鷟低喝一声，"光天化日，朗朗乾坤，何来鬼怪？且说！"

李多祚也气得够呛，哐当一声抽出宝剑："说！不然老子砍了你！"

刘三哆嗦了一下，十分不情愿地说道："好，小的说！"

刘三转脸看了一眼那军士的尸体，叹了一口气说道："昨晚狗子走了之后，就剩下我们两个，天气太冷，前后庭又有不少同僚值守，所以我二人就离开了寝殿，到后面的那棵大槐树跟前偷个懒。"

"大槐树？"张鷟眯起了双眼。

女皇寝殿后方不远处的确有棵巨大槐树，甚是粗壮，树身需几人合围才能抱得过来，再往后便是假山、佳树、花花草草之类的观赏之物。

"嗯，"刘三点头，"那地方避风，躲在旁边喝上几口酒，吃上条羊腿，嘿嘿，也是快活。"

"然后呢？"张鷟冷笑。

"吃喝了一阵，他说肚子疼，就去方便。"

"他去哪里方便了？"

刘三红着脸："寝殿周围并无茅房，所以我等晚上方便都在后面的林苑里找个隐蔽角落了事。"

"你们这帮混账东西，竟胆敢如此！"一听手下在女皇平日游玩的林苑里屙屎撒尿，李多祚气得七窍生烟。

"让他说！"张鷟摆了摆手。

刘三小心翼翼地说："他去了不久，我肚子也疼了起来，想来是那羊肉不新鲜，我也提着裤子朝他去的方向跑。一般得找个极其隐蔽的地方，最好是犄角旮旯儿不容易被发现之处才行。我兜兜转转，来到了一处假山下面，蹲下来拉了一通，刚拉到一半，就……就听到了说话声。"

"说话声？"张鷟眯起了眼睛。

"是的。"说到这里，刘三明显露出了害怕的表情，"是两个女人的声音。很是蹊跷。"

"有什么蹊跷的，怕是宫女吧？"粟田真人接道。

"不可能！"李多祚直摆手，"含元宫规矩甚严，尤其是陛下寝殿周围！陛下进入寝殿之后，周围两千步之内除了侍卫之外，任何人不得靠近，一旦发现，杀无赦。那个时候，宫女不可能出现在林苑中。"

刘三摊了摊手："所以我觉得蹊跷呀！"

"她们说了什么？"张鷟问道。

"一开始声音很低，嘀嘀咕咕的，听得不太清楚，后来才逐渐提高了嗓门儿。"刘三挠了挠头，"两个人，一个叫阿如，一个叫阿晨，反正是这么称呼对方。这个阿如，声音很脆，听起来像个几岁的小姑娘，那个阿晨，听声音在三十岁左右……"

"这就更不可能了！即便是宫女，三十多岁的应该有，可几岁的小姑娘，宫中绝无！"李多祚身为右羽林将军，对含元宫的情况了若指掌。

刘三无语。

"你继续说。"张鷟让李多祚不要打岔。

刘三接着道："叫阿如的小姑娘的声音发着抖，说她很害怕，赶紧走。"

"原话怎么讲？"

刘三捏着嗓子："'阿晨，我好害怕，我们还是走吧，赶紧走。'"

"然后呢？"

"叫阿晨的如此说：'怕什么！不过是个狗奴！让阿狸处理便是。'"

"除了这个叫阿如和阿晨的，还有一个人？"张鷟忙道。

刘三面如土色："御史，我觉得，那个叫阿狸的恐怕根本就不是人！"

"何意？"

"阿晨说了那句话之后，接着就说：'阿狸，还不动手?！' 接着……" 刘三战战兢兢，"接着我就听到一阵令人毛骨悚然的咝咝怪叫声！"

"怪叫声？"

"然！御史，那声音根本就不是人发出来的！死沉，嘶哑，像是……像是……鬼怪一般，接着就听到噗嗤噗嗤的皮肉撕裂声和咀嚼声！"

"然后呢？"

"我吓坏了！屎还没拉完就一把拎起裤子，拿着刀绕过假山冲了过去……等到跟前，我的亲娘啊……" 刘三指了指床上的尸体，"就看到他那样了。"

"说话的那二人呢？"

"没看到。" 刘三摇头，"我吓坏了，赶紧跑出去报信。"

"后来呢？"

"后来俺就去了！" 李多祚接过话来，"当时那叫一个乱，刘三拎着裤子跑过来，屎窜了一裤裆，吓得要死。俺领着人过去，这家伙早救不活了。"

"你没派人四处搜查？"

"当然搜查了！寝殿周围，林苑之中，找了个遍，连半个后宫都掘地三尺，也没发现任何可疑之人。而且，事后我将含元宫所有的侍卫统领都找来讯问，昨晚整个含元宫就没有可疑之人进出！"

李多祚和刘三说完，房间里的人都沉默了。

这事情听起来，实在不可思议。

讯问完了，张鷟离开屋子，让那刘三跟着来到事发地。

他们穿过曲曲折折的林苑，来到一处巨大假山跟前，地上除了有一摊凝固的鲜血之外，别无其他。

张鷟围绕着假山细细勘察了一番，露出失望的表情。

"俺看就是闹鬼了。"李多祚叉着腰，"一个小姑娘，一个女人，还有一个怪物，怎么可能混在一起？还有，含元宫守卫森严，她们除非长了翅膀飞出去，不然不可能凭空消失。"

张鷟没说话，背着双手离开现场，一路上皱着眉头，沉默不语。

众人走出林苑，绕过含元殿，见很多羽林卫士快步而来。

"真是福无双至、祸不单行！俺这得加派人手，可不能再出乱子了。"李多祚指着军士道。

张鷟看着那帮卫士，愣了一下，指着一人，对李多祚道："那位是忽吉？"

忽吉就是贡银被盗那晚，冲入殿中唯一没死的那个校尉。

"哦，是他。这家伙命大，捡了一条命。"李多祚点头，"御史，贡银的事，有眉目了吗？"

张鷟并没有搭理李多祚，看了那忽吉一会儿，回头对李多祚说道："哪有那么容易，慢慢来，急不得。黑煞，你去忙吧。"

"等你好消息。"李多祚叹了一口气，忙活去了。

张鷟冲狄千里摆了摆手，狄千里走过来，二人嘀嘀咕咕了一阵，然后狄千里又走了。

"你们这是做甚？"上官婉儿见二人表情奇怪，问道。

"没什么事。"张鷟转过身来，道，"我让你打探的那事，如何了？"

"锦盒的事？"

"然。"

上官婉儿露出极其为难的脸色，摇了摇头。

"他们没说？"

"是不肯说。"上官婉儿失落道，"我先去问的张易之，再去问的张昌宗，这兄弟二人秉性各异，和我关系也极好，但唯独在这件事上，闭口不谈。"

"真是怪事了。"张鷟摸了摸下巴，"我亲自去问问。他们在何处？"

"应该在控鹤监。"

控鹤监这名称，此时应该叫奉宸府了，上官婉儿是宫中旧人，一时改不了口。

所谓的"控鹤监"，乃女皇专门为招纳男宠而设立的府衙，控鹤意为骑鹤，古人谓仙人骑鹤上天，因此常用控鹤作为皇帝的近幸或亲兵的名称。圣历元年，女皇对张易之、张昌宗兄弟二人极为宠爱，简直到了言听计从的地步，于是建立控鹤监以便时常临幸此二人。

第二年，以张易之为监，并且安置丞、主簿等官职，在里面任职的，大多是女皇的男宠，还有一些风流文人。每次集会，内殿设宴，由张氏兄弟和诸男宠、文人陪坐，歌舞、赌博、酒宴等等，诸多娱乐，只为取悦女皇。因女皇格外垂青，这么一个地方也逐渐成为很多大臣向往之地，能在控鹤监谋取一席之地，那就代表着飞黄腾达，故而张易之、张昌宗二人权倾朝野，即便是武三思这般的人，也对其阿谀奉承。

久视元年，狄仁杰公开上书，称："二张在陛下左右，实在有累皇上盛名，皇上志在千秋，留此污点，殊为可惜！"武则天敬佩狄仁杰，故而撤销控鹤监，但女皇对"二张"甚为迷恋，不可能离开，所以又成立奉宸府，其实是换汤不换药。不久之后，狄仁杰去世，这事情也就不了了之。

女皇来长安后，奉宸府自然也随之搬来，就设立在含元宫太液池中的蓬莱岛上。

太液池是含元宫中的一片大水，上有一岛，与四周隔绝，楼宇殿堂，华丽无比，奉宸府设在这里，女皇御临，可尽情欢愉。

"去蓬莱岛，我亲自问！"张鷟沉声道。

三个人向北而行，来到太液池跟前，让内侍开了龙船，缓缓划到了岛上。

太液池上面的这片建筑，和含元宫别处迥然不同。

自大帝李治以来，含元宫便是皇帝居住、办公之地，气势恢宏，建筑也是庄严肃穆，可太液池上的奉宸府，却是树缠绢花、楼贴金箔，鼓乐齐鸣，香薰袅袅。

所到之处，多有容貌俊俏的男宠饮酒作乐，很多更是和宫女光天化日之下鬼混，不堪入目。

"恒国公何在？"进入奉宸府的正院，里面空空荡荡，廊下几个俊俏男宠喝得醉醺醺地躺倒在地，上官婉儿捏着鼻子踢了一个人，那人沉声道："与邺国公一起去逍遥馆了。"

恒国公是张易之，邺国公是张昌宗，看来二人在一处玩乐，倒省了张鷟分别拜访了。

逍遥馆，位于正院后方，也是一处大院子，竹林萧萧，环境清雅，还没进门就听得里面鼓乐喧天，传来嬉戏打闹之声。

"陛下龙体欠安，此处乌烟瘴气，这帮人倒是逍遥快活！"张鷟面色如霜，愤怒无比。

"御史还是莫管得好，多少人因为看不惯，上书陛下，结果呢……"上官婉儿摇了摇头，"不是死了就是被贬官远方。陛下对二人的宠幸，早已经无以复加。"

张鷟哼了一声，没再说话。

进了院来，只见一处平台之上，铺上了金灿灿的地毯，四五个绝色舞姬款款而舞，几十个乐工持各色乐器吹拉弹唱，欢呼雀跃。

其中，有一俊美青年身穿紫袍，撩起衣袖，与那女姬共舞，又有一美艳青年身穿白袍，发上歪插一朵鲜花，捋起袖子，欢快击鼓。场面之喧闹，无以复加。

眼前的张易之、张昌宗二人，与之前在麟德殿所见，截然不同。张鷟等人缓步向前，早有侍女瞅见，快步来到张易之耳边嘀咕了几句。那张易之却是看也不看，双手如飞，一通鼓点倒是极为花哨。

"平明出御沟，解缆坐回舟。绿水澄明月，红罗结绮楼。弦歌争浦入，冠盖逐川流。白鱼臣作伴，相对舞王舟。"伴随着鼓点，张易之忘情而歌，与那舞姬嬉戏，白袍风流，甚有姿容。

如此这般人物，也难怪让女皇陛下宠爱得无以复加。

"久闻御史文采为万国所重，和歌一曲，如何？"张易之搂着舞姬的小蛮腰，转脸对张鷟笑道。

"恒国公见笑了，鷟不过是个乡野村夫，可不敢在国公面前献丑。"张鷟呵呵一笑，"再说，陛下如今龙体有恙，做臣子的怎敢畅然而歌呢？"

张易之仰头大笑，环顾左右厉声喝道："听到了没有？！"

丝竹之声戛然而止，便是那些妖娆舞姬也停下了飞旋舞姿。

"尔等甚是放肆！陛下有恙，竟敢作如此玩乐、放肆之态，该当何罪？"张易之满面冰霜，杀气腾腾。

"国公饶命！"乐人、舞姬吓得纷纷跪倒。

"此死罪也！"张易之叫道。

粟田真人看不下去了，小声嘀咕："好像这事情和他没关系一般……"

"真不愧是御史，眼中容不下一粒沙子，说得好！这帮狗奴，该杀！"张易之笑嘻嘻地来到张鷟跟前，看了看张鷟，又看了看乐人、舞姬，又喝道，"还愣着干吗，继续吹拉弹唱，继续跳，继续玩乐！"

"国公……"那帮人被张易之搞得晕头转向——方才明明说是死罪，怎么又……

"耳朵聋了？起乐！"张易之笑了一声。

一切恢复如常，醉生梦死。

"本国公让你们死，你们才会死。便是陛下，也无法！"对着那帮乐人、舞姬，张易之声音冰冷。

这话是说给张鷟听的。

"国公万年！"一帮手下跪倒在地，齐声高呼。

张鷟面沉如铁。

万年，可只有称呼女皇才能使用。此二人……

"御史第一次来我这里，贵客，请！"唱完了白脸，张易之转过身来，一脸笑容，拉着张鷟，无比亲热，走向正殿。

巨大的正殿，贴金铺玉，布置之奢华，比女皇的大殿都有过之无不及。

张易之、张昌宗上首坐了，张鷟等人分列两旁。没过多久，内侍、宫女穿梭往来，奉上酒菜，色香味俱佳。

"御史满饮此杯！"张易之举起杯，彬彬有礼。

酒是好酒，赤紫浓郁，盛放在洁白、温润的白玉盏中，香气扑鼻。

"醽醁胜兰生，翠涛过玉薤。千日醉不醒，十年味不败。"张易之缓缓吟着，一饮而尽，笑道，"此酒比起那魏家酒，倒也有些滋味。"

张易之吟的诗，乃是太宗当年所写，所谓的魏家酒，乃是魏征家所酿，太宗极为喜欢，故作此诗。

张鷟将那玉盏举起，饮了一口说道："的确是好酒，颜色好看，然轻佻圆滑，不若剑南烧春浑厚劲道。"

"哈哈哈。"张易之笑了一声，道，"御史也是行家。来人，既然御史喝不惯这葡萄酒，那边换他喜欢的剑南烧春。"

有宫女给张鷟换了酒，张鷟自斟自饮，旁若无人。

"此烤鹅，味道甚佳。"粟田真人酒量一般，却是个吃货，面前的案桌上，一只肥鹅顷刻之间就被吃了一半。

"贵使识货，知道此物名甚？"张易之挑了挑眉毛。

"不就是只鹅吗？"

"的确是只鹅，寻常的一只鹅，但放眼大周，能做出这般滋味的，恐怕别无二家了。"

张鷟听他二人说得津津有味，也是好奇，撕了一只鹅腿，放入口中，双目微微一颤。

这鹅，并没有任何的调料，只是在面前放了一个醋碟，但咀嚼之下，肉质鲜嫩不说，而且有股浓郁的香味，似乎天然而生一般。

"诸位，知道这鹅怎么做的吗？"张易之笑道。

粟田真人也笑道："愿闻其详。"

"简单。"张易之扯过身边的一个舞姬，抱在怀中，一边玩弄，一边道，"此鹅，唤作'天生五味鹅'。做一个大铁笼，把鹅放在里边，在笼中烧炭火，置一铜盆，倒入五味汁，鹅绕着炭火而走，烤得渴了自然就去喝那五味汁，火烤得痛了自然会在里面转圈地跑，这样不久，表里都烤熟了，毛也会脱落得尽，待肉被烤得赤烘烘的死去了，拿出来，趁着热气，嘿嘿，才有这滋味。"

如此做法，听得粟田真人目瞪口呆。

"太残忍了，是吧？"张易之笑道。

粟田真人点了点头。

张易之看了看旁边的张昌宗，二人相视大笑。

"国公为何笑得如此……"粟田真人摸不着头脑。

张昌宗蜷着腿说道："贵使如此就觉得惨然了，若是到我府中，岂不是要吓死。"

"邺国公府中又怎的？"

张昌宗打了哈欠："也无甚，只不过我府中有道菜，名唤'五味驴'而已。"

粟田真人呆若木鸡。

张易之哈哈大笑，对着张鷟举起酒盏，又饮了一杯，才收敛了笑容："御史今日来我这里，不知有何贵干？"

此言一出，大殿里一片寂静，气氛也变得有些微妙了。

张鷟摇着折扇，面上古井无波，淡淡道："国公可否先撤下闲杂人等？"

张易之挥挥手，大殿里的宫女、内侍、舞姬散得干干净净。

"陛下命我查案，甚是辛苦，来到国公处，无非散散心而已。有件事，想听国公说说，权当一乐。"

张易之一双眼睛落在了上官婉儿身上。

此人心思玲珑，自然知道张鷟说的何事。

"哦，没想到御史还有这般雅兴，且说。"张易之身体歪歪地靠在几案上，似笑非笑。

"狄国老去世已快两年，我听闻去世前国老留下一锦盒，并遗言：'若宫中有诡异之事发生，便将锦盒交与……'"张鷟扫了扫张易之，顿了顿，"交与二位国公，不知可有此事。"

"有。"张易之点了点头。

他回答得这般干脆，倒是出乎张鷟的意料。

"哦？"张鷟装出一副吃惊的样子，"我倒是好奇，狄国老虽说一生有断奇案、通鬼神之能，但应该不会料到死后的事情吧。如今，不但料到宫中的诡事，而且似乎还有应对之策，实在是……"

张鷟遣词造句，甚是小心，迟疑了一下，接着问道："敢问国公，狄国老为何会有如此之举，并将那锦盒交给二位？还有，那锦盒之中……"

没等张鷟说完，张易之缓缓举起手，打断了张鷟的话："御史，狄国老，神人也，他为何有此举，我这般的蠢人如何猜得到？他为什么将锦盒交与我兄弟二人，我们也不知道。至于锦盒之内装着什么东西……"

张易之摸了摸下巴，盯着张鷟，呵呵一笑："抱歉，这个不能告诉你。"

"为何？"

"不能说便是不能说。"

"国公，事关重大，我得查个清楚。"张鷟一边说，一边不动声色地将怀中的金凤令符掏了出来。

此乃女皇的命令，更有女皇的信物，张易之不想说，那可由不得他。

张鷟便是如此想。

怎料张易之看到那金凤令符笑得眼泪都快出来了："御史这东西，我那里有一堆，若是你不够用，我可以送一些与你，别说这金凤令符，你便是要陛下的印玺，我也能给你。"

放肆！张鷟心中的怒火，滔天而起。

张易之深吸一口气，站了起来："御史，时候也不早了，你办案要紧，我固然想留你快活一番，也是不敢耽误，日后若是有闲，尽管来找我，到时我俩不醉不休。"

这是赤裸裸地下逐客令了。

张鷟等人站起身，施礼告辞。

"御史……"等张鷟走出殿外，张易之缓步跟上，拉着张鷟的手，脸上依然是灿烂的笑容，"御史可知你如今的处境，似什么？"

"什么？"

张易之指了指食盘上的五味烤鹅："那只鹅。"

张鷟的双目，微微闭了起来。

"都说伴君如伴虎，陛下的脾气你是知道的。水深会淹死人，不要太认真。我劝御史还是委屈一下，向陛下告个罪，就说无能为力。陛下素来深明大义，想来也不会治你的罪。你说呢？"

张鷟抬头看着天。天空阴霾，惨白无比。

"国公可知我为何名鷟？"

"这个倒是不曾听闻。"

"当年，祖父梦见一只七彩大鸟落于屋脊上，第二日我便出生，故而赐'鷟'为我名。御史可知鷟为何物？"

"御史赐教。"

"鷟者，凤也，古语有云'鷟鷟鸣于岐山'，便是此物。凤者，火中涅槃，自可重生，故而……"张鷟呵呵一笑，"和国公那五味鹅，似乎有些不同呢。国公，告辞！"

言罢，张鷟举头大笑，大步离去。

……

"先生，你方才那些话，甚是解气！"在离开蓬莱岛的龙船上，粟田真人对张鷟竖起大拇指。

张鷟哭丧着脸："现在倒是犯愁了。"

"然，二张之举，可气！"

"他们不愿说，我们也没办法，但狄国老那锦盒，我始终觉得很是要紧。"张鷟皱着眉头，唉声叹气。

"如今如何是好？"上官婉儿问道。

"这边问不出来，只有去那边了。"张鷟喃喃道。

下了龙船，向南而行，来到麟德殿附近，张鷟看见狄千里跑了过来。

"查得怎样？"张鷟双目一亮。

狄千里凑过去嘀嘀咕咕一番，张鷟脸上的表情阴晴不定。

"不过……"狄千里压低声音，"倒是在那人房间里发现了个东西，有些……"

狄千里挠了挠头，又和张鷟小声说了一会儿。

"果真？"

"嗯，不过和案子似乎没什么关系呢。"

"此人……"张鷟沉思着。

"要不要我将此人拿了？"

"不用，"张鷟急忙摆手，"你去找李多祚，让他找几个办事利索的，暗中盯着，千万不要打草惊蛇，告诉他小心行事。"

"明白。"

"交代之后，你带人去胡寺，一旦那巫师出现，便抓来见我。"

"好，我去了。"狄千里一溜烟走开了。

旁边上官婉儿和粟田真人一头雾水。

"先生，你和千里这是……"

"别问了，可能是我多疑，多此一举。"张鷟哈哈一笑，对上官婉儿道，"内舍人陪我走一趟？"

"去哪里？"

"自然是去找那个人。"张鷟看着前方，嘴角浮现出一丝诡异笑容。

# 第十二章　匍匐夜行之猫

太极宫前横街向东，为延喜门。出了门，街南第一坊，便是永兴坊。

此坊紧邻皇城、宫城，地理位置极为显赫，向来只有朝廷重臣才有资格在此拥有宅邸。贞观时，太宗极为宠信魏征，便于永兴坊赐魏征宅邸一座。

狄仁杰在长安的府邸，坐落于此。

出了含元宫，一路向南，到了狄府的门前，纷纷扬扬的雪花从天而降。

已经过了正午时分，天气严寒，街道上行人稀少。

狄府大门上方挂着两个白色灯笼，表明正处于守孝期。

狄仁杰向来公正廉洁，虽深受女皇恩宠，但偌大的府邸，并无一般皇室、权贵那般的奢华，只有一个年老的仆人看家护院。

张鷟向门房递上了名帖，老仆人急忙进去禀告。没过多久，狄光远出门迎接。

"御史到此，有失远迎，还望恕罪。"眼前的狄光远，身穿一身麻布素袍，全身上下看不到半点金银饰品，只在头上插着一根玉簪，须发斑白，若是放在大街上，估计没多少人会觉得眼前此人家门显赫。

按身份，他是狄国老的儿子，按品阶，他为州司马，并不比张鷟差几分，但恭敬之情，毫无做作，由此足以见识狄仁杰的家风。

"司马说笑了，下官也是闲来拜访，若有打扰，还请见谅。"张鷟笑道。

"御史请！"

"司马请！"

二人彬彬有礼，进了府邸，一路向北，入了书房。

偌大的一个国公府，没见到多少仆人，格外清幽。

书房位于一座小院里，环境雅致，一方浅浅池塘中，几条红色鲤鱼欢快游动。

书房很大，密密麻麻堆放的全是书籍，中间供着狄仁杰的灵位。

张鷟等人恭敬跪拜，上香之后，方才退到外面。

宾主落座，仆人奉上茶水。茶是大叶子粗茶，并不名贵，发出淡淡清香，入得口中，苦涩里散发一丝甘甜，倒也极好。

"国老去世两年，天下犹思念国老音容笑貌。国失栋梁，民失父母，我辈失去楷模，叹也！"看着狄仁杰的灵位，张鷟由衷感慨。

"家父说过，生死有命，不足为念。人这一生，好比落叶，终究回落尘土。"狄光远呵呵一笑，格外洒脱。

"闻司马两年中守孝，足不出户，如此孝行，也是难得。"

"有甚难得？父母有养育之恩，做儿女的都会如此，不足为奇。御史实在是谬赞了。"狄光远摆摆手，看着张鷟道，"听犬子言，这几日跟着御史忙碌，多有叨扰。这小子生性顽劣，怕是给御史添麻烦。"

"非也非也。千里与我，兄弟、师友也，何谈叨扰，倒是我，许多事情仰仗于他。"

"我也听闻御史奉命探案，此种事情，家父在时便见他殚精竭虑，可不好做。"狄光远笑道。

"然。这探案破疑，最为费工费时，若是国老在，这些小事不足挂齿，可惜鷟蠢笨，不及国老万一，故而拖沓时日。"

"御史说笑了，家父在时便多次声言：天下聪慧者，可继承他断案衣钵者，非御史莫属。"

"那是国老高看在下。"张鷟呵呵一笑。

双方寒暄了一阵，狄光远喝了口茶，稳稳放下茶盏，看了看张鷟："御史来鄙宅，不知有何吩咐？"

"吩咐不敢当。"张鷟摆了摆手,"其实也没什么大事,不过来闲聊而已。"

"御史似乎不是喜欢瞎聊的人吧。"狄光远笑了一声,"都是一家人,不说两家话,御史有事,尽管直言。"

"那我就不客气了。"

"请讲。"

张鷟沉吟了一下,对狄光远道:"宫中怪案,不知司马听说没?"

狄光远点了点头:"有所耳闻。"言罢,狄光远微微一笑,"御史此来,是问那锦盒的吧?"

张鷟摇着折扇:"既然如此,鷟也就不兜圈子了。宫中怪案,事关重大,陛下命我探查,眼下还未明朗。那晚在宫中见到司马,觉得甚为蹊跷,又听千里说起锦盒一事,不由得十分震惊。国老去世已两年,为何能够料到今日之怪案?锦盒中到底放了什么?为何又交与那张易之兄弟?如此种种,思来想去,不得其要,还望司马坦言告知,鷟拜谢!"

张鷟起身,朝狄光远施了一礼。

狄光远连忙将张鷟扶起说道:"御史言重了,便是你不说,光远也知此事非同寻常,怎敢不如实相告?只是……"

狄光远顿了顿,脸上露出为难的神情:"御史,其实……我也不知那锦盒中到底装着何物。"

"这个……"闻听此言,不光张鷟,粟田真人、上官婉儿也都露出茫然的神色。

狄光远为人光明磊落,他所说,不像是假话。

见众人表情如此,狄光远急忙解释:"那还是在神都的时候……"

神都,指的是洛阳。女皇建周,迁都洛阳,名之为神都。

"那晚家父弥留之际,将所有人屏退,单单留下我一人。我那时也很是诧异,不知他要做甚。家父指了指卧榻旁边的一个锦盒,交给我,嘱咐我说,倘若宫中发生诡异之事,便将锦盒交给张易之兄弟。"

"当晚家父便仙逝了。那锦盒也就一直由我保管。"狄光远挠了挠头，"刚开始，我对此还极为重视，但两年之后，便慢慢忘却了。陛下神武，宫中平安，哪来的什么诡异之事，我只觉得可能是家父当时神志不清。"

"前些日子，听千里说起宫中的怪事，我才猛然想起锦盒，故而遵从家父的遗愿，进宫将锦盒交给张易之兄弟。"

张鷟沉默不语。

狄光远又道："那锦盒，我从未打开过，普普通通，密封得严严实实，也不沉重，想来不会装着什么贵重之物。"

"为何不交给别人，非得交给张易之兄弟呢？司马，张易之兄弟不过陛下的两个男宠而已，恶名昭著，天下正人君子无不嗤之以鼻。国老乃朝廷栋梁，万人敬仰，怎会和张易之兄弟……"张鷟说不下去了。

狄光远笑道："这，御史就有所不知了。"

"愿闻其详。"

"御史所言非虚，张易之兄弟，不过两匹夫尔，仗着陛下的恩宠，权倾天下，飞扬跋扈，骄奢淫逸，家父不会与此等人有什么交情。话说回来，他们之所以有联系，还是张易之兄弟求上门来。"

"求上门来？"

"嗯。那是在洛阳，还在皇嗣之争发生之前。"狄光远想了想，"当时的情况，御史也熟悉，朝廷群臣不满陛下宠信此二人，纷纷谏言除此二贼以谢天下、以匡朝政……"

张鷟点头："这个我记得，当时闹得很凶，奏折如雪片般堆满龙案，陛下龙颜大怒，谏言之人，有的发配，有的贬官，二张毫发无损。"

"虽说毫发无损，可此二人也是吓得够呛。"狄光远哈哈大笑，"他们丝毫不会将群臣放在眼里，仗着陛下的恩宠，向来目高于顶。不过那一次，真是害怕了。"

"为何害怕？"粟田真人问道。

"很简单。陛下年岁已高，不可能千秋万岁，万一有朝一日陛下驾崩，那么已经成为天下人眼中钉、肉中刺的二人……"狄光远说到这里，便不复再言。

众人齐齐点头。

"于是，一天晚上，二张专门来到府里求见家父。"狄光远陷入了回忆之中，"那晚我正陪着家父下棋，所以对此事知之甚详。"

"他二人为何求见国老？"粟田真人问道。

"自然是为了保命。"狄光远笑了一声，"家父当时身为群臣之首，为文武大臣所敬仰，又得陛下信任，而且为人宽厚，宁愿自己受累一分，也不会为难别人。二张也是摸准了家父的脾气，所以才跑来请教。"

"那晚，此二人真是一改往日的嚣张，跪在家父脚下一把鼻涕一把泪，向家父求保命之策。"回想起当日之事，狄光远哑然失笑。

"国老答应了？"

"家父对二人没有任何的鄙视，而是真诚地将二人扶起，敞开心扉说出自己的肺腑之言。"狄光远正色道，"家父说两位眼下固然得到陛下恩宠，但花无百日红，一旦陛下驾崩，早已得罪了群臣、被视作佞臣的二位，定然会死无葬身之地。若想活命，难上加难。二张痛哭流涕，求活命之法。家父想了想，说倒是有个办法。"

说到这里，张鷟似乎明白了过来，会心一笑。

狄光远笑道："家父所说的保命之法，便是皇嗣了。"

众人恍然大悟。

"当时陛下日渐年迈，对于将皇位传给何人始终犹豫不决。朝廷之中，群臣分为两派，支持传给武氏的人数颇多，但以家父为首的不少人，坚持陛下应该传位于庐陵王。两帮人早已相互较劲，波涛汹涌，这个时候，深受陛下恩宠的二张，作用就极为重要了。

"家父告诉二张，若是想活命，唯一的办法就是二张向陛下进言立庐陵王为皇嗣。如此一来，将来庐陵王登基，二张便有拥戴之功，庐陵王宅心仁厚，定然不会做出斩杀功臣之事。"

"国老妙哉！"张鷟叹服。

"二张听后，醍醐灌顶。"狄光远苦笑，"其实家父如此做，也是迫不得已。他不齿二张为人，但为了李氏血脉延续、大唐重兴，也顾不得许多。"

"后来，二张果真在陛下面前见缝插针，不断为庐陵王说好话，家父也和一帮大臣进言，最终陛下才确立庐陵王为皇嗣。也因为这件事，二张对家父感激涕零，视家父为救命恩人，才有了交情。"

张鷟听完，不由得点了点头："如此说来，也是有道理。不过国老料定宫中会有诡异之事发生，却是难以解释。宫中的诡异之事，定然是指向陛下，难道当时国老就察觉了什么事情？"

"这个……就难说了。"狄光远长叹道，"家父与陛下的交情，说是臣子，也可以说是挚友，能与陛下推心置腹的，恐怕也只有家父一人。故而陛下的情况，家父最了解，我觉得，家父的确有可能发觉了一些事情，但具体是何事，我就不知道了。"

屋子里一片寂静，只能听到雪花落在屋面的沙沙声。

"御史要想知道那锦盒中装着何物，只有问二张了，知道这个秘密的人，只有家父和他们。"狄光远看着外面的大雪，幽幽道。

"实不相瞒，方才刚去过……"张鷟做出了个无可奈何的表情。

"他二人不愿意说？"

"然。"

"那……那倒也正常。"狄光远点头，"既然是秘密，怎会告知别人？"

"然。"

"关于陛下，御史怎么看？"狄光远举起茶盏，不动声色。

张鷟被这个问题问得一愣，想了想说道："陛下虽为女儿身，但英明神武，雄才大略，论胸襟和才能，恐怕也只有太宗皇帝能与之相提并论。"

"的确如此。"狄光远笑，继而又道，"但家父却说，陛下是个可怜人。"

"可怜人？"众人都惊讶了起来。

狄光远目视前方，缓缓道："世人皆看到陛下高居龙椅上的天人之相，只看到她贵为九五之尊，看到她的煊赫辉煌，实际上……实际上，她也是个女人呀。"

这……众人你看看我，我看看你，不知如何接下去。

"陛下出身虽富贵，但也是庶出之女。孩稚时，为兄长所欺负，柔弱可怜，十一岁时丧父，孤儿寡母的被武氏一族所欺负，养成刚强、勇武的性格，以柔弱之身保护母亲和妹妹。后来被太宗皇帝召入宫中，虽为才人，可宫中的尔虞我诈，其中又有多少辛酸？"

众人默默无言。

"陛下入宫时，极为欢喜，觉得自此便可出人头地，再也不受欺负。但宫中佳丽众多，连见太宗一面也难得碰到机会，谈何恩宠？陛下深爱太宗，那种爱，已经成为崇拜了。说来，太宗应该是她一生最爱的男人。"

上官婉儿与粟田真人听得目瞪口呆，狄光远这番话语，如果在外面说，绝对有杀头之罪。

"于是，那时的武才人想尽各种方法，只为能赢得自己喜爱的那个男人的心，哪怕是微微一笑呢。她痴心，她癫狂，她做了自己能做的一切，可太宗皇帝……"狄光远了摇了摇头，"终是不喜她的性格。"

"人就是这样，尤其是一个女人，当所爱的人对自己视若无睹之时，那种寂寞，那种悲伤，总要找个寄托，或者说替代也罢。这个时候，另一个人就出现了。"

狄光远说到这里，众人已经知道所言者是谁——当然是太宗的儿子，高宗大帝李治。

"两个年轻人之间的感情，怎么说呢，大帝对她的情是真，但她对大帝的情……"狄光远苦笑，"不久之后，太宗驾崩，她从才人变成感业寺里的叫静尘的尼姑。静尘，这名字贴切呀，再显赫的地位，不过是个附庸，如同毛发附着在皮囊上，皮之不存，毛将焉附？太宗驾崩，武才人也就……

"那是她一生最为绝望的日子吧。青灯古佛之下，爱情没了；想为母亲、妹妹出人头地的愿望，没了；她自己的人生，没了……可她当时才只是个二十多岁如花似玉的女人呀。"

狄光远侃侃而谈，言辞酸楚："我想，也就是那时，她已经成了尘土，心如死灰。接着……那个人出现了，那个重新燃起她希望的人。"

那个被当作过去的感情替代品的李治出现了。

"爱情没了便没了。对于她来说，只剩下出人头地。"狄光远无奈笑了一声，"从感业寺出来之后，我想她应该就彻底变了一个人：一个没有了感情，眼中只看到地位和权势的女人。她变得心狠手辣，变得诡计多端，变得不择手段，权力对她来说，就是一切。"

"后面的事情，你们也清楚，她从才人，变成妃子，变成皇后，随即又变成君临天下、旷古未闻的女皇！她是踏着无数尸骨走上龙椅的，踏着血流成河的道路，踏着无数的冤魂野鬼。但她无怨无悔。

"她成功了，她成了女皇，尘世间的最高峰。一声令下，流血漂橹；咳嗽一声，偌大的帝国也会抖上三抖；她杀人无数，她玩弄天下英才于掌中；她是绝对的主宰，她就是帝国的神！

"但是……她也老了。"狄光远站起身，缓缓走到窗边，看着外面簌簌落下的雪花，"白日里，她是高居龙椅俯视天下至高无上的女皇，晚上呢？空荡死寂的皇宫之中，只有她一个人，一个孤独寂寞的老人。半夜醒来，苍老的躯体冰冷僵硬，眼前是死气沉沉的黑暗，浮现于眼前的，只有那一幕幕往事——那个幼小的被兄长欺负的女童，怕黑、胆小、懦弱；那个父亲死后和母亲、妹妹寄人篱下，饱受讥讽逼出来的性格刚强好胜的女孩；那个被召入宫中欣喜万分，对太宗一片痴心、倾情付出的痴情才人；那个削去一头乌丝、心如死灰的尼姑；那个一心追求权力，为此不择手段的贵妃；那个踏着无数尸骨最终问鼎天下的女皇……然后呢？什么都没有了，只有寂寞，死一样的寂寞。"

狄光远的话，声音很小，但足够沉重。沉重得让众人说不出话来。

"一个寂寞、悲凉的女人，也需要爱吧。哪怕那爱只是肉体之欢，也能或多或少带给她温暖吧。于是她把一个个俊美少年召入宫，对张易之、张昌宗听之任之。你们有没有想过，她为什么那么宠信此二人？"

狄光远转过头来，看着众人，笑了笑："她的确需要抚慰，可你们没有发现，那二张的舞姿、他们的笛声和鼓声，和太宗颇有几分相似吗？"

众人全都睁大了眼睛。

的确呀！太宗向来善舞、善吹笛和击鼓！

"她沉溺于这种欢爱，一时的肉体之欢，暂时能摆脱心底的空洞，可歌声息了，人散了，到头来寝殿里还是她一人，与此同时，更大的空虚席卷而来。"

狄光远摇了摇头："父亲曾经跟我说过，有一次，陛下深夜召他进宫，他看到隆冬时节，陛下光着脚，坐在寝殿冰凉的地上哭！她可是这个帝国的女皇呀！"

狄光远的声音，颤抖起来："谁能想到那么雄才英武的陛下，会如此呢？世人都说陛下晚年对家父恩宠备至，的确，家父为国之栋梁，才干超群，可更多的，我想是她在父亲这里，得到了许久未曾得到的东西。"

众人睁大了眼睛。

狄光远回头看了看桌子上的那个灵牌："家父的胸襟、家父的为人，和太宗……"

张鷟等人，此刻呼吸骤然加重——的确……如此！

"你们不要多想，"看着众人的表情，狄光远急忙摆手，"陛下和家父之间，绝无……绝无那种事情。"

众人都笑了，那是善意的笑。

不管是女皇还是狄仁杰，那时都已经是七八十岁的老人了，怎么可能呢。

"家父是陛下唯一一个可以推心置腹、吐露心声的人。她的喜怒哀乐，她的苦痛寂寞，她的一切，都可以向家父明言。家父对于她来说，是最好的臣子，是最好的朋友，也是最交心的知己。

"我曾经有幸远远见过二人聊天，在神都的宫中，在夕阳之下，在落叶纷纷的树林中，两个白发苍苍的老人，相互搀扶着，没有皇帝，没有大臣，没有男女，抛弃了一切的身份和性别，只有一对老人，开开心心地聊天，就像……就像普通的老农和老妇一般，那情景，我一生都难以忘怀。"

狄光远说到这里，眼眶已经红了："所以，父亲应该是最懂陛下的人。他生前留下那个锦盒，以及那句遗言，我不清楚，但我知道，他肯定难以放下陛下。那是一个将死之人，对老朋友的挂念。"

长长的话，说完了。

狄光远好像累了，慢慢回到座位上，颓然坐下："宫中发生怪案，我听闻陛下龙体欠安，为江山、为社稷，御史定要查个水落石出，这也是为了陛下。她，不过是个可怜人。"

张鷟深吸一口气，起身施礼："司马此言，鷟铭诸五内。"

"御史客气了。"狄光远苦笑，"我不过是个闲人，无甚才干，与家父相比，简直天壤之别，能做的也只不过是为人子、为人臣应该做的一点儿事情吧。好了，该说的我都说了，言尽于此。"

言罢，狄光远起身，来到狄仁杰的灵位前，翻开了其下摊开的经文，朗声诵读起来。

看着那背影，张鷟不由得愣了。

这，就是狄家的家风呀。

……

雪停了。院中的梅花不知何时已绽放，五瓣馨香摇曳，朵朵无言。

"多好的花呀。"粟田真人站在廊下，遥遥看着那片花。

"这般的花，开在这神棍的院子里，实在是委屈了。"狄千里喃喃道。

粟田真人看着眼前这个满脸疲倦的年轻人，终于哈哈笑出声来。天色已经大亮。虫二拎着笤帚，细心地扫去院中的积雪。狄千里转头看看身后的房间，问道："神棍还未起吗？"

"好像是。他昨晚一直没睡，房间的灯亮了一晚，不知捣鼓什么。"粟田真人往狄千里跟前凑了凑，"怎样？"

"什么怎样？"

"当然是那巫师了！你盯了一晚，结果如何？"

狄千里摇了摇头，叹了口气说道："一无所获。看来那家伙极其狡猾，上回我们惊动了他，再想揪出来，怕是很难。"

"那岂不是空手而归？"

"可以这么说。"狄千里一副无可奈何的样子，随即又笑笑，"不过，也有收获呢。"

"收获？"

狄千里点点头，看着远处的梅花，道："昨晚，发生了一件蹊跷事。"

"何事？"

"死人了。"

"死人了？"

"然。而且死得很好玩。"

"死人这种事情，还存在好玩不好玩吗？"

"呵呵，自然存在。"

"哗啦"一声木门被推开，一身黑色宽袍的神棍打着哈欠走了出来。依然光着脚，戴着高高的帽子。

"谁死了？"张鹭问了一句，目光落到院中，欣喜异常，"呀！我的梅花开了！哈哈，好，极好！这破树，已三年不开花，原想砍了去，竟然如斯。果真是好兆头。"

狄千里和粟田真人相视无语。

张鹭光脚走入雪中，摘了一朵梅花，放在鼻下贪婪地嗅着，又缓缓走回来："千里，谁死了？"

狄千里看着那朵花，叉着双臂："你自己去看，不就知道了？"

……

长安西市。

还未到中午，这座长安城乃至大唐最为重要的贸易之地就已经人声鼎沸。波斯邸、珠宝店、货栈、酒肆，人进人出，摩肩接踵，各店主、伙计纷纷立在店门外，热情地向来自全国十道、三百六十州的客人介绍本店的所有好处，异国的客商们也是操着各种语言，穿着各色衣衫做起自己的生意，更有达官显贵、贩夫走卒往来其间，放眼望去，一派繁荣景象。

马车在人群中艰难地行进，最后拐了个弯，在一幢大宅前停下。

这宅子，面积巨大，白墙黑瓦，里面房舍森然，门口站着两排昆仑奴。

西市寸土寸金，能在此地拥有如此大的一片宅子，这主人的身份非同一般。

"这不是康万年的豪舍吗？"下了车，张鷟看了看，回头对狄千里问道，"不会这厮死了吧？"

"世间人死光了，这货也活得滋润。放心，死的不是他。"狄千里对那两排昆仑奴打了招呼，引张鷟等人进去。

一个身材肥硕粗短的粟特胡人管家在前头带路，一路走走停停，来到了康万年的居所。

偌大的院子，朱廊迂回，推开门，屋子里被炉火烧得暖烘烘，惬意无比。穿着一身貂裘的康万年趴在桌子上，数着堆满一桌的银钱，眯着眼睛，两眼放光，完全就是个守财奴的模样。

"哎呀呀，诸位来了！"见到张鷟等人，这货急忙用麻布盖住桌子，滚了过来。

"看来生意不错。"张鷟笑道。

"小钱……小钱……"康万年施了一礼，将张鷟迎到主位坐了，急忙命管家奉茶。

银盏浓茶，加上风情万种的胡姬侍奉，这般日子，果真是惬意。

"听说，昨晚死了人？"张鷟摇着折扇。

"可不是嘛！"康万年叹了一口气，"我最好的朋友，才三十有五，年纪轻轻……他那十几个侍妾可惜了，皆是倾城倾国之貌。唉，顶梁柱倒了，可怜可怜。这不，我正打算把他的家业接管过来呢。"

"怕是接管那十几个侍妾吧。"

"哎呀呀，这话说得……既是朋友，怎能看到他的女人孤苦伶仃。"康万年嘿嘿笑。

"别扯了，事关重大，速速说来。"狄千里白了康万年一眼。

"说！马上说！"康万年拎着自己的坐垫，来到张鷟跟前，岔着双腿坐了，"唉，这事情，可蹊跷了！"

众人抬头，看着那张肥脸。

"死的这个人，叫史婆陀，乃昭武九姓中史家的大户之子，做的是宝石生意，家大业大，和我关系颇佳。此人八面玲珑，长得也俊俏，故而混得如鱼得水，不过，就有一样不好。"

康万年坐直身体，伸出一根手指："就是太好色。"

"好色有甚？所谓'窈窕淑女，君子好逑'。我国也有谚语，曰'世界美物，唯月夜凋零之樱花与临潭清照之佳人也'，此乃风流之事。"粟田真人笑道。

"非也，非也！"康万年听罢直摆手，"若是如贵使那般，花前月下，吟诗唱曲，才子佳人，也算是有风韵，但此人的好色，不一样……"

康万年挠着头，苦苦搜刮词语："如何说呢，此人的好色，就像是恶狗一般，饥不择食，即便家有众多绝色侍妾，也经常出入风月之所。不仅如此，就是寻常的百姓之女、寡妇、仆从，只要他那好色之瘾发作了，丝毫不在乎，简直……简直就是牲口。"

"管他是什么呢，说正事！"狄千里叫道。

"这不马上就说到了吗！急甚！"康万年哼了一声，"昨晚，这厮十分高兴，在庆云楼设宴款待我等一帮朋友。"

庆云楼乃西市最好的一家酒肆，出入的都是达官显贵、富商豪贾，一席酒菜可值万钱，这史婆陀确实出手阔绰。

"我最瞧不起此等田舍奴！不就是跑了一趟生意，赚了点臭钱吗，就在我们面前摆阔！"康万年咂巴了一下嘴，脸上浮现出极端的不屑。

"那你还不是去了？"狄千里讽刺道。

"傻子才不去呢。有美酒，有美人，为何不去？"康万年笑了一声，"十几二十个人吧，都是商贾，相识多年，美酒佳人，无拘无束，最后都喝得大醉，一直到后半夜才散了。"

"那时早已经过了夜禁时分，我本想让这厮在我宅子里歇息，哪想他说自己色瘾犯了，要回家与他那貌美侍妾温存，气破我肚皮！"康万年指着自己的宅子，"在下虽不才，这宅子里绝色女子也有几十，这厮如此说话，分明是瞧不起我！"

众人都笑。

"害得我与他大吵了一架，差点动了手。我脾气好，不与他一般见识。"

"怕是你打不过人家吧。"狄千里笑道。

康万年睁大了眼睛，瞪着狄千里，表示抗议，但还是瘪了。

"已经过了夜禁，这史婆陀还要回家，不怕责罚吗？"粟田真人问道。

大唐律法，夜禁之后在街道上闲逛之人，巡街武侯抓到了，责罚抓捕，当场打死都不负责。

"那厮说他有令符，无妨。"康万年摊了摊手。

"然后呢？"

"我自然是随他！这厮太可恶！"康万年气哼哼地回了一句，"不过送走他之后，我又觉得不忍了。毕竟是好友，他固然做得不对，我也不能和他一般不懂事。这厮平时爱说大话，他说有令符我可不信，若真被武侯抓住，弄进牢房三五个月倒是轻的，若被当场格杀，传出去岂不是我的过错？况且他离开时，没带一个仆人，孤身一人骑着马，摇摇晃晃的，天寒地冻，掉下来，雪地里冻死，也有可能。"

众人点头。

"冻死就冻死吧，那匹马可是宝贝！"康万年两眼放光，"踏雪乌骓，西域得来的宝马，值万金！"

所谓的踏雪乌骓，指的是全身漆黑、四蹄皆白的良驹，可谓马中神品。

"我对那马，真是朝思暮想……"康万年流着口水。

"说正事！"狄千里要崩溃了。

"马上就说！"康万年抹了一把嘴，"我就带上几个狗奴，揣上夜禁令符出门，想把他平平安安送回家，也算是尽朋友之责。这厮货，天寒地冻，差点冻死我！"

"然后你发现他死了？"张鷟道。

"哪有那么便宜呀，"康万年摇头，"我算是倒了八辈子霉。"

"直接说那蹊跷事！"狄千里敲着几案。

康万年收敛了之前的嬉皮笑脸，颜色变得严肃起来："从西市出来，过了怀远坊，快到光德坊的时候，我看到那厮的踏雪乌骓。一匹马，孤零零地站在一个巷子口。"

"就一匹马？"张鷟问道。

"嗯。"

"人呢？"

"我当时也好奇呀。难不成这厮真的倒毙了？"康万年皱起眉头，"急忙快马加鞭来到跟前，跳下来，见马鞍上的钱袋、刀剑都好好的，不像是碰到盗匪，我当时想，这厮货喝酒喝得太多，可能下马吐酒去了。"

"然后呢？"

"最近的就是那个巷子，恐怕在里面，我当时就这么想，所以就走向那巷子。"康万年扫了张鷟一眼，"御史，那片地方你也熟悉，巷子都是窄窄的，黑咕隆咚，我走到巷子口，看到了那厮！"

"死了？"

"没有。大概距离有好几百步吧，除了他，还有一个身穿鲜艳红衣的女子。"

"女子？"

"然！衣裳华贵，虽然戴着罩头，看不清面容，但身形窈窕，无比诱人，肯定是个尤物！"康万年唾沫飞扬，"我气呀，这货果真是色瘾上来，连回家都等不及了，那等女子，定然是野莺流娼！"

"我倒觉得你是嫉妒。"狄千里冷嘲热讽。

康万年笑笑，算是承认："然后，女子就拉着那厮拐进了旁边的一个暗巷。定然是去做那好事！我就跟了过去。"

"听人家墙脚，怕是不太好吧。"粟田真人也鄙视起来。

"大冷的天，我难道傻乎乎地站在那里喝风呀？！不如去解个闷。"康万年晃动着身子，"结果等我走进那暗巷巷口，就觉得不对了。"

"为何？"

"我听到了里面的谈话声。"

"一男一女谈话，有什么不对的？"粟田真人道。

"当然不对！根本不光是那厮和女子的谈话！而是……"康万年脸色惨白，"而是……而是……"

张鷟见康万年面色如土，手中摇动的折扇不由得停了下来。

"刚开始听到的是一阵娇滴滴的笑声，史婆陀与那女子调着情，说些浪荡话，那女子自称鹤奴，一听这名字就不正经！"康万年义愤填膺，"然后突然安静下来，忽然听到那女子低喝一声：'阿狸，还不动手？'接着就传来一声令人毛骨悚然的嗞嗞怪叫，再来便是我那朋友的惨叫声，然后就死寂一片了。"

"阿狸？！"粟田真人惊呼起来。

张鷟的脸，也变得异常沉凝。

女皇寝殿的那个可怜的卫士惨死，也是听到了几个女声，接着是一个叫阿狸的怪物动手。

"怎么？你们知道这什么阿狸？"康万年见张鷟等人闻言大惊，连忙问道。

张鷟正色道："然后呢？"

"我吓坏了，吓得酒都醒了，急忙抽出弯刀跑过去，巷子里空空荡荡，鬼影子都没有。史婆陀倒在地上，喉咙被咬破，鲜血四溅，身体抽搐，眼见救不活了。"

"你当时距离他们有多远？"

"几十步吧，从我听到那声怪叫到冲至跟前，时间并不长。"

"也就是说，在这极短的时间里，那女子还有怪物，杀了史婆陀，然后消失了？"

"然！"康万年重重点头，"身手了得！"

"你没去找那女子和怪物？"

"找？怎么找？那里暗巷连着暗巷，迷宫一般。再说，我当时真的是吓死了——那怪物的嘶叫声简直恐怖至极，史婆陀喉咙直接被咬开，而且肯定经了撕扯、咀嚼，模糊一片，到处是血！"

张鷟转过脸，看着狄千里。

"我当时正路过那里，看见他大呼小叫地从巷子里奔出来，吓得裤子都尿湿了。"狄千里指了指康万年，"随后我跟他一起到了现场，的确如此。"

"倒是……有趣。"张鷟眯起眼睛。

"妖怪杀人，甚是蹊跷。"

"你怎么会觉得是妖怪？"

"那还用说吗！回头想想，我也是幡然醒悟了——那女子衣裳华贵，肯定不是那些娼妓所能拥有的，而且气质极好，定然是富贵之人。半夜三更，天寒地冻，一个富贵家女子怎么可能孤零零跑出来，在暗巷里勾引男人？再说，那哑哑的怪叫，恐怖至极，不是人间之声！一定是怪物！"

房间里安静得一根针掉下来都能听得见。

"不过，让我确定是怪物的，还有另外一件事。"康万年道。

"何事？"

"当时我的那帮狗奴随后也跑了过来，我赶紧让他们和狄公子一起去找那个女子和妖怪，他们……"康万年扫了狄千里一眼。

狄千里接过话来："暗巷很多，我们只能分头寻找，看到了一个巨大的如同猫一般的黑影，匍匐着身子，快速消失在黑暗中。"

"猫一样巨大的黑影？匍匐着身子？"张鷟张大嘴巴。

"嗯！"狄千里点头，"我们找了差不多一个时辰，最终还是没抓到。"

张鷟盯着狄千里："那黑影，你亲眼所见？"

狄千里点头："确确实实看到了。"

"是人？"

狄千里露出为难的神色："不知是不是。怪异得很，四肢着地，跑得飞快，当时太黑，转眼即逝，无法看清。但……其确实身穿红色鲜艳衣装。"

"怪了。"张鷟用折扇敲着地面。

"肯定是猫鬼了！"康万年大声道，"猫鬼这东西，最喜欢的就是夜半变幻成绝色女子勾引男人，害人性命，喝血吃肉！"

张鷟在房间里踱着步，然后道："史婆陀尸体在何处？"

"御史随我来。"康万年跳起。

史婆陀的尸体，放在后院的一间寮房中。

揭开盖在尸体上的白布，一张五官狰狞的脸映入眼帘。

张鷟蹲下身，察看了一番，沉默不语。

"和那个侍卫的死状，几无二致。"张鷟沉声道。

"这就有点怪了。"狄千里捏着下巴，"从侍卫和史婆陀的伤口来判断，凶手似乎相同。"

"嗯。而且侍卫和史婆陀死时，都是一个叫阿狸的怪物下的手。"粟田真人补充了一句，然后道，"不过，侍卫死的时候，除了阿狸之外，还有两个人呢——一个叫阿如的小女孩、一个叫阿晨的女子，但史婆陀这边，则是个叫鹤奴的女子，这个对不上。"

"所以蹊跷呀。"狄千里面带难色。

"名字而已，可以乱叫的。"张鷟看了尸体一眼，"我觉得蹊跷的，倒不是这个。"

"那是……"

"若真是同一伙人干的，你们想，怎么可能在宫中、长安城暗巷中都出现呢？"

众人都点头。

含元宫乃是皇宫，里外戒备森严，莫说是人了，就是飞蛾也逃不过守卫的眼睛。长安城的暗巷，则是藏污纳垢的地方，连寻常百姓都不愿意去，两者有天壤之别。

"此事，的确蹊跷。"张鷟想了想，"看来我们得回含元宫一趟，看看黑煞那边有没有情况。"

"你担心宫中又……"

"有这个可能。"张鷟点头。

一帮人出了寮房，向南而行，准备离开康万年的大宅。

在里面曲曲折折地行走，忽然来到一个巨大的院落跟前，见里面人影晃动，叮叮当当的声音传来，不绝于耳。

几十个大汉，光着上身，汗流浃背，架起巨大的炉子，忙忙碌碌。似乎是一个作坊。

张鷟等人迈进大门，看着眼前的忙碌景象，也是一愣。

那炉子极高，占据了庭院的绝大部分面积，一块块木炭投进去，熊熊燃烧，炉中熔化的铜汁赤红无比。炉子周围的走廊里，放置着一尊尊形态各异的塑像，大小不一，穿着各色佛衣、道衣，栩栩如生。

"这里是在下的造像作坊。"康万年见张鷟停下脚步，急忙介绍。

"哦，这里就是闻名东西两京的康氏铜作？"张鷟来了兴趣。

"先生，这康氏铜作很有名吗？"粟田真人看着乱哄哄的周围。

张鷟指着康万年道："这厮除了是个商贾，造像的手艺更是天下无双。他这作坊里面造出来的神像，十分精湛，栩栩如生，惊为天人，能与之相比的，恐怕也只有荐福寺的手艺了。"

"如此厉害？"粟田真人有些怀疑。

"荐福寺的那帮贼秃怎能比得上我这作坊？"康万年挺着肚子，"我们这里做造像和他们不一样，最主要的是，我们掌握着一种秘法！"

"秘法？何秘法？"粟田真人道。

康万年自豪无比："诸位若是有兴趣，可随我去观瞻一番，绝对让你们大开眼界。"

"先生，既然来了，就看看？"粟田真人好奇无比。

张鷟点头。

"且随我来。"康万年引着众人朝旁边的侧殿走去，"这闻名天下的绝技，就在此殿里。嘿嘿，不是我吹嘘，康氏铜作之所以风光无限，全靠着这个秘法。今日，诸位有眼福了。"

他越说，越让人好奇。

一行人快步而行，来到偏殿，跨门而入。

置身其中，粟田真人瞪大了双眼，倒吸了一口凉气！

# 第十三章　自作蜡像之猫

"叮"的一声，檐角的风铃响了。

映入窗户的光线已经暗淡，外面的景物也变得朦胧起来。

眼前的这座殿堂，内部没有一根梁柱，高低不一的巨大石台上，放置着一尊尊的造像。这些造像，和佛寺里面见到的金铜佛像截然不同，一个个用一种黄白色的材质做成，眉目清晰，神态栩栩如生，连头发都根根可见，披上衣服，画上矿彩，远远看去，简直如同活着一般！

空气里散发着一种极为好闻的甜腻气味，三五个工匠在生火熬制着什么，大铁锅中的金黄色液体咕咕冒泡，颜色诱人。

张鷟走到跟前，看了看，问道："这是……蜂蜡吧？"

"不愧是御史。然也。"康万年笑道，"也掺进去了相当一部分石蜡，蜂蜡虽然细腻，但很柔软，混入石蜡，做出来的蜡范才能够入手雕琢，神情逼真、传神。"

"妙哉。"张鷟细细观看着周围的佛、菩萨、护法，见佛陀慈悲带笑，菩萨低眉善目，护法怒目金刚，仿佛随时都能够走下莲台，堪称神品。

"先生，为何要做蜡像呀？"粟田真人问道。

康万年解释道："贵使有所不知，这造像的做法很多，比如锤揲、失蜡等等，各有特色。我们康氏擅长的就是失蜡法。"

"何谓失蜡？"

"说复杂也复杂，说简单也简单，所谓的失蜡，乃是用蜂蜡做成铸件的模型，再用耐火材料填充泥芯和敷成外范。加热烘烤后，蜡模全部熔化流失，使整个铸件模型变成空壳。再往内浇灌金铜汁水，便铸成器物。以此法铸造的器物可以玲珑剔透，格外灵动。"

康万年指着周围的蜡像："此法最关键的，便是蜡像，精心雕琢，做得惟妙惟肖，其后造出来的铜像才能成为神品。不是吹嘘，东西二京没有能做过我们的。"

"看来你生意极好。"张鷟看着殿中大大小小的蜡像，大的足有三五丈高，小的则不足手臂大小，皆是灵气十足。

"那是，不管是官府、寺院还是寻常百姓，都可以来求造。除了佛像之外，道尊、土地、先人，我们都做。"

"先人也做？"粟田真人惊讶道。

所谓的先人，自然指的是百姓家供奉的祖宗神像了。

"那自然。我们造过很多呢。孝子贤孙多得是，给先人塑造一尊铜像，也是个纪念。"康万年指了指后面一排的小蜡像，果真有男有女，有老有少，神态各异。

"你还真是会做生意。"粟田真人佩服道。

"谁和钱过不去呢。"康万年挠了挠后脑勺，"不过，这种事情也是麻烦，造寻常的人像和一般的佛像不一样，佛像样式大多是固定的，好办；可人像就不同，长相各异，只能对着画像雕琢，往往出来之后，货主又觉得容貌不逼真，故而烦琐。"

"那倒是有些麻烦。"粟田真人道。

"然。奇奇怪怪的人也多，要求也各种各样。前段时间，有个人过来，非要给自己做一尊蜡像，你说这不是疯癫吗？"

"给自己做蜡像？"张鷟转过了脸。

"正是。此人提出要求，说要照着自己，做一尊蜡像，要和真人一模一样，而且不要做铜像，做成蜡像就好。我做了这么多年，人像都是做给死人的，而且都是蜡像完成之后浇灌成铜像。这样的活儿也是头一次接到。"康万年一边说，一边冲熬蜡的工匠喊了一声，"老刘！"

一个年约五十的老汉走过来："怎了？"

"那人要给自己做蜡像，后来怎么了？"康万年道。

老刘对着张鷟等人施了一礼，直起身道："此事甚是蹊跷。来人是个中年女子，穿的衣服倒是和一般百姓不同，她说要给自己做个一模一样的蜡像，我没接过这样的活儿，就禀告主人，主人正忙着去洛阳办事，就交给我来办了。"

"后来呢？"

"本来想拒绝的，我们做造像的，从来没有这般规矩。可那女子出手阔绰，给了一锭金子，我的天，那钱足够造十尊了。我便接了下来。那女子留在这里整整一天的时间，我们哥几个替她做了一尊真人大小的蜡像，她就带着蜡像走了。那蜡像，也是奇怪，不是站着、坐着，竟然是跪着的。"

"跪着的？这个好奇怪。"粟田真人道。

"可不是吗，双膝跪地，双掌合十，姿态蹊跷。"老刘摇着头。

这时候一直不说话的张鷟突然惊愕了起来，立马问道："那蜡像双膝跪地，双掌合十?!"

"然！"

"那女子的姓名，你知否？"张鷟双目灼灼放光。

老刘想了想，回答道："我问过她的家世之类，她不肯说，后来取走蜡像时，听同伴之人叫她什么……长乐……好像是这名字。"

"长乐?!"张鷟陡然一惊。

"怎了？"康万年见张鷟脸色分外激动，丈二和尚摸不着头脑。

"万年，你帮了我的大忙了！"张鷟拍了拍康万年，哈哈大笑，转身对狄千里道，"我明白了！明白了！"

"明白什么？"

"去含元宫！到时你便明白了！"张鷟急匆匆地大步走出了殿门。

……

含元宫。惨白的日头隐藏在阴云中，投射下来的阴影笼罩着殿堂楼宇。

张鷟带着众人进了宫门之后，曲曲折折，直奔北方。

"先生，你这是要去何处？"粟田真人在后面一路小跑跟着，累得气喘吁吁。

"护国天王寺！我明白了！哈哈哈。"张鷟笑道。

护国天王寺。虽然经过几日的清理，现场依然一片狼藉。几个内侍正在搬运烧得焦黑的梁柱、砖瓦，见到张鷟等人，吃了一惊，纷纷停下手头的工作，郑重施礼。

"忙你们的。"张鷟摆了摆手，大步来到天王殿的废墟。

那是怪案发生的地方。张鷟站在废墟里，找了找，很快蹲下了身子。粟田真人、狄千里围在旁边。

地上，是那个脸盆大的巨大猫脚印。

"借你刀一用。"张鷟伸了伸手。

狄千里将刀递给张鷟，张鷟用刀尖轻轻刮开上面的一层灰烬，挖出一块指头大的东西看了看，继而呵呵一笑，递给狄千里："你看此是何物？"

狄千里接过来，仔细看了看，又用手碾碎，放在口中尝了尝，双目圆睁："这是……蜂蜡！"

"混合了石蜡的蜂蜡！"张鷟冷笑着，双手飞快动着，将那个猫脚印上层的灰烬刮了干净，很快，下面露出了真容——天王殿的地面皆是极大的青砖铺就，眼前这三四块青砖，被人为地磨去了薄薄的一层，凹槽正是个猫脚印的形状，上头凝固着薄薄的一层蜡。

"这是……"狄千里目瞪口呆。

"还不明白吗？"张鷟站起身，看着那猫脚印，冷笑道，"一切都是装神弄鬼。"

"先生是说，这都是死去的那个长乐所为？"粟田真人道。

"她，恐怕没死。"张鷟摇着折扇，"那晚，长乐来到天王寺，说是要跪拜祈祷，我想在此之前，她就将那尊按照她真人做成的蜡像运进了大殿，藏匿了起来……”

“先生是说，去康万年那里做蜡像的，是长乐?!”

“是呀，康万年手下的那个老刘都说了那女子叫长乐，从年龄和穿着上看，和长乐比较接近，再者，那蜡像的姿态……”张鷟微微一笑，“双膝跪地，双手合十……”

粟田真人和狄千里恍然大悟。

“那晚，待值守的宫女走后，长乐用匕首在地上弄出了这么一个猫脚印形状的浅浅凹槽，然后将蜡像放在凹槽上面，接着就点燃引火之物，那东西具体是什么我就不知道了，我想肯定可以拖延时间，接着她就快速离去，那时候，雪还没下，雪地上不会留下任何的脚印。

“值守宫女出来一次，看到‘长乐’双膝跪地、双掌合十，那不过是蜡像而已，康万年的蜡像做得栩栩如生，长乐给蜡像穿上一模一样的衣服，做了一模一样的装饰，距离那么远，加上又是晚上，宫女根本不会发现那是个假人。待引火之物烧完，引发大火，整个大殿燃烧，呵呵……”

张鷟发出一阵冷笑：“猛火之下，蜡像很快就燃烧殆尽，消失得无影无踪，但地上的那凹槽内，会存留一层薄薄的石蜡与蜂蜡，落下来的灰烬被粘住，就形成了这么个奇怪的猫脚印！而在外人看来，大殿周围没有任何的脚印，长乐肯定在里面被烧死了，但尸骨无存，凭空蒸发，现场又留下这么个蹊跷的猫脚印，那肯定是猫鬼所为了。”

张鷟说完，粟田真人和狄千里深为折服。

“既然长乐没死，那当晚内侍小五看到的人身猫脸的怪物……”狄千里沉吟起来。

“定然也是她假冒的了。易容之术，虽然奇妙，但学起来也不难。我猜她如此做，无非是让宫中之人认定是猫鬼作怪而已。此女，真是好手段。”张鷟眯起眼睛。

“若是没死，肯定还在宫中，如此说来，宫中那被咬破喉咙的侍卫之死……”狄千里抬头看着张鷟，“十有八九也是她所为！”

"极有可能。"

"装神弄鬼，着实可恶！她既然还藏身宫中，我这就去找李多祚……"狄千里转身就要走，被张鷟叫住。

"宫中甚大，她若是藏匿，找起来无异于大海捞针，再说也容易打草惊蛇。"张鷟摆着手道，"她的目标是陛下。上次没有得手，肯定还会再作案，李多祚已经严加看守，只要她出现，抓住应该是迟早的事。"

说到这里，张鷟为难地揉了揉太阳穴："不过，眼下弄不明白的是另外一件事。"

"先生说的可是史婆陀的死？"粟田真人说道。

"然。"张鷟苦笑起来，"杀死宫中护卫和史婆陀的凶手，定然是同一人。若是长乐，她如何能够出宫呢？含元宫早已经里三层外三层围得严严实实，她一个宫女，是出不去的，而且一旦露面，定然会被发现。"

"先生说得有理，这的确说不通！"

"那接下来如何是好？"狄千里问道。

张鷟呼了一口气，回答道："你去找李多祚，让他这几天放松陛下寝殿周围的警戒。"

"放松警戒？"狄千里扬起眉毛。

"一直那么守卫森严，长乐是不会出来的。外松内严，那样她才会上钩。"

"原来如此，便是设下埋伏了。"狄千里方才明白，点头去了。

张鷟站在废墟之中，看着那猫脚印，很长时间没有说话。

"你没有发现这事情并不简单吗？"张鷟轻声道。

"先生所言何意？"

"我是说长乐。"张鷟眯着眼睛看着四周，不知道他在看什么，"那天我们去荐福寺，受神秀大师的启发，我推断出陛下寝殿当晚闹猫鬼，应该是那宫女的腹语，然后就立刻回来找长乐，对否？"

"是这样。"

"接着，就在那天晚上，长乐'死'在火里，线索就断了。"

粟田真人听出了张鷟的言外之意："先生认为，长乐应该是收到了她即将暴露的消息，然后才来了这个金蝉脱壳之计，诈死脱身？"

"早不'死'，晚不'死'，偏偏那天晚上，这足以说明问题了。"

"先生认为给长乐通风报信的人是……"

"说不好。"张鷟深吸一口气，"看来这里面的水，的确很浑、很深呀。"

"长乐还有同伙，那就更不好办了。"

"只需顺藤摸瓜，抓住了这宫女，接下来或许就水落石出。"

"先回吧，马上又要下雪，冷得很。"粟田真人看着阴云密布的天空。

张鷟点了点头。

二人离开护国天王寺，往南行。到了含元殿附近，见狄千里大步流星走了过来。

"办妥了？"

狄千里点头，然后道："虫二来了，说有要事。"

"他来了？"张鷟一愣，"在何处？"

"宫门外。"

"走！"

雪花开始落下来，簌簌作声。

含元宫丹凤门外，一身黑衣的虫二站在那里，岿然不动。

"你不在家里，怎么跑这边来了？"张鷟沉声道。

虫二昂着脑袋，十分不爽地答复道："你以为我愿意来？大冷的天，我一把老骨头还四处奔波，真是受罪！"

"说吧，何事？"

"荐福寺，死人了。"

张鷟脸上的笑容僵住了："何人死了？"

虫二摊着手："我哪里知道！义净大师派来一个小和尚，也没说清，就说和麹骆驼的死有关系。"

"麴骆驼?"张鷟似乎来了兴致,"果真如此说?"

"我骗你做甚!赶紧去荐福寺!"虫二搓着手,跳进了马车。

荐福寺东山门外,马车停下来,雪下得极大,纷纷扬扬。山门还在修缮中,横七竖八的围杆向各个方向延伸着。寺中住持室,义净大师早已等待多时,几案上的茶水冰凉。

"御史可算是来了。"见到张鷟,义净大师阴沉的脸,总算是有了一丝舒展。

"怎么回事?"张鷟坐下,对着火炉烤着双手。

"这事,得问智玄。"义净指了指身旁的那个年轻胡僧。

智玄上前两步,双手合十:"罪过罪过。"

"又不是你杀人,有何罪过,说吧。"张鷟头也不抬。

"荐福寺殿堂众多,僧人也多,为了维护佛门净土,所以僧人一般都有分工……"

"所谓的分工,是指……"

"便是每一人都会负责一处或几处殿堂,平日里做好清扫、上香、防火诸事。"

"哦。"

"贫僧负责的乃是大悲殿,此乃荐福寺供奉观音菩萨之地,乃是寺中数一数二的重地。昨晚,贫僧像往常一样做完了晚课,将殿中清扫一番,灭掉了烛火,关上门离开,到旁边的偏殿歇息了。"

张鷟一声不吭,看着炉中火焰。

接下来,智玄的声音变得古怪。

"回到住处,贫僧诵经到半夜,就睡了。今早起来,见大悲殿房门大开,进去一看……就发现了一具惨不忍睹的尸体。"

"有人死在大悲殿,你的住所就在旁边,中间你没有丝毫觉察吗?"

智玄想了想,摇头答道:"没听到任何的声响,除了……"

"除了什么?"

"除了一阵极为嘶哑的猫叫。"

"猫叫？"

"然。"

"你为何偏偏记得猫叫呢？"

"那是因为鄙寺从不养猫。"

"哦？"

旁边的义净大师也点点头："的确如此，荐福寺乃皇家国寺，陛下经常来，陛下不喜欢猫，我等是知晓的，故而不会养猫。"

张鷟站起来，询问道："尸体在何处？"

"还在大悲殿，发现之后，就未曾动过。"义净大师道。

"走，去看看。"

智玄在前头带路，一帮人浩浩荡荡前往大悲殿。

一座金碧辉煌的巨大殿堂，上悬的匾额，有女皇的手书，门口有几个僧人把守，看来义净大师这人的确心思缜密。

迈进大殿，一眼就看到了尸体。

看清楚之后，张鷟等人立刻明白义净大师先前派僧人来禀告，言死者和麴骆驼有关的深意了。

"这……这不是那个巫师吗？"狄千里大叫道。

的确，穿着打扮，正是众人苦苦搜寻的那个西域巫师！而且，尸体旁边还放着骨笛和鼓，那东西张鷟不会看错。

除了身份，更让张鷟震惊的，是死状——尸体侧躺，脖颈之上空空荡荡，脑袋不翼而飞，四肢被砍去，摆放在地上，形成一个奇怪的舞姿：双手高举，一脚抬起，一脚直竖，这是"大光明之舞"的舞姿，和麴骆驼的死状一般无二。

张鷟从袖中取出白色棉帕，罩住口鼻，蹲下身，细细察看了尸体一番，很久才站起来。

"怎么样？"狄千里问道。

张鷟解下棉帕，抬头看着狄千里："你还记得这个巫师的年纪吗？"

"如果我记得没错，胡寺那个祆正沙赫尔说此人六十左右。"粟田真人回答道。

"那好像……"张鷟面色平淡，想说什么，终又无言。

"这厮可恶！"粟田真人看着那尸体，很是气愤，"作那什么大光明教，拜那什么大光明神，跳什么大光明舞，招来什么猫头女神，举行一次密会，就要死一个人，嘿嘿，这下好了，自己死了！"

"大师，寺内可有僻静的客房，我等有事要谈。"张鷟对义净道。

"倒是有！"义净亲自带着张鷟等人，来到大悲殿旁边的一处院落，寻了间僧舍，安顿了众人。

房间里只剩下张鷟一行人，气氛就变得有些微妙起来。自从进来，张鷟一直没有说话，微微闭上眼，若有所思。

"这下麻烦了。"狄千里有些垂头丧气，"麹骆驼的死好不容易有线索，巫师这般，线索又断了。"

"你凭什么认定，尸体就是那巫师的呢？"张鷟忽然道。

"这不很明显吗？"粟田真人指了指大悲殿的方向，"衣服，器具，死的姿态……"

"但是，脑袋没有了呀。"张鷟不紧不慢地说道。

粟田真人和狄千里同时噎住，面面相觑。

"可是，即便是有脑袋，我们也无法断定吧。那天晚上在胡寺，我们始终都没有看到巫师的脸，那家伙开始戴着个头罩，后来又戴着面具……"

"是呀，连面容都不知道的一个人，你们凭什么断定尸体就是那巫师呢？"

"这个……"狄千里和粟田真人立马瘪了。

"倘若……是假冒的呢？"张鷟盯着二人，脸上带着笑。他似乎发现了什么，但又不想说。

"那如何是好？"狄千里道。

"你去梁王府一趟。"张鷟沉声道。

"去梁王府做甚？"

"最熟悉这个巫师的，恐怕就是梁王和韦妃了。韦妃现在和殿下一同被禁足在东宫，出不来，只有请梁王了。"

"那为何不找沙赫尔呢，此人也熟悉巫师，梁王可不是什么好脾气之人。"

"胡寺那边的人，还是暂时不让他们掺和为好。"张鷟沉吟了一下，"你且速去。"

"嗯。"狄千里答应一声，转身出门去了。

狄千里走后，张鷟和粟田真人在房间里坐了一会儿，却也无聊，便出门走动透透气。转来转去，竟来到了原先到过的那个小院。此处大门敞开，那棵落光了叶子的参天银杏树，矗立在风雪之中。

"怎么来到神秀大师这里了？"张鷟笑了一声，"也罢，既然来了，就向大师讨一杯茶喝。"

话音未落，就听见院中传来一声长笑："茶无，棋倒是有一盘，小子可有雅兴？"

这位祖师，真是神通广大。

"那小子就无礼了。"张鷟哈哈大笑，昂头进院。

银杏树对面的大殿回廊上，身穿紫衣的神秀大师端坐那里，对着一副棋盘，岿然不动，如同枯木。

"这般大雪，天地如棋局，倒是神妙。小子，请吧。"待张鷟来到神秀对面，祖师头也没抬，指了指棋盘。

坐下来，张鷟的目光盯着棋子说道："这……这是一盘死局呀！"

棋盘上，黑白两色棋子犬牙交错，黑子大龙被白子拦腰截断，命悬一线，仔细看来，几乎没有翻盘的可能。

"大师让小子执黑，岂不是难为我了。"张鷟看了一会儿，苦笑道。

"哦，是吗？"神秀大师呵呵一笑，"你觉得，已经是死路一条了？"

"定然是了。"

神秀大师呵呵一笑，将棋盘轻轻转了过来，捏起了一枚黑色棋子，啪的一声落下。

这一子落入，棋盘上整个局面顿时大变，原本已入困境的黑子大龙竟然一气贯通，反而将白棋逼入了死路。

"妙哉！"张鷟击掌而赞。

"人生如棋，山穷水尽之时，定然是云起雾散之刻。"

神秀大师抬起头，盯着张鷟微微一笑。这话中，似乎别有深意。

"大师境界，小子难得万一。大师在此静心修佛，小子倒是忙得晕头转向。"张鷟苦笑道。

"你那案子，如何了？"

"就如刚才棋子般。"

"其实，妖也罢，佛也罢，不过是妄念，所谓万法非法，便是这个道理。"

张鷟听得愣了。

"老僧年过九十，生来所见诸事，烦琐纠葛，如同这棋局一般，其实看似乱麻，只要想想其中关键，找出头绪，便能迎刃而解。"

"那何为关键呢？"

"尘世中，不过名利二字。熙熙攘攘，皆为此二字而生。"

"名利？"张鷟念叨着这两个字，双目微微一闭。

"你向来是个清醒的人，有时却会犯糊涂，可能是因为你对有些事情太在意而忽略了其他。"神秀大师站起来，看着门外飞雪，想接着说什么，忽然停顿了下来，"有人找你，便不留你了。"

果然，没过多久门外就出现了狄千里的身影。

这家伙一身的雪花，身形如电，来到近前。

"怎样？"

"梁王不在，去宫中了。"

"这么不凑巧？"张鷟站起来，"那我们去东宫。"

两个人转身向神秀大师告辞，离开小院。

"文成，记住：有时候，人比妖更可怕。"神秀大师站在高高的台阶上，沉沉说道。

这话，让张鷟心头一震。

离开神秀大师的院子，张鷟、狄千里与粟田真人商量着下一步行动。

"你且去将那具尸体处理好，然后把它带上。"张鷟对狄千里道。

狄千里向寺院借了一辆马车，将那尸体收拢，用棉被裹起，让寺中的僧人帮忙抬着装入马车。

怎料一个和尚被雪滑倒，摔得仰面朝天，手中捧着的断肢也掉落在地上。

"哎呀呀，你也太不小心了。"狄千里见那和尚摔得四仰八叉，急忙搀起来，才发现是智玄。

这时，伴随着一声轻响，一个小小的东西骨碌碌滚到了张鷟的脚边。

张鷟弯腰捡起，却见是个小小的鎏金纽扣，做得极为精致，上面用游丝雕刻着一头长着双翅的猛虎。

"这纽扣哪里来的？"张鷟大惊，问道。

"好像是从这断手里掉出来的。"狄千里连忙答道。

张鷟从雪地里捡起那只断手，那手手掌微微摊开，手心皮肉处留有纽扣的压痕。

"果然是了。"粟田真人道。

"方才我仔细检查了一番，倒没留意这手心。"张鷟道。

"也怪不得先生，此人死去已有一段时间，尸体由僵硬变得松软，故而攥紧的拳头会微微松开，纽扣自然掉下来。"粟田真人解释道。

张鷟倒没有去听粟田真人的话，转身上车。

狄千里随后将尸体装好了，也跳上车。

两辆马车一前一后，离开了荐福寺。

车轮微微摇晃，车厢中张鷟冲狄千里和粟田真人挥了挥手，将纽扣递给二人。

粟田真人接过看了看，随意递给了狄千里。

狄千里扫了一眼，却惊讶了起来："这纽扣怎么会在尸体的手里？"

"怎了？"粟田真人急忙问道。

"你自然不懂。这纽扣上面是一头长着双翅的猛虎，乃是东宫卫士飞虎卫独有的。"

"不会吧！"粟田真人立刻明白了过来。

"御史，死者手中死死攥着这枚纽扣，而纽扣又不可能属于死者，这就说明……"

"这就说明肯定是凶手的了！而且，凶手还是东宫的飞虎卫！"粟田真人抢先道。

"东宫的飞虎卫，为何要杀那巫师？"

"哎呀呀，自然是杀人灭口了。巫师和猫鬼案脱不了关系，东宫和那巫师也脱不了嫌疑，若巫师被抓住，泄露出来，便是了不得的大事，所以，杀人灭口！"

粟田真人和狄千里你一言我一语，讨论热烈。

唯独张鷟沉默不言。

"御史，你怎么看？"狄千里问张鷟。

"是呀先生，现在种种迹象看来，东宫的嫌疑可是越来越大了。"粟田真人接着道。

"我在想方才神秀大师的一句话。"

"神秀大师？"

"然。"张鷟深吸一口气，"他说得很对，我因为太在乎一些事，反而把自己搞得晕头转向了。"

"在乎……什么事？"

"比如……"张鷟指了指那纽扣，"东宫。"

"皇嗣？在乎皇嗣，怎么了？"

"太在乎皇嗣，就会变得一根筋。"张鷟笑，"变得一根筋，双目就会被蒙蔽，头脑中也想着和东宫有关的事。"

"我听不明白。"粟田真人摇头。

狄千里也跟着做一样的动作。

"好了，不说了，去东宫吧。"张鷟不愿多说，双膝盘坐，看着车窗外大雪发呆。见他如此神态，狄千里和粟田真人都不愿打扰他，识趣闭嘴。马车便在雪中一路向北。

中途拐了一个弯，又行了一会儿，张鷟忽然叫停。

"怎了？"狄千里问道。

"麹骆驼死前的那一晚，说他碰到蹊跷事的地方，想必是此处吧？"张鷟朝外面指了指。

狄千里弯了弯身子，但见窗外出现了一座小小祠堂，小小门楼上，挂着匾额，上写"后土祠"三个字。

"正是此处。那晚麹骆驼在这里躲雨，碰到了一个和自己身形极为相像的人，麹骆驼觉得十分眼熟，问了那人来历，那人说自己是开明坊南横街第二家三郎也，麹骆驼走开之后才想起来开明坊南横街第二家就是原先他自己的家，他排行第三，三郎就是他自己。"狄千里道。

"也就是说，他碰到自己了？"粟田真人道。

狄千里挠了挠头："都说这家伙夜半碰到鬼，这一带是长安出了名的鬼市，也是最容易闹鬼的地方。"

"哪有什么鬼。"张鷟道，"既然来了，我们进去看看。"

"看什么？"

"看看这后土祠真的如此灵异否。"张鷟笑道。

三个人下了马车，来到祠堂前，狄千里轻轻一推，两扇木门便开了。走进去，才发现祠堂并不大。

大唐皇室原先尊崇道教，女皇建周之后，佛教香火鼎盛，因此像后土祠这般的庙宇，就变得寥落了。

祠堂也就一个院落，中间是大殿，东西两边是两排房舍，一个六七十岁的老者带着一个十余岁的孩子正在铲雪，见张鷟三人，知是贵人，急忙过来施礼。

"遇到大雪，前来老丈处所躲躲，打扰了。"张鷟笑道。

"可不敢！三位官爷请！"老者于头前带路，将三人领到了旁边的房舍里，忙着倒水。

"老丈不要这么客气，我等坐坐就走，你也坐。"

老者笑笑，坐在对面，态度从容，那孩童天真烂漫，一双忽闪忽闪的大眼睛好奇地盯着三人。

"老丈住在此处？"张鷟看看周围，发现屋子里布置极为简单，甚是清贫。

"大概有二十多年了吧。"老者笑笑，"小的原本是边军，后来伤了就回到长安，孤身一人，身体又不好，所以就离开军营，在这里落脚。"

"边军？敢问老丈何处从军？"

"凉州，忝为校尉。"

"哦。"张鷟点了点头。

难怪这老者看上去虽然和寻常百姓一般，但神态淡定，似乎见过场面。凉州乃西北苦地，能在那里建功立业，成为校尉，这老者当年也是条好汉。

"这孩子是老丈爱孙？"张鷟指了指那孩童。

"非也非也。"老者呵呵一笑，"小的孤苦伶仃，并无家室。这孩子名唤苦儿，是我捡来的，虽无血缘，可也亲如一家，也是缘分。"

"倒是好，"张鷟呵呵一笑，"既然老丈一直在这祠堂里居住，有件事想向你打听。"

"官爷请说。"

"初七那天晚上，祠堂里来了什么人没有？"

“初七的晚上？”老者一愣，皱起眉头，仔细想了想，“那天晚上下雨，小的身体受伤，一到雨天就极为难受，故而早早喝了药，上床昏睡了，好像并没有什么人来这里。再说，这后土祠平日里前来参拜的人就不多，那晚就更没有了。”

听了这话，张鷟等人未免有些失望。

正要起身离开，却见那苦儿摇了摇头：“爷爷，那晚有人来。”

“小孩子不要胡说八道。”老者睁眼道。

张鷟急忙摆手，对苦儿道：“你且说说，怎么回事？”

苦儿声音清脆，道：“那晚爷爷确是早早就睡了，我甚无聊，也睡不着，就想着那天大殿还没打扫干净，怕第二天爷爷累着，就去打扫了。”

“你倒是孝顺。”张鷟笑。

苦儿也笑，又道：“清扫了一遍，挺晚的了，我吹灭了蜡烛，正要关门离开，忽然听到大门轻响了一声，见一个人影遥遥走了过来。我当时吓了一跳，这么晚了，即便是有人来，也会敲门呀，所以我觉得那恐怕是个歹人。”

“歹人？”

“嗯，前几个月就有一个歹人闯进来，盗走了大殿的一尊铜像。”苦儿噘着嘴，“我吓坏了，就溜进大殿，藏在了后土娘娘的神像下的案桌里面，那案桌很大，周围又都是帷幕，所以不会被发现。”

“然后呢？”

“那人走了进来，并没有偷什么东西，而是静静站在案桌前，像是在等什么。我在里面，大气也不敢出！接着，又来了一个人。”

“什么人？”

“一个女人。”

“这两个人长什么样？”

“我躲在里面，哪里看得见呀？”苦儿吐了吐舌头。

“此二人，年纪如何？”

"听声音，应该在三十多岁吧。"

"那这两个人说了些什么？"

苦儿摇了摇头："这两个人，说的也不知道是哪里的话，叽里咕噜的，一个字都听不懂，而且声音很低。大概过了一炷香的时间，两人就离开了。不过他们离开时说的那几句话，我倒是听懂了。"

"哦，都说了什么？"

"男的说：'悠然居的事，得告诉那老家伙，对我们的大事有好处。'女的说：'为什么还让我装神弄鬼？'男的笑着说：'不装神弄鬼吸引别人的注意，那个傀儡师就有麻烦，他若被抓了，我们何谈功劳？'女的说：'下一步该如何？'男的说：'那个家伙，便是我们的功劳。杀了他，得到老家伙的信任，便万事俱备，老家伙的事情要是成了，我们的也就成了。不过，如何杀，你要动动脑筋。'然后他们就离开了。"

苦儿这番话，听得张鷟眉头一扬，便是狄千里和粟田真人，也不由得目瞪口呆。

"你还记得那二人离开是什么时候了吗？"

"确切的时间不记得了，但已经快夜禁了。"

"之后还有没有人来过？"

"没有了。那两人走了之后，我就立刻把大门上了插栓。"

张鷟点了点头。

老者见三人表情奇怪，忙道："小儿胡说八道，若是……"

张鷟笑道："倒是帮了大忙。"言罢，起身掏出一锭银两给了老者，然后带着二人离开。

出了后土祠，上了马车，早已急不可耐的狄千里沉声道："多亏来了一趟！"

张鷟吩咐车夫快行，咬着折扇转过脸来说道："从苦儿所说的时间来看，进来的那个男人，定然就是麴骆驼见到的那个男人。想来，肯定不是什么鬼了。"

"那他为何会对麴骆驼说那般的话？"狄千里道。

"很简单，这人对麴骆驼的底细十分清楚，那么说，恐怕是为了摆脱麴骆驼，吓唬他吧。"张鷟摇了折扇，"不过苦儿听到的那几句话，却是无比重要。"

"是呀！"粟田真人接过话来，"初七当晚，麴骆驼在安乐郡主府悠然居杀了孩子，定然被那男人看到了，说明他也在现场。而且从二人的谈话来看，那晚房顶上出现黑猫戴着骷髅拜月，应该是那女子所为，为的就是干扰现场人的视听，帮麴骆驼尽快脱身。"

"最大的收获，便是得知杀死麴骆驼的凶手了！"狄千里道，"肯定是那女子杀了麴骆驼！而且据魏伶讲，麴骆驼死的当天晚上，他听到了麴骆驼的住所里面有女人的声音！"

"既然要杀麴骆驼，为何不立刻杀死呢？那男人当时刚好碰到麴骆驼！"粟田真人道。

张鷟笑了笑："其实，收获还远不止于此！"

"先生的意思是……"

"男人口中所说的'老家伙'。"

"老家伙？"

"然。"张鷟呵呵一笑，"神秀大师说得不错，我先前的确是太在乎一些事情，太在乎一些人，而忽略了别的。"

粟田真人和狄千里面面相觑，不知张鷟所言何意。

"去东宫吧，先到那边看看情况。"张鷟打了个哈欠，闭上了眼睛。

东宫。

再次见到张鷟，身为皇嗣的李显，吓得面如土色。

"御史是来宣旨要我性命的吗？"李显满头冷汗，战战兢兢。

# 第十四章　腐尸腥臭之猫

李显的日子，很不好过。

女皇震怒，虽暂时饶了他的性命，但命令羽林卫将其软禁在东宫的一处废弃的院落中。

庭院里，荒草齐膝，落满了鸟粪，大殿年久失修，窗户四面透风，寒冬腊月，冷风灌进来，冰窖一般。穿着单衣的李显冻得青头紫脸，拖着两行鼻涕，看着着实可怜。

"放肆！殿下如今虽是禁足，但依然是皇嗣。尔等这般，作死吗?！"张鷟见状，甚是气愤，转身看着羽林卫大声训斥。

"御史，算了，只要……很好……很好。"李显急忙拉过张鷟，担心地看着外面，"已经很好了。"

"且将窗户封死，与殿下取来棉衣，再生一炉炭火！"张鷟拿出金凤灵符，那帮羽林卫见了，唯唯诺诺，急忙出去忙活了。

李显感动得差点落下泪来："天下若都如御史，我……"

"殿下，且坐。"张鷟扶着李显坐下，叹了口气。

"陛下有何旨意？"李显垂泪道。

"非是陛下，乃是下臣有事。"

"哦。"李显这才稍稍放心些，"御史有何事，但说无妨。"

张鷟看了看周围："韦妃在何处？"

李显指了指门外，院落右方的一间偏殿，门口站着几个侍女，想来韦妃也一同被关在这里了。

"御史找韦妃，所为何事？"

张鷟为难道："也无甚大事，殿下且宽心。"

"怕不止如此吧。"李显不傻，见张鷟一干人面色复杂，很是忧愁。

"殿下目前处境不妙，须谨慎行事，不该说的不说，不该做的不做，一切都交给下臣去办，尽管放心。"

"好，好。"李显直点头。

张鷟不忍看他那可怜样，想起身告辞去偏殿，李显却放心不下，索性一同跟过来。

"韦妃怎样了？"进了偏殿，李显轻声对侍女道。

"禀殿下，韦妃刚刚吃了药躺下。"一个中年侍女低声道。

狄千里在旁边扯了扯张鷟的衣袖，低声道："麴骆驼死的那天，出现在他家门口的，便是这个侍女。"

听罢此言，张鷟不由得多看了这侍女两眼，见这侍女模样倒还周正，虽到中年，但两鬓已经斑白。

李显见张鷟看着那侍女，忙道："此女名叫迎娘，一直跟着我们，算是贴心人。"

"见过御史！"迎娘急忙施礼。

张鷟点了点头，眼睛扫了扫周围，却见这殿也是阴暗冰冷，虽经过打扫，还是破落不堪，中间为正堂，左边挂着帷幕，应该是韦妃的卧室，右边堆放着杂乱器物。空气中弥漫着一股浓重的药味，还有一丝若有若无的腥臭之气。

"韦妃病了？"张鷟小声道。

迎娘点头道："这几日惊吓过度，旧病复发，昨日越发严重。"

"殿下，下臣有事要问韦妃，你看……"

"既然事关重大，问一问，怕是无妨。"李显连忙回道。

迎娘挑开了门帘，张鷟等人轻步进去。

只见床榻薄薄的锦被之中，躺着一个女子，鬓发缭乱，脸色青紫，嘴唇苍白，正是那韦妃了。

"爱妃……爱妃……"李显来到床边，轻轻握住韦妃的手，轻声呼喊着。

这个女人，陪着她，不离不弃，早已经成为他生命中最重要的人。

"殿下……"韦妃微微睁开眼，见是李显，慌忙想爬起来，被李显扶住了。

"爱妃身体不好，莫要起来了。"李显满脸爱意，看着张鷟，"御史前来，有话问你。"

韦妃这才看到张鷟等人，挣扎着坐起来，苦笑道："让御史见笑了。"

"见过韦妃！"张鷟等一干人施礼。

"不知御史找我，何事？"韦妃靠坐在床榻上，气喘吁吁，却强行摆出一副皇家气派来，也是个好强之人。

"禀韦妃，下臣此来，乃是为了一件案子。"张鷟详细将麴骆驼的死、巫师的事情等一五一十说清楚，一边说一边细心观察韦妃的反应。

韦妃虽然强装镇定，但呼吸加重，身体也颤抖起来。

"骆驼于我们夫妻二人，虽是仆人，但一向忠心耿耿，他的死，我们知道了，也十分难过。"韦妃咳嗽了一声，"自从来到洛阳后，都是我与他联系，殿下完全不知道，所以御史有什么问题，尽管问我便是，若是出了什么乱子，我也一力承担，和殿下毫无关系。"

三两句话，这女人已经将责任揽到自己身上。

"爱妃为何如此说！你我夫妻二人，有福同享，有难同当，便是死，也死在一起！"李显握着韦妃的手道。

"殿下何其愚也！殿下身系江山社稷、黎民百姓，我不过个女人罢了！再者，这件事情的确和殿下没关系！"韦妃厉声道。

李显被训斥得默默无言，低头抹着眼泪。

"自搬迁到洛阳来，王妃和麴骆驼联系上，一般都做什么？"旁边狄千里开了口。

"倒也无甚。居住在东宫，殿下与我很少出去，很是寂寞，骆驼擅长傀偏戏，又是老仆人，故而隔三岔五会让他来东宫聚聚。"

"仅是如此？"

"仅是如此。"

"那巫师之事……"狄千里摊了摊手。

"我一向诚心向佛，敬拜鬼神，又患着病，故而四处寻医治疗，那巫师以及那光明教，也是骆驼跟我说起，我才去的。不过那巫师倒是有些本事，他开的方子，让我的病减轻了不少，我故而十分信服，便入了教。"

"梁王如何也会在教中？"张鷟打断道。

"这个……"韦妃顿了顿，"恐怕也和我一样吧，信奉鬼神，也是满足心愿。"

"他也是麴骆驼介绍的？"

"非也。梁王此人喜胡乐，好像是经别人介绍的。他入教的时间比我长，而且在教中对我也很照顾。"

张鷟点了点头，看着旁边的侍女迎娘，道："有件事情，还得请这位迎娘回应一二。"

侍女吓了一跳，急忙跪倒在地："御史请说。"

"麴骆驼死的第二天，你有没有去过他家？"张鷟笑道。

侍女脸色苍白，忍不住抬头看了看韦妃。

韦妃面色如常。

"去……去过。"

"你去那里，干什么？"

"这……"侍女小心翼翼又扫了韦妃一眼，"王妃那日命我去请骆驼来东宫演戏，我便去了，不想他已身死，我打听了一些情况，急忙回来禀告。"

"哦……"张鷟转脸看着韦妃，"王妃与那巫师，熟不熟悉？"

"甚熟。"韦妃点了点头，"除了参加巫师的集会之外，他也经常会来我这里。"

"来东宫干什么？"

"说法而已。"韦妃轻描淡写。

"既然甚是相熟，王妃可知道此人身上有何特征否？"

"特征？"

"身体之上，是否有别于常人之处，比如胎记之类的。"

"这个嘛……"韦妃显得很为难，"我虽与这巫师见过多面，但从未看过他的真容……"

"没看过真容？"

"然。"韦妃点头，"他一直都戴着头套，只露出两只眼睛。此人年纪六十开外，行路都有些颤颤巍巍，弯着腰气喘吁吁，由仆人搀扶着才行。"

张鷟失望起来。

不过韦妃很快抬高了声音："不过，我记得他左腿上，有个伤痕。"

"伤痕？什么样的伤痕？"

韦妃正色道："他平时都穿着宽大袍子、布衫，上一次来东宫，无意间露出了左腿，上面有两个刀痕，交叉成十字状，让我看到了，印象十分深刻。"

张鷟闻言大喜，朝狄千里点了点头。

狄千里出了门去，很快抱着被褥进来摊开，里面装着尸体的残肢断臂，摊开了，血肉模糊。

李显吓得面色如土，两手捂脸。

"可是这伤痕？"狄千里拎着那硬邦邦的断腿，上前两步。

韦妃盯着断腿，嘴角颤抖，不由自主地瞪大了双眼："好像……好像是！"言罢，双眼一翻，倒在床上，身体抽搐，口吐白沫！

"不好，王妃病犯了！"李显见了，怪叫一声。

房间中顿时大乱。张鷟看着韦妃那样子，先前听闻王妃有羊角风，看来果真不假。

"取药！快去取药！"李显大急，喊道。

侍女迎娘急忙起身出去，不一会儿，端来了一个紫金铜盒，来到床榻前，打开了，从中取出一种焦黑的块状东西，碾碎，放入碗中，用热水冲泡，端了起来。那边几个侍女费劲将韦妃嘴巴撬开，迎娘将那药水灌了进去。

这种焦黑粉末，不知是什么东西，热水一冲，发出极为难闻的腥臭之气，令人作呕。

喝下了药之后，韦妃四肢乱蹬，侍女们摁住了，约莫过了一炷香的时间，韦妃才逐渐平静，昏昏睡着。

"御史，你看这……"李显指了指韦妃。

显然，已经无法再询问下去了。

张鷟起身告辞，离开卧室，走到正间，见迎娘捧着铜盒出来。

"这便是韦妃治病之物？"

"是。"

"我看和一般的药材完全不一样，不知是何物？"

"这个……奴婢也不知。"迎娘摇了摇头，转身进右边的房间去了。

"尸体上面的伤痕和韦妃所说，一般无二，看来死的的确是巫师了。"粟田真人道。

张鷟冷冷一笑，正要说话，忽然听到外面传来巨大的嘈杂声。众人转过身去，却见李多祚率领着浩浩荡荡的一支羽林卫飞奔而来，甲胄作响，头盔上的红羽迎风招展。

李显显然也听到了这动静，走出来，见了，身体抖得如同筛糠一般："不好，看来陛下要拿我治罪！"

李多祚怒气冲冲来到偏殿门口，见到张鷟和李显在一块儿，愣了愣，对李显单膝跪下："见过殿下！"

"李将军……来此……有何贵干？"李显吓得结结巴巴。

"殿下，东宫是否有一侍女，名唤迎娘？"李多祚嗓门儿本来就大，高声大喝下，震得人耳朵嗡嗡作响。

"是有，李将军……做甚？"

"此人在何处?!"

李显看了看右边的房间，迎娘从里面快步走了出来。

"便是此人？"李多祚看着迎娘，手放了横刀上。

"是。"李显不知道发生了什么，连忙回道。

李多祚摆了摆手："拿下！"

身后几个羽林卫如狼似虎，扑上来就要拿人。

"慢着！"张鸄伸手拦住那几个卫士，对李多祚道："黑煞，你这是做甚？一个堂堂的大将军，怎要亲自前来捉拿一个侍女？"

"哼！此女，可恶！"李多祚看了一眼瘫倒在地的迎娘，又意味深长地看了看李显，转身对羽林卫道，"愣着做甚，搜！"

一帮羽林卫大喝一声，四散开去，冲进院落中的各个房间，搜查起来，其中十几个军士更是绕过李显和张鸄，冲进了偏殿。

张鸄满面狐疑之色，走出殿门，来到李多祚跟前，小声道："你这蛮牛糊涂了，到底为何？"

"哎呀呀！"李多祚拉着张鸄来到一边，"你还记得俺丢的那十万两贡银吗？"

"怎么了？"

"奶奶的！今日总算是有眉目了！"

"何意？"

李多祚瞪了迎娘一眼说道："今日陛下烦闷，召一干人等进含元宫，席间闲聊，陛下说起了铸造大佛之事，说是近期妖孽不断，铸造大佛要立刻开始，然后就问了俺贡银……"

说到这里，李多祚浓眉皱起："奶奶的！俺当时差点晕倒。贡银的事，一直没敢对陛下禀告，她如此问，俺……"

"你说了？"

"有甚办法?!你又不是不知道,陛下最讨厌欺骗她的人。俺只好一五一十说了!"

"然后呢?"

"陛下听说十万两贡银离奇消失,而且还和猫鬼有关,勃然大怒,喝令殿外护卫,要把我推出去砍了!"

张鷟目瞪口呆。

"幸亏是梁王一言,俺才捡回了一条性命!"李多祚气破肚皮。

"梁王?他怎么了?"张鷟这才想起,先前狄千里去找武三思,说武三思进宫了,看来是真的。

"梁王听了贡银之事,很是诧异,急忙叫停了刀斧手,向陛下禀明,说那贡银他见过。"

"梁王见过贡银?!"

"嗯!今日上午,陛下召见梁王,梁王在去含元宫的路上,顺道去了一趟东市给陛下请了一尊羊脂玉佛,本来想博陛下欢心,怎料倒看到了一个女子,拿着贡银买东西。梁王觉得奇怪,便叫人打探了一下,还将那块贡银取了回来。"

"竟有此事?"张鷟大惊。

"俺当时也不信,梁王当着陛下的面,让管家取来贡银,可热闹了,真真切切就是丢失的贡银中的一块,陛下勃然大怒,俺也气死了!"李多祚看着迎娘,咬牙切齿,"梁王看到的那个女子,便是她!"

"你看得清楚吗?真是丢失的贡银?!"

"哎呀呀,贡银虽然和一般银饼差不多,但要求甚高,每一块银饼的底下都是要刻着进贡的具体府县名称,这批贡银是为了铸造大佛之用,除此之外,还专门刻上了'供佛官银'四个大字,俺一眼就认得出来!"

正说着呢,有军士跑出来,兴奋道:"禀大将军!搜到了!"

"搜到了?"李多祚闻言狂喜,大步冲入殿中。张鷟来不及思索,也跟着进殿。

众人来到大殿右边的房间，只见里面堆放着层层叠叠的东西，几乎堆到了梁柱上方，只留出一个通道。屋子外面一个小小空间，置着铜锅、铜炉，还有药碾等物，想来是专门给韦妃供药之用。两个军士从里头的暗间抱出一个不大的木箱，咣的一声放在地上，打开了，里面满是闪闪的银锭，足有几十块之多。

李多祚弯腰拿起了几块，仔细看了看，嘴角露笑："是了！是了！是贡银！就这些吗？"

"就这些，不过除了贡银，还发现了别的东西。"两个军士相互看着，表情很怪。

"什么东西？！"

"大将军……你自己进去看吧。"军士低声道。

李多祚冷哼一声，大步走进暗间。张鷟也好奇，跟着进去。

来到里头，看着眼前的景象，二人呆若木鸡——但见不大的暗间之一角，堆着一堆猫的尸体，约莫有四五十条之多，血肉模糊，发出一股股扑鼻的恶臭。怪不得刚才进殿，闻到了一股怪味。

"大将军，还搜到了这个。"一个羽林卫进来，呈献了一个红布包裹。打开来，里面放着一只刻满咒文的铜碗，一根方形的寒铁小棍，还有很多符咒，黄纸上用朱砂写着诡异的符咒。

"不仅人赃俱获，还有意外发现，看来……"李多祚面色古怪，捧着那红布包裹对张鷟说道，"御史认得这东西不？"

张鷟此刻面色如霜。他神棍出身，对各种法术都甚为了解，红布包裹里面的这些东西，是典型的养猫鬼之人用的法器和符咒。

李多祚指了指外面："这位殿下怕是凶多吉少了。"

"黑煞，莫要莽撞！此事蹊跷，再说和殿下无关！"

"是否无关，你说了不算，我说了也不算，陛下说了才算。"李多祚也是无奈，拿着东西转身出了房间。

正殿里，李显惊慌失措，早吓得要死。

"你这贱奴，我且问你，剩下的贡银在何处？"李多祚看着跪在地上的迎娘大声喝道。

"贡银？什么贡银？"

"事到如今，你还和我装糊涂？"李多祚点了点头，羽林卫将木箱放在地上，里面的贡银赫然在目。

"说！剩下的贡银在什么地方？"李多祚大声道。

迎娘直摇头："大将军，奴婢不知什么贡银不贡银。"

"死到临头还嘴硬！你嫌自己的命太长，是否？"李多祚怒道。

张鷟摆了摆手，示意李多祚闭嘴，扶起迎娘，轻声道："这些银子，你哪里得来的？"

迎娘泪如雨下："御史！这根本不是我的东西！"

"当然啦！这是陛下的东西！"李多祚吼道。

迎娘浑身大颤，对张鷟道："御史，我从来没见过这箱子，也没见过这些银子！我句句是实话呀！"

"没见过？拿贡银去东市买东西的，不是你？"李多祚怒道。

迎娘摇头："大将军，御史，今日奴婢是去了一趟东市，为殿下和王妃买了几匹绸缎，想添置点衣物，拿着的，是王妃给的私人之物！殿下被禁足，银库也封了，王妃交给奴婢的，是她随身的金簪、玉镯，并不是贡银呀！"

"你这分明是撒谎！"李多祚吼道。

张鷟小声道："真的？"

"真的！奴婢如若半句假话，天打五雷轰！"迎娘对天发誓。

李多祚走过来，冷着脸："贡银是从这里搜出来的，你拿着贡银去买东西，除了梁王府的，绸缎店也有人做证，你还在此信口雌黄！还有，那些东西，也是你的吧?!"

李多祚指了指身后，军士们正将那几十具猫尸搬出来，臭气熏天。迎娘见了那些猫，面色苍白。

"迎娘，怎么会有这些东西？"李显捂着鼻子，吃惊不小。

李多祚摊开手中的红布包："还有这些东西，你也认得吧？"

看着那些法器、符咒，李显身形踉跄，差点栽倒："迎娘，你怎么会有养猫鬼的东西？"

宫中出现猫鬼案，李显早就知道陛下心中自己嫌疑最大，眼下又在自己眼皮子底下被人搜出这些东西，那接下来……

"禀告殿下、御史，这些东西，不是奴婢的！"迎娘摇着头，哭出声来，"真不是我的！"

"不是你的，还会是谁的？"李多祚有意无意看了一眼韦妃的房间。

迎娘见状，立刻明白，忙道："不是我们东宫的！这些东西，奴婢从来就没见过！"

"迎娘，你休慌，这红布包里的东西，你真没见过？"

"御史，天地良心，奴婢真的没见过！"

"那些猫尸呢？"

"猫尸……"迎娘低下了头，"猫尸……是……是我的。"

"哈！"李多祚发出一声怪笑，"承认啦？养猫鬼就杀猫祭祀，这么多的猫尸是你的，又有法器，你竟然还想抵赖……"

"御史，奴婢说的句句是实话！"迎娘泪如雨下。

"你弄那么多的猫尸，做甚？"张鷟也觉得事态越发严重了。

"猫尸……"迎娘犹豫了一下，知道不说怕是不行了，低声道："是为了给王妃的药物做药引。"

"药引？"

"嗯。那药极为特殊，除了主药之外，还需要用猫身上的一样东西做药引。"

"何物？"

"猫脑。"

"猫脑？"

"然。"

这时李多祚走过来，对张鷟道："御史，俺来前陛下就已经交代清楚了，出了这档子事，俺也只能宣陛下的口谕了。"

"口谕？"

李多祚站直身体，厉声道："陛下口谕：'若事属实，废皇嗣之位，东宫之人俱打入天牢，听候发落！'"

此话一出，李显双目一翻，直接晕倒过去。一帮军士就要上前拿李显，被张鷟上前拦住。

"黑煞！休得无礼！"张鷟怒道。

"御史，俺也是听命行事。"

"你个混账！你忘了你这身富贵，是谁给的！"张鷟怒目视之。

李多祚闻言，顿时呆了。他本来不过是个靺鞨族小酋长，出身卑贱，后来屡立战功却被人排挤，高宗李治力排众议，不仅提拔他，更让他做了羽林卫将军，对李多祚恩重如山。

"殿下是大帝之子，你难道忘了当年大帝之恩?！"张鷟声如洪钟。

李多祚看着晕倒的李显，半晌没说话，良久才垂着头道："御史，你以为俺愿意来吗？俺一家老小荣华富贵都是大帝给的，俺这条性命也是大帝给的，若是能报答大帝，俺粉身碎骨都不怕。可眼下，人赃并获，陛下那脾气……"

"狗屁的人赃并获！"张鷟一把扯过李多祚，沉声道，"若是有人陷害殿下呢？"

"你是说?"李多祚陡然一惊。

四目相对，两人目光灼灼。

"那……如何是好？"李多祚看了看周围。

"我跟你进宫面见陛下！"

"你疯了，不要命了？"李多祚惊道。

"为了这江山社稷，我这个神棍烂命一条，死不足惜。"张鷟苦笑道。

"御史，我陪你去！"狄千里走了上来。

"还有我。"粟田真人也道。

"走吧。"张鷟拍了拍李多祚的肩膀。

李多祚点头，对外面的军士道："留下半数人留守，好生照顾殿下，没有我的消息，任何人不得进出这院子。还有，将那迎娘看管好！"

"遵令！"军士大声回应。

李多祚转身看着张鷟，苦笑着做了一个请的手势："走吧，御史，这回，俺陪你一块儿走一遭鬼门关，说不定晚上俺俩的脑袋就要被挂在城门口了。"言罢，他又举头看了看天，叹了一声，"风雨如晦呀。"

"满天的雪，何来风雨，你一个粗汉，转什么文辞。"张鷟微微一笑，摇着折扇大步走开。

"带上贡银与其余诸物，随御史进宫！"李多祚命军士带着搜查到的东西，紧跟其后。

风雪之中，一干人离开东宫，朝含元宫行去。

大风呼啸，雪花如席。高空浓云翻滚，天地昏暗如夜。

……

鼓声咚咚！

麟德殿前的巨大广场上，几百个身披寒甲、手持矛戈的武士慷慨而舞：左圆、右方、先偏、后伍、鱼丽、鹅贯、箕张、翼舒，交错屈伸，首尾回互，往来刺击，以战阵之形，威武雄壮之气，直冲云霄！

"四海皇风被，千年德水清。戎衣更不著，今日告功成。"铿锵的鼓点之中，军士们放声齐歌，肃杀凛冽之风，令人慷慨激昂。

"这是……《秦王破阵乐》吧？"连粟田真人都看了出来。

《秦王破阵乐》，原先乃是唐初的军歌，秦王李世民打败了叛军刘武周，巩固了刚建立的大唐。于是，将士们遂以旧曲填入新词，以颂扬李世民的丰功伟绩。贞观七年，登基的李世民亲制《破阵舞图》，遂成闻名万国的《秦王破阵乐》，大唐的雄壮，使万国震撼。

"真乃慷慨激昂！"粟田真人叹道。

"杀气呀。"张鷟看着远处的麟德殿，苦笑道。

穿过这舞阵，缓步向前行进，每一步，都直面那滔天的鼓声和齐声呐喊，这表面上看是乐舞，但已经明显渗透着女皇陛下此刻的心情。

她，已经出离愤怒了。

"臣张鷟，拜见陛下！"进了麟德殿，张鷟行跪拜之礼。李多祚也紧跟其后。

狄千里和粟田真人都留在殿外，对张鷟而言，这是趟生死面谏，若是女皇发怒，少死一个是一个。

"你怎么来了？"头顶传来女皇冷冷的声音。

"臣挂念陛下，故而前来问安。"张鷟站起来，笑笑。

"我还看不出来你的心思，口是心非。"武则天呵呵一笑。

张鷟心中一松，看来女皇的心情并没有那么糟。这就好办了。他抬头，见女皇面色苍白，虚弱地靠在龙椅上。

女皇身边，立着上官婉儿，大殿左侧，坐着太平公主、张易之、张昌宗，对面，也坐着三个人，却是令张鷟双目一亮。

上首坐着梁王武三思，接着是一个三四十岁的中年人，身材消瘦，背部微驼，肤色白皙，卷发高鼻，眼眸深蓝，穿着一件绣花的紫色长袍，头戴一顶纯金王冠。最下首，坐着个布袍胡僧，正是波斯胡寺的祆正沙赫尔，须发皆白，面色平淡。

"这位是？"张鷟上前两步，看着那头戴王冠的中年人，又看了看沙赫尔，顿时明白过来，"这位难道是泥涅师王子？"

"正是小王。"泥涅师站起来，操着有些生硬的汉音，微微示意。

那个可怜的波斯帝国末代帝王卑路斯的儿子。

"王子不应该在吐火罗吗，怎么会来到长安？"张鷟问道。

"小王有军务禀告陛下，故而暂时回来。"泥涅师声音婉转，笑了笑。

这么看，还真是个俊俏的男子，就是身子单薄了些。

"也多亏了他们前来，让我稍稍宽了心。"女皇陛下笑道。

这，又从何说起呢？

梁王武三思微微直起身子，对张鹭道："宫中怪事连连，猫鬼不断，故而请袄正前来降妖，方才已将降妖之法禀告陛下，沙赫尔法术高强，想来那猫鬼不日就能现出原形，故而陛下龙颜大悦。"

"哦，降妖呀。"张鹭笑了一声，"那倒是好。"

这时，武则天的目光落到了李多祚的身上，脸上的笑容快速收敛："多祚，让你去东宫，事情怎样了？"

李多祚面如土色，跪倒在地："启禀陛下，事情……倒是……倒是有些眉目，不过……"

"不要兜圈子，直说吧。"武则天闭上了双目。

战战兢兢中，李多祚将在东宫搜出贡银、找到猫尸以及养猫鬼的法器、符咒等事，一五一十说了出来。他说话的过程中，大殿里鸦雀无声，空气几乎为之凝固。

所有人都看着龙椅上的女皇。

年老的女皇陛下，闭着眼，身体岿然不动，看上去并无变化，但搭在龙椅上的那只剧烈颤抖的手，足以说明一切问题。

"所有证物，都放在殿外，随时可供陛下御览。"李多祚说完了，看了看张鹭，垂下了头。

死寂！坟场一般的死寂！

约莫半炷香之后，大殿里回荡着女皇的笑声。

"好呀！极好！"女皇依然闭着眼，声音却在颤抖。

那中间，掺杂着无法说清的复杂情感。愤怒？失望？释然？好像是，又好像都不是。

"我的儿子！亲子！被立为皇嗣之人！竟然处心积虑要害朕的性命！好呀！好呀！"

女皇的双目，骤然睁开，两道刀子一般的寒光，几乎能够刺穿所有人的躯体！

"想不到！实在是想不到！"女皇大笑，狂笑，最终五官狰狞，"婉儿！"

"奴婢……在。"上官婉儿立刻跪在旁边。

"听旨！"

极为熟悉女皇脾气的上官婉儿急忙双膝跪地，前行到旁边的小案上，摊开明黄色的绢帛，取来了朱砂笔。

女皇深吸了一口气，再次闭上眼睛，然后朱唇轻启："皇嗣不孝，居心叵测，德行不堪，难以国委之，废为庶人，交宗正府看管。年后，开刀问斩！"

"啊！"上官婉儿闻听此言，吓得打了个激灵，手中的笔"啪嗒"一声掉在地上。

"写！"女皇愤怒道。

"陛下……不可呀！"上官婉儿跪地，连连叩头，"事关重大……"

"难道，你也想死不成？"女皇咬牙切齿。

上官婉儿是她最宠信之人，眼下，也这般不闻不顾了。

"奴婢……不敢。"

"那就写！"女皇陛下冷哼一声。

"陛下，臣有话说！"张鷟大声道。

"不用说了！我知道你要说什么！"女皇瞪了张鷟一眼，然后昂起头，"有为他说情者，杀无赦！"

冷言如刀，决绝无情。

张鷟取下顶上高冠，置于地上，双膝跪地："臣不惧死，等臣说完，陛下要杀要剐，鷟，拜受之！"

"真是好大的胆子！"女皇看着这个男人，吐了一口气，"好，念你这份不惧，说吧，说完了，可安心赴死。"

"谢陛下！"张鷟面色平淡，昂起头，"敢问陛下，有何理由废皇嗣、杀亲子？"

"理由？"女皇哑然失笑，"人证物证都在，还需要理由吗？出现在我寝殿之中装神弄鬼的那个宫女，戴着他那原本正妻赵妃的镯子，那贱人乃我所杀，他一直怀恨在心。自从举为皇嗣，则处心积虑要早登帝位，夫妻两个养猫鬼害我，宫中怪事连连，皆是因此！之前死的是别人，很快恐怕就轮到朕了！"

"别说养猫鬼和他无关！猫尸、法器、符咒都在，而李多祚刚丢了那十万两贡银。张鷟，你对巫神之术清楚得很，自然知道养猫鬼之人可窃取别家之银到自家。宫中丢了贡银，在他东宫搜出来，这还不是理由吗?！"

女皇声嘶力竭，声色俱厉。

"原来陛下就为这些，便要杀皇嗣，便要令天下震荡、百姓失心！臣……真是佩服了！"张鷟连声冷笑，讽刺至极。

"张鷟，你放肆！"梁王武三思大怒。

"陛下！"张鷟根本没搭理武三思，对女皇道，"表面上看，事情的确如此，但这里面疑点重重，在臣看来，是有人嫁祸殿下！"

"嫁祸？何意?"女皇沉声道。

"先说贡银，固然从东宫搜出一箱，上面也有贡银的记号，但不能说明就是先前丢失的贡银。即便是贡银，我想，若是造假也不难，只需将银饼打造成贡银的模样，刻上字，便可。"

"张鷟，你放肆！"武三思跳起来，"简直是无中生有！"

"的确是无中生有，不过，不是我。"张鷟昂首而立，"东宫那侍女迎娘称，她从来没见过那箱子；我以为，定然是有人偷偷放到了那里，行嫁祸之事！"

"嫁祸？你是说本王嫁祸吗?"武三思怒道。

声称发现迎娘使用贡银的，可是他。

"张鷟，此乃那侍女的一面之词，为了活命，她什么话都能说。梁王亲眼发现她使用贡银，而且有东市的丝绸铺店主可以做证。"女皇喝道。

"这又何尝不是一面之词呢？"张鷟笑道，"迎娘称她的确是去东市买了东西，乃是看殿下禁足，无衣被可怜，买绸缎回去做衣，但东宫银库已经被封，她用的，是韦妃的玉镯和金饰！"

"胡扯！"武三思面对女皇双膝跪倒，"陛下，张文成信口雌黄，那侍女用贡银，乃我亲眼所见！"

女皇冷冷地看着张鷟，显然，比起一个小小的侍女，她更相信武三思。

"陛下，假若事情的确是东宫之人所为，我想也不会那么傻吧——将得来的贡银存放在自己的住所也就罢了，竟然拿着贡银去东市招摇，这也太蠢了。"张鷟笑了笑，"养猫鬼向仇人之家转来钱财，此事的确流传，若是十两、八两，也就罢了，宫中丢失的可是十万两贡银！十万两！怎么可能！"

"所以是猫鬼呀！"武三思道，"常人办不到的事，鬼怪能办到。再说，贡银丢失那晚，许多人看到一群猫鬼押着银车消失在荐福寺东山门，张鷟，你别忘了，荐福寺可是皇嗣……不，是那个庶人先前的旧王府！"

此言一出，女皇的脸色顿时不好看了。

张鷟见势不妙，忙道："既然说到猫鬼，那就索性说清楚。现场搜出的法器、符咒，迎娘称先前根本就没见过，即便是养猫鬼，也是秘术，那些东西定然会藏在极为隐蔽之处，定然不会被轻易搜到，怎么可能明晃晃地放在殿中？如此岂不愚笨？"

言罢，张鷟沉声对女皇道："臣认为，此亦是有人嫁祸！"

武三思气得暴跳如雷："你！你简直是颠倒黑白！"

女皇盯着张鷟，道："现场搜出的几十具猫尸，又做何解？不会也是有人陷害吧！"

"禀陛下，那些猫尸的确是迎娘所为，不过迎娘说那是为韦妃治病的药引子。"

"药引子？"

"然！韦妃跟随殿下颠沛流离，患上了羊角风，那西域巫师开了药方，韦妃才有所好转，猫尸不过是取的药引子而已。"

女皇冷哼一声："你不提巫师，我还差点忘了。那个贱人不但自己拜鬼，还与妖人沆瀣一气。话说回来，梁王的爱孙便是为她那贱奴傀儡师所杀，这所有种种，都已经说明问题。"

张鷟立刻头大。眼下所有事情，所有的人证、物证，对李显实在是太不利了，该怎么办？

"陛下，此案疑点重重，皇嗣乃一国储君，不能轻易废黜，得仔细探查才对。否则，大周的千秋基业，陛下的万世英名，可就……"张鷟斟酌字句，"臣……臣倒是有个主意。"

"说。"

"想要查出畜养猫鬼之人，倒也容易。"

"哦？你有办法？"

"畜养猫鬼之人，与猫鬼心神相通，只需抓住猫鬼，便可见分晓。若真是东宫所为，猫鬼现行，畜养之人，也定然会有所反应，十分容易看清楚。"

张鷟满头是汗。他完全是信口开河，眼下李显形势不妙，又不能洗清嫌疑，只得尽量拖延时间，然后找出幕后真凶。抓猫鬼，谈何容易，想来也要耗费不少时日，这中间，自己就可以继续探查。

"这倒是个好主意。"怎料，女皇微微点了点头。

张鷟大喜。

"陛下！"武三思跪倒在地，"万万不可呀！猫鬼乃极为凶煞之物，如今就在宫中，拖一日，陛下就有一日的危险，陛下若是有个好歹，这大周天下……"

女皇一听，也愣了。便是君临天下的她，也怕死呀。

"陛下，切不可在疑点重重之下废皇嗣！"

"陛下，万不可听这神棍胡说八道！"

武三思、张鷟两个人皆焦急万分。

"好了！"女皇抬起手，让两人闭嘴，然后转脸看着一直没说话的太平，"太平，你意下如何？"

混乱中，太平公主一直稳坐钓鱼台，一声没吭。

见女皇问了自己，太平公主这才急忙回道："陛下，女儿的心思，也乱了。"

"乱了？泰山崩于前都面不改色的你，还会乱？"女皇冷笑道。

对这个和自己脾气、性格都极为相似的女儿，女皇一直以来都宠爱有加，当年还差点立她为皇太女。

"感情上，女儿也认为七哥不会干这样的傻事，不过七哥所作所为，的确……的确有脱逃不了的干系……"太平一副为难的样子，"御史说的，也甚有道理；而梁王，女儿也相信他不会欺骗陛下。如此一来……就都矛盾了，故而女儿……"

好个太平，谁都没得罪，又把所有人都架在了火上。

"我没问你这些，我问你的是，你认为张鷟说到的抓住猫鬼，可行否？"

"这个……"太平想了想，"似乎，也是个办法。"

女皇转脸看着张鷟："张鷟，那猫鬼，如何才能抓到？"

张鷟正要说话，武三思站起来，嘲讽道："陛下，此人不过是个装神弄鬼的神棍而已，这么长时间，能抓到他早抓了！依我看，分明是拖延时间！"

"陛下，臣句句肺腑之言，一片赤胆忠心！"张鷟大声道。

"你可有把握抓住猫鬼？"女皇问张鷟道。

张鷟上前两步，要答应下来，被武三思抢先。

"陛下，如若真是抓猫鬼，臣有办法！"

"哦，三思，你有何法？"女皇来了兴趣，"你又不会法术。"

"臣是不会法术，但是有人会呀！"武三思看了看坐在旁边的祆正沙赫尔，"陛下，沙赫尔乃是波斯国师，又是祆正，修行了得，乃是大德之人，法术高超，捉拿猫鬼之事定是手到擒来！再说，猫鬼乃是西北边塞传来的巫术，沙赫尔乃西方之人，正有擒拿猫鬼之法！"

"沙赫尔，你行否？"女皇看着沙赫尔。

沙赫尔起身说道："臣……有把握。"

"别打肿脸充胖子了！你那点底细我还不清楚？"张鷟瞪了沙赫尔一眼。

抓猫鬼，可万不可交给别人——天知道对方会不会随便抓来一只猫，然后便说是猫鬼，继而将屎盆子扣在东宫身上。那样东宫就完了。

"张鷟，不得放肆！沙赫尔也是大德！"女皇对张鷟的轻率，很不满意。

"陛下，臣放浪了。"张鷟立刻弯腰请罪，继而又道，"梁王说得固然有道理，猫鬼虽起源于西北塞外，但引入中原已久，与中原的法术融合，已有了改变，以波斯的法术来降服，不一定管用。毕竟，人都有水土不服的，别说法术了。中原的猫鬼，那就得找中原的高人。"

"中原的高人？"女皇沉吟了一下，忽然双目一亮，"你若是不说，我倒是把一个人忘了。"

这下，大殿里所有人都抬起头。

女皇嘴角带笑："老了，真是老了，若早想起此人，何必如此折腾！"

众人你看看我，我看看你，不知何方高人能让女皇陛下作如此安心之态。

# 第十五章　招引国师之猫

上一刻，还阴云密布，转瞬之间，女皇的脸上就云开雾散。

"启禀陛下，国师求见。"大殿门口，内侍朗声道。

女皇眉头微挑："不愧是国师，我要找他，他就来了。快请。"

殿中所有人都转过脸去。

天下，能让女皇以"国师"呼之的，也只有一个人。

"南无！"诵声高喧，声若洪钟，一个高大人影缓缓进来。

武三思、太平公主等人纷纷恭敬起身，双掌合十，女皇也亲自起身。

一身紫衣的神秀大师，龙行虎步，稳稳来到殿内，面带微笑，令人如饮甘霖。

"国师要来宫中，让人传句话，我自当恭请。"女皇笑道。

"贫僧亦有两条腿，不敢劳烦陛下。"神秀大师双手合十，呵呵一笑。

面见女皇，他可以不行跪拜之礼，这是女皇特许的。内侍急忙搬来坐垫、几案，神秀大师上首坐下，对众人点头示意。

"国师今日怎么有空来宫中？"女皇笑道。

"寂寞呀，"神秀大师朗笑一声，"佛寺冷清，宫中热闹。"

"国师净会说笑，如你这般的阿罗汉，恐怕早已看破红尘，入寂静三昧耶，何来寂寞。"

神秀也笑，随即看了看周围，问道："此殿中，怎有股杀气？"

女皇闻言，微微一叹："什么都逃不过国师的双眼。"

神秀大师踟跃而坐，道："贫僧今日无聊，为陛下打了一卦，见卦象，不得不前来。"

"哦？"女皇脸色骤然一变，"敢问那卦象……"

"似乎，陛下身处险境。"神秀大师沉吟了一下，"不过，最终总还会化险为夷。"

"说得是呀。"女皇这才放下心来，"国师来得巧，正有一事，要请国师帮忙。"

"陛下请讲。"

女皇将宫中猫鬼一事说了一通，道："请问国师，可将这魔怪收服否？"

"哈哈哈哈，"神秀大师仰头大笑，"我当是何事，原来陛下是为了这个寝食难安呀。"

女皇大喜："如此说来，国师有把握？"

神秀大师大袖一挥："陛下，诸法集起，毕竟无主、无我我所。虽各随业，所现不同，而实于中，无有作者。故一切法皆不思议，自性如幻。所谓心生则种种法生，心灭则种种法灭，世间万相，皆为虚幻，又何来魔怪之说？"

女皇闻言，连连点头，笑道："国师，神佛也，自已超脱，看破因果，视诸相非相，但如我等尘世之人，心随因果流转，如浮萍一般，看不穿、识不破，自然躲不过魔怪。"

女皇还是相信猫鬼的。

神秀有意无意地看了看张鷟一眼，道："既是陛下如此言，贫僧敢不从命？"

"如此，有劳国师！"见神秀一口答应，女皇龙颜大悦，"不知国师需要什么法器、仆从？"

"无须用法器、仆从。"

"可需筑坛？"

"无须。"

"需斋戒闭关否？"

"无须。"

神秀摆了摆手："那些劳什子，于贫僧无用。"

"倒是忘了国师修行通天。"

神秀笑了，看了看女皇，目光长久停留在女皇脸上。若是换作别人，如此肆无忌惮地盯着女皇看，估计早就被拖出去砍了。

"贫僧观陛下心神飘浮，面色青灰，似乎这些日子身心有恙。"

"什么都逃不过国师的一双慧目。我这段日子，总是疲倦无比，无精打采，夜里昏睡，不知所以。醒来，却头脑茫然，不知身处何地，而且……"女皇张了张嘴，没有说下去，摇了摇头。

"看来陛下且要宽心了。"神秀笑道，"贫僧陪陛下聊聊天，如何？"

"那极好，有国师开悟，定是难得！"女皇开心得很，冲上官婉儿点了点头，"请国师一起回寝殿。"

言罢，下了龙椅，又想起了什么，转身对祆正沙赫尔道："波斯国师，亦留在宫中吧。你与国师皆是高人，我也安心。"

"遵旨。"沙赫尔急忙跪拜。

女皇从殿后离开，大殿中人也纷纷散开。

"大师怎么会突然来宫中？我可不信你的什么卦象。"张鷟走到神秀近前，低声道。

神秀笑道："你那仆人，叫虫二的，早已将东宫之事告知与我，事关重大，怎能不来。"

"原来如此。大和尚打妄语了。"

"非也非也，我还真打了一个卦。"

"卦象如何？"

"此乃佛秘。"神秀卖了个关子，看着走出殿外的武三思、太平等人的背影，沉声道，"小子，风云际会，暗流涌动，你可要当心了。"言罢，大师大步出门，去寝宫找女皇说法去了。

"这大和尚，倒是有趣。"李多祚笑道。

张鷟戴上乌帽，走出门前，见大雪已经停下，天地一片苍茫素裹。

殿前广场，武三思与那波斯王子泥涅师带着随从远远走去，看着那群背影，张鷟摇着折扇，若有所思。

"今日，多亏御史了。"一声娇笑，销魂酥骨。

转过脸来，妩媚妖艳的太平公主，笑靥如花。

"公主真会说笑。"

"我说的可是大实话，今日若不是御史据理力争，估计七哥就岌岌可危了。"太平公主看着远处，喃喃道，"七哥虽为皇储，但那位子犹如火炉一般，不知道有多少人往里面投柴火呢。"

此话，大有深意。

"公主今日怎会来宫中？"张鷟不动声色。

"还不是陛下召见。说是心情烦闷，与我说个私话，怎想母女两个没谈几句，梁王就来了。"

"梁王……"

"说来好玩，"太平捂着嘴，"他带着那波斯王子，说是有军国之事。"

"军国之事，有甚好玩的？"

"御史可知这位波斯王子的底细？"

"略知一二。其父死后，他便被派往安西都护府，滞留于吐火罗，于军伍之中听令，按理来说，不应当回来的。"

"然也。"太平公主点头，"当年波斯国灭，卑路斯来大唐，一者是逃命，二者也是求大帝帮助其复国。大帝虽有心，但不愿妄开战事，故而就敷衍了下来。后来大帝驾崩，陛下登基，国中事多，也就耽搁下来，波斯复国之念，也就不了了之。"

"这，我也听说过。"

"但这位波斯王子，却是固执得很，这些年在吐火罗召集部众，一心要兴兵复国……"

"心愿虽好，但波斯已倾，复国之念，恐怕是水中月、镜中花。"

"然。"太平笑，"没有大周的帮助，不过是个妄念罢了。"

"既然如此……"

"所以他这次回来了。"

"还请公主明言。"

太平公主深吸了一口气："这回有梁王说情，那便不一样了。"

"梁王？"

"陛下老了，但雄心不减当初。这些年来，陛下文治武功，皆可彪炳史册，唯独开疆拓土……"太平公主不便说下去，笑道，"梁王与泥涅师不仅呈上了由西域通向波斯故国的军路图，更是将大食的军力部署等悉数托出，极为详尽，并且无须倾动全国，只需集安西、河西诸军之力，便可一举击溃大食，复波斯一国。届时，泥涅师愿以半国之地献予陛下，波斯亦以臣子之礼侍奉大周，永为大周附属。"

"陛下不会轻信吧？"张鷟笑道。

"若是以往，陛下明察秋毫，自不会相信这等胡说。但……陛下老了，心神已乱，加上梁王妙语如花……还有泥涅师那人，也是八面玲珑，说得头头是道，陛下极为开心，又推举祆正沙赫尔为陛下扫除宫中妖孽，故而陛下心动了，言可以考虑。"

"万万不可！大食亦是枭雄，国力鼎盛，与之相争，如两虎相扑，非死即伤！"

"我也如此说，可无用。"太平公主叹息道，"如今大周，内部已暗流涌动，若是战事一开，那天下真的要乱了。"

太平公主忧心忡忡，叹了口气："还不止此事，接着梁王又提到在东市发现有东宫之人使用丢失的贡银之事，陛下大怒，故而才有了后面的这麻烦。幸亏御史来，七哥才免了一难，若陛下真废了七哥，那后果……"

听得张鷟心头一紧。

"御史，如今可真是风雨如晦了。"太平公主深深地看了张鷟一眼，"原本不过是个诡案，但现在看来，这案子，牵动大周江山社稷，牵动黎民百姓，七哥若是倒了……"

"公主说得是。"张鷟冷冷一笑，意味深长道，"如今希望殿下倒了的人，可多着呢。"

"是呀，树欲静而风不止。别的不说，若真的七哥被废，有的人，可就受益了。"

太平公主言罢，目光看着远去的武三思等人，嘴角带着一丝冷笑。

"哎呀呀，看我这多嘴，光顾着说话，把正事忘了，陛下吩咐我为她做一床暖被，言殿中被子又薄又冷，我得准备去了。"太平公主对张鷟笑了一声，转身离去了。

"这位，也不简单呢。"在旁边等候多时的狄千里走了上来，低声道。

"一个个，都不是省油的灯。"张鷟双目微闭，"看来，这天下，真的要乱了。"

"可不能乱。"狄千里斩钉截铁道，"务必要保殿下周全！"

"那是自然，但有些事情……"张鷟欲言又止。

"千里说得对，殿下处境如同累卵，须尽快查出诡案真相，否则夜长梦多，但如今我等毫无头绪呀。"粟田真人为难道。

"怎能说毫无头绪呢，已经有些眉目，不过还有几个谜团，需要解开。"张鷟喃喃道。

正谈着话，听得甲胄声响，铁塔一般的李多祚快步走来。

"今天真要多谢你了，俺一颗脑袋算是暂时保住，当浮一大白！"李多祚笑道。

"我亦有此心，但这个时候喝酒，怕是太早了。"张鷟也笑了，"之前我让千里交代你的事，办得怎么样？"

"放心吧，我派人暗中盯着，但没什么发现。"

"耐心点，狐狸总会露出尾巴的。"

"但那人似乎并没有什么异样，你为何会盯着此人？"

"此乃天机，不可说。"张鷟摆出一副神秘的样子。

"禀大将军，东宫那名叫迎娘的侍女晕厥过去了。"这时候，一个身影快速跑来，跪在张鷟和李多祚跟前，浮动一缕清风。

张鷟手中折扇微微一停，深吸一口气，然后嘴角露出一丝微笑。

眼前此人，乃是李多祚的手下，贡银丢失时第一个冲进银库的那个校尉——忽吉。

"昏厥了？倒也不打紧，找医士搭救，复苏之后，送回东宫看管，还有，那些证物也要好好保留！"李多祚急了。

"遵令。"忽吉抬起头，白净俊美的脸上，满是汗水。

"去忙吧。"李多祚挥了挥手，忽吉去了。

"你怎么一双眼睛贼光闪闪的？"李多祚回过头来，见张鷟目光灼灼，笑道。

"你是贼，故而看谁都是贼。"张鷟呵呵一笑。

告别了李多祚，张鷟领着粟田真人和狄千里离开麟德殿，看见上官婉儿带着一帮侍女急匆匆而来。

"你不是陪着陛下和大师吗？"张鷟道。

"陛下与国师相谈甚欢，令我去准备斋饭。陛下有旨，国师与那沙赫尔这几日都留在宫中，我要去布置布置。"上官婉儿向四周望了望，见没有闲杂人等，低声对张鷟道，"时间紧迫，御史可得尽快破案了。"

"我也想呀。"张鷟苦着脸，又道，"有道是浓云滚而雷霆至，我看现在就差不多。外面危机四伏，宫中也是龙潭虎穴，你务必小心点、细心点，密切监视，若有异动，找李多祚帮忙。"

"明白，你也多加小心。"上官婉儿匆忙施了一礼，去了。

"风雨欲来呀。"狄千里在旁边道。

"要变天了。"张鷟抬头看了看天空，面无表情道。

一帮人出了含元宫，在丹凤门口，张鷟向羽林卫卒借了一匹马。

"你这是……"粟田真人和狄千里都有点莫名其妙。

"你二人分头行动，监视梁王与那波斯王子。他们有异常，通知我。"

"你去哪里？"狄千里问道。

张鷟翻身上马："开明坊。"

"开明坊？"狄千里和粟田真人大眼瞪小眼，狄千里扯住缰绳，"麴骆驼的事已经明了，为何还去那里？"

"事情远非那么简单，我此去，也是为了验证一个猜想。"

"何猜想？"

"一言难尽，等我去过之后，再说。"张鷟钻进后面马车中，也不知道在里面捣鼓了一通什么，抱着个包裹出来，翻身上马，扯动缰绳，那马嘶鸣一声，飞驰而去。

冷风吹拂，白衫翩翩，一骑身影，消失在暮色之中。

天，又要黑了。

……

魏老头儿觉得自己似乎真的老了。夜禁的鼓声响起，自己就来了困意。

天气寒冷，冷风顺着门缝灌进来，即便是面对着熊熊燃烧的火炉，身上的旧伤也在隐隐作痛，仿佛骨头里有无数小虫在啃噬一般，苦不堪言。

提前关上坊门，早点上床歇息吧。魏老头儿这般想着，晃晃悠悠艰难站起来，拉开了门。

大风卷着雪花灌进来，让魏老头儿不由得打了个寒战。

门外，站着一个人。

"御史怎么会来此处？"魏老头儿看着一身雪花的张鷟，惊讶道。

"无事，喝酒而已。"张鷟呵呵一笑，举了举手中的酒罐。

上好的边地烧酒，饮入口中，咽下，一股暖流涌入经脉之内。

"还是这酒，喝得爽快。"魏伶满饮一碗，笑道，"当年在边关，也是这酒，也是这般雪夜，喝完之后，提刀上马，夜袭敌人连营，那一仗杀得解气，小的连斩几十人，从晚上一直杀到拂晓时分，敌方大败，落荒而逃，俺大唐的战旗，立于城头，真乃雄壮！"

人老了，话就多，魏老头儿絮絮叨叨，说起当年的英勇往事。

张鷟笑了。

"御史来找俺，定不是光为了喝酒。"魏老头儿举着酒盏，斜眼看着张鷟，呵呵一笑。

"确是有事。"张鷟摇着折扇，"却也是心烦想找个人喝酒。"

"御史看来有心事。"

"然。"张鷟点点头，"魏坊正对这天下，怎么看？"

"啥坊正，御史唤俺一声老魏便好。"魏老头儿笑了一声，"俺不过是个落魄老卒，天下嘛，和俺无关。"

张鷟不语，喝了一盏酒。

"不过……"魏老头儿连饮数碗酒，脸色微红，稍稍有了醉意，"真不如太宗在时那般雄武了！"

说罢，魏老头儿面带无比的崇敬："那时的文皇帝，以神武定祸乱，王天下，威加四海；那时的大唐，战必胜，攻必取，天下莫不以为武，四夷莫不以为敬，外则破突厥、败吐浑、平高昌、灭焉耆、战辽东、服吐蕃，内则谏无不从，谋无不获，安邦定国，百姓富庶，欣欣然有豪情。那时的大唐，便如同太阳一般，昭昭煌煌，何其壮哉！"

老头儿叹了一口气："眼下，叫大周了……"

魏老头儿并没有说下去，默默地喝酒。

女皇废唐建周，也有些年头了，虽新国焜耀，但天下百姓心中，永远埋着一个割舍不去的名字——大唐！

"虽说日子也过得去，可真不如以前了。"魏老头儿打了个酒嗝，"边关糜烂，失雄壮之姿；州府狗苟，无进取之心。当官的溜须拍马相互猜忌，百姓小心翼翼唯恐天降灾祸。这长安，一眼望去，灯火辉煌，人声鼎沸，倒像是个盛世景象，可俺比谁都清楚，这纸醉金迷之下，又有多少暗流涌动？"

张鷟笑了，微微点头。

"真想念那时的大唐呀！"魏老头儿长叹一声，站起身，看着挂在墙上的那把陌刀。

"你说得不错，天下人，皆有此感。"望着眼前这个老头儿，张鷟心中生出一股敬佩，顿了顿，"不过，大唐再兴，也是指日可待。"

"御史说的是皇嗣吧？"

"然。"

"俺老了，身子骨一日不如一日，但总想着多活几年。"魏老头儿重又坐下，笑道，"御史可知为何？"

"不知。"

"皇嗣乃是太宗文皇帝的骨血，虽然女皇改其姓为武，可天下都知道一旦女皇驾崩皇嗣登基，那还是李唐的天下……"魏老头儿舔了舔嘴唇，"若那时，改周为唐，哈哈，俺……"

魏老头儿嘴唇抽动："俺只想在有生之年，看到长安城头再一次飘扬起大唐的旗帜，那是俺的大唐，是天下人的大唐呀！"

这话，如同匕首，如同天雷，锐利，铿锵！

"然！"张鷟哈哈大笑。

"看来御史和俺，也是同道中人。"魏老头儿给张鷟倒了一盏酒。

"不过，眼下却形势不妙。"张鷟喝了一口酒，抹了抹嘴唇。

"难道皇嗣有事？"魏老头儿大惊。

张鷟点头："已被囚禁，随时可能性命不保。"

"为何？"魏老头儿拍案而起，"皇嗣仁德，生性宽厚，怎会被囚禁！"

"因为一桩案子。"张鷟淡淡道。

魏老头儿立刻明白了："猫鬼案？"

看来含元宫的事，长安城已经流传开了。

张鷟抬头看着魏老头儿："此事复杂，且案情多发，案案勾连，别有用心。这些天来，我辗转内外，绞尽脑汁，眼下有了些头绪，不过还得向你求证一些事情。"

"哎呀呀，御史这般话，说得太见外了！"魏老头儿挺直身体，"莫说是什么求证了，只要有益于皇嗣，有益于大唐，你要俺这条性命，也无妨！"

"此言，壮哉！"张鷟举起酒，敬了魏老头儿一盏，"我要问的事情，和麴骆驼有关。"

"御史的意思是……皇嗣的危难，是他所致？"魏老头儿大惊。

"也不能完全如此说，但的确有些事，因他而起。"

"御史尽管问，俺定然知无不言。"

"麴骆驼……"张鷟压低声音，"此人的腿上，可有什么记号？"

"记号？御史说的是……"魏老头儿为之微微一愣。

"比如，伤疤。"张鷟微微眯起了眼睛。

"倒是有。"魏老头儿点了点头。

"哦？"张鷟明显有些兴奋起来，忙道，"什么样的形状？"

"一个交叉十字伤疤。"

"果真?!"张鷟颤声道。

"然！"魏老头儿正色道。

张鷟转身出屋，将带来的包裹从马上取下，回来，放在桌子上。

打开之后，是一条人腿。

"这是……"魏老头儿目光一凛。

"你看看，这是不是麴骆驼的腿？"张鷟沉声道。

魏老头儿凝目看了看，点了点头。

"确定？"

"错不了。"魏老头儿表情凝重，"骆驼这孩子，也算是俺看着长大的，故而十分熟悉。他先前腿上并没有这样的伤疤。"

"先前指的是何时？"

"离开长安之前吧。"魏老头儿想了想，"那时还没有，但几年前回到长安后，有一次替俺修缮房屋，是个大热天，他脱得赤条条的上房，俺在下面帮他扶梯子，不经意间看到。"

"关于这伤疤，还有一段故事呢，"魏老头儿的眉头微微皱起，"当时忙完了之后，俺问他这伤疤哪里来的，他说是自己不小心跌倒撞到了刀上。"

说到这里，魏老头儿笑了："御史，俺这一辈子战场上混饭吃，刀口搏命，对于伤疤太清楚了，一眼就看出来这肯定是别人砍的，而且不是用刀高手，刀法凌乱无力，只留下皮肉伤。若换成是俺，只需一刀，骆驼的腿就别想要了。"

"然后呢？"

"俺揭穿了这家伙，他才说实话。说是路上遇到了盗贼，为了保护一个心爱的女人，才被砍了。"魏老头儿嘴角上扬，"当时听了，俺哈哈大笑。"

"为何发笑？"

"御史有所不知，骆驼这孩子，生性内敛，是个闷葫芦，对于男女之事，一向不擅长。他年轻时在长安，从来没见到他和什么女子说过话。后来到了婚娶的年纪，也有人上门说亲，他也一概拒绝。让他喜欢上一个女人，几乎是不可能的事。故而俺那时听说之后，觉得很是有趣，多问了几句。"

张鹭摇着折扇，静静聆听。

"俺当时问他那女子是否在长安，若是在，便托人给他提亲去，老大不小的一个人，也该娶妻生子了。谁想骆驼听完之后，直摇头。他说他深爱那女子，连自己的性命都可以不要，可是两个人却根本不可能在一起。"

"为何？"

"身份。"魏老头儿长叹，"那女子，出身极为高贵，骆驼这般的人，怎么可能呢。"

"出身极为高贵？麴骆驼跟你说那女子是谁了吗？"

"没有。"魏老头儿摇头，"听他的口气，不但身份高贵，而且绝非一般的富家女子。我见他伤心，也就没再问下去。"

张鷟听了，默默无语。

魏老头儿看着桌子上的人腿，表情黯然："御史，骆驼这孩子绝非坏人，死得很惨，不知凶手可否捉拿归案？"

"放心，我会让案情水落石出。"

"若是如此，到时还请御史将骆驼的尸体交与俺，他爹与俺是好友，也得将他好生安葬了。"

"这个自然。"

一壶酒，眼见喝完了，张鷟重新将包裹收起，起身告辞。

魏老头儿一直送到外面，见张鷟上马，大声道："天黑雪大，御史路上小心。"

"知道了。"张鷟谢过，掉转马头，离开开明坊。

出了坊门，早已经是夜禁时分。纷纷扬扬的大雪铺天盖地落下来，天气寒冷，宽阔的街道上鬼影子都看不到一个。

哒哒哒，马蹄飞奔，踏雪而去。

一路上，张鷟思索着案情，眉头紧锁。也不知道走了多久，一抬头，发现自己来到了宣阳坊外。再往东，便是东市，能够隐隐听到里面传来的喧闹声。

夜禁时分，坊坊闭门，街道上虽然没人，可坊里却极为快活。

天寒地冻，无以为乐，只能喝酒耍闹了。

"真是苦的苦死，乐的乐死。"张鷟苦笑一声，收拢两手哈了口热气，晃动了下已经快要冻僵的身子。就在此时，张鷟耳边突然听到破空之声，一股凛冽的气息自侧面袭来，直奔面门！

"不好！"张鷟暗叫一声，急忙弯下身子。

嗖！一支冷箭几乎擦着头皮飞去。

"何人！"张鷟大叫一声。

嗖，嗖嗖嗖！

黑暗之中，闷响声不断传来，接连射来的冷箭，角度刁钻，力道极大。

是连发弩！

张骘接连躲闪，避过前面的几箭之后，身体一震，一股剧痛从肩头传来。

低头看去，中了一箭！

"驾！"敌暗我明，再不走，恐怕自己的性命就要交代了，张骘身体趴在马背之上，忍着疼痛用膝盖狠狠顶了一下马腹。马是良驹，知道主人的意思，叫了一声，向前冲去。

奔出几丈远，来到街头拐角，忽然从黑暗中冲出一个黑影，手中寒光一闪，直奔马身下斩来。

锐利的长刀，不费吹灰之力将马腿斩断，那马痛苦地哀鸣一声，一头栽倒。马背上的张骘措手不及，几乎被横空甩出去，重重落在地上。这一摔，摔得张骘头晕眼花，几乎昏厥过去。

嗖！

那人身手矫健，长刀如同吐信的毒蛇，划出一道诡异弧线，直奔张骘脖颈而来。

苦也！张骘暗叫一声，翻过身去，躲过一刀，爬起来，一手捂着肩膀，踉踉跄跄往前跑。那人哪里会放他，身形如电，双脚蹬着土墙，一个翻身，落在张骘前方。

"你是何人？"张骘停住，深吸一口气，冷声道。

对方身形并不粗壮，甚至有些瘦削，但收拾得干净利索，黑巾蒙面，只能看到一双眼睛。那是一双无情的、冰冷的眼睛。

嗖！对方根本就不说话，挥刀斩向张骘。刀快，力沉，显然是铁了心要张骘的性命。张骘左躲右闪，狼狈躲过几刀之后，跌倒在雪中。

看来今晚凶多吉少，张骘苦笑。

嗡！

长刀呼啸，再次斩来。躲无可躲，这一刀，看来……

张骘内心绝望，只能等死。

当！

一声金铁交鸣之响，从旁边"呜"的一声飞过一道寒光，砸在那长刀之上，不仅破了黑衣人的招式，更让其连连退了两步。

竟然是个防身用的黑体流星锤。

"当街袭杀朝廷重臣，真是猖狂！"随着一声狂叫，地面都震动起来。一头巨大犍牛从街角蹿过来，牛背上一个身形粗短的大汉大叫道。

"黑子，撞！"大汉拍了拍牛头，那牛叫了一声，低头撞去。

长长的犄角，如同两根长矛一般。

黑衣人闪身躲过。

"且吃我一刀！"大汉飞身下牛，抽出佩刀，当头就剁！

刀是重刀，力气又大，黑衣人举刀硬接，两兵相砸，"当"的一声，震得人耳朵嗡嗡响。

"万年，拿住此人！"张鷟爬起来，见那大汉不是别人，正是康万年，不由得大喜。

"放心吧御史，这劣货交给我了！"康万年虽是个商人，但常年行走各地，也是好身手，手里重刀接连出招，逼得黑衣人不断后退。

噔噔噔，两人交战之时，街角传来一阵脚步声，康万年手下的十几个仆人出现，见此情景，都吓了一跳，纷纷抽出兵器，奔了过来。

黑衣人见状不妙，弯腰抽出一把弩弓，转身射出几箭。

"小心！"张鷟大叫。

"娘的，竟然下黑手！"康万年大骂一声，就地接连滚倒，避开了暗箭，爬起，却见那黑衣人早奔出了几丈开外，消失于夜色之中。

"追！"康万年气破肚皮，手下那帮仆人呐喊着追去。

"御史，没事吧？"一边拍打着身上的血，康万年一边来到张鷟跟前，将张鷟拉起，看着张鷟肩上的箭头，惊道，"你中箭了！"

"倒是……无妨。"张鷟疼得满头大汗，看着那巨牛，"这就是你的那头爱牛？"

"可不是嘛，先前丢了，嘿嘿，又被我找了回来。"康万年拍了拍牛头，大牛乖乖地叫了一声，蹭了蹭他。

"今晚多亏了你，不然我可就身首异处了。"

"御史福大命大。"康万年扶着张鷟在街道边的一块石头上坐下，"方才那女子，为何要取你性命？"

"你问我，我问谁？"张鷟摇了摇头，不过很快反应过来，"你怎么知道对方是女子？"

康万年笑道："你难道没闻到？"

"你是说那香味？"张鷟双目微微闭了起来。

与那黑衣人纠缠之中，张鷟闻到了一股来自那人身上的香味。

康万年笑道："我不但知道她是个女子，还知道她是个胡人。"

"哦？"张鷟昂起脸。

"那香味，乃是一种极为奇特的香料，一般只有胡人才用，而且是女人用。"康万年一边说一边检查张鷟的伤势。

箭头射得极深，一时半会儿取不出来，只能先斩断箭杆从外面包裹了。

忙活了一番，那些仆人也赶了回来。

"如何？"康万年直起身问道。

"天黑雪大，对方身手了得，跑了。"仆人禀道。

"一群废物！"康万年大怒。

"跑了就跑了吧。"张鷟却是十分轻松。

"愣着干什么，还不快将后面的马车赶过来！"康万年大声道。

仆人唯唯诺诺，赶来了一辆大马车，康万年将张鷟扶了进去。

马车里面堆放着的都是丝绸之类的东西，空间不大，勉勉强强容纳下二人。

"去御史私宅！"康万年对车夫喊了一声，车轮晃晃悠悠滚动起来。

"你怎么会在这里？"张鷟道。

"东市做了笔买卖，晚上喝酒取乐，酒宴完了回家，也未想到会救下你，真是瞎猫碰到死耗子，哈哈，你可欠了我一条性命，御史。"康万年笑道。

张鷟也笑了。

……

当啷。黑漆漆的箭头，带着血，丢在托盘上。白色布巾丢进铜盆里，其上的血在水中漾开，满盆通红。

张鷟上身赤裸坐在床榻上，肩膀包裹着，血迹斑斑。

"万幸，箭头上没毒。"虫二擦了擦手，看着张鷟，"今晚算你命大，若不是碰着康万年，定然死翘翘。"

"我都差点死了，你就不能安慰几句？"

"安慰个屁！你活该！一个人竟敢半夜三更的到处跑，你难道不晓得自己如今形势不妙？"虫二白了张鷟一眼，"起码你得叫上我一道吧？"

"说得是，算我考虑不周。"

"行刺那人，有线索吗？"虫二忙活完了，坐在旁边喝茶。

张鷟盯着窗外，若有所思，良久才道："应该……有些眉目。"

"哦？"虫二兴奋起来，"谁？"

张鷟一边穿上衣服，一边道："有事让你去办。"

"甚事？"

"你去西市，买些秘齐香回来。"

"秘齐香？"虫二愣住，"你一个大男人，要西域胡姬的香粉干吗？送情人？哎呀呀，太好了，你这个榆木疙瘩总算是开窍发情了！老爷呀，咱家少爷有喜欢的女人了，你老人家放心吧，张家有后啦！"

虫二双手合十，对天祷告："虽然少爷喜欢的是个胡人女子，可也总算是留种了，可喜可贺……"

"你这混账说些什么！我让你去买香而已，胡思乱想！"张鷟气得七窍生烟。

"难道不是送情人？"

"不是！"

"哎呀呀，那就更不好了！"虫二如丧考妣，"老爷呀，果真如你担忧那样，咱家少爷原来有断袖之癖！买香粉自己用！老爷呀，虫二对不起你，把少爷培养成这种德性……"

"这厮着实可恶！"张鷟抓起茶碗砸来，被虫二一把接住。

"胡扯些什么！我让你去买香，不是自己用！"

"不是自己用？那就好，那就好。"虫二站起来，穿上皮袄，忽然想起什么，"少爷，难道刺杀你的，是个胡人女子?!"

"你这脑袋，总算还是有点灵光，且去。"张鷟笑道。

"且等我片刻。"虫二收拾完毕，推门出去，身形一晃便消失于黑暗之中。

夜深了。偌大的长安城分外寂静。

张鷟坐在屋里，看着外面纷纷扬扬的大雪，白净的脸上，浮现出无比的凝重。

炉火灼灼，壶里的水开了，发出刺耳的尖叫声，张鷟换了水，一边冲茶一边等待虫二的消息。

约莫过了半个时辰，外面听到脚步声，一身是雪的虫二快步走了进来。

"买到了？"张鷟沉声问。

"买？你可知这秘齐香价值几何？你那点俸禄可怜巴巴的，每月剩不了几文，买屁呀！"虫二掏出个皮囊，扔在桌子上。

看来是顺手牵羊。

"翻了五六家香粉铺，才弄到了这么二两，这玩意儿比金子还贵。"虫二揉着腿道。

张鷟轻轻打开皮囊，倒出两块巴掌大的赤紫色粉块来，用刀子割下一点儿，碾碎，放入香炉之中，点上火，很快一股幽幽的香味便在房间里飘荡开来。

"乖乖，这味道，果真是妙。"虫二闭上眼，贪婪地嗅着，"若是熏上，便是老母猪也让男人把持不住。"

张鷟一声不吭，屏声静气深吸了一口，嘴角泛出一抹笑容来。

见他笑得蹊跷，虫二问道："刺客身上，果真是这香？"

张鷟睁开眼睛，摇着折扇，喃喃自语道："我已经知道这个刺客是谁了。"

话音未落，虫二忽然站起，看着大门的方向："这么晚了，谁会来咱家？"

听着外面的人喊马嘶，张鷟穿上了鞋袜，站起来，道："恐怕，又出事了。"

# 第十六章　人皮面具之猫

　　上官婉儿脸色苍白，身上的外衫已经被雪水浸湿，进来时打着寒战。

　　她是骑马来的。三更半夜，天降大雪，她不乘车驾而是骑着马，说明事情紧急。

　　张鷟忙叫虫二取来自己的貂袍给上官婉儿披上，又倒了碗热茶给她暖手。

　　"你受伤了？"看着张鷟吊着的手臂，上官婉儿一愣。

　　"小事。宫中出事了？"

　　上官婉儿点了点头，喝了一口茶，将茶盏放在桌子上，站起说道："快随我入宫，有人死了。"

　　"谁？"

　　"长乐。"

　　"长乐？"张鷟闻言吃了一惊，"她果真没死！"

　　"现在死了。"上官婉儿声音冰冷。

　　……

　　的确是死掉了，一眼就能看出来。上等的波斯地毯上，泛着一片黑，血迹的黑。尸体仰面朝天躺着，是个中年女子，穿着一身黑衣，旁边放着一把断剑。她喉咙被撕开，血肉模糊，露出了里面乳白色且微微泛黄的气管。

　　羽林卫所旁的一间偏殿里，站着一帮人。

　　"她就是长乐？"张鷟蹲下身，掏出手帕捂住鼻子，看着女子那双空洞的死不瞑目的眼睛。

"嗯。"上官婉儿道。

张鷟饶有兴趣地盯着那张脸，模样很普通，虽然周正，但绝对谈不上有任何的姿色，是寻常的一张脸。

"到底怎么回事？"张鷟头也不抬地问道。

站在旁边的李多祚哭丧着脸说道："先前你说长乐是假死，肯定还会对陛下动手，按照你先前的吩咐，我让人在陛下的寝殿周围布下了埋伏，前两天没有什么动静，直到今晚……"

李多祚握着腰中的横刀继续说道："天寒地冻，我见埋伏的人都累了，本想放他们回去，忽然见到一个黑影悄无声息地摸了过来。"

"你当时在场？"

"然！"

"接下来呢？"

"那黑影动作麻利，对周围的地形也十分熟悉，辗转腾挪之间，就来到了寝殿的北面，我见状大喜，吩咐手下捉拿。怎料刚露头就被其发现，只能带着人追赶。"

"又追到寝殿后面的御园之中了？"

"你怎知道？"

张鷟笑笑，示意李多祚继续。

"黑影进去之后，我们就跟丢了，只能分开寻找。我带了两个手下，在里头兜兜转转，然后……"李多祚脸色青白，"然后听到一声轻响和一声闷哼，好像是有人被击打倒地，我急忙带人奔过去，接着就听到了说话声。"

"说话声？"

"然。两个人。"

"哦？"

"两个女子，一个叫阿华，一个叫阿媚。从声音来判断，这个叫阿华的应该在十四五岁，而这个叫阿媚的，至少二十多岁。"李多祚皱着眉头。

"她们说什么？"

"我带人一路奔过去，就听到几句——阿媚的声音十分妩媚，说：'杀人不好吧，太宗在时，以仁义为本，夺人性命，总是不妥。'阿华却怒斥：'当断不断，必受其乱，必须杀了！'"李多祚握紧拳头，"我听了这些话，急忙让手下冲过去，估计是被发现了，只听见那个叫阿媚的喊道：'阿华救我！'接着'嗖'的一声射来一支冷箭，直接将冲在最前头的护卫射死，我等吓了一跳，急忙俯身躲避，就在此时，听那阿华低喝一声：'阿狸，还不动手？'然后就听到了一阵令人毛骨悚然的呲呲怪叫，还有撕咬声和咀嚼声，不久之后就再无声响，等我们过去……"

李多祚指了指地上长乐的尸体，说道："她喉咙被咬开，鲜血四溅，睁着双目，举着手中的剑，死死拉着我，没说一句话，就死了。"

"又是阿狸……"张鷟皱起眉头。

静静站在一旁的上官婉儿道："看来你先前的判断并没错——长乐用蜡人做局，耍了一场诈死的把戏，潜伏在宫中。她并没有死，而是一直找机会对陛下下手。不过……原先我以为冒充猫鬼杀人的是长乐，现在看来，似乎……"

"似乎真的有猫鬼！"李多祚接道，"这长乐定然是碰到了猫鬼，被击昏，接着被杀。"

"屁的猫鬼。"张鷟冷冷一笑，"猫鬼会开弓放箭吗？对了，你说有护卫被射死，那支箭呢？"

李多祚转身从一个护卫的手中拿过一支箭，交给张鷟。

张鷟看了一下，道："这是宫中侍卫用的雕翎箭。"

"然。"李多祚点头，"别处没有。"

"倒是奇怪了。"张鷟摸了摸下巴，"这是阿狸第三次杀人了——第一次杀人，遇害的是守护寝殿的侍卫，当时和阿狸在一起的，是一个叫阿如的小姑娘和一个叫阿晨的女子；第二次，遇害的是宫外巷子里康万年的那个胡人朋友，和阿狸在一起的，是一个叫鹤奴的妓女；这一次，却又是什么阿媚、阿华，每一次杀人，阿狸身边都有不同的人！"

"难道是一伙人勾结？"李多祚道。

"我之前就说过，宫中虽然侍女众多，但不会有小孩子，也不可能有妓女，阿狸身边的人，却是多种多样，似乎……"张鷟看着手中的箭头，"似乎是同一伙人，而且出入含元宫极为自由。"

"那不可能！如今含元宫被团团围住，宫女、内侍一律不准出入！"李多祚猛然摇头。

"那就怪了。"上官婉儿沉声道。

上官婉儿话音未落，张鷟好像发现了什么，举起手说道："拿灯盏来！"

李多祚见他表情激动，不敢多问，让侍卫取来一个灯笼，递给张鷟。

张鷟将灯笼放在长乐面前，照了照，又道："黑煞，有热醋吗？"

"热醋？有！"李多祚冲手下点了点头。

没过多久，一碗热气腾腾的陈醋端了过来，酸气呛人。

张鷟接过来，小心翼翼地将热醋倾倒在尸体的脸上，并用手均匀地涂抹，轻轻揉搓。

"你这是做甚？"李多祚张着嘴巴。

张鷟也不搭理，忙活了一会儿，将灯笼放在地上，冲李多祚和上官婉儿勾了勾手。两个人赶紧凑过去，蹲下。却见张鷟的手指，探到长乐的脖颈下，好像揪住了什么，使劲往上一扯——嘶！一张薄薄的脸皮，被撕了下来。

"这是?!"不管是李多祚还是上官婉儿，他们都被眼前的景象惊得目瞪口呆。

灯光之下，是另一张面孔，一张虽然过了中年，但仍旧端庄美丽的面孔，年轻时，绝对有倾城倾国之色。

"此女，果真会易容之术。"张鷟笑道，"看来护国天王寺失火的那晚，那个叫小五的内侍看到的身着华服、人身猫脸的'妖怪'，的确是她冒充的。不光如此，这么多年来，此女在宫中一直以假面示人。"

"你怎么发现她的假面的？"李多祚沉声道。

张鷟指了指尸体的脖子："方才我仔细观察的时候，发现此女面色黝黑，身体却雪白，脖颈下方，有一道明显的分界线，很是蹊跷，也亏了那个叫阿狸的，咬穿了她的喉咙，这伤口处，就出现了脱皮。易容之术，我也晓得一二，这张假面，乃是用人皮制成，很是讲究，用一种特殊的溶胶涂抹，覆盖在脸上，不但能够改换面容，更看不出任何的僵硬之感，属于易容术中的绝品。"

"真有你的。"李多祚赞叹不已。

不过，上官婉儿自始至终一句话都没说，双目死死地盯着那张显现真容的脸。

"婉儿，你怎么了？"张鷟见她面色古怪，忙道。

"你们可知，此人是谁？"上官婉儿抬起头。

"谁？"李多祚道。

上官婉儿摆了摆手，示意周围的那帮人离开，很快，大殿中就剩下了他们三个人。

"此人……"上官婉儿看着李多祚和张鷟，"此人就是皇嗣当年的那位王妃！"

"赵妃?!"李多祚和张鷟同时呆住。

"她不是死了吗！"李多祚声音颤抖。

"当年她也是假死。"上官婉儿看着那张脸，叹了一口气，"赵妃为人贤淑刚直，因为母亲常乐公主和大帝关系极好，引起了陛下的震怒，不仅常乐公主一家被发配岭南，身为王妃的她，也被无辜召入宫中囚禁。当时我也在宫中，目睹过她的惨状，实际上，宫中很多人为她暗自抱不平，当年听说她死了，我偷偷伤心了好一阵子。"

"我们也是糊涂。长乐，常乐，原本就是一个意思。她当年应该是为人所救，忍辱偷生了下来，然后装扮成宫女生活在这宫中，以'长乐'

为名，乃是从她母亲常乐公主所得。"张鷟叹道。

"不过知道她的身份，也就可以理解了。"上官婉儿道，"陛下当年那般对她，她苦苦等了多年，等到陛下再次回到了长安，回到了这深宫，自可报仇雪恨。"

"那便……不好了。"李多祚愣道。

三个人你看看我，我看看你，心知肚明。

先前种种迹象，让女皇认定是皇嗣李显心怀不轨，若不是张鷟耍把戏，李显早就被废黜诛杀，之所以没这么做，可能是女皇觉得证据的确不可靠，但如果知道这宫女的身份就是当年李显的正妻赵妃……

"这件事情，先不要对任何人说，包括陛下！"张鷟冷冷道。

上官婉儿和李多祚齐齐点头。

"将尸体好生看管，等我消息。"张鷟站起来，面色极为不好。

李多祚从外面唤来了几个护卫，将尸体搬运出去了。

张鷟从地上捡起那把短剑，看了看，对李多祚道："你方才说，发现赵妃……不，发现长乐时，她还没有死去，死死拉着你，举着她的剑，是不是？"

"是。模样很吓人，五官狰狞，好像有话对我说，但喉咙都那样子了，哪里说得出来。"

"既然如此……"张鷟把目光放在短剑上，呛啷啷将剑从鞘中拔了出来。

剑是好剑，黄金包裹的剑柄，精钢造就的剑身，寒光闪闪，极为锋利。

"难道这剑里有什么名堂？"李多祚接过剑，仔仔细细察看了一番，又还给了张鷟，"虽然是把好剑，但并无异常之处。"

他说得对，张鷟来来回回检查了好几遍，每一个细节都不放过，依然一无所获。

"接下来，你打算如何？"李多祚问道。

张鷟将那把短剑挂在腰间，走出殿外。

夜色苍茫，风雪交加。

"那个叫忽吉的，现在人在何处？"张鷟问道。

"按你的吩咐，一直派人盯着，就在宫中。"李多祚冲旁边的军士低语了两声，军士一溜烟跑走了。

过了一会儿，那军士复归，跪倒于李多祚面前："大将军，校尉不见了！"

"不见了？"李多祚大惊，"不是让你们看管的吗？"

"的确一直在盯着，晚上他值守完了，就回房睡觉，其他几个人在外面守着，刚才我过去，发现房中空空无人，后面的窗户大开，应该是跳窗走了。"

"废物！一群废物！赶紧去搜！"李多祚大叫。

一帮军士一哄而散。

张鷟沉声对李多祚道："传令宫里各禁军及长安城官署、守卫、武侯，务必捉拿住此人！"

"我亲自去办！"李多祚气破肚皮，怒冲冲去了。

"这个校尉，怎么了？"上官婉儿不明所以。

"说来话长。"张鷟摇着折扇，"不过此人消失，倒印证了我的一些猜想。"

"神神秘秘的。"上官婉儿见张鷟不愿意说，小声嘟囔了一句。

"走，看看陛下去。"张鷟道。

"你担心她有意外？"

"还是小心为妙。"

二人一路向北，奔向女皇寝殿，来到蓬莱殿跟前，见一个高大身影从殿中走出。张鷟见到那人，却是惊奇。

神秀大师一身紫衣，龙行虎步。

"你来得正好！"神秀大师见了张鷟，很是高兴，朗声道，"随贫僧来！"

带着满肚子的狐疑，张鷟和上官婉儿跟在身后。

"大师一直作法到如今？"张鷟一边走一边问。

"作法？哈哈哈，你说的是收服猫鬼吧？"神秀大师笑了一声，"还真把贫僧当成神棍了。"

"大师……"上官婉儿闻言一愣。

神秀看着上官婉儿，笑道："女娃儿，世间诸相，皆是虚幻，哪来的鬼怪之说。"

"既然如此，那大师之前为何……"

神秀大师看了张鷟一眼："还不是为了帮这小子，不过，说帮这江山社稷、黎民百姓，也对。"

"大师今晚一直和陛下在一起？"张鷟问道。

"非也，"神秀大师摇了摇头，"之前一直在和陛下说法，陛下十分高兴，用过晚饭后，陛下疲倦，贫僧和她说了些闲话，就回来休息了。"

说话间，神秀大师来到距离蓬莱殿不远的一处别院跟前，迈步而入，走进了一处房舍。

这里原本是宫人居住的地方，收拾得干干净净，屋内的布设，亦十分雅静，正中桌案上供着一尊纯金佛陀坐像，宝相庄严，香炉中三炷金龙香，袅袅升腾青烟，看来女皇为了安置神秀颇费心思。

"那祆正沙赫尔，也住在这里？"院子很大，张鷟向周围看了看。

"他应该在西边的别院吧。反正不会与贫僧一起。"神秀大师走到蒲团上，跏趺而坐，微微一笑。张鷟和上官婉儿也坐了。

"大师让我来，有何事？"

"和陛下聊完天之后，贫僧就回到了此处，刚才听闻宫中出现血案，生怕陛下有事，就去寝殿看了看。"

"倒是奇怪了。"上官婉儿忍不住嘟囔。

"内舍人所说的奇怪，指的是什么？"神秀问道。

"长久以来，过了后半夜，陛下都不允许任何人进入自己的寝室，即便是张易之兄弟，也只能在前半夜陪驾，大师如何进得去？"

"哈哈哈。这个嘛……"神秀挠了挠光头，道，"内舍人有所不知，贫僧去蓬莱殿，那两位国公也是不让贫僧进去，倒是陛下听到了，才得以……"

"原来如此。看来陛下平安无事。"上官婉儿长出了一口气。

"陛下，疲惫得很，"神秀正色道，"龙体欠安。"

"一直以来，都是如此，尤其是这两年，一日不如一日。"

"然。"

张鷟盯着神秀，满脸疑惑，等着神秀说下去。

"贫僧见陛下无碍，原本要走，陛下却让贫僧与她说会儿话，故而便在那寝室之内，聊了会儿天。"神秀不动声色，"说的依然是猫鬼之事，陛下甚是担忧，亦恐惧非常，尤其是提起那晚的事。"

"那晚的事？闹猫鬼的那晚？"

"嗯。黑猫出现，口吐人言……"神秀咧了咧嘴。

"不过是宫女腹语而已。"

"看来你知道了。"神秀大笑。

"这还是受大师的启发。"张鷟有点不好意思。

"贫僧当初在荐福寺听你说，便觉得应该是这样。不过……"说到这里，神秀顿了顿，没有继续说下去。

"不过什么？"

"另外一事，你还没参透吧？"神秀目不转睛看着张鷟。

"大师指的是墙壁之上蹊跷出现文字的事？"

"然。"

"说实话，直到现在，我还是一点儿头绪都无。"张鷟露出惭愧的模样，"寝殿我之前也细细察看了，并没有发现异常，墙壁没有问题，周围的摆设也没有什么问题，那文字怎么会出现在墙上，实在是百思不得其解。"

"小子，你思虑的方向错了，自然就难以找到答案。"神秀笑道。

张鷟闻言大喜："难道大师你……"

"我和陛下细细聊了此事。"神秀眯着眼睛，"小子，你一直思索的是那些文字是怎么从墙上浮现出来的，是也不是？"

"是！"

"你一直在墙壁、在文字本身上考虑，当然发现不了。方向错了，南辕北辙。"

"大师的意思是……"

"据陛下所言，那些文字，突然出现在墙壁上，闪闪放光，所以不可能是从墙上浮现，而更像是……更像是光影。"

"光影？"张鷟听了，身体一震。

的确如此！

"出现这幅景象，所有人都会注意那文字，而忽略了另外的东西。这东西，就是造成这文字的本体。"

"本体？"张鷟纳闷无比，"本体，指的是何物？"

神秀看了看门外，笑道："来了，来了。"

张鷟和上官婉儿齐齐转脸，只见两个内侍抬着一个东西走了进来，轻轻放在桌案上。

"国师，陛下让我等将此物送来。"

"感谢。"神秀点头。

两个内侍弯腰施礼，退了出去。

"这东西是陛下寝殿中的……"上官婉儿一眼就认了出来，走到近前，将上面的绸缎扯下，一方铜镜露出真容。

黄铜所制，表面鎏金，镜面光滑，映得人毛发毕现。

神秀和张鷟站起，走到铜镜跟前。

"此镜就是大师所说的本体？"张鷟将那铜镜仔细看了看，并没有发现异常。

虽然华贵，但与一般的铜镜别无二致。

"二位且后退。"神秀挥了挥手。

张鹭和上官婉儿带着满脑子的疑惑，往后退了几步。

神秀手持一支蜡烛，来到铜镜跟前站定，笑道："今日贫僧也要个戏法，与你二人看。"言罢，神秀站在铜镜一侧，手中的蜡烛慢慢地凑近铜镜，烛火上的光芒缓缓在铜镜跟前移动着。显然，大师在找角度。

张鹭和上官婉儿屏气凝神地盯着神秀手中的蜡烛，聚精会神，连眼睛都不敢眨一下。烛火在铜镜周围移动了一会儿，终于停住了。神秀大师的脸上，露出了满意的笑容。

"两个娃儿，你们且转身，看看后面是什么。"

上官婉儿和张鹭急忙转身，望着面前的墙壁，不由得"啊"的一声叫了起来。

雪白的墙壁上，赫然浮现八个灼灼放光的大字——汝为阿鼠，我为猫鬼！

上官婉儿身形一颤，花容失色："这！这就是那晚出现的诡异文字！"

"大师，这到底是怎么回事？"张鹭看着神秀，呆若木鸡。

"一切，都是这个镜子所为。"神秀哈哈大笑，"小把戏而已。"

"镜子？"张鹭和上官婉儿不约而同将目光聚焦到了那面鎏金铜镜之上。

"这是一面魔镜呀。"神秀大师呵呵笑道。

魔镜这两个字眼，从这位早已看破因果、不信神鬼的得道高僧口中说出，听起来多少带着一丝戏谑。

"镜子这种东西，向来都是很蹊跷的。"神秀大师饶有兴趣地看着二人，"传说，秦代时有面古镜，径丈余，乃是上古神器，能照人五脏，秦始皇名之为'照骨宝'，可为奇物。"

"传说而已，说照人面容可信，说能照出人的五脏六腑，那就是瞎说了。"张鹭道。

"也不一定哦。"神秀大师此刻倒是有些像神棍了，"那也是一面魔镜呢。"

"大师，到底何为魔镜？"上官婉儿见二人有问有答，忍不住插嘴。

"镜子嘛，你们都清楚。"神秀大师伸出手比画了一下，"乃是一块铜，制成一个圆饼状，一面打磨得光滑，人对着照，便能映出影像，对否？"

"当然是了。"

"那背面呢？"神秀大师笑道。

上官婉儿像看白痴一样看着神秀说道："背面呀，背面当然是有些装饰性的花纹了，比如夔龙、螭龙、海兽、葡萄一类的花纹。"

"聪明。"神秀大师点头。

上官婉儿哑然失笑，这种事情，三岁小孩儿都知道呀！

"那些花纹，是凸出来的呢，还是凹进去的呢？"神秀大师脸上露出神秘微笑。

"当然是凸出来的！"

大师呵呵一笑："是了是了，也就是说，镜子的正面是极为光滑平整的，但背面却不是。铸造的时候，那些装饰性的花纹、形状，都是凸出来的，如果把镜子立起来看，其实并不是均匀厚的，而是有的地方厚，有的地方薄，是也不是？"

"是。镜子背面，那些花纹、形状因为是凸出来的，所以厚些。"

"嗯。"神秀大师饶有兴趣地看着上官婉儿，"镜子这种东西，使用的时间长了，正面，也就是光滑的那一面，会变得模糊，照出来的人的面孔也会模糊，所以我们经常干的事情就是……"

"打磨。"

"然。"神秀大师取过一方砚台，平放，把手放在砚台上，"一般下面要放上细细的磨石，手这样放着，用力抵住背面，往下摁，使劲打磨，对不对？"

"对。"

"人手上的力量，施加到镜子上，让镜子贴着磨石，但因为镜子有的地方厚，有的地方薄，就会出现各个部分受力不均的现象。镜子是铜制的，受力不均，就会变形，对不对？"

"然。"

"薄的地方，也就是那些没有凸出来的花纹、形状的地方，因为受力，就会微微往下凹陷，在手微微松开的时候，这些地方又会反弹膨胀回来，这样反复地磨，那么……"

上官婉儿聪明得很，立刻想到："厚的部分，反而磨掉的地方会更多！"

神秀大师微微点头说道："一次磨，两次磨，无数次磨，磨的次数多了，在铜镜正面，也就是光滑的这一面，就会形成背面那些花纹和图形，而且是微微凹下去的形状，这种变化发生得很微妙，如果用肉眼是根本发现不了的，但真实存在。"

"镜子的正面，出现了和背面一模一样的凹陷形状……的确如此。"

"当有光照到这样的镜面上时，会发生什么呢？"神秀大师笑道。

"原来如此！"站在旁边的张鷟恍然大悟。

上官婉儿却是有些懵懂："会发生什么？"

张鷟接过话来，道："当光照到这样的镜面上时，因为有凹凸，尤其是那些凹进去的地方，也就是那些和背面一模一样的凹进去的花纹形状，就会聚集光线，从而凝结成光影形象！再投射出去，投射到墙上，那便是……"

上官婉儿双目微睁："那我们就能在墙上看到原本在镜子后面上的那些花纹、形状！"

"聪明。"神秀大师击掌而赞，"表面上看，镜子的正面还是光滑的，因为那种凹凸的变化是微小的，肉眼根本发现不了，但镜子投射出来的光影，却有了形状，如此看来，可不就是不可思议的魔镜了嘛。"

上官婉儿彻底明白了，她大步走到了那个镜子跟前，伸出颤抖的双手，轻轻地将镜子的背面转了过来。

众目睽睽之下，镜子背面赫然铸着八个大字——汝为阿鼠，我为猫鬼。

"原来如此！"上官婉儿呆住了。

张鷟将镜子拿在手里，仔细翻看着，道："有问题。"

"有何问题？"上官婉儿问道。

"方才大师也说，镜子上发生这般的变化，往往要经过很多次的打磨才行。寻常人家使用镜子，一两年打磨一次都算勤快的了，有的三五年都不打磨，要发生这样的情景，起码要很多很多年……"

"然。"神秀大师站起身，"这也是为什么很多魔镜是古镜了。镜子古老，使用打磨的人就越多，所以就会出现这般的情形。秦代的那个镜子，就是个古镜。贫僧猜想，镜子的背面，应该是一个人形的花纹，铸造不可能那么精细，只能大致制造出一个人的形状，再在人形里面铸造一些花纹之类的东西，使用的时间长了，就成了魔镜。对着光照过去，照到一个活人的身上，背面的形状就会投射过去，看上去，活人的身上就会出现一个人形的轮廓，感觉好像照出了人的五脏，照出了人的骨骼一般，所以称之为'照骨宝'。"

上官婉儿连连点头。

"但是这面镜子，并不是古镜呀！"张鷟沉声道。

"的确不是古镜。"神秀大师赞赏地看着张鷟，"这面镜子很新，铸造的时间顶多一年有余。"

上官婉儿明白了张鷟的意思："也就是说，有人故意制造了这面镜子，然后无数次地打磨……"

"接着带进宫中！"张鷟脸色阴沉，"放置在陛下的寝宫，如此一来……"

神秀颔首："魔镜这种现象，对光线是很挑剔的，并不是所有的光线照上去，都会反射出背面的花纹。比如白天，光线虽然明亮，但并不是集中射过来的，各个方向都有光线照过来，散乱无章，就无法成像。只有到晚上，周围一片漆黑，有一束主光照过来，而且是从一个特定的角度照过来，没有别的干扰，光线反射过去，才能形成清晰的影像。"

"蜡烛！"上官婉儿脱口而出。

"是的。黑暗中的一支蜡烛，没有比这个更好的了。"神秀大师笑了笑，继续道，"这个人，对寝宫之内十分熟悉，而且对这魔镜也十分熟悉，瞅准机会，巧妙地移动一下蜡烛，将其弄到特定的角度，墙壁上就会赫然出现那八个光影大字，当达到目的之后，只需……"

说到这里，神秀大师从旁边拿过来自己的一件僧衣，盖在镜子上面，墙上的光影文字顿时消失。

"这就是当初我第一次进陛下寝宫，在镜子上发现有东西盖住的原因了！"张鷟眉头舒展开来。

上官婉儿直勾勾地看着张鷟，表情诧异。

"没错，我已经知道这个人是谁了。"张鷟冷笑道。

上官婉儿此刻也显然知道了答案："的确，这面镜子是此人带进来的，说寝殿原先的镜子模糊不清，十分不好，便替换了。但是这东西留在寝殿这么长时间，此人为何不带走呢？难道就不怕被发现，露出马脚？"

"当然想带出去。但是这镜子硕大，随身无法藏匿，拿在手里太显眼，此人估计是想等那晚的骚乱过后再想办法带走。不过第二天，寝殿就被张易之他们派侍卫团团围住，没有陛下召见，任何人不得进入，此人也没办法。"

上官婉儿咬着嘴唇说道："好缜密的心思呀！"

神秀大师呵呵一笑："其实呀，镜子这种东西，很好玩的。"

"很好玩？"上官婉儿又愣了，这位高僧的心性真是难以捉摸。

神秀大师露出不好意思的神态，挠了挠光光的大脑袋："贫僧年轻的时候，喜欢钻研各种稀奇古怪的东西，镜子就是其中之一，非常好玩。"

"镜子有什么好玩的？"上官婉儿无法体会大师的意思。

"银汤勺你见过吧？"

"见过。"

神秀大师笑道："一面是凹进去的，一面是凸出来的。如果你用凸出来的那面对着自己，你看到的是一张扩大变形的脸，如果是凹进去的那一面对着自己，你会看到一个缩小的、扭曲的脸，是不是？"

"是。"

"倘若这个汤勺很大，非常大……"神秀大师伸出双臂使劲地比画了一下，"会出现什么景象？"

"人的身形就会变得特别大，或者特别小！"上官婉儿道。

"是的，一个特别大的东西，在这样的镜子里会变得特别小；相反，一个特别小的东西，也会变得特别大。"

上官婉儿和张鷟都齐齐点头。

神秀笑了："贫僧那时就沉迷于这种东西，造出来很多，而且都是十分巨大的凹面、凸面，各种各样的大小，躲在僧舍里面整日摆弄，逐渐摸索出很多门道来。"

"门道？"

"嗯，"神秀嘴角上扬，"开始觉得有趣，后来就想方设法弄出新花样来，比如，组合……"

"组合？"

"然。凹面对着凹面，凸面对着凸面，凸面对着凹面，都会出现各种各样不可思议的结果，更好玩的是……如果将这些大小不同、各种各样的镜子，装在一个特殊的装置里，经过复杂的投射，那就会出现各种匪夷所思的景象。"

"比如？"

"哈哈哈。"神秀大师笑了，"当年贫僧以此为乐，曾经戏弄了师父一回，被师父痛打。"

"怎样戏弄的？"

"贫僧在自己的僧舍里面，弄了个装置，吊起来，关好门窗，只在上头留下一束光线，经过镜面的变形投射……"神秀大师自己都乐了，"师父进门，看到地上有尊佛像，很生气，佛像怎么能随手放在地上呢，他就伸手去捡，结果那尊佛像如同烟雾一样，虽然看到，伸过手去，却根本就是个空……师父吓坏了。"

"那应该是个……影像吧。"

"然。"神秀大师似乎有些开心，"那是贫僧的把戏，在吊起来的装置里面，放了一尊很小很小的佛像，经过凹、凸镜子的传影，在地上形成了一个大佛像的影子，师父去捡，当然捡不起来。师父发现真相后，暴打了贫僧一顿，从此之后贫僧就老老实实钻研佛法啦。"

上官婉儿也笑了。两个人开心无比，唯独张鷟眉头紧锁，若有所思。

"御史，怎么了？"上官婉儿见他表情奇怪，忙问道。

"没什么。"张鷟回过神，看着窗外，喃喃道，"大师说的这件往事，倒是给了我一些启示。"

"启示？什么启示？"上官婉儿不知他到底什么意思。

"似乎如果这么去想，有件事情也是可以解释的。"张鷟自己嘀嘀咕咕，继而笑了，"的确如此。"

上官婉儿见他不想说，也就不问了，转移话题道："既然弄清楚了陛下寝宫中诡异事的缘由，接下来如何？要不要禀告陛下？"

"现在似乎早了些。"张鷟摇头，"虽然弄清楚了铜镜现字的真相，但此人还需更多的证据，此外……我觉得……还有种种谜团尚未解开。"

"那你接下来有何打算？"

"层层剥开而已。"张鷟淡淡道。

神秀大师在蒲团上跏趺而坐，低声道："小子，你真要铁了心查下去吗？"

"那是当然。这一连串的案子，我定要一查到底。"

"有时候……"神秀大师顿了顿，"差不多，或许就行了。"

"差不多，大师何意？"

"水至清则无鱼。"神秀大师微微昂起头，"世间之事，若是全都一览无余，反而不好。我记得你师父当年常说的一句话……"

"有些事情，不知道真相，反而更好。"张鷟笑道。

"不错，就是这句话。"神秀大师黯然了，"这句话，是你师父一生摸索，得来的真谛。"

"那是师父的，不是我的。"张鷟摇头，"我的性格，大师清楚。"

"一查到底，牵扯的人会越来越多，你……也会越来越凶险。"神秀大师看了看张鷟肩上的绷带。

"无非一个死字而已。"

"死倒是简单，贫僧只怕……万一最后的结果让你承受不了……"

"不存在这般的事。"张鷟眼神倔强，"不论如何，我也要让其水落石出。"

"那……便如此吧。"神秀大师长叹一声，闭上眼睛，入了禅定。

见大师如此，张鷟便和上官婉儿告退。

离开大师的住所，张鷟将那铜镜交与婉儿，叮嘱婉儿收好此物，便离开含元宫，归家。

一路无话，到了家门口，马车还未停下，只见门口站着个大青牛，几个昆仑奴守候在旁。

"康万年这厮怎么会跑到我这里？"张鷟惊道。

进了院子，却见康万年站在长廊上，来回踱步，十分焦急。

"哎呀呀，你可回来了！"看到张鷟，康万年大步走过来，一把扯住张鷟的手。

伤口被扯动，痛得张鷟倒吸了一口凉气："怎了？"

"西市，抓到猫怪啦！"

# 第十七章　原形毕露之猫

雪似乎停了。马车奔驰，车身剧烈震动，颠簸中肩膀的伤口如同撕裂般疼痛。

张鷟的脸色有些苍白，半边身子斜坐着。

"到底怎么回事？"他看着康万年。

猫怪被抓住，这消息，简直是暗夜中的一道光亮，格外让人觉得惊喜。

"这事说来巧了。"康万年笑了笑，"今晚救了你，从你宅子出来之后，我就回家了。黑咕隆咚的，天气又冷，进了西市，就想去一家酒馆喝口酒，吃个烤羊，暖暖身子也是好。"

说到这里，康万年变得十分猥琐："你是不晓得，那家的酒乃是上等的西域红，醇厚，滋味足。羊是几个月的小羔羊，烤得八九成熟了，一口咬上去，肉嫩酥香。最关键的……是那些胡姬，一个个二八年华，身材高挑，前凸后翘，肤如凝脂，吐气如兰。喝着这样的酒，吃着这样的肉，怀里再搂个尤物，真是享受呀。"

张鷟听了头大，斥道："说正事！"

康万年立马耷拉了脑袋："我想得挺好的，结果他娘的什么都没捞到……我带着几个仆人，驾着车，摇摇晃晃走了两条街，忽然听到从一个院子里传出来一声尖叫。"

"尖叫？"

"然。一个女人的尖叫，叫得撕心裂肺，接着就是号啕大哭呀！"康万年摊了摊手，"你知道，我是个好管闲事的人，一听这个，赶紧让人把车停下，伸出头来看到底怎了，只听见那院子里传来一片混乱声，有放声大哭的，有叫着捉拿贼人的，热闹得很。"

"然后呢？"

"正疑惑着，忽然见一个人从院子的墙头上翻了下来。此人穿着一身黑衣，背着一个小小的包裹，最蹊跷的是，包裹还往下滴着血。这种人，一看就知道是作奸犯科的，故而我一声令下，那几个贱奴如同饿狼一般一拥而上，将那人拿了！"

张鷟微微皱眉："你说抓到的猫怪，就是这个人？"

"哎呀呀，御史，你别心急，耐心听我说。"康万年唾沫飞扬，"那人一开始拼命挣扎，想逃，被摁住制伏，我那几个贱奴身强力壮可不是吹的。其中一个，将那人的包裹夺过来，递给我，打开一看，直娘贼，差点把老子吓死！"

"里面是什么？"

"脑子！一个婴孩血淋淋的完整脑子！"

闻听此言，张鷟双目圆睁。

当初安乐郡主的孩子，脑袋被切开，里面的脑浆被完整取出，那是麹骆驼干的，至今还不知道麹骆驼为什么会下此狠手。麹骆驼死后，怎么又有人干同样的事了？！

"这时候，院子里的那家人冲了出来，也是个大户人家，带着家丁，持刀拿棒，见了那婴孩的脑子，家主当场昏厥。那帮家丁更是愤怒得要把那贼人打死，不过被我拦住了。"康万年咂巴了一下嘴，"我觉得这事，和你办的案子有关系。"

"然后呢？"

"那家主，我认识，所以就带着贼人一道，到他家里，很快就弄明白了。他们家虽家资殷实，但三代单传，到了家主这一代，年过四十好不容易才生了个儿子，真是当作心头肉一般。今天晚上，奶妈喂完了孩子，夫妻两个逗了一会儿，就休息了。孩子和奶妈睡在主人隔壁，奶妈是个贪吃货，晚上吃了不少咸肉，口渴醒了，忽然间发现摇床之中孩子没了，又见大门敞开，赶紧跑出来查看，见院中大树下，孩子的尸体血淋淋丢在一边，一个黑影飞快溜走，顿时高声呼叫。家主也被惊动，急忙带人追赶捉拿，那贼人动作麻利，翻墙而走，若不是我碰着，早跑了。"

康万年脸上露出十分惋惜的神色："粉嘟嘟的一个可爱孩儿，一晚上就变成了那副惨样，当父母的谁受得了。家主醒过来之后，抽出佩剑就要砍了那贼人，怎想竟然是个女子。"

"女子？"张鷟很是吃惊。

"年纪也不小了，态度蛮横，估计不是一般人。"康万年挺了挺肚子，"不仅没有丝毫的惧怕，反而呵斥家主，让其立刻将自己释放，否则吃不了兜着走。御史，你听听这都说的什么屁话，娘的，杀了人家孩子还如此嚣张！我劝那家主不要自己动手杀人，依大唐律法，这等事情要上报官府，私自动刑也是罪过。"

"你倒懂得不少。"张鷟讽刺道。

康万年得意扬扬："家主一想也对，就叫仆人取来绳索绑了那女子，不料捆绑的时候，从那女子身上当啷一声掉了个东西，我纳闷，捡起来一看，顿时吓得魂飞天外！"

"何物？"

康万年从怀里掏出来个手帕，递给张鷟："这东西，我认得，故而赶紧叫家主先把那女子看押住，急急忙忙来找你。御史，此事很棘手呀。"

张鷟接过手帕，一层层揭开，一个金灿灿的东西现于眼前。

"这是……"待看清了，张鷟倒吸了一口凉气。纯金做的一块令牌，上面赫然刻着四个大字——东宫行走。

"这是东宫的出入令牌。"康万年意味深长地看着张鷟，"那女子，是东宫的人。"

张鷟的呼吸，明显急促起来。真是一波未平一波又起，东宫已经岌岌可危了，再出这等事情……

"这件事，你做得好。"张鷟将那令牌收了，对康万年道，"叫车夫快马加鞭！"

"你不怕震着你的伤口呀？"

"死不了！快点！"

"外面的，给我死命赶路！御史等不及了！"康万年喊了一声。

啪！车夫甩了鞭子，高头大马嘶鸣一声，车轮飞快。

……

房间不大，里头灯火通明。几个彪形大汉守在门口。

站在门前，张鷟面色沉重。痛失爱子的家主夫妇，就站在对面的廊道上抱头痛哭，哭得撕心裂肺，孩子的小小尸体用白布裹着，放在横椅上，让人看了也忍不住伤心。

"把门开了，御史要问话。"康万年沉声道。

壮汉开了门，张鷟低头进去。

应该是一间柴房，堆放着杂物，中间放着一把椅子，一个女子被五花大绑捆得结结实实，披头散发，垂着脑袋，看不清面目。

张鷟示意虫二回避并将门关上，自己坐在了对面。

屋子里，就剩下两个人。

"抬起头来。"张鷟沉声道。

他的心，沉重无比。

那女子轻哼了一声，缓缓抬起头。

灯光之下，缓缓看清那张脸，张鷟目瞪口呆。

"怎么……会是你?！"

眼前此人，张鷟太熟悉了，正是东宫韦妃的那个贴身侍女——迎娘。

"你不是被押回东宫看管了吗，为何……"张鷟觉得自己的脑袋有些木了。

"看管？呵呵呵。"迎娘连连冷笑，"那帮军士，怎么会有如此的闲心，不过将我丢了回去，一帮人便去喝酒耍闹了。"

"所以你就趁夜溜了出来，拿着东宫的令牌，进了西市？"

迎娘不说话，直勾勾盯着张鷟。张鷟口干舌燥，舔了舔嘴唇："你为什么要杀了那孩子并取其脑浆？"

"御史，你杀了我吧。"迎娘目光冷冷的，好像一只受了伤的狼，"杀了我，就当我是一般的凶犯那般！"

"你不怕死？"

"谁都不会不怕死，但……"迎娘笑笑，"你应该分得出轻重。我贱命一条，死便死了，没人会追查，但若这件事情被别人知道了，传出去，东宫就不妙了。"

张鷟自然明白她的意思。

他站起来，踱着步，问道："你为什么要做此事？"

迎娘一声不吭，摇了摇头。她根本不愿意说。

"你既然不说，我便不能杀了你。"

"张鷟！"迎娘低喝一声，"你不是个蠢人！难道想让东宫惹祸上身吗?!"

"让东宫惹祸上身的，不是我，而是你。"张鷟淡淡一笑，"你也清楚现在的形势，殿下也罢，韦妃也罢，性命随时危在旦夕，你这么做，是要将他们推入万劫不复的深渊。"

迎娘露出痛苦的表情："杀了我吧，杀了我吧！"

"人的身份，固然有高低贵贱之别，可性命却无轻重之分。你不说出缘由，我不能杀你。"张鷟走到迎娘对面，几乎带着祈求的语气，"讲吧。"

"我不能说！"迎娘激烈地挣扎着，似乎想从椅子上挣脱出来。

"既然你不说，我想有人也许会知道。"张鷟叹了口气，对门外道，"虫二！"

"张鷟，你这个蠢材！这件事情不能让别人知道！"迎娘大急。

门响，虫二大步进来，张鷟对其点了点头。虫二会意，来到迎娘身后，一掌将其击晕，取出手帕塞住了迎娘的嘴，蒙住了她的脸，扛在肩上，出去了。

"怎样了？"等在门外的康万年低声道。

"我得去个地方，这里交给你了。"张鷟道。

"好。"康万年见张鷟态度郑重，也不多问，走过去安慰那家主夫妇。

张鷟和虫二走出院子，带着迎娘上了马车，掉头东行。

"去东宫。"张鷟低声道。

车夫快马加鞭，飞奔而去。

"真是麻烦呢。"看着昏迷的迎娘，虫二苦笑道。

"看来那个人，对我们说了谎。"张鷟摇着折扇，微微闭起了眼睛。


东宫偏殿。

看守的军士见到张鷟和肩膀上扛着人的虫二，都十分惊讶，但见了张鷟手中的金凤令符，也只能乖乖听令。

已经到了深夜，整个东宫死寂一片。

皇嗣李显住在正殿，偏殿中安歇的是韦妃。

"御史，要请殿下来吗？"看守的一个军士道。

"不用打扰殿下，叫里面的这位起来吧。"看着里面黑灯瞎火的偏殿，张鷟冷笑一声，"我想，她应该还没睡。"

话音未落，殿门"吱嘎"一声打开，一身红袍、面色苍白的韦妃，出现在了门口。

……

手臂粗的蜡烛火苗晃动，映照着两张面无表情的容颜。张鷟和韦妃相对而坐，虫二立在一旁，昏迷的迎娘放置在侧榻之上。

气氛，变得微妙而诡异。

"殿下目前的处境……"张鷟拖长了声音。

"此事和殿下无任何瓜葛！"韦妃粗暴地打断了张鷟，那张原本妖媚的脸，开始扭曲，"莫要往殿下身上扯！"

"此乃你的想法。"张鷟摇摇头，"传出去，别人不会这么想。到时，你也罢，殿下也罢，皆会因此而殒命，这东宫，恐怕也将迎来一位新主人。"

韦妃痛苦地闭上眼睛。她枯瘦的手死死抓着椅子的把手，因为用力，指节处微微发白。

"你不说，别人不会知道！"韦妃冷冷道。

"我这个人，向来是对理不对人。迎娘半夜现身西市，不但残忍杀害了一个婴孩，还将其脑袋打开，取走了脑浆，手段之残忍……"

"不过是个贱民的婴孩而已，无关紧要……"

"此言过分了！"张鷟怒喝一声，吓得韦妃剧烈颤抖了一下。

张鷟深吸一口气，一双虎目圆睁，几欲喷火："那是一个无辜的孩子！是一条活生生的性命！在你眼里，竟无关紧要？"

韦妃毫无愧疚，昂起头说道："你欲如何？"

"此事既然与殿下无关，那便与你有关，毕竟迎娘是你的人。"

韦妃点头。

"为何要如此？"张鷟目光如剑，"不单单是迎娘，麴骆驼干的事，也应该是同样的原因吧。"

韦妃不说话。

"眼下，王妃有两个选择。"张鷟顿了顿。

韦妃沉默。

"其一，王妃将事情一五一十，细细道来，我视具体情况再决定如何去做；其二，王妃若继续坚持不说，我带着迎娘进宫禀明陛下。"说到这里，张鷟冷冷一笑，摇了摇折扇。

韦妃的呼吸变得粗重，她死死咬着嘴唇。

"也罢。虫二，带上迎娘，我们走。"张鷟起身，转身就走。

"且慢！"韦妃"噌"的一下站起来。

"怎了？"张鷟背对着韦妃，冷冷道。

"我……我说。"韦妃艰难地吐出一句话，身体颓然倒在椅子中。

张鷟重新坐下，看着眼前的这个女人，将折扇放在几案上，缓缓道："说吧。"

"都是因为我。"韦妃抬起头，那双充满血丝的眼睛，带着无尽的绝望。

啪，烛火炸了个响亮的灯花。

"我出身名门，十几岁便嫁与殿下，本想着自此便可步入皇宫大内，做那天下的女主人……"

"你的确做到了。"

"非也！"韦妃猛然摇头，"几个月的女主人，也算吗?！殿下登基，龙椅还没焐热就被赶了下去，还被远远贬到了均州那个瘴疠之地，我呢，身份从皇后变成了罪妇！永无出头之日！"

张鷟身体微微后仰，一声不吭。

"你们没有人知道我是怎么过来的。他懦弱、无能，任人宰割，但我不是！失去的，我要夺回来，我要重新做天下的女主人，我要让那些曾经嘲笑我、讥讽我、折磨我的人，付出代价！"

韦妃笑了，但那笑容，变得如此可怕。

"我绞尽脑汁地维护他的地位，维护他的性命，我巴结那些肮脏的看管军士，我变卖自己身边所有值钱的东西，结交一切可以结交的官员、内侍，甚至……不惜出卖我的肉体！"

"呵呵呵，御史，你是不是很吃惊？"韦妃笑了起来，"一个曾经身为皇后的人，竟做出如此下贱之事，你会不会如此想？呵呵呵，但我有选择吗？相比性命之忧，这肉体，又算什么？"

张鷟的脸色，很难看。

"十几年！我便过着这样的生活！我所做的一切，我的苦处，他什么都不知道，只会躲在他的书房里瑟瑟发抖，这个无用懦弱的男人！"

韦妃口中的"他"，张鷟自然知道指的是谁。

"我的病，就是这么来的。"韦妃痛苦地揉着自己的太阳穴，"一开始，只是微微的头疼，后来一天天加重，厉害时好像脑袋裂了条缝隙，无数虫子爬进来啃噬，然后就是抽搐，口吐白沫，昏厥。医士说是羊角风，无法治愈。"

"我不怕死！"韦妃笑了，"但在我的愿望实现之前，我不能死！所以这些年来，我一直苦苦寻找可以减轻痛苦的方法，直到我遇到了那个西域巫师。"

韦妃的那张脸，在摇曳的烛火中，变得扭曲起来。

"他给了我一个药方，说只要依此配成药服下，不但可以减轻病症，甚至可以治愈。"

"是何药方？"张鷟问道。

"是……"韦妃顿了顿，"将活婴的脑子取来，灼烧成灰块，碾碎，以猫脑为引，再加上几种药物，配制而成。"

"就是此物吧。"张鷟从袖中掏出一个布囊，扔在桌子上。

里面放着的，便是之前从偏殿右面房间搜出来的那种神秘灰块。

一想到这东西是活生生的婴儿的脑浆制成，张鷟心中升腾起怒火。

"是。"韦妃供认不讳，"你是不是觉得我很邪恶？"

"然。"

"一开始，我也这么想。"韦妃惨淡而笑，"我被吓坏了，但我必须活着，我必须再一次登上那高高的朝堂！与此相比，其他任何事情都不重要。"

"所以你就逼麹骆驼替你去办？"

"我没有逼他！"韦妃昂起头，"他自愿的。"

"自愿？"

"他跟随我很久，可以说历经患难。人心这东西，御史应该很清楚。这世界上，向来只有名利，没有其他。所有的人，都会权衡利弊，都会做对自己有好处的事，绝对不会有无缘无故的付出。"韦妃转脸看着蜡烛，"麹骆驼一直跟着我们，过着那种颠沛流离、随时会身首异处的生活，他这么做，不是因为忠心耿耿，而是因为……他爱上了我。"

张鷟无言。

韦妃笑了，带着鄙视的口吻说道："这对我来说，是件好事。在那般的逆境之下，我需要人手，需要帮助我的工具。"

"你把他，当作工具？"

"不然如何？当爱人？别开玩笑了。"韦妃冷哼了一声，叹了口气，"这样的人，头脑一根筋，很容易收服，手段也简单。"

韦妃指了指自己的身体："只需一晚，加上甜言蜜语，就可让他死心塌地，甚至不惜自己的性命。男人，向来都无法拒绝女人的肉体，何况是像我这般的绝色女子。"

张鷟取过折扇，轻轻地摇着。

"药方的事，不用我说，他自己便上心了，我没有逼他。"

"这两年，都是麹骆驼为你杀婴孩，取来人脑？"

"是。"

"他杀了多少孩子？"

"记不清了。"

"为什么之前一直没有人发现？"

"发现？"韦妃又笑了，"他杀的孩子，都是游民、乞丐的孩子。那种人，比草芥还低贱，谁会注意。如果这个蠢材不去动安乐的孩子，事情绝对不会变成现在这般！"

"梁王的孙子，是他自己做主杀的？"

"你觉得呢？那孩子既是梁王的孙子，也是我的外孙！"

"他既然爱你，为何要杀你的外孙？"张鷟百思不得其解。

韦妃沉默了，良久，才重新抬起头："那是因为，他恨我和梁王。"

"恨？"

韦妃颔首："然。"

"为何？"

"殿下虽然重新被立为皇嗣，表面上看很风光，但实际上处境跟在均州时没什么不同。朝廷内外暗流涌动，宫里的那个女人也疑神疑鬼，随便一个变故，就有可能将他打回原形。这种事情，我绝对不允许出现！"

"于是，你……结交了梁王？"张鷟已经明白了。

"梁王位高权重，是宫里那个女人身边的红人，只要讨取他的信任和欢心，我们就能平安无事。我和他偷情，取悦于他，自然而然。"韦妃咯咯笑出声来，"实际上，除了梁王之外，亦有其他人。"

张鷟身体颤抖，他已经出离愤怒了。此刻歇息在不远处正殿中的那位皇嗣，是多么的可怜、可悲呀。

"我与梁王的事，麴骆驼很清楚。梁王那个人，表面上看温文尔雅、和和气气，其实是个畜生！他对我……"韦妃没有继续说下去，自嘲地笑笑，"这些麴骆驼都看在眼里，当梁王用鞭子抽我时，当他用各种无比下贱的手段对我时，麴骆驼都在。他曾经不止一次愤怒地质问我，呵呵，这个蠢材始终都分不清自己的身份，他不过是个贱奴而已。"

韦妃露出异常空洞的表情："你们男人，没一个好东西。"

房间里死寂一片。

"不过……"韦妃直起身，"我万万没料到他会因为这恨，而去杀安乐的孩子。"

"对一个深陷感情之中且怒火中烧的男人来说，这事情……情有可原。"张鷟道。

"我听了安乐府上发生的事情之后，立刻就明白是麴骆驼所为，所以赶紧让迎娘去找他，结果迎娘到的时候，他已经死了，你们在现场。"

"平时和麴骆驼联络，从他那里将婴孩脑子带回东宫的，也是迎娘吧？"

"是。"韦妃回答得很干脆，然后看了看昏厥的迎娘，"麴骆驼死后，入药的人脑用尽，这几日我病犯，越来越严重，迎娘无法，只能自己去动手。但她太蠢，坏了我的大事。"

"她也是为了你。"

"不过是一个贱奴。她在被抓住的时候，就应该自己了断！"

"你……"张鷟一时语塞，不知如何回应。

这般的一个女人，任何人对她而言，恐怕都只是工具吧。

"事情就是如此。"韦妃说完，有些疲惫，"与殿下无关，我没有养什么猫鬼，也没有害那位陛下。事实上，严格说来，那些婴孩的死，也与我无关，都是麴骆驼干的。"

张鷟站起身，他一刻也不想在此多待。

"御史接下来，何为？"韦妃沉声道。

"王妃觉得呢？"

"御史是个聪明人，我想，应该不会将此事禀明吧？毕竟……御史和我一样，盼望着殿下登上皇位。"韦妃莞尔。

"这是我的事，无可奉告。"张鷟转身离开。

"御史……"待张鷟走到门前，韦妃柔柔地唤了一句，"以后御史若是有空，常来玩，奴家……"

媚声入耳，酥魂妖娆。

"王妃，我有一言相告。"

"御史请讲，奴家洗耳恭听。"

"天作孽犹可恕，自作孽不可活。告辞！"言罢，张鷟拂袖而去。

……

自东宫出来，车轮滚滚向西。

张鷟一直都未说话，表情愤怒而无奈。

"这种人，多了去了，何必与自己怄气呢。"虫二尝试安慰张鷟，见他没反应，讨了个没趣，转身将车厢中的短剑拿过来把玩。

那剑，是侍女长乐临死时所留。

"好剑。"虫二拔剑出鞘，忍不住赞赏，"吹毛立断，锋利无比。"

张鷟哪有心思在这剑上，他看着窗外发呆。

"接下来你想怎么办？"虫二一边玩耍着，一边问道。

"眼下，只有一件事情还没有吃透，不过，也算有些猜想。"

"荐福寺猫鬼现身又离奇消失、宫中银库丢了十万两那事？"

"嗯。"

"有何猜想，说来听听。"

"跟你说也没用，你那榆木脑袋。玩你的剑。"

"少爷，你这般说，便不对了。老爷在时，常常夸我头脑聪慧……"嘭！虫二正说着呢，忽然手中传来一声脆响，那把短剑的剑柄被他搞得脱落了一片。

"哎呀呀，不好，把东西搞坏了。"虫二叫了起来。

剑虽不长，装饰别致，尤其是剑柄，用蟒皮裹紧，外面用玉片镶嵌，虫二弄下来的，便是那装饰用的玉片。

张鷟立刻做头疼状："你这叫聪慧？好好一把剑，都被你弄得如此……"

"哎呀！"虫二又叫了起来。

"怎了？"

"少爷，这里面，怎么有张纸条呢？"

"纸条？"

"嗯！玉片里有个凹槽，藏着张纸条。哦，少爷，这不是我弄坏的，而是这里有个小巧机关，摁了触点，便开了。"虫二笨手笨脚地展开纸条，"写着字呢……"

"速与我看！"张鷟一把夺过来，目光快速地上下扫了扫。

"写了什么？"虫二勾着头。

"明白了！"张鷟笑道。

"明白什么了？"

"长乐临死时，被宫中守卫发现，她喉咙那时被咬断，无法说话，只能死死扯着李多祚，高高举起自己的这把剑。我当时听李多祚他们说起此事时，就怀疑这把剑有名堂，似乎长乐想告诉人们什么，但看来看去也没发现这把剑有什么异常，幸亏是你……"

"所以我还是很聪慧的。"虫二干笑，又道，"方才你说明白了，难道这纸条上有贡银消失的线索？"

"非也。"张鹭摇头，将那纸条小心放入袖中，"但这纸条，彻底解开了我头脑中另外一个谜团。"

……

私宅书房。

桌子上散乱摆放着一堆大小不一的勺子。张鹭手中不断地将那些勺子取来，相互组合、比较、观看，一会儿凑过头，一会儿拉远身体，又拿来各种各样占卜用的小人布偶，口中念念有词，疯疯癫癫。

虫二站在旁边，一脸痴呆状，不知这位少爷脑袋是不是被驴踢了。

"神秀大师果真神人也。"张鹭笑道。

"不过是个老和尚。"虫二撇了撇嘴，忽然转脸看向门外，"有人来了，好像是那两位。"

"谁？"

"还能有谁，两个混账货。我得去看看，别让他们弄脏了院子。"虫二嘟囔着，走了出去。

不多时，房门被猛烈推开，两个人撞了进来。是狄千里和粟田真人，二人满头大汗，气喘吁吁。

"我让你们两个分别去盯着武三思和那波斯王子，你们怎么同时回来了？"

"形势不妙！"二人异口同声。

"何意？"张鹭见二人面色凝重，拿起折扇走了过来。

狄千里和粟田真人相互看了看，狄千里努了努嘴，示意粟田先说。

"我先前跟着那波斯王子泥涅师，此人离开含元宫之后，就回到了波斯胡寺……"

"他住在胡寺里？"

"然。"粟田真人点了点头，"我本来想混进去，但发现胡寺里面防卫严密，和以前大不一样，不但禁止任何人进入，而且里面好像有不少身穿甲胄的士兵，接着，又不断有人聚集，虽然穿着中原的服饰，但基本上都是胡人，而且藏有刀剑。"

张鷟面沉如水。

"等了很久，到了后半夜，夜深人静，忽然从胡寺里面走出来一队队人马，二三十个一组，身穿黑衣，人数有几百之多，向北去了。然后泥涅师出来，带着几个干练心腹去了梁王府。"

粟田真人说到这里，狄千里接过话："梁王府那边一直很安静，没什么异常，泥涅师来了之后，进去待了约有半个时辰，然后和梁王一起出门。"

"他们去了哪里？"张鷟问道。

"两个人乘着马车往北而行，到了安福门，和几个将军打扮的人接了头。"

安福门是皇城的西宫门，距离皇宫非常之近，离含元宫也不远。

"那几个将军你认识吗？"张鷟冷声道。

狄千里摇头："不认识，面孔都很生，应该不是长安城中的禁军，看其马饰衣着，似乎是来自凤翔的府兵。"

"凤翔的人怎么会出现在长安城？"虫二呆了。

"正常，梁王神通广大，凤翔军有一大半是他的心腹。但虫二说得没错，凤翔的将军们不在他们的驻扎地老老实实待着，竟然深夜现身长安城，却是奇怪。"张鷟沉吟道，"加上之前泥涅师手底下的那帮人，似乎的确不太妙。"

"梁王在安福门外并没有停留多久，和那几个将军嘀嘀咕咕了一阵之后，便带着泥涅师进宫去了。"狄千里放低声音。

"进宫？东宫还是含元宫？"张鷟一愣。

"含元宫。"狄千里深吸一口气，"眼下皇嗣被囚禁，宫中暗流涌动，梁王和那波斯王子又深夜调兵，我觉得十分不妙，就和粟田赶紧回来找你商量对策。"

屋子里的人都看着张鷟，等待他拿主意。

"事情越发明朗了，"张鷟笑了笑，"本来我还想再有个几日便能彻底摸清楚，看来有些人不愿意给我这个时间。"

狄千里和粟田真人面面相觑，不知道张鷟此话何意。

"现在怎么办？"狄千里问道。

"你手头多少人马？"张鷟问道。

"一两百吧。怎了？"

"有点少，不过也勉勉强强够用。"张鷟从怀中掏出了金凤令符，递给狄千里，"你领着人，带着这东西，去太平公主府。"

"太平公主府？去那里做甚？"

"帮我找个人。"

"找人？这三更半夜的，而且带兵进去，太平公主怎么可能答应。"

"所以让你带着令符呀。"张鷟微微一笑，"太平若是在，当场拿住，封锁她的府邸，挖地三尺也要将我要的这人找到！"

狄千里目瞪口呆："拿太平公主？她怎了？"

"现在不是详细说明的时候，你尽管去办便是。"

"好。"狄千里接过令牌，"你找的那人，是谁？"

张鷟凑过去，在狄千里耳边嘀嘀咕咕了一阵，狄千里一张俊脸苍白而惊愕。

"怎么可能?！"听完了张鷟的话，狄千里叫道。

"世间没什么不可能的事，速去！"

"也罢，这回陪你疯一场，若你判断错了，我们可全都要完蛋。太平那脾气……"

"错不了。关键看你找不找得到。"张鷟冷笑。

"好，我走了。"狄千里手提兵器，转身出门。

张鷟转身来到书案前，大笔翻飞，很快写好了两封书信，交与粟田："这两封信，一封交给李多祚，一封交给狄光远。"

"啊？"粟田真人摸不着头脑，"李将军那里送信倒是可以理解，为何狄司马……"

"你可别小看他，"张鷟笑道，"论官职，他不过是个小小的州司马，但是论人脉，有着狄仁杰狄国老的招牌，长安城没有人不给他面子，这次若没有他，我们办不成事。"

"好，那我便速去。"粟田小心将两封信揣进怀里，也急急忙忙走了。

房间里，就剩下张鷟和虫二主仆两人。

"看来，风雨欲来呀。"虫二轻声道。

"有些人，箭在弦上，不得不发。"张鷟快速穿好衣服，收拾得干净利索，破天荒地在腰上挂了一把匕首，对虫二道，"我们也走吧。"

"去哪儿？"

"荐福寺。"

"荐福寺？去那里干什么？"虫二的脚步骤停。

"解谜。"

"解谜？"

"是呀，难道你不想知道猫怪押运银车又离奇消失的原因吗？"

"你弄清楚了？"

"只是个猜想，需要去验证一番。"张鷟叹了口气，"若是再给我几日便好了。对了，你手头那帮人，借我用用。"

"要多少人？"

"身手了得的，几十个便可。"

虫二点了点头，来到院中，吹了个口哨，一只黑色大鸟落于他的手臂之上。虫二写了张纸条，塞到大鸟腿上的一个铜管里，振臂一挥，鸟儿高叫一声，飞去了。

"走吧。"张鷟见此，笑了笑，走出门，钻进了马车。

虫二跳到车前，甩响鞭子，马车四轮飞动，向南而去。

街道上，夜色如墨，车子很快消失在其中，只留下空荡的回声，最终归于死寂。

呜——大风刮过。雪，纷纷扬扬。

# 第十八章　布偶镜光之猫

"这雪，一点儿没有要停下来的意思呢。"全身黑衣的虫二转脸看着张鷟。鹅毛般的雪，铺天盖地。便在这雪下，张鷟和虫二的前方，立着几十个黑影。皆是黑衣黑靴，蒙着面巾，身材魁梧，如同一尊尊石雕一般站在夜色中，无声无息。

如此的几十个人，即便是沉默，也散发出一股滔天的杀气。

"怕是要下到天亮。"一身白衣的张鷟，摇着折扇，穿过这黑色人群。

他们的前方，是荐福寺东山门。高大的门楼，浸没在飞雪之中。依然还没有完工的木架，向各个方向伸出椽头，张牙舞爪，仿佛一只巨大的刺猬。大门紧闭，里面静寂无声。

虫二对身后一人点了点头，那人脚踩墙壁，飞身而上，好像一只燕子般飞入寺内，很快门后传来响声，大门吱嘎嘎开了半边。一帮人鱼贯而入。

"现在如何？"虫二沉声道。

张鷟抬头看着山门的门楼，通过那密密麻麻的木架，望着上方那个巨大的圆形穹顶。

"跟我上去看看。"张鷟点亮了一支火把。

"这上面有什么好看的？"虫二纳闷。

"谜底，就在这上面呢。"张鷟冷笑一声，举着火把，走到门楼下方，沿着阶梯，缓缓向上。

虫二跟在后面，暗自嘀咕着，听不清说着什么。

进入这门楼的内部，才发现别有洞天。外面看起来庞大无比，里面结构极为复杂，弯弯绕绕不说，各种支架纵横交错，令人行走起来十分困难。

二人小心翼翼穿过一层、二层，等来到最高处的三层时，眼前豁然开朗。

这里面，几乎是个封闭的建筑，只有一个巨大的窗户，对着外面的街道，里头没有一根支架，空荡荡的空间里，立着十几根粗粗的木柱，上面伸展着一些奇奇怪怪的铁钩、铁爪之类的奇异东西，而且木柱有的高，有的矮，粗细不一，排列也毫无规则。头顶之上，约莫一丈高的地方，便是巨大的穹顶，看上去仿佛不是石头或者木材垒成，黑漆漆的，如同一口倒扣的铁锅。

四周的墙壁上，挂着一个个巨大的敞口铜壶，里面放着烛油，似乎是照明之用。

虫二对那些木柱十分好奇，一边观察一边道："真是蹊跷了，这些木柱并没有钉在上方，似乎不是构件，立在这里，乱七八糟，又有这些铁钩、铁爪，有何用？"

张鷟却昂着头，盯着上方的穹顶。

"黑漆漆的，有什么好看的。"虫二见他聚精会神，也来到跟前，昂着头，张开嘴巴往上看。

"胡人建筑，喜欢用这种穹顶，但一般都是石材垒成，并没有见到过这样黑漆漆的东西……似乎，是用墨汁涂刷过一遍。"

"墨汁涂刷？为何？"

张鷟笑道："或许根本不是什么穹顶吧。"

虫二愣愣地看着他，继而笑道："想要看清真面目，倒也容易。"

言罢，他脱下袍子，双手拿着，一个飞身，高高跃起，身形如同一只大鸟，抵达那穹顶之下，狠狠地用袍子擦抹了一下。

"扑"的几声，干涸的墨汁粉末纷纷扬扬掉下来，落了张鷟一脸。

"少爷，你且退后！"虫二大笑，落下，旋即又飞起。

很快，上面的粉末便被他擦得干干净净。

两个人站在下方，昂着头往上看，不由得目瞪口呆。

"这似乎……是面镜子呀！"虫二道。

张鸷嘴角上扬："是个凹进去的镜子。"

"为何在这上面挂了这么大的一面镜子？"虫二皱眉道。

张鸷转身，看了看四周，目光停留在一些木柱上，走到跟前，看了会儿，道："你有没有发现，这些铁爪、铁钩，好像是来固定什么东西的。"

"应该是，而且固定的东西高低不一。"虫二道。

张鸷看了看四周，道："找找，看有没有什么东西。"

虫二点头，二人分头行事。

门楼上方十分宽敞，摆放着许多杂物，不过找了一遍，也没什么发现。

"倒是奇怪了。"虫二看着周围的墙壁，哑巴了一下嘴，"难道被藏起来了？"

"这种事儿，你熟。"张鸷哑然失笑。

虫二抽出佩刀，一只耳朵贴在墙壁上，手举着佩刀小心翼翼地敲击着墙壁，这么摸索了好一会儿，忽然喜道："少爷，这里应该有个暗室。"

言罢，他摸索到两块木板的缝隙，将刀刃伸进去，轻轻一挑，"啪"的一声暗响传来，好像木板后有什么东西落了下去。

"是个暗门。"虫二飞起一脚，木板应声而倒，一个黑漆漆的空间出现在面前。

"小心点。"张鸷沉声道。

虫二没吭声，钻了进去。没过多久，他从里面拖出来一个庞然大物。

那是一个巨大的木箱，如同个小棺材一般，上着铁锁。虫二手起刀落，将那铁锁斩断，撬开木箱，伸了伸头，面色古怪。

"怎么了？"

"你自己看吧。"虫二闷声道。

张鹭来到箱子跟前，发现里面放置着的，是一面面大小不一、形状不同的镜子——全都是凹凸面镜。这些镜子，打磨得极为平滑，照得人毫发毕现，足足有二十面之多。

"装这么多的镜子做甚？"虫二道。

张鹭看了看镜子，又看了看那些木柱，取出一面来，在柱子跟前一一比对着，最终寻找到一根木柱，上面铁爪、铁钩形成的空间，正好能够容纳固定！

"原来如此！"虫二明白了，也取出镜子，照葫芦画瓢。

二人忙活了半炷香的工夫，将那箱中的镜子全部固定在木柱之上。

"这……"忙完了这些，虫二看着眼前，面如土色。

眼前一个个镜子纵横交错，四面八方都有，有的高，有的矮，角度不一样，凹凸相对，位置古怪，放眼望去，简直是一片诡异的存在。

"少爷，这些东西做甚用？"虫二糊涂了。

张鹭看着那些墙壁上的铜壶，沉声道："都点上。"

虫二举着火把，将那些铜壶点上，整个门楼里灯火通明。

绚烂的光线，照耀到几十个凹凸镜面上，相互反射、聚焦或者发散，形成一道道肉眼可见的光线来。

更奇异的是，房间里原本通明的光线，先是由头顶上的那个巨大凹面镜汇集，接着经由几十面镜子转换聚焦、发散、反射，最终由靠近窗户边的一面镜子从那扇窗户投射出去，如此精密的布局和精巧的设计，令人眼花缭乱。

张鹭的脸上，终于露出兴奋之色，快步来到窗边，见那缕光线，经过窗户，发散出去，形成了朦朦胧胧的一道扇面光影，足足笼罩了半个街道。

这光线，并不明亮，隐隐约约，却足以被肉眼看到。

"少爷，这里好像还空着一个木柱呢。"虫二在身后道。

的确空着一个木柱。

那是房间唯一正中心的一根木柱，极为低矮，直到成年男子的膝盖，而且很是巨大，磨盘一样，上面并没有铁钩、铁爪之类的东西。

"这个似乎不是悬挂镜子的。"虫二挠了挠头。

"看箱子里还有什么东西。"张鷟道。

虫二来到箱子边，探下身体，嗡嗡道："没东西了，只有个小箱子。"

一边说，他一边将箱子拖出来。箱子不大，却有些分量，并没有上锁。虫二将箱子放在地上，打开，顿时叫出声来："我的天！"

"怎了？"张鷟听他声音带着颤抖，转身过来，看到箱子里的东西，也是一愣。

里面是整齐摆放的十几个吊线玩偶。

一只只惟妙惟肖的猫儿，穿着各色人的衣服，手里拿着笛子和鼓等乐器，还有一辆小小的木车，上面放置着指甲盖儿大小的一枚枚银饼！

"少爷，这是……"虫二拎起一只猫偶，发现猫偶的头脚都连着细细的几乎透明的鱼皮线，用手指操纵，猫偶便手舞足蹈，做出各种各样的动作来。

"果然是了！"张鷟哈哈大笑，对虫二道："你且帮我一把！"

言罢，张鷟将那猫偶、小车全部摆放在房间中间的那根木柱上，双手挑着连接那些猫头的线来，一边让这些小玩意儿做着各种动作，一边对虫二道："你去窗户跟前往外看。"

虫二狐疑地走到窗户边，伸头瞅了瞅，"啊呀"叫起来，指着外头，结结巴巴地说道："少爷！少爷！外面……街上……猫……"

门楼下方，经过那光线的投影，房间里的小小猫偶、银车被剧烈放大，简直成真人大小，出现在街道上！

"明白了吧？"张鷟笑出声来。

"原来如此！"虫二恍然大悟，"那天晚上，那些人看到一群猫怪押着银车，吹吹打打出现在山门之下，接着又蹊跷消失……"

"不过是个幻术！"张鷟站起身来，"神秀大师所言不虚，世间一切相，皆是虚幻。有人在这里精巧布局，利用这些镜子，将猫偶、银车放大并投射到下方的街道上，再用皮线牵引、耍动，外面的人看到，自然以为是见了鬼怪！待耍够了，便熄灭灯火或者随意移动一面镜子，外面的异象自然就消失全无。"

"那他们听到的鼓乐之声……"

"我想那晚，除了有人在此处耍猫偶之外，还有人在此吹拉弹唱吧。这里空间密闭，只有一个窗户可以传出声音，外面听了，隐隐约约。"

"真是鬼斧神工！此人好头脑！"虫二连连赞叹，对张鹭竖起大拇指，"少爷更是聪慧，竟然能想到此人布下的局。"

"说来惭愧。我一直百思不得其解，若不是神秀大师提醒了我，我也不会想到这巨大的穹顶就像面巨大的凹镜，想不到经过光线投射竟可以出现这般的异象。"

"少爷是说，神秀大师可能老早就发现了？"

"说不好。大师才是真正的神人，只不过有些事情他不好说明而已。"

虫二跳过来："这些且不管，既然少爷破了这谜局，接下来就好办了，我去将这个妖人抓来。"

"你知道是谁了？"

"还能有谁！"虫二发出一声冷笑。

主仆二人下了门楼，带领虫二那几十个手下往荐福寺里面走，刚走没多远，就见一帮僧人赶了过来，似乎门楼上亮起的灯光已经被他们看到。

"御史？你怎么会在这里？"领头的不是别人，正是荐福寺的住持义净大师，见到张鹭，又看了看后方的那些黑衣人，不由得一愣。

张鹭双掌合十："深夜叨扰，多有得罪。"

"倒是无妨，御史招呼都不打来到鄙寺，不知有何贵干？"

"找个人。"

"谁？"

"智玄现在在哪里？"

"御史找智玄？"义净大师丈二和尚摸不着头脑，"找他做甚？"

"这个大师就别问了。"

义净见张鷟态度坚决，也不好问下去，伸手道："御史随我来。"

两伙人合在一处，往寺里走。

"智玄此时应该在大悲殿做晚课，御史……"

"智玄身边，有无关系极其密切之人？"

"御史的意思是……"

"比如同伴或者同族之人。他是个胡人吧原先。"张鷟提醒道。

义净大师想了想，道："是有四个师弟，原先和他一道。"

"这四个人在何处？"

"在转轮殿。"

张鷟对虫二点了点头，虫二带着几个黑衣人，由一个和尚带路，急匆匆去了。

很快来到大悲殿所在的院落外，张鷟命令虫二的那些手下将院子重重围住，然后和义净大师一起开门进院。

院子里静悄悄的，一片黑暗，只有大悲殿殿门紧闭，里头亮着灯光。

张鷟轻步来到殿前，两个黑衣人身形如电，打开了门，一帮人一拥而进。

大殿中静谧无声，高大的观音端坐莲台，慈眉善目，俯瞰众人。莲台下放置着一个蒲团，旁边搁着一本翻开的经书，香炉中三炷香升腾起袅袅青烟，已快燃到了尽头。

"少爷，搜过了，没人。"一个黑衣人走过来，沉声道。

张鷟看着义净，义净看向身边的几个和尚。

"不会没人的。"一个小和尚忙道，"智玄师兄晚上轮班后就回来了，一直没有出去，弟子住在他对面，一直在院子中习武，没看到他出去过。"

"既然没出去过，为何没人？"义净沉声道。

小和尚低下头："这个……弟子也不知。"

正说着，听见外面传来脚步声，张鷟转身出去，见虫二和几个手下，押着两个僧人走来。

这两个僧人，满身是血，其中一个已经昏厥。

"这是怎了？"义净大师见状，大惊。

"大师，你这寺里面，可养着歹人呢！"虫二冷哼了一声，对张鷟道，"四个家伙，身手都极为了得，动起手来，凶得很，要了我一个手下的性命，我们还手，死了两个，剩下那一个，服下了藏在身上的药，似乎是活不成了，只有这个，被我断了双手。"

张鷟来到那断手胡僧前，见此人年纪不过二十四五，双目圆睁，因为剧烈的疼痛，面目扭曲，口中被塞上了东西，呜呜地喊着什么。

"把嘴里的东西掏出来，问他智玄在何处。"张鷟道。

虫二直摆手："使不得，东西掏出来，他大喊一声，给同党通风报信可不好。再说这小子狠着呢，谁知道他会不会咬舌自尽。"

听虫二这么说，张鷟不由得皱起眉头。

虫二却笑道："这事交给我了，我有办法让他老老实实开口。义净大师，寻一间空房给我。"

义净大师已经慌神了，忙叫一个僧人领路，虫二押着那胡僧出去。

一炷香的时间不到，虫二快步进了院子。

"怎样了？"张鷟问道。

虫二点了点头："虽是个歹人，却是条硬汉，我那一套手法，便是最狠的家伙也挨不过三五下，这家伙足足撑了我十二道金针银钩，最终才招供。"

"有没有问他智玄的下落？"

"自然有。"

张鷟大喜："在哪儿？"

"且随我来。"虫二带领大家进殿，指着那尊高大的观音像，沉声道，"就在这里了。"

一帮人不约而同昂起头，呆若木鸡。

观音慈悲，低头俯瞰众生，金身灿灿，宝相庄严。如此巨大的一尊铜像，怎么可能会藏一个人？

在众人疑惑的目光下，虫二来到观音像前，恭敬地跪下磕了三个响头，飞身跃上莲台，双手用力扳动观音手持的净瓶，那铜制的净瓶竟然被他从竖直扳成了水平，紧接着，观音像发出一阵低沉的闷响，地面微微颤抖了一下，整座神像缓缓向后移去，地面上赫然出现一个黑黝黝的洞口。

众人惊诧得说不出话来，尤其是义净大师，身为荐福寺的住持，想必也从来不知道这尊平日里跪拜的观音像下，竟然会有如此隐秘的地方。

虫二从旁边取了一根巨大蜡烛，一手拿了，另一手提着长剑，来到入口前，找了找，见下方黑漆漆的，有青石台阶通下去，不知有多深。

虫二挑选了四五个身手利索的手下，他们和张鷟一起下去了，其他人则在殿里等着。

石阶倒是宽阔平整，往下走了有二三十阶，便到了平地。

眼前是一个长长的走廊，墙壁暗龛里点着烛火，影影绰绰。并没有什么人，也无任何声音，寂静一片。

虫二在前，张鷟居中，那些手下在后，几个人凝神静气慢慢前行，曲曲折折走了一会儿，一个人影拐了过来，见到张鷟等人，不由得一愣，随即转身就想跑。

借着灯光，张鷟看得十分清楚，那家伙不是别人，正是智玄。此刻，他根本就没有穿僧衣，而是一身白色胡袍，手里拎着一只烤鹅腿，吃得嘴角流油。

"兔崽子，哪里跑？"虫二飞身跃起，手中长剑的剑鞘狠狠地砸在智玄脑袋上，出手如电，将智玄制伏在地，后面的黑衣手下，一拥而上，将其死死拿住。

"好小子，老子找你找得好辛苦。"虫二将智玄拎起来，呵呵一笑。

智玄此刻倒是很镇定，看了看张鷟等人，道："你们能找到这个地方，倒是能耐得很。"

"你的那些伎俩早被我家少爷识破，说，贡银放在什么地方了？"虫二喝道。

智玄笑笑："爷的性命在你们手上，好说。不是想要贡银吗？走，我带你去。"

"倒是识相，走！"虫二押着智玄，继续往前走。

走了约莫二十步，眼前豁然开朗。

一个巨大的圆形空间，周围以走道环绕，立着一根根巨大的石柱，墙壁上凿有神龛，摆放着一尊尊奇异的神像，看上去应该是拜火教信奉的神尊。中间有一铜缸，点着长久不熄的一团火焰。

除此之外，最引人瞩目的，便是一个巨大的池子了。这池子几乎占据了圆形地下殿堂的绝大部分，上面盖着用牛皮制成的盖子，只能听到里面有水响，却看不清里面状况。

"银子呢？"虫二看了看四周，根本没发现一块银饼。

"想知道银子在哪儿？好办，我只能跟张御史一个人说！"智玄直着脖子道。

"这厮，讨打！"虫二要动手，被张鷟拦住。

"好，那边听你说。"张鷟来到智玄跟前，笑道。

"你来，我告诉你。"智玄后退两步，靠着一根石柱。

"少爷，小心有诈。"虫二低声提醒，"这家伙是个亡命之徒，一路过来太配合咱们了。"

"我自知，无妨。"张鷟笑了两声，走到智玄跟前，刚要说话，忽然面色沉凝，"什么人？"

此时智玄五官狰狞，大喝一声："杀了他！快杀了他！"话音未落，从石柱后面飞出一道黑影，身形如电，动作迅疾，一道寒光闪过，锋利的长剑对准张鷟脖颈而来。

张鷟离得近，想躲已是躲不过，眼见得性命不保，忽听得一声闷响……噗！

锋利的剑尖在张鷟胸前停下，那黑影身形顿住，双目圆睁，不由自主地低头望向自己的胸口……一柄长剑从前胸插入，自后背穿出。

"不……"黑影呢喃了一句，"扑通"一声倒在地上，气绝身亡。

"我说有诈吧。"虫二走过来，从那黑衣人身上拔出长剑，一拳将智玄打倒在地，"你奶奶的，竟然敢在关公面前耍大刀！"

张鷟蹲下身去，看着那黑衣人，发现竟然是个身材瘦削、容貌靓丽的女子，年纪在二十左右。

张鷟贴近女子身上，深吸了一口气，转身对虫二道："你这厮，不该杀了她。"

"我不杀她，她就要杀你了。少爷，你可真是迂腐得很。"虫二一边暴揍智玄，一边回应道。

张鷟起身，惋惜地摇摇头："这可是个关键人物。"

"不过是个女刺客，杀了便杀了。"

张鷟也是无奈，只得转过身来，看着满脸是血的智玄："事已至此，你也别抱任何侥幸，说吧，贡银在什么地方？"

"杀了我吧！"智玄此刻，却是铁骨铮铮。

张鷟蹲下身去，死死盯着智玄的眼睛，冷冷道："你是那波斯王子泥涅师的人吧？"

智玄闻言一愣，随即闭目咬牙，一声不吭。

"少爷，这厮骨头硬，待我给他松一松。"虫二笑道。

"何苦呢。"张鷟叹了口气，似乎是同意了。

虫二挥了挥手，几个手下过来，将智玄绑在石柱之上。虫二从怀中掏出一个黑色布包，展开来，里面整整齐齐摆放着几十根细长的金针，还有大小不一的银钩，烛火照耀下，光芒闪烁。

"敬酒不吃吃罚酒，爷爷让你尝尝天下绝刑的滋味。"虫二满脸的坏笑，举着金针来到智玄面前。

智玄面色如土，依然硬撑："杀了我，我也不说！"

"你这厮，恐怕不知道我这金针银钩的厉害，且说与你听：我这金针，别看细长不起眼，乃是用天下奇毒玄火噬骨散与幽冥寒冰鳖淬炼九年而成，针入穴道，行走一寸，便可让你半边身体犹如坠入地狱万丈烈焰之中，另外半边则仿佛浸入千年冰窟之内，身心受烈火与奇寒的煎熬，生不如死；再进一寸，周身上下如同无数毒蛇鼠蚁啃噬，求生不得；再进一寸，则如同骨髓之中有万千大虫撕咬，痒、麻、酥、痛、酸，五味皆来，可让你飘飘欲仙，求死不能！小子，你就慢慢享受吧！"

言罢，虫二出手如电，啪啪啪啪……随着一声声轻响，一根根长长的锐利的细针，刺入智玄周身上下大穴！

"方才你那手下，忍了我十二道金针银钩，铁打的好汉，你这厮既然是头领，想必能耐更高，给你十五道金针，等会儿再好好跟你说说我那银钩的妙处……"虫二坏笑连连，手中动作不停。

十五道金针打入之后，地下大殿中传来智玄撕心裂肺的鬼哭狼嚎！

此时的智玄，双目赤红，眼珠子都快要蹦了出来，五官扭曲，全身抽搐，口吐白沫，叫得惨绝人寰。

张鸶见状，不由得微微闭上了眼睛。

"说不说？不说是吧，甚好，我给你进一寸！"

叫声陡然升高，如同被宰割的牲口。

"还不说，好，再进一寸。"

……

"好汉子，真是佩服，给你加一根金针。"

……

"再加一根。"

……

一炷香之后，智玄终于由惨叫变成了哀求："我说，我说，爷爷，亲爷爷，且住手！"

"这就说了，才十八根金针你便说了？还有银钩没上呢。"

"好了虫二，让他说。"张鸷冷喝道。

虫二懒懒地将金针取出，扯下绳子，智玄如同一摊烂泥一般瘫坐在地。

"说吧，贡银在哪里？"张鸷摇着折扇。

智玄有气无力地指着那个巨大池子："在……在里面。"

"早说不就完了嘛。"虫二飞身跃上池边，伸手拎起覆盖于池子上方的巨大牛皮盖子，一股黄绿色的气体喷涌而出，一股极其难闻的刺鼻腥臭味迎面扑来，距离最近的虫二叫了一声"我佛"，差点一头栽倒。

"这厮要诈！"虫二急忙退回，熏得双目流泪，狠狠踢了智玄一脚。

"用……用面巾蘸水捂住口鼻。"智玄颤颤巍巍指着旁边的一个水缸。

众人急忙依次行事，蒙上了脸，来到池子跟前，只见巨大的池子里面，充满了一种黄绿色的液体，颜色很是好看，在烛火下摇曳着，仿佛琼浆玉液一般，但那气味证明这液体绝对不是好东西。

张鸷看了看，见池子并非砖石垒成，而是有厚厚的瓷壁，完全就是个巨大的瓷缸！里面这种液体虽然半透明，有些浑浊，但一眼能够望到底，哪儿有什么银子。

"少爷，这厮到现在，还在骗咱们！"虫二大怒，举着金针就奔过去。

"没骗你们！没骗！"智玄吓得全身筛糠一般抖动，爬过来，指着池子道，"银子真的在里面！"

"你这厮混账！爷爷长着两只眼睛，哪里有什么银子！"

"真的在。稍等片刻！"智玄爬起来，走到池子旁边的一个大缸跟前，掀开盖子，抓着一把黑色粉末。

"这是什么东西？"虫二讨了一点儿过来，看了看，好像是一种金属粉末，但具体是什么，说不清。

"你们看好了，银子真在里面。"智玄一扬手，将一把黑色粉末撒入池中。

扑哧！黑色粉末入水，顿时激发出一阵黄绿色的烟雾，众目睽睽之下，那些黑色粉末在黄绿色的液体中飘飘荡荡，慢慢下沉，迅速消失，与此同时，一层层絮状且银光闪闪的粉末，出现在液体中，堆积在池子底部。

"好像是银粉！"虫二双目放光，用手中的长剑去探视，怎想长剑进入黄绿色液体之中，剑身转瞬之间竟然被腐蚀得残缺不全。

"我的天，这东西到底是何物！可惜了我的宝剑！"虫二大惊，忙将宝剑从液体中抽出来，却见剑身如同被狗咬的豆腐一般。

"这到底是怎么回事？"张鷟问道。

智玄无力道："此乃'马哈维之泪'。"

"马哈维之泪，何物？"

"马哈维乃是古波斯传说中的神灵，据说她的眼泪可以溶解毁灭一切东西，包括圣火。"

虫二听了，又好气又好笑："你是说这一池子的东西，是那神灵的眼泪？"

"非也。这不过是个名字而已。波斯国炼金术盛行，有一炼金术士，名叫贾比尔，无意间制造了这种液体，不管是金银还是铜铁，都能被它溶解，神奇无比，故而取名'马哈维之泪'。"

"既然能溶解金银铜铁，为何这一池子东西能够老老实实待在这里？"

"此物虽然能溶解金银铜铁，却无法溶解瓷器之类的东西，所以一般只能用瓷器盛放。"

"那刚才的黑色粉末又是怎么回事？"

"这种液体，可以溶解金块银块，就像盐巴撒入水中消失全无一般，但若是用一种特质的金属粉末，撒进去，就能够将原本溶解的金块银块再次显现出来。其中道理，我们也无法说透。"

虫二听得呆了，连连撒了几把黑色粉末，果然见池底积累了一层银粉。

"这么大一池子鬼东西，真的能够溶解十万两贡银。"虫二吐了吐舌头。

张鷟站起身来，看着那一池子的液体，笑道："我总算是明白他们是如何从密不透风的银库之中将那十万两贡银凭空蒸发的了。"

"少爷，到底怎么回事？"虫二问道。

张鷟看着智玄，正色道："你们果真是好头脑，这般缜密的做法，加上这种神奇的东西，也难怪我猜不出来。"

智玄苦笑。

虫二呆了。

"其实，很简单。"张鷟摇着折扇，"银库之中，有一尊巨大的瓷佛，那佛是荐福寺做的，应该也是出自你们之手。此佛是空心的，运进宫中时，里面装着的就是这池子里的东西吧？"

智玄点头。

"瓷佛周身没有出口，只有佛像右手的中指处有个孔洞，液体从孔洞中灌入，再用蜡封上，这种液体，也溶解不了蜡，对否？"

智玄点头："然。"

"瓷佛搬入银库，放置在高高的莲台之上，正下方便是那装满了十万两贡银的银坑。当晚，有人在瓷佛手指下，点了一根巨大蜡烛，便退了出去，蜡烛逐渐燃烧，尺寸变短，当火焰接近此佛那根手指的时候，高热的温度逐渐烤化了此佛手指上用来封住液体的蜡块，里面的液体，倾流而下，流入下方的银坑之中。"

张鷟侃侃而谈："那银坑，也被你们事先布置好了，里面原本用厚厚的青瓷砌成，底部原本的出水道，也同样被你们置换成了瓷管。你们先用蜡封住了出水口，这样倾泻下来的液体便积聚在坑中，将那十万两贡银全部溶化。然后……"

张鷟笑了："你们在银库围墙外的一个隐蔽处，隐隐奏响鼓乐之声，作为暗号。你们安插在羽林卫中的同党收到信号，便高呼大殿中好像有异常，带着几个护卫冲进去。液体溶化银饼时，会释放出方才那种黄绿色的有毒气体，那些护卫冲进去当即被熏得昏厥，你们的那个同党却早有准备，捂住口鼻，无事。接着，此人来到银坑跟前，用手中的长矛快速捅破封住银坑底部出水口的蜡块，一池子的液体就顺着瓷管远远地流了出去，流到了潜伏在银库围墙外隐蔽处的你们这帮人的眼皮子底下。你们从容地用瓷罐之类的东西，将这些溶化了银饼的液体装车，大摇大摆地运了出来，是也不是？"

智玄听罢，垂头丧气："然。"

虫二听得直愣愣地盯着张鷟："你是如何知道的？"

"之前查看银库的时候，我就发现了一些疑点，比如那尊大佛，大佛手指上的孔洞，银库中留下的蜡块等等，刚才听了他介绍的这种液体，联系起来，自然而然。"

"不愧是我家少爷！"虫二竖起大拇指，随即又道，"你刚才说他们在羽林卫中有同党？"

"嗯。这事情里应外合才能完成。"

"那个同党，是何人？"虫二问道。

张鷟的目光，落到了已经死去的那个黑衣女人身上，打了个哈欠，道："这个人，藏得太深了，差点被其蒙混过关。不过眼下不是细说的时候，虫二，你安排一些人，和义净大师一起清理这地方，务必将这池子中的十万两贡银弄出来。"

"这个简单。"

"好了，这个谜团已经解开，带上智玄和这个死去的女子，我们该去宫中了。"

"好嘞。"虫二将女子的尸体翻起，扛在肩上，忽然从女子的怀中，掉落一个黑色的布包。布包不大，掉在地上，"啪嗒"一声。

"这是何物？"张鷟捡起来，打开，看了看，哈哈一笑，"竟然如此！果真如我所料。"

"少爷，何物呀，让你如此高兴，像捡了狗头金一般。"

"宝贝。"张鷟将那布包放入怀里，"走吧。"

转身走了几步，却见地下殿堂一侧有个房间，里面摆放着桌椅板凳，布置得极为华贵，张鷟好奇心来了，走进去看了看，发现竟然是个卧房，书桌上摊放着笔墨纸砚。桌上有一紫檀木打造的精致小盒，甚是惹眼。

张鷟正想打开，却见那智玄飞身扑过来，似乎是要夺取。

"这厮！"虫二一脚将智玄放倒，对张鷟道，"这泼才如此在意，怕是盒子里有宝贝。"

张鷟笑笑，轻轻打开木盒，发现里面整齐地摆放着一沓信札。

扯出一封看了看，张鷟哈哈大笑："虫二，你还真说对了，这简直是无价之宝呀。"

"几张破纸而已，我还以为是金银珠宝呢。"

"走，赶紧去宫中。去晚了，就怕看不到热闹了。"

"热闹？"虫二愣了愣。

"这一晚，绝对是个不眠夜呀。"张鷟长叹一声，言罢，摇着折扇，转身离开。

出了大悲殿，虫二安排了义净大师按照张鷟所说行事，他则和张鷟一起出了荐福寺东门，驾着马车奔向含元宫。

此时，纷纷扬扬的大雪总算暂时停了下来。

天地一片白茫茫，马车飞驰，雪地上只留下两道深深的车辙。

# 第十九章　喋血宫闱之猫

横伸出来的枝条上，落下一只巨大乌鸦，一双眼睛看着下方的灯火辉煌。听见有人走动的声响，那鸟呱地叫了一声，飞走了。

含元宫，夜色雪光之下，处处灯火通明，宫殿巍然匍匐于龙首原上，虽无声无息，但气象万千。

这是它最安静的时刻。

不过，这种安静很快就被打破了。一队手持横刀、甲胄威严的羽林卫列队而行，前头的几个人，脚步匆匆。

"这么晚了，为何进宫？"李多祚抖了抖身上的锦袍，里面的甲札相撞，发出哗哗的响声。

"现在来不及多说了，黑煞，有几件事情，你须替我办了。"张鷟面色无比凝重。

"咱俩之间无须客气，尽管说。"

"第一件，你现在派人去东宫，将殿下接过来。"

"你疯了？"李多祚呆道，"将殿下囚禁听候发落，那是陛下的旨意，你让俺如此，岂不是要忤逆天言？俺还想多活几年呢。"

张鷟冷笑道："今晚你若是不按照我的话去做，你死事小，恐怕这天下都要天翻地覆了！"

李多祚见张鷟脸色阴沉，如同黑锅底一般，知道他是认真的，心中也不由得一惊。

"俺信你，不过将殿下接过来之后，怎么办？"李多祚挠着头。

"先将殿下找个私密的地方安置了，然后听我命令行事。"张鷟伸出一根指头，"第二件事，迅速调你的全部右羽林卫进宫护驾。"

"啥?!"李多祚觉得自己头顶天雷滚滚，"全部的右羽林卫? 御史，你知道有多少人吗?"

"我还嫌少了呢。"张鷟冷笑一声。

"行，你说什么便是什么，不过丑话讲在前头，若是你捅出什么乱子出来，俺可不负责。"

"放心，真要出乱子，也是先砍我的脑袋。"

李多祚白了张鷟一眼，吩咐手下办事去了。

一队人脚步匆匆往北走，张鷟一边走一边道："你现在手头有多少人?"

"宫内八百人，宫外还有。"

"叫你这八百人，分为三队。一队守护陛下寝殿，一队四处巡逻警戒，另外一队潜伏于角落之中，等待时机。"

李多祚此时算是听懂了："御史，你的意思是今晚有人要对陛下不利?"

张鷟没吭声，大步走开去。

不多一会儿，女皇的寝殿出现在视野之中。巨大的院落外，站满了军士，不过那些军士从衣着上看，不是李多祚的手下。

"那两个小白脸儿的手下。"李多祚冷嘲热讽道，"自陛下龙体有恙，一到晚上，张易之兄弟就命人保护好陛下的寝殿，连俺的人都不能插手，真是飞扬跋扈。俺可是堂堂的右羽林大将军!"

"闭嘴吧。"张鷟懒得搭理他，走到门前，通禀了身份，进入院落，只见寝殿周围，也是站满了军士。

"这么晚了，天寒地冻，御史竟然还来宫中，真是鞠躬尽瘁，令人佩服。"身后传来一声人语，笑声朗朗。

张鷟转过身去，却见张易之、张昌宗兄弟二人，穿着一身雪白的貂裘，打扮得粽子一般，走了过来。

"见过两位国公。"张鷟微微欠身施礼。

"一家人，别这么客气。"张易之围着张鷟转了转，问道，"御史此来何为啊？"

"鷟，要面见陛下。"

"面见陛下？"张易之和张昌宗相互看了看，哑然失笑，"这个时辰，别说是你了，便是我们两个，没有陛下的吩咐也不敢走入寝殿。"

"鷟有要事！"张鷟昂首道。

"不管什么事，在这里，就不算个事。"张易之冷笑道，"御史为人，我一向很钦佩，不过今日要让你失望了。"

"陛下已经安歇了？"张鷟看了看寝殿，见里面灯光并没有熄灭。

"以往这个时候，应该是安歇了，不过今日不同。"张易之指了指寝殿，"陛下晚饭后与袄正沙赫尔谈法，甚是欢畅，今晚沙赫尔在寝殿施展神通法术降伏猫鬼，现在正是关键时候。陛下的脾气你知道，若你打扰了她的兴头，十个脑袋也不够砍。"

"沙赫尔在里面？"张鷟皱起了眉头，"梁王和那波斯王子是否来过宫中？"

"也在里面呀。"张易之一边说，一边带着张鷟上了台阶，来到寝殿大门前方，只见一二十个家丁打扮的壮汉站在旁边。

"梁王和波斯王子夜里来宫中做甚？"张鷟说着话，目光却在那些壮汉身上游走。

"说是有重要军情。"

"军情？"张鷟笑了起来，"即便是有军情，也不应该先跑到宫中吧。"

"御史此话何意？"张易之觉得张鷟话中有话。

"无甚意思，既然他二人都能进去面圣，我也有要事禀告陛下，自然也能进去。"

"非也，"张易之摇头，"陛下原本也不想见他们，后来是那沙赫尔传话，说里面作法需要帮手，将二人叫进去帮忙。故而，御史，你不能进去。"

张鷟微微眯起眼睛："若我非要进去呢？"

张易之呵呵一笑，随即面上浮现出一股杀气："你说呢？"

眼见得气氛剑拔弩张，忽然听到一声深沉的佛号诵声——南无！

二人同时转过身去，发现不知何时，一个身穿紫衣的大和尚站在了不远处。

不是别人，正是神秀大师。

"参见大师！"张易之兄弟对神秀极为尊重，慌忙施礼，"大师怎么现在还不歇息？"

"长夜漫漫，了无生趣，四处转转，看见你们，便过来了。"神秀大师瞅了瞅张鷟、张易之二人，"贫僧方才见你们争吵，不知所为何事呀？"

"大师，陛下此刻正在寝殿之中，由那沙赫尔作法除妖，御史要进去，在下自然拒绝。"

"梁王和那波斯王子都能进去，我为何不能？"

"他们是沙赫尔的帮手！"

神秀大师听罢，呵呵一笑："好了好了，贫僧道是什么事，原来不过是些小事罢了。国公，沙赫尔作法除妖，的确是好事，都是为了陛下，贫僧也助他一臂之力，如何？"

"这个……"看着龙行虎步的神秀大师，张易之很是为难。

"贫僧此举，即便是陛下，估计也会同意吧。"神秀大师笑道。

张易之连连点头："大师说得是，这普天之下，陛下最信任的人，恐怕就是大师了。"

"那就开门，贫僧进去助法。"神秀大师挥了挥袖子，张易之无法，只得让人开了寝殿的大门。

"对了，国公，贫僧进去，也得需要一个帮手，我看你们都不通法术，御史倒是会一些，不如放他一起进来，如何？"神秀笑嘻嘻地对张易之道。

"这个，怕是……"

"哎呀呀，那便如此了。"神秀大师抓着张鷟，一把将其拖了进来，大步朝里面走去。

寝殿很大，分为里中外三层，里面烛火通明，香炉里香烟袅袅。

"大师，你恐怕不是来助法的吧。"张鷟小声道。

"呵呵，哪来什么法，哪来什么鬼怪，不过是玄谈而已。沙赫尔此人，贫僧觉得似乎有些……"神秀大师话还没说完，就看见梁王武三思和波斯王子泥涅师二人站在外间与内间的入口处，表情蹊跷。

他们看到了二人，二人也看到了他们。

见到神秀和张鷟，梁王武三思很是吃惊，急忙走过来，问道："你们来此做甚？"

"听闻祆正做法，贫僧特来相助。"神秀大师双掌合十。

"大师好意，不过沙赫尔神通广大，一人足矣，而且祆教之法与佛法不同，大师还是请回吧。"武三思赔笑道。

"倒是贫僧僭越了。既然不用贫僧打下手，那贫僧有心一观祆正之神通，如何？"

"沙赫尔作的乃是秘法，任何人都不能闯入，连我们都得等在外面，大师如何进得去？若是冲撞进去，坏了法事，陛下有个三长两短，大师也担待不起，我看，还是算了吧。"武三思皮笑肉不笑。

神秀大师也笑。

张鷟道："梁王，下臣有要事要面见陛下。"

"御史，我方才已经说得足够明白，此乃作法关键时刻，无论谁都不能进去！否则，别怪我无情！"对张鷟，武三思可就不客气了。

武三思面冷如霜，狠狠地盯着张鷟，身后的泥涅师则缓缓地将手放在了弯刀的刀柄上。

大殿里，杀气弥漫。

"咯咯咯咯咯。"就在此刻，一串银铃般的笑声传了过来。

"哟哟哟，梁王这是怎么了，从未见过你如此动怒。御史也真是，人家在办人家的好事，你非要来搅和，人家自然生气啦。"

此言一出，不仅是梁王武三思，便是张鷟，也是心中一沉。

二人心头同时冒出一个念头：她怎么来了？

牡丹娇媚，此人和牡丹比起来，更是有过之而无不及。那是夕阳下的牡丹，垂滴着浓浓的华艳，芳香扑鼻，甜得发腻，却又在如此的花叶之下，长出一根根尖锐的花刺来。

这个女子，便是如此的一个人。

"太平，你何意？"武三思看着眼前的这个女子，眸光冰冷，如同潜伏在草丛中的一条巨蛇。

太平公主今日并没有穿上华贵的长裙，而是着一身黑色的狩衣，头戴高高的乌帽，一身男装，英姿飒爽。

张鷟往太平的身后看了看，没有发现狄千里的踪影。

太平公主并没有马上回答武三思的话，而是意味深长地看着女皇的寝室。里头十分安静，只能看到烛火闪烁。

"梁王深夜来此，为何？"太平昂起下巴，威严道。

身为女皇的亲女，她的血液中流淌着女皇的雄武，又正值人生最年富力强的时候，那股气势，颇有女皇当年的风范。

"我……自然是前来助法！"

"助法？梁王的意思是，沙赫尔正在为陛下作法除猫鬼？"

"正是。"

"那我就想不通了，沙赫尔在宫内，你在宫外，你又是如何得知他要作法而赶来的呢？难道你二人心意相通？"

"这……"武三思一时语塞，想了想，答道，"他……他修书一封，派人送与我！"

"我怎不知梁王何时修习了波斯法术呢？"

"那是本王的事！"武三思怒道，"本王想怎样，便怎样，你管不着！"

太平公主笑了。冷冷地笑，肆意地笑。

"你修行法术，的确爱怎样怎样，但行忤逆之事，我就不能不管了。"

"放肆！"武三思狰狞起来，"太平！莫要仗着陛下溺爱你，便胡言乱语，恣意妄为，我有陛下密旨，来人！"

武三思转身，朝殿外高喝一声。

外面寂静一片。

"你的那些人，没用了。"太平公主背起双手，来到武三思面前，莞尔一笑，"你想将我格杀，然后成就你那大事吧。呵呵，成事之后，为所欲为，哪里还需要什么密旨。"

"胡说八道！"

"哦，那就将你那所谓的密旨，取出来一看。"

"胡搅蛮缠，来人，来人！"武三思连续高叫了几声，外头依然毫无动静。

太平公主微微昂起头，沉声喝道："来人！"

哗啦啦！

自殿外，涌进来一支人马，皆穿白色盔甲，刀枪林立，人数虽然仅有百余，但一眼就能看出，个个皆是死士。

"太平，你竟然将自己的白甲兵带入宫中，意欲何为？！"武三思的脸色，苍白如雪。

"梁王不也是出动了你府中的私兵吗？"太平公主笑了起来。

两帮人，针锋相对，反而是张鷟和神秀，倒像是多余之人了。

"太平，梁王，你二人，这是欲何为？"殿里头如此热闹，外面的张易之、张昌宗兄弟二人也觉得不妙，慌忙带人进来。

"两位国公来得正好，梁王以作法除猫鬼为名，谋害陛下，窥欲大宝，实乃国贼！"太平公主面沉如水，然后悲痛地看着静悄悄的女皇寝室，说道，"恐怕，陛下此刻已经被这贼子……"

"不可能吧！"张易之大惊，"梁王前来，声称有军务大事禀告陛下，陛下先前和沙赫尔在一起，沙赫尔为陛下作法，让梁王和泥涅师在外助法，怎会……"

"国公真是蠢！若是有军务要事，也轮不到他禀告陛下，那是夏官的事！"

所谓的夏官，指的是兵部。

张易之一愣，随即看着武三思，面露怀疑。

"可惜，可叹，可恨！"太平捶胸顿足，"陛下看来，是被这贼人害了！来人！"

唰！百余白甲兵抽出横刀，将武三思、泥涅师二人团团围住。

"太平，你满口胡言，分明是污蔑本王！国公，休要听她乱说，她才是真正窥欲大宝的人！"梁王急道。

二人相互指责，让张易之也变得有些摇摆起来。

"好了，都闭嘴吧。"一声冷喝，在大殿里回荡。一把折扇，微微举起。

所有人都转过脸，看着那个面带微笑的男人。他现在，竟然还能笑出来。

"右羽林大将军李多祚，何在！"张鷟高声喝道。

"在！"殿外，传来李多祚的暴喝。接着，一阵铿锵的脚步声传来，大殿外面变得灯火通明。

千余羽林卫将大殿团团围住，刀枪如林。

李多祚手提长矛，犹如铁塔一般走进来，身后两队羽林卫精锐之士，或举刀，或拉弓，将太平公主的白甲兵控制住。

"张鷟，大胆！"太平公主怒道。

"御史做得好！拿下此人，我保你荣华富贵！"梁王喜道。

"梁王，你也歇歇吧。"张鷟扫了武三思一眼，然后看着张易之、张昌宗，"二位国公，眼下这事，你们觉得该如何是好？"

"这……"张易之兄弟二人相互看了一眼，一时语塞。

张鷟咬着折扇："梁王说公主谋反，公主指责梁王谋害陛下，真是头疼。这样，眼下只能闯入陛下寝室，一探究竟了。若陛下无恙，那证明公主所说无凭无据，若陛下……"

张鷟顿了顿，张易之兄弟恍然大悟："然！"

"黑煞，我和神秀大师进去，此地若有人胆敢轻举妄动，杀无赦！"张鷟冷喝一声。

"交给俺了！"李多祚心里头虽然暗暗叫苦，但已上了贼船，也只能一条道走到黑。

他晃了晃手里的长矛，走过来并挡在通往内室的大门前，道："御史的话，你们都听到了，还是老实点，否则俺手里这杆矛，可不认人！"

场面突然出现如此变化，让武三思和太平公主都有些始料未及。二人都欲上前争辩，早被羽林卫雪亮的横刀架在了脖子上。

"御史，陛下到底有没有事呀？俺现在可是把梁王和太平这两个红人都得罪了，若是你最后办不好，俺一家老小几十口性命就完了。"李多祚凑到张鷟跟前低声道。

"放心吧，神秀大师说陛下肯定无事，只要陛下在，就这二人翻不出什么水花。"

李多祚将信将疑地看了神秀一眼，道："这大和尚虽然修行了得，可俺不信他能断生死。娘的，这回看来是被你害惨了。"

张鷟笑了。

"走吧。"神秀大师沉声道。

张鷟点了点头，看了梁王和太平公主一眼，转身和神秀大师一起迈入内室。

女皇寝殿分三层，进了内室的大门，往里，经过一条长长的走廊，尽头便是女皇的安歇之所。

二人快步行走，张鷟低声道："大师怎断定陛下定然无恙？"

神秀笑道："难道你小子此刻也不相信贫僧？"

"说实话，别看我在外面镇定自若，现在心里一点儿没底。若真如太平所说，陛下有个三长两短，我和李多祚性命不保事小，这天下社稷……"

"放心吧。"神秀看着前方，看着走廊尽头那扇镶金嵌玉的雕花木门，意味深长地说道，"陛下应该不会有事，反而是有些人，可就……"

"大师此言何意？"

神秀苦笑，没有回答。

来到木门前，张鷟伸手推了推，发现无法推开，好像是从里面反锁了。

"看来沙赫尔那厮果真是没安好心，只能硬闯了。"张鷟后退几步，摆出要破门而入的样子。

就在此时，从寝室里头，传来了说话声。这声音，让张鷟顿时愣住。

一个女人的声音。但绝对不是女皇陛下的声音！

"阿晨，收手吧，不要再杀人了，众生皆是佛身，杀人如杀佛，作孽呀。"

这声音，清寂、空灵，可以听出来，说话之人应在二十出头。

"杀！阿静，你太菩萨心肠，此等恶人，居心叵测，不杀不足以解恨！"叫阿晨的，是另一个女子，而且是个声音格外妖媚的女子。

接着，这个叫阿晨的女子，高叫了一句："阿狸，杀了此人！"

喵！喵喵喵！一阵沙哑的、低沉的、令人毛骨悚然的喵叫声，从门后面传来！接着便是不绝于耳的撕扯、抗拒之声，伴随着人的低低的惨叫。听到的这一切，让张鷟目瞪口呆。宫内宫外屡屡杀人作案的猫鬼，不正是如此吗？

"妖人休走！"张鷟用尽全力朝木门撞去！

轰！木屑翻飞，张鷟栽倒在地，顾不得全身的酸痛，眼冒金星地从地上爬起，抽出腰上的兵器就要动手，不过等看清了内室中的情形，他不由得呆若木鸡！

房间里弥漫着一股扑鼻的芳香，这气味从一个紫玉香炉中发出。

摆放香炉的长案上，摆满了稀奇古怪的法器，对面是一张巨大的床，床上斜躺着一个人，仰面朝天，喉咙被咬断，血肉模糊，双目圆睁，正是那祆正沙赫尔。

沙赫尔的身旁，也蹲着一个人。不，很难说那是一个人了。

此人穿着一身明黄色的寝袍，披头散发，一双灼灼放光的眸子，从花白的头发后面盯着张鷟，枯瘦的双手摁着沙赫尔的脖颈，一张血盆大嘴张开，嘴角往下嘀嗒流着鲜血，口中发出咝咝的怪叫。

"这是?!"张鷟如遭雷击。

面前人影一晃，一道紫影迅疾来到床边。是神秀大师。

啪啪啪，他手指在那"怪物"身上点了几下，对方便闷哼一声，缓缓倒在床铺中。

张鷟呆呆地走到跟前，见神秀大师轻轻地拂去那花白头发，一张脸，一张无比熟悉的脸，出现在张鷟的视线里。

此刻，他终于理解神秀大师当初为什么劝他不要再深查下去。

"这烟，乃是一种控制人神智的东西。她只是昏厥过去，贫僧来处理。"神秀大师从袖中取出一个玉瓶，倒出一粒龙眼大的黑色药丸，放入那人口中，摇了摇头。

张鷟的目光，从床铺上移开，落到了地上。

一方大印掉在地上，乃宝玉制成，用金镶之，缺了一角，那是国之至尊——至高无上的玉玺!

玉玺旁边，是两道散落的圣旨诏书。

张鷟弯腰捡起来，看了看上面的内容，深吸了一口气。

神秀大师扫了一眼上面的字迹，道："你应该明白了吧?"

"如我所料。"张鷟点点头，不由自主地看着床上那个昏迷的人，"不过，这个……让我有些意外。"

"我来长安，第一次会面，就发现了一些征兆，后来接触多了，就知道了底细。小子，让你不要深查下去，你不听，现在如何是好?"

张鷟指了指沙赫尔的尸体："这种事，她不会记得吧?"

"自然不会记得。"

"那便好。"张鷟笑笑，道，"这里面就拜托大师了，等人醒了，好生安抚。外面还有很多事需要我处理，等我处理完了，再叨扰你。"

"你去吧。"神秀大师应了一声，忙活去了。

张鷟将那两道圣旨诏命放入袖中，拖着沙赫尔的尸体，大步朝殿外走出去。长长的走道，光线暗淡，遥遥通向前方，通向一个杀气腾腾的所在。

"要沉住气呀。"张鷟对自己说。

……

"陛下昏迷……"张鷟抬起头，"但，无恙。"

太平公主和武三思，同时露出失望的表情。

虽然这表情在二人的脸上停留得很短暂，几乎是转瞬即逝，但张鷟看得十分清楚。

"武三思，你勾结波斯妖人，谋害陛下，幸亏佛祖保佑，陛下万幸，你可知罪否！"太平公主反应极快，看到张鷟拖出来沙赫尔的尸体，大声道。

"太平，莫要血口喷人，此妖人干的事，与我何干？"武三思色厉内荏。

太平公主的目光，落到了泥涅师的身上，笑道："是否与你有关，只需审问某些人，便知。"

"太平，休欺人太甚！"武三思如同被逼到墙角的饿兽，咆哮起来，"届时，休怪我手下无情！"

"你难道还要造反不成？"

武三思冷冷一笑："真要那样，也是你逼的。"

武三思一边说，一边看着殿外，梁王府被看押的一个私兵，突然挣脱，从怀中掏出一个东西，扯开，呲啦啦，冒着火花，接着一道光芒冲天而起——砰！

五彩的焰火在半空中爆炸，光芒耀眼。

这是只有军伍中才能用的信号。

"武三思，你大胆！"太平见此，脸色苍白。

"我早就料到你贼心不死！待陛下醒来，我禀明陛下，你这谋反的勾当……"

"你这是纵军谋乱！"

武三思冷哼一声，转脸看着李多祚："李将军，识时务者为俊杰，宫内宫外马上就要有大军来保驾，你何去何从?!"

李多祚瞠目结舌，不由自主看向张鷟。张鷟摇着折扇，微闭双目，似乎在等待什么。

噔噔噔噔……

殿外响起杂乱的脚步声，接着是羽林卫的惊呼。

武三思大喜。

一个人影进入大殿，身着黑衣，满身是血。

"少爷，宫内的那些混账都解决了。"虫二将一把波斯弯刀扔在地上。

武三思目瞪口呆。

"梁王所说的宫内宫外大军，我想，应该来不了了。"张鷟睁开眼，看着殿外，笑道，"总算是来了。"

寝殿外面，传来一阵阵呐喊之声，无数身着明光铠的军士蜂拥而入。

当前一人，须发皆白，身穿紫色官袍，飞快而来。

"凤阁鸾台平章事张柬之在此，作乱者，皆斩之！"紫袍老者愤然喝道。

"斩之！"军士齐声高喝，声势震天。

年近八十的张柬之，手提宝剑，大踏步进了殿内。跟在他身后的，有二人，一个素衣白袍，正是狄光远，剩下一个，便是满头大汗的粟田真人。

"张相为何在这里?"张易之愣道。

"我若是不在，这天恐怕都要塌了！"张柬之怒道。

凤阁鸾台平章事，那便是一人之下、万人之上的宰相之职，狄仁杰去世前，推举张柬之接替自己，武则天应允。张柬之出身狄仁杰门下，为人刚正不阿，深受百官和天下百姓敬重，便是张易之、武三思等人，也要忌惮三分。

张鷟缓缓来到张柬之跟前，弯腰施礼："见过张相。"

"行啦行啦，不要来这些虚礼，陛下如何？"张柬之大声道。

"无恙。"

"那便好。"

"外面……如何？"张鷟沉声问道。

"一帮乱兵而已，光远找到我，我便立刻进了夏官，取出令牌，长安城全城戒备，禁卫五军皆出，悉数拿下！"张柬之的目光，刀子一般在殿中扫荡，他看着武三思和太平，冷声道，"御史，何人作乱，可报我知，我虽年老，手中这剑却是大帝所赠，也可杀人！"

"张相……威武。"张鷟呵呵一笑，凑过去，嘀嘀咕咕了一阵。

"如此，可否？"张柬之听完张鷟的话，愣了起来。

"张相可信我一回。"

"好好好。"张柬之哈哈大笑，收了刀，"也罢，那我不打扰你的好事。光远，走，到外面寻吃食去，忙活了半夜，早饿得前胸贴后背。"言罢，老丞相笑着和狄光远出去了。

真是来得快，去得也快。

大殿里不免有一帮人，比如张易之等人，丈二和尚摸不着头脑。只有武三思和太平公主，面色复杂。

武三思额头直冒冷汗，太平却是嘴角上扬，似笑非笑。

张鷟转身，正要说话，忽然听得殿外传来军士们的山呼之声，一队人马，呼啸而来。

"见过殿下！"张柬之的大嗓门儿听得清清楚楚。

是李显。

面色苍白的李显，在羽林卫的保护下，战战兢兢地出现在大殿门口，一路过来，满眼的刀枪，又见殿中一干人等剑拔弩张，胆小的皇嗣差点没一头栽倒。

"御史……此……何意？"李显带着哭腔。

李显的出现，对绝大多数人来说，是天大的意外，尤其是太平公主和武三思。

"张鷟，七哥如今还是戴罪之身，陛下下旨将他囚禁在东宫，你将他带来，何意？难道……"太平有些惊慌。

"我看，是作乱逼宫！"武三思怒吼。

"然！张鷟，你好大胆子！"太平亦大怒。

这两个人，此时倒是站在了同一阵线。

"我请殿下来，乃是为了猫鬼案。"张鷟安置李显坐下，笑道，"陛下交代的诡案，鷟，已参破。"

"哦？"李显大喜，"御史果真破了此案？速速将真相道来。"

张鷟点头，道："殿下，不急，真相说出之前，得等一个人来。"

"谁？"李显愣道。

张鷟朝外看了看，笑道："来了。"

殿外，密密麻麻的军士分开，让出一条空道，狄千里行走如风，跟着上官婉儿，后面十几个武侯，抬着一个巨大的陶瓮。

"御史，千里幸不辱使命！"见了张鷟，狄千里上前施礼。

"人，在否？"张鷟看着那个大瓮。

"在。"狄千里点头。

张鷟又看了看上官婉儿，有些意外，道："婉儿怎么会和你在一起？"

"在公主府碰到的。"

"哦。"张鷟扫了上官婉儿一眼，没再多问。

武侯将那大瓮放在门口，陶瓮甚是沉重，落在地上，"砰"的一声。

"公主，识得此瓮否？"张鷟转过身，看着太平公主。

一直趾高气扬的太平公主，盯着那大瓮，面色死灰。

"似乎是认得，既如此，那边借一步说话？"张鷟做了个请的姿势。

太平公主冷冷地哼了一声，走了过来。

二人一前一后，进了寝殿外间的一个别室。

约莫过了一炷香的时间，二人出来。

张鷟面带微笑，太平公主则如同戳破了的皮球，双目死灰，脚步踉跄，走到外殿的一处坐垫上，颓废地跪坐，无声无息。

"千里，叫人把此瓮抬走，好生安置。"张鷟挥了挥手。

狄千里依命行事。

"梁王……"张鷟面对武三思，指着那别室，"咱们也聊聊？"

"哼！"武三思背着双手，昂着头，大步走去。

二人进了别室，也过了一炷香左右的时间，出来。

几乎是一般的情景：张鷟嘴角带笑，武三思如丧考妣。

这么一来一去两回，李多祚等人看得云里雾里，不知底细。

"南无。"一声深沉佛号诵声回荡在殿堂中，神秀大师缓步从内室方向走出。

"大师，陛下醒了？"张鷟问道。

"醒了。"

"那请陛下，鷟有要事相告。"

"好，贫僧去请。"神秀大师微微点头，返身回去。

"我陪大师去。"上官婉儿低着头，急匆匆跟着神秀去了。

大殿里一片忙乱，诸人急忙起身，恭候陛下。张鷟让虫二将沙赫尔的尸体搬出去，此时，在外头等待多时的张柬之和狄光远也赶了进来。

不多时，在上官婉儿的搀扶下，身穿便装的女皇虚弱地出现在众人面前。

"拜见陛下！"殿中诸人，起身跪拜。

女皇在龙椅上坐了，看着一帮人，尤其是看到李显，又看到殿外刀枪林立，不由得面露愕然之色。

"人来得倒是很齐。"女皇呵呵冷笑了一声，顿了顿，"尔等，欲何为！"女皇的声音，虽然嘶哑，却带着怒气，响在耳边，令人心头一紧。

即便是老了，她依然是那个坐拥天下、煊赫无比的女皇。

"陛下，猫鬼一案，臣已参破，今日特请大家前来，一同向陛下禀明。"张鷟淡淡道。

女皇慢慢抬起手："此事暂且搁下。"

张鷟抬起头，见女皇身体微微直起，一句如同来自极寒地狱的话语，回荡在众人耳边——

"你们中间，有人要杀我，是吗？"

呼！一股寒风灌入大殿，烛火晃动飞舞，令人不寒而栗。

女皇，怒了。

# 第二十章　本物八尾之猫

一张弓，缓缓放置在龙案上。以山桑为身，檀为弰，铁为枪膛，钢为机，麻索系札，丝为弦，虽不华丽，但沉稳大气。

"尔等，识此弓否？"女皇微微一笑。

跪在地上的众人纷纷抬头。

"陛下，此弓莫不是太宗的'破阵弓'？"张柬之兴奋道。

"呵呵呵，"女皇笑了一声，"还是孟将你这般的老人识货，不像这帮年轻人。"

张柬之道了声"不敢"，又朗声道："臣闻此弓久也，当年太宗龙起时，便佩此弓，纵横天下，平薛仁杲，败刘武周，定窦建德，擒王世充，此弓战功赫赫，射逆贼无数！"

"然。"武则天无比怜惜地抚摸着那张弓，目光温存，"此弓随太宗一生，出入战阵，定了这天下。孟将你所言非虚，死于此弓之下的逆贼无数，可它也射死了李建成。"

玄武门之变，太宗亲手射死自己的兄长李建成，此事谁人不知，但竟然用的是此弓，却是头一回听说。

女皇的手指，勾住弓弦，蓦地放开。

嗡！一声低沉的嗡鸣之声，回荡在大殿之中，犹如风穿乱云！

"太宗当年命诸宫人驯马，见我英烈，乃以此弓赠我。"女皇道。

当年驯马之事，殿中诸人都知，却不闻太宗以"破阵弓"相赠。

当年，太宗有马名叫狮子骢，肥壮任性，没有人能驯服它。正值一帮爱妃、才人等在侧，太宗乃戏问大家可有人愿意去驯服，一帮女人大惊，唯独女皇英烈而出，对太宗说她能制服它，但需要有三件东西：一是铁鞭，二是铁棍，三是匕首。用铁鞭抽打它，不服，则用铁棍敲击它的脑袋，又不服，则用匕首割断它的喉管。唐太宗当场夸奖了女皇的志气。

女皇双手拿起弓，陷入当年的回忆中，面露温存之笑，随即低喝一声，竟稳稳地将那弓拉开来！

"我老了，但仍可开弓！当年我能驯狮子骢，今日亦能引弓射人！"

众人目瞪口呆。这，是已经年近八十的女皇吗？

"谁欲害我！"女皇引弓指着下方诸人，怒发冲冠。

"乃此贼人也！"众人惊愕间，梁王武三思突然跳起，抽出佩刀，将坐在旁边的波斯王子泥涅师一刀斩之！

长刀锋利，刀锋过处，泥涅师一颗脑袋叽里咕噜滚了开去，鲜血四溅。这位王子，可能做梦都没想到梁王会杀他，死的时候，也是一脸愕然之色。

"陛下，臣有罪！"武三思扔了佩刀，跪在女皇面前，号啕大哭。

女皇将弓放下，对武三思视若无睹，看着张鷟："张鷟，说，谁欲害我？"

"禀陛下……"张鷟看了一眼泥涅师的脑袋，"作乱者，确是波斯泥涅师一党！"

"哦，为何？"

"这帮人不但图谋不轨，更是一手操作了猫鬼一案。"张鷟抬起头，看着那张脸，那张将信将疑的脸。

"详说。"

"是。"张鷟直起身，"波斯一国，原本雄踞西方，后为大食所灭，国破家亡，波斯王卑路斯逃到大唐寻求庇护，大帝怜之，不仅收留他，还封他将军一职，可谓天恩。不过，波斯诸人，以复国为念，世代不绝。卑路斯如此，他死后，成为波斯人首领的泥涅师亦是！"

女皇微微点头。

"陛下，我朝仁义为本，体恤百姓，根本不会为了一个亡国而举兵与大食为敌，泥涅师知道寻求帮助无望，所以铤而走险。"

"那就要谋害我吗？"女皇有些不相信，冷笑道。

"泥涅师滞留于吐火罗，于安西都护府任要职，陛下曾经有圣命：安西诸军，以保土守疆为任，严禁私自开战。泥涅师故而没有任何作为。若陛下……若陛下发生意外，大周必乱；大周乱，则安西必乱；安西乱，安西诸军必乱。如此，则泥涅师便可浑水摸鱼，取而代之。如此，则麾下可有雄军！"

女皇愣了。

张鷟站起身，侃侃而谈："其实，泥涅师早已有了部署，而且很久前便已潜入长安。波斯人在长安驻留几十年，私底下积聚成党，人手众多，更多有耳目。这帮人，买通了陛下身边的侍女长乐，装神弄鬼，制造了猫鬼案。"

女皇听到这里，回想起之前发生在寝殿中的诡异事，面色涨红，愤怒无比。

"当日，有黑猫口吐逆言，墙上又有诡异的文字浮现，不过是手段而已。"张鷟朝殿外挥了挥手，狄千里将那面铜镜抬了进来。

"陛下，猫乃动物，并不会说话，这种事情三岁小孩儿都知道，陛下听到的，乃是那宫女长乐的腹语之术。而墙上的文字……"张鷟指指铜镜，"乃是此镜所为。"

"镜子？"武则天皱起眉头。

张鷟手持烛火，来到镜子跟前，不断调整位置，最终在镜子的映照之下，墙壁上出现了那八个大字。

"这……"殿堂里的很多人发出惊叹之声。

"御史，这镜子，为何会照之现字？"武则天也很是震惊。

"陛下，这乃是一面魔镜呀。"张鷟看着神秀，笑道。

"魔镜?"

"然!"

面对女皇和诸人,张鷟详细地解释了"魔镜"的原理,听得女皇连连点头。

"原来如此!"知晓真相后,女皇心里大定,眉头舒展,不过旋即又道,"这镜子,我记得当初乃是太平进献,怎么……"

太平公主"扑通"一声跪倒在地:"陛下,臣有罪!这面镜子,乃那帮波斯人献与我,并言此镜可配陛下,故而臣才……"

"波斯诸人,着实可恶!"女皇拍案而怒,又道,"那宫女后来的诸事,有何解释?"

张鷟回道:"陛下命臣探查此案,臣抽丝剥茧,逐渐有了发现,波斯人见势不妙,乃与长乐沟通,做成了假死之局——当日护国天王寺大火,有人看到长乐待在殿中不曾离开,火起后,大殿坍塌,周围雪地不见有任何脚印,而殿中亦不见长乐尸体,只留有一个巨大的猫怪脚印,其实,这都是装神弄鬼。

"宫人看到的长乐,乃是一具真人大小、惟妙惟肖的蜡人,火烧蜡熔,不见痕迹,而蜡油浸入刻有猫脚印的凹槽之中,沾染了落下的灰烬,故而浮现出猫怪爪印。这样做,无非是让长乐脱身,再者给宫中添加鬼怪邪说。长乐一直秘密潜伏在宫中,随时寻找机会对陛下下手。"

女皇聚精会神地听着,插话问道:"宫中连续死的侍卫……"

"皆是长乐装神弄鬼杀之。不仅如此,为了掩护长乐,他们制造猫鬼现身的传闻;在宫外,波斯诸人也做了同样的事——如此一来,长安城中,宫里宫外,谈猫色变,谁会想到真正的凶手呢?"

"果然……诡计多端。"女皇冷哼道。

张柬之、狄光远也是连连点头。

"如此说来,皇嗣……与此案无关吗?"女皇看了看战战兢兢的李显。

"自然无关。"张鷟笑了笑,"傀儡师麴骆驼,之所以杀婴孩取人脑,并不是养了猫鬼，而是因为……"

说到这里，张鷟顿了顿。

"因为什么？"女皇好奇无比。

"唉，"张鷟长叹了一口气，"陛下，皇嗣与王妃当年被贬，历尽千辛万苦，担惊受怕不说，平日里也是衣食不保，韦妃因此患上了癫疯之病，四处求医问药而不得。波斯那帮贼人，便以此为机，让袄正沙赫尔假扮巫师，装神弄鬼，搞出什么光明教，并且说王妃的病症只需取来婴孩之脑烧成灰末，再以猫脑为引，服下可治愈，王妃对此深信不疑。"

"不过王妃生性仁善，这等事情如何会做？那麴骆驼，乃殿下和王妃的仆人，忠心耿耿，故而只身犯险，做了这等不该做之事。此事，与韦妃无关，更与皇嗣无关，望陛下明察！"

女皇听完，长叹一声，看着李显，目光中多了一丝慈爱和愧疚。

"显儿，这些年，辛苦你了。"

"陛下！"受尽无数委屈的李显，号啕大哭。

两行浊泪，自女皇的双目中，潸然而下。

"御史，我有话说。"此时，一直在旁静听的张易之站了起来。

"国公请讲。"

"若是如你所说，那杀死这麴骆驼的，又是何人？"

"国公问得好。"张鷟转身看着候在殿外的虫二，虫二会意，转身离去。不多一会儿，两个羽林卫抬着一具尸体上了殿堂。是那个在荐福寺地宫内死去的黑衣女子。

"此乃何人？"李多祚上前看了看，问道。

"李将军不认得？"张鷟笑道。

"笑话！我怎么可能认识这样的反贼。"李多祚忙道。

"你和此人很熟。"张鷟道。

"御史，陛下面前，休要说混账话！"李多祚仿佛被狗咬了一般。

"这就是你的那个校尉，忽吉。"

"忽吉？"李多祚惊得眼珠子掉了一地，"不可能！我那校尉，是个男人，这是个女人！而且这长得也不一样！"

"当然不一样。"张鷟呵呵一笑，"此女擅长易容之术，戴上人皮面具，你自然认不得。"言罢，张鷟从怀中掏出了一个布包，打开，双手举起，借着灯光，几张人皮面具赫然在目。

"这东西乃是从这女人身上搜出的，便是证据。"

李多祚哪里肯信，取过最上面的一张，敷在女子脸上，摆弄了一会儿，大吃一惊说道："果真是忽吉！"

张易之在旁又道："御史，此女也是波斯贼人了？"

"然。"

"那她为何假冒成男人，混进羽林卫？"

"国公问得好！"张鷟击掌而赞，"原因有二：其一，与宫女长乐互为照应；其二嘛，就是为那十万两贡银了。"

"贡银？"连女皇都不由得来了精神。

"陛下，泥涅师复国，除了掌握军队之外，还需有军资，这帮人估计早就对那十万两贡银虎视眈眈了。"

女皇微微点头说道："先前听李多祚言那十万两贡银在银库中凭空消失，诸人都说是猫怪所为，我思来想去也觉得不可思议，难道也是这帮人做的？"

"陛下圣明。"张鷟笑道，"这一帮人，兵分两处而为。"

"那如何才能做得如此诡异？"女皇百思不得其解。

"陛下，波斯国素有炼金之术，有人无意间发现一种东西，如同水液，但可溶金银铜铁，就如同水溶盐糖一般。若用一种黑色粉末撒进去，溶解了的金银便又可稀解出来，堪称神奇。"

"倒是稀奇，不过，这和银库十万两贡银有何关系？"女皇问道。

"自然有关系。禀陛下，方才说的这种神奇水液，虽然能够溶金银铜铁，并且溶时可散发出一种剧毒之气，令人昏厥，却无法化开瓷和石蜡。

故而多用瓷器装盛。"

"倒是一物降一物。"女皇笑道。

张鷟正色道:"波斯这帮人,在荐福寺亦有手下。此前,这帮人将这种神奇水液,灌入陛下交托荐福寺铸造的那尊大瓷佛中,运入宫中,安放在银库内。"

张鷟看了看李多祚,道:"案发之日,这忽吉先是在瓷佛佛手之下点燃了一支蜡烛,瓷佛通体无缝,只在右手的中指处留有一个孔洞,那神奇水液便是从那里灌进瓷佛,用蜡封上。蜡烛越烧越短,当火焰抵达瓷佛手指处时,火焰烤化了封蜡,里面的水液便倾泻而出。

"瓷佛下方,正是盛放那十万两贡银的银坑,里面也早已做过手脚——原本防水用的厚厚瓷层正好阻绝水液,地下的流水道,也被他们偷偷换上了瓷管,而且一直通向银库外面的远处。流水孔先前被忽吉用石蜡堵住,故而当那神奇水液倾倒下来时,积聚起来,溶解了那十万两贡银。

"那忽吉一直在外等待,估摸时间足够之后,就带人冲进来,其他的羽林卫被毒气熏得晕厥,做了防备的忽吉没事,她用手中的长矛快速捅破封堵住流水孔的石蜡,溶解了十万两贡银的水液流出,在远处等待已久的那帮人便可用瓷罐接了,装运在车上,大摇大摆,出了宫门。"

"真是……匪夷所思!真是……奇妙!"张柬之听了,直拍手。

女皇都听得愣住了。

"这些事,御史是如何发现的?"张易之问道。

"呵呵,那就和另外一件事有关了。"张鷟说得口干舌燥,舔了舔嘴唇,"国公还记得传遍长安城的荐福寺东山门外,群猫载歌载舞押运银车,然后突然消失的传闻吗?"

"自然记得!"

"呵呵,同一帮人所为。"张鷟笑了一声,"荐福寺是波斯贼人经营的一个据点,溶解十万两贡银的水液就放置在荐福寺大悲殿下方的一个神秘地宫之中。领头的一个人，名叫智玄。"

"这个僧人，我有印象，是个俊俏、口齿伶俐的胡僧。"常去荐福寺烧香拜佛的女皇对智玄竟然还有些印象，对张鷟道，"御史是如何发现他的？"

张鷟苦笑："乃是因为荐福寺东山门外的那件诡异事。这件事，臣百思不得其解，后来受了神秀大师启发，才发现智玄的伎俩——此人借着修建东山门之机，在门楼上鬼斧神工地布置了一套机关，几十面凹凸面镜交织成一个巨大的投射物，智玄等人做了一套穿着人衣、吹拉弹唱的群猫布偶，这种布偶十分小，而且惟妙惟肖。案发时，门楼上点上烛火，用极细的透明的提线，舞动那些小小布偶，就像演傀儡戏一样操纵，便可做出载歌载舞、押运银车之状，借助灯光和那几十面凹凸面镜，这幅景象便可投射、放大到外面的街道上，智玄等人又在旁边吹拉弹唱，外面的人看到了，自然以为是猫鬼现身。

"臣已经上了门楼，打探清楚，所以去捉拿智玄，接着发现了地宫，在里面发现了这装扮成忽吉的胡人女子，杀之，在其身上发现了人皮面具。此外，也抓住了智玄，从他口中，得知了那种神奇水液。"

张鷟说完，大殿里响起一片惊叹声。

"陛下，臣探查时，泥涅师这帮人也知道凶多吉少，故而先派祆正沙赫尔潜入宫中，今日更是铤而走险，想以沙赫尔为陛下作法降伏猫妖为名，谋害陛下；泥涅师更是派出心腹手下，潜入宫内，意图不轨。不但如此，此人动用之前收买的凤翔府兵，在长安城内集结，意图发难。所幸我大周深得佛祖庇护，陛下洪福齐天，沙赫尔的诡计被神秀大师识破，泥涅师的党羽也被李将军以及张相联合剿灭，此乃大周之幸，万民之幸！"

张鷟跪倒在地："臣受陛下圣命，探查此案，终于水落石出，所说所断，皆有证据，陛下可令有司查明！"

张鷟说完，大殿里，一片死寂。

良久，女皇笑了。

"鬼怪之说，看来的确不可信。"女皇仰天长叹，然后看着张鹭，"张鹭，这件事，你办得好。"

"托陛下之福，臣幸不辱命。"

"凡此种种，皆是波斯人所做。张相，善后之事，由你处置，所有奸党，务必斩草除根！"

"臣，领命！"

女皇缓缓站起来，走下龙椅，来到李显跟前，将跪在地上的李显扶起。

"显儿，朕冤枉你了。"女皇看着李显，双目通红。

"臣，不敢！"李显想跪，被女皇制止。

"叫我一声母亲吧，像你小时候一样。"女皇笑了。

"母……母亲！"李显小孩子一般哭起来。

"好，如此，便是好。"女皇终于，潸然泪下，拉着李显走到龙椅前，看着众人，叹道，"朕，老了。"

"陛下万年！"众人齐声道。

"万年？哪来的万年呀？都是些自欺欺人的话。"女皇苦苦一笑，"如太宗那般的人，也没有个万年，我更不会。能活个百年，就阿弥陀佛了。"

众人无语。

"我老了，身子骨一年不如一年，别人不说，我自己也知道。不知哪天，就要去地下了。"女皇笑了一声，沉声道，"自今日起，恢复李显皇嗣之位，我百年后，他便是这椅子的主人。尔等，可有异议？"

女皇的目光扫过众人，在太平公主和武三思的脸上，停留了良久。

"陛下圣明！"张柬之、张鹭等人，跪倒在地，山呼万岁。

"臣……无异议。"武三思跪倒。

"臣……亦……无异议。"太平公主的话，说得很艰难。

"好！"女皇大为欣慰，"既然尔等皆无异议，那便如此定了！"

女皇看着李显："显儿，自此以后，你要克己奉公，体恤下臣，多习治国理政之术，这天下，是你的。"

"儿臣不敢，儿臣愿做一辈子的皇嗣，儿臣愿陛下万万年！"李显跪倒在女皇脚下。

女皇慈爱地抚摸着李显的头："休说傻话了。去年，我命人做了一块碑，一块我死后将立于陵前的碑。至于上面写什么，我至今还没想好。我武曌，一生辗转，犹如浮萍，吃过无数苦，也杀人无数，有人说我是圣君，有人说我是乱世妖孽，有人说我是淫妇，有人说我是老妖婆，这些都不重要，只要我自己清楚就够了。天下人说，便让他们去说！"

字字句句，掷地有声。

"好了，我累了。婉儿，扶我进去，你们也散了吧。"女皇说完，转身朝内殿走去。

上官婉儿扶着她，缓缓走入那昏暗之中。

……

含元宫寝殿外。

军士散去，众人作别。

"梁王，多谢了。"张鷟来到武三思跟前，弯腰施礼。

"哼！是我应该谢你！"梁王冷哼一声，冷嘲热讽，拂袖而去。

"他怕是失望得很。"太平公主来到张鷟身边，看着武三思远去的背影，呵呵一笑。

"公主，多有得罪。"张鷟赶紧行礼。

"行了，行了。木已成舟，我也是……唉，张鷟，说实话，我挺恨你的。"

"这个……"

"你葬送了我一生的梦想。"

"臣，万死。"

"算了，算了，现在反倒是轻松多了。"太平公主转身看着寝殿，"或许，我一生，都无法成为她。"言罢，太平公主登上车辇，缓缓而去。

"都走了。"粟田真人和狄千里站在张鷟的身后。

"嗯。"

"那我们也该开始办正事了吧？"狄千里笑道。

"什么正事？"

狄千里看着张鷟惊愕的模样，笑道："别装了，你方才在大殿里面的那套说辞，能瞒得过陛下，瞒得过张柬之那般的局外人，如何瞒得了我。这案子，根本就不是你说的那样，至少，有一些不是！"

"呵呵呵，"张鷟一阵坏笑，看了看周围，"那就赶紧办正事吧。"

……

含元宫，麟德殿。通明的灯火，照亮一帮人的脸。皇嗣李显坐在上方，张鷟、狄千里、粟田真人、神秀、上官婉儿、张易之，分列而坐。有的人心事重重，有的人感到莫名其妙，有的则是满心期待。

气氛很诡异。

摇了摇折扇，张鷟开了口。

"都是自己人，现在我可以解开猫鬼案的真相了。"

此言一出，李显手中的茶盏差点掉下。

"御史，此言何意，难道……"张易之大惊，"难道你方才在陛下面前所说的，是虚言吗？"

"神棍一个。"狄千里笑道。

"哎呀呀，莫说得这么难听，虽然有些是假的，但还是有些真话的嘛。"张鷟不好意思地挠了挠头。

"御史，到底是怎么一回事？"李显彻底头大了。

"这桩猫鬼案，扑朔迷离，我禀明陛下的，有些是真的，但有些是假的，之所以这么做，全是因为……因为殿下你。"

"因为我？"

"然。"张鷟叹道，"这江山社稷，经不起任何的折腾了，殿下继位，万民所向，但总有一些人，是不死心的。"

"你是说……"李显睁大了眼睛。

张鷟站起身，看着窗外纷纷扬扬的雪。

"麹骆驼的所作所为，你们都已知道，杀死他的，是忽吉，但有原因。"张鷟皱起眉头，有些为难，挠了挠头，"怎么说呢，一言以蔽之，泥涅师一伙人还有个同党和靠山，这个人，便是梁王。"

"梁王?!"李显和张易之大惊。

"梁王对于皇嗣这个位置，一直都没有放弃过呀。"张鷟笑了笑，"他和泥涅师二人什么时候开始勾结，我不清楚，但绝非一时一日了。一个一心复国，一个一心要成为皇嗣进而君临天下，各取所需。"

"御史，梁王对我不错，没有证据……"

"殿下宅心仁厚，但也容易相信人。"张鷟笑了笑，"当然，没有证据，我是不会乱说的。"

言罢，张鷟转过身："其实，泥涅师这两年一直都在长安，那个光明教教主，也就是那个巫师，其实就是他。"

"啊!"同样是惊呼声。

"他这么做，两个原因：其一，靠着那套装神弄鬼的法术骗取钱财充当他的军资；其二，乃是为了他和梁王的大计。"张鷟沉吟了一下，"那晚，麹骆驼在安乐郡主府杀婴孩，装扮成巫师的泥涅师也在场，而且，他发现了麹骆驼的所作所为。"

"既然发现了，他应该不会让麹骆驼得逞呀，他和梁王是一伙，你说的，怎么可能看着梁王的外孙毙命？"张易之道。

"虽是一伙，可并不同心呀。何况，泥涅师本人也有个困境，"张鷟笑道，"这个困境就是他的身份——巫师，而且是长安城中备受瞩目的一个巫师，一旦暴露，他就完了，所以，他必须为自己想个脱身之计。"

"什么意思？"

"年纪上，麹骆驼和泥涅师相仿，身高也差不多，而且还有一点，你们都忽视了：泥涅师微微有些驼背，而麹骆驼之所以被人叫这个名字，也是因为他有些驼背呀。"

"这个!"包括狄千里、粟田真人在内，都愣了。

"那晚，泥涅师并没有揭发麴骆驼，而且还让陪在身边的护卫，就是那个化装成忽吉的女子——就叫她忽吉吧——装神弄鬼，让一只头戴骷髅的猫在屋檐上吸引了所有人的注意力，让麴骆驼顺利脱身。然后，泥涅师火速离开了安乐郡主府，和忽吉来到了他们经常接头的地方——务本坊西面鬼市的后土祠。

　　"让泥涅师没有料到的是，他赶到那里的时候，麴骆驼竟然也在门口躲雨，而且麴骆驼竟然对他来了兴趣，不停偷看他。也难怪麴骆驼会觉得他眼熟——两个人身高、年纪都相仿，而且都微微驼背，当时泥涅师穿着的又是那件巫师的袍子，那东西和麴骆驼平时穿的戏服很相像，所以……"

　　张鷟哑然失笑："所以麴骆驼忍不住询问泥涅师的身份。而泥涅师呢，他肯定要尽快摆脱，所以灵机一动，说了一句吓唬麴骆驼的话——在安乐郡主府他就打定主意选定麴骆驼做他的'替身'，因此对麴骆驼的身世、住址都了解，故而说自己是'开明坊南横街第二家三郎也'。麴骆驼回过神，结果吓得要死，以为遇到了另一个自己，心惊胆战地逃开了。

　　"然后，泥涅师进入后土祠的大殿，和忽吉碰面，让忽吉前往麴骆驼的住所，当晚杀了他，并且砍走了他的四肢，摆出了'大光明之舞'的诡异姿态。

　　"之所以这么做，原因有三：其一，麴骆驼的四肢，具体说，应该是一条腿，对泥涅师有用；其二，那种诡异的死亡姿态，会吸引所有人的注意，而忽视被拿走的四肢；其三，可以引着调查者追查到波斯胡寺，进而发现韦妃和巫师在一起，进而将注意力放在东宫，放在殿下身上。"

　　"此人真是狡猾！"粟田真人愤然道。

　　张易之听得发愣，道："这些事情，御史又是如何知道的呢？"

　　"国公总是能问到点子上。"张鷟笑道，"刚开始，我们一直被牵着鼻子走，但泥涅师一伙开始露出马脚，是因为忽吉。"

　　"忽吉？"

"嗯。"张鹭点头，"我第一次去银库调查时，她被毒雾熏伤，实际上那不过是苦肉计，当时她蒙着脸，故而我无法看清楚。但是当我第二次看到她时，她已经取下了面巾，所以我看得清清楚楚，发现了她是个女人。"

"因为没有喉结？"狄千里看了上官婉儿一眼，恍然大悟。

"然。"张鹭承认，又道，"所以我让李多祚暗地里派人盯着她，并且让千里去她的房间里暗自搜查了一番。"

狄千里接过话："我在她房间里没有发现什么东西，不过有个长矛十分怪异，那东西是精铁所为，但是底下的一段却像被什么东西剧烈腐蚀过一般。"

"当时对这个线索我并没有注意。"张鹭苦笑，"我第三次见到忽吉时，她距离我极近，在她身上，我闻到了一股奇异的幽香。麴骆驼和泥涅师碰到的那个晚上，泥涅师和忽吉在后土祠接头时，谈话被后土祠的那个小孩儿听到。他当时躲在神案下方，听到了一个男人让一个女人去杀麴骆驼，虽没看到二人的脸，不过他闻到了这个女人的身上有股淡淡的幽香。我被刺杀时，那个刺客身上也有幽香，而且和忽吉身上的一模一样，经过确定，那种香是只有波斯女人才会使用的秘齐香。"

"秘齐香?!"粟田真人闻听此言，仿佛想到了什么事，被张鹭制止。

"所以，我弄清了忽吉的身份，确定她是波斯人，自然就对上了泥涅师，还有他那微微驼起的背。"张鹭背起双手，站在殿中，"你们还记得吧，那个穿着长袍、戴着头罩的巫师，也是微微驼着背的，先前沙赫尔说他年过六十，我以为他年老而驼背，后来我才觉得那不过是托词，才认定应该是泥涅师。"

"真正让泥涅师露出马脚的，是他自己犯了一个致命的错误。被我们咬住追查他之后，他急于脱身，所以搞了一场诈死的戏，就是荐福寺殿堂里的那具无头尸。他找了一个驼子，而且是一个六十岁开外的老人，脑袋砍掉了，四肢斩断，那四肢是麴骆驼的。"

"啊？"粟田真人叫了一声。

"泥涅师之所以选择麴骆驼做自己的替身，除了身高、驼背之外，还有一个重要的原因是麴骆驼的腿上有一个和自己一模一样的交叉十字形刀疤。他在尸体的手中放置了一个东宫护卫身上的纽扣，想把我们的注意力引到东宫去，因为他知道我可能会怀疑那具尸体的真假，他也知道韦妃看过他腿上的这个刀疤，有韦妃做证，他便可以成功脱身，但是实际上，这家伙弄巧成拙了。

　　"其一，他假冒的是一个六十岁开外的巫师，找来了一个六十岁开外的驼子杀了，但是那个驼子的背部弯曲的程度和他根本不一样；其二，麴骆驼三十岁开外，他的腿和一个六十岁的人还是有区别的。我当时就发现了，所以很快去了开明坊讯问魏伶，从魏伶那里知道了麴骆驼腿上伤疤的事。而从我离开荐福寺去东宫再去开明坊，一路上泥涅师都派忽吉暗中跟踪，见我从开明坊魏伶那里出来，他已经料到我可能知道了他的身份，故而才赶紧和武三思一起进宫谋逆。"

　　张鷟说完，大殿中众人不由得暗自赞叹。

　　"御史果真是心细如发，你对泥涅师等人的推断，我十分信服，但说梁王和他一起勾结，还是没有证据。"张易之是一个一根筋的人。

　　张鷟笑道，"至少当我得知梁王和泥涅师一道进宫，发现泥涅师的手下从胡寺奔出奔向含元宫，并且发现梁王和凤翔府的将军们接头，就断定二人有勾结。所以我才写信让粟田真人交给狄司马，让他赶紧找到张柬之，调动大军处理凤翔府兵，并且在进宫后，让李多祚赶紧布置人手和虫二的一帮人一起，暗中做掉了泥涅师潜伏在宫中的手下。"

　　"至于证据……"张鷟掏出两样东西放在了桌子上，展开，"你们自己看吧。"

　　是那两道圣旨诰命。一帮人凑上去看清后，目瞪口呆。

　　"沙赫尔为陛下作法除妖，其实是使用一种控制术，让陛下写下了两份诏书，一份是立梁王为皇嗣并传位于他，另外一份是任命沙赫尔为安西大都督，帮助泥涅师进行复国之战。"张鷟冷声道。

"着实可恶！"这回，连张易之都愤怒了，"你为什么不在陛下面前揭发他？"

"怎么揭发？他是陛下的亲侄子，一直蒙受恩宠，揭发了，陛下也不一定会杀他，顶多囚禁。更要命的是，若是那样，他还会揭发另一个和他做同样事的人。"

"另一个人？谁？"张易之觉得自己的脑袋不够用了。

"太平公主。"

"太平！"仁慈的李显仿佛被一道天雷劈中，完全不敢相信自己的耳朵。

"然。觊觎你皇嗣身份的，不止梁王一个。"张鷟坐下来，"实际上，公主比梁王更有心计，也更可怕。"

"这到底是怎么回事？"李显双目圆睁。

"公主和梁王表面上交情深厚，交往甚密，长安城内外，都有她的眼线，所以对于梁王的一套把戏，她早就知道。"

"她为什么不阻止、不揭发？"李显道。

"为什么阻止，为什么揭发？"张鷟反问了一句，"对于她来说，这是一石二鸟的好事。梁王和泥涅师耍弄了一套鬼把戏，通过麴骆驼的死让东宫成为怀疑对象，通过盗取十万贡银不但取得了军资，更是因为荐福寺先前是你的王府，令你多了嫌疑。陛下废了你，等武三思再进宫谋逆，她便出手制止、揭发武三思，那样一来，能够成为皇嗣之人，只有她了！"

"太平，竟然如此对我吗？"李显跌坐在座位上。

"事实上，她还添了一把火。"张鷟摇了摇头，"长乐的事，是她主使。"

"先前你不是对陛下说长乐是波斯人一伙的吗？"张易之问道。

"长乐的腹语、诈死我说的都是真的，但她的身份并不是我说的那样。"张鷟皱起眉头，悲哀地看着李显，"殿下，长乐的真实身份，其实……其实就是你当年的赵妃呀。"

"赵妃?！她不是已经……"

"在她那里发现那只手镯时，我就觉得她很有可能是赵妃了。我想当年她并没有死，而是被宫女救了下来，自此隐姓埋名带着对陛下刻骨的仇恨活了下来，所以她会有你当年给她的那个手镯。"

"手镯也可能是她从别人那里得来的呀。"张易之反驳道。

张鷟呵呵一笑："的确有这种可能，但有件东西，说明了一切。"

言罢，张鷟掏出一张纸条，递给了李显。

"是赵妃！"李显泪流满面。

"长乐死时，脖子被咬开，不能说话，对着李多祚高高举起自己的短剑，其实意有所指。我意识到那把剑可能藏着什么线索，但一直找不到，还是虫二打开了剑柄，发现了这张纸条。"张鷟道。

"纸条上写了什么？"张易之勾着头问。

"'速去太平公主府，救吾姑母萧淑妃。旧英王王妃赵氏。'"张鷟淡淡道。

"萧淑妃?！"张易之忍不住跳起来，"她还活着?！"

自大帝李治以来，姓萧的淑妃，只有一个！那就是当年被女皇砍断四肢扔进瓮里残忍杀死的萧淑妃了！

"当神秀大师破解了魔镜之谜，破解了发生在陛下寝殿那晚的诡异事之后，我就已经猜到了作案之人。长乐当时用腹语装成猫说话，她没在铜镜跟前，房间里除了陛下和她，当时还有两个人，一个是婉儿，一个是太平公主。婉儿是不可能的，能够有机会让铜镜浮现文字并且很快用绸布覆盖铜镜的，只有太平公主了。但我一直不知道太平公主为何会指使赵妃。直到发现了这个纸条，不但最终证实了赵妃的身份，而且打消了我所有的疑惑。

"论关系，萧淑妃是赵妃的姑母。当年陛下对萧淑妃和王皇后做的那件事，太过残忍，宫中很多人极不忍心。萧淑妃当年在宫中很有势力，所以当她被斩断四肢丢入瓮中的时候，她的那些忠实仆人暗中救了她。

长久以来，萧淑妃就人不人、鬼不鬼地生活在宫中，而且救了同样和自己一般命运的赵妃，两个人相依为命活了下来。

"如果陛下没有回到长安，她们应该会在平静中过完自己的一生，但陛下回到含元宫，对于她们来说，这是报仇的好机会。"张鷟看了李显一眼，"不过，女人，终究是女人，她们被太平公主发现了，太平没有杀她们，而是将萧淑妃囚禁在自己的府中，以此要挟，让赵妃为自己卖命。我在得到这个纸条之后，让千里去公主府找人，所幸千里找到了。"

张鷟昂起头："这便是事情的真相了。梁王和太平公主做了这些事，我不能直言禀告陛下，因为那样做，陛下定然承受不了，而且杀了二人，天下又将陷入一场前所未有的大乱中。还是那句话，此时的大周，经不起这样的折腾了，所以，我分别和梁王与公主谈了话。证据面前，他们认罪了，同意一起拥戴殿下继位，而且有了这些证据在手，他们再也不会有任何不切实际的想法。"

张鷟看着李显："殿下，二人固然有过失，但也算幡然悔悟，对你而言，最重要的是早一日平稳继承皇位，恢复李唐江山，其他的……"

"御史所言，我知道。"李显点了点头，"梁王和太平曾经对我有恩，血缘上，一个是我哥哥，一个是我亲妹妹，怎能……算了，我原谅他们。"

这位皇嗣，果真是善良得很。

"如此，江山幸甚，万民幸甚。"张鷟跪拜。

"似乎，还有一些事情，不对头。"粟田真人摸着下巴，目光灼灼地看着张鷟。

"你说的是那化为不同人声、咬断人喉咙的猫鬼吧？"张鷟呵呵一笑，然后盯着张易之，"这件事，国公应该明白。"

所有人都看着张易之。

张易之低头不语。

"虽然到现在我都不知狄国老给你留下的那个锦盒里面装着的是什么，但你一直贴身服侍陛下，是她最亲近的人，她的事情，你起码知道一二。"张鷟道。

这句话，把所有人都震住了。张易之低低叹了一口气，缓缓从袖中掏出了一个东西，正是那个锦盒。

"你找我过来，我就知道恐怕是为了这东西。"张易之将锦盒放在了张鷟面前。

张鷟伸出手，轻轻打开，所有人都屏住了呼吸。

里面装着的，是一方丝帛。打开，上面只有五个字。

五个赫然在目的大字——守好第八个。

"的确是祖父的字迹，不过'守好第八个'，这到底是什么意思？"狄千里问道。

张鷟长出了一口气，好像心头放下了一块大石头："我总算可以肯定了。"

"御史，到底怎么一回事？"李显问道。

拿着那张纸条，张鷟站起来，看着众人："那个化为不同人声、咬断人喉咙的猫鬼，宫里、宫外都做过案，千里，你好好算一算，出现的不同的人声，有几个？"

狄千里掰起了手指："一个叫阿如的十岁左右的小姑娘，好像挺善良柔弱。一个叫阿华的十四五岁的小姑娘，性格刚烈——对了，好像会射箭。一个叫阿媚的二十出头的妖媚女子。一个叫阿静的二十多岁的尼姑。一个叫阿晨的心狠手辣的三十岁左右的女子。一个叫鹤奴的三十岁左右的勾引人的妓女。六个。"

"对了？这才六个，和那八个有什么关系？"

张鷟双膝跪地，道："殿下，臣忤逆，不得不为尊者讳言。"

"御史，有话尽管讲，这里没人会怪罪你。"

张鷟站起来，对狄千里道："千里，再加上一个武曌，是几个？"

"啊！"一屋子的人震惊。

武曌?!那是女皇的姓名！

"七……七个。"狄千里声音颤抖。

"再加上那个不能说话，一直咝咝怪叫的怪物，几个？"张鷟声如洪钟。

"八……八个。"

"'守好第八个'！国公，看来你们没有守好呀，还是让它跑了出来！"张鷟转身，目光炯炯地盯着张易之。

扑通。张易之无力地瘫坐在地上。

"御史，这……这……"李显已经快要崩溃了。

张鷟再次跪倒："殿下，真正的猫鬼，化身为不同人语、咬人喉咙的猫鬼，其实……其实是陛下呀！"

"不可能！"李显噌地站起身，"怎么可能！"

满屋寂然。

"国公，这是真的吗？"李显大声质问着张易之。

迎着李显杀人一般的目光，张易之重重地点了点头。李显一屁股跌坐在地上。

"自我入宫服侍陛下起，就发现陛下……陛下有个怪癖。"张易之开了口，声音很低，"晚上召我服侍之后，到了午夜，陛下就让我离开，而且寝殿不能留一人，殿门必须从外面反锁。开始我十分奇怪，后来……有一晚实在好奇，就打开门锁，悄悄走了进去，然后……"

张易之艰难地抬起头："然后我发现，陛下的寝室之内，有好几个人在说话，年龄不同，语调也不同，我大惊，怎么可能有这么多人在房间里呢。我悄悄走过去，发现里面根本就只有陛下一人！她披头散发站在黑暗里，自说自话，好像……好像演戏一般，装作不同的人！

"这件事一直堵在我心里，后来我就对狄国老说了，他是陛下最信任的人，而且对我们兄弟不错。国老在宫中留了几日之后，什么话都没说，只让我们一定要守护好陛下，这件事不能让任何人知道。

"陛下来到长安后，经常会无缘无故受到惊吓，因为萧淑妃的那件事，变得十分敏感，白日里睡觉都会做噩梦，后来便不让我们陪寝。有一晚我去送夜食，发现陛下四肢着地，像一只猫一样在地上趴着。我吓坏了，急忙禀告狄国老，国老便吐露实言，说陛下一生辗转受苦，到了晚年，精神便不正常了，以往经历的那些事，曾经的那些不同的阶段，交织在一起，让她成了不同的七个人。七个人，住在一个身体里。而那猫，很有可能会成为第八个，一旦成了一只猫，陛下……就完了。

"随后，国老有事没事便进宫陪陛下聊天，为她解忧。别看她是女皇，实际上，普天之下，她是最寂寞最苦的一个人。好在国老陪着她，她的病，好了许多，再也没有发生过四肢着地装成猫的事。但是……国老去世之后……"

张易之不由自主地打了个寒战："陛下受的打击甚大，再也没有人像狄国老那样能开解她、陪伴她，她的话一日比一日少，一日比一日寂寞。终于有一晚……我再一次看到她像一只猫那样，四肢着地，咝咝怪叫……"

说到这里，张易之再也没法儿继续下去。

张鷟拍了拍张易之的肩膀，"所以陛下夜半离开寝殿，或者出宫，是你们遵令放出，并且都远远守护吧？"

张易之点了点头。

张鷟看着李显："殿下，刚才千里列举的那几个名字，其实你仔细想一想，应该会明白。"

"啊？"李显还处于震惊之中。

张鷟长叹："那个叫阿如的小姑娘，十岁左右，善良柔弱。陛下小时的乳名，唤作如意，对吧？"

"对。"李显点头。

"陛下的母亲杨氏，为太祖无上孝明高皇帝的第二任妻子。"张鷟说得很艰难。

太祖无上孝明高皇帝，为女皇的父亲武士彟。

"陛下出生时，还有两个异母哥哥，父亲整日不在家，母亲做不了一家之主，她受到两个哥哥的冷言冷语甚至是欺负殴打，养成了懦弱、善良的性格，虽唤作如意，其实是个无人疼爱的苦孩子。"张鷟摇摇头，"贞观九年，父亲去世，陛下更是失去了最后的靠山，被哥哥扫地出门，与母亲和两个妹妹寄人篱下，遭受白眼，受尽欺凌，过着吃不饱、穿不暖的生活，这般的苦难之下，懦弱善良的如意，变成了刚强英武的武元华。"

虽然张鷟直呼女皇的名字，但没有一个人怪罪他。

"十几岁的她，承担起一个残破不全的家的所有重担，竭尽全力维护着可怜的尊严。她变得坚强、愤怒、好斗，我想她的箭术，也是那时学会的。猫鬼之中，有一个叫阿华的十四五岁少女，正是此时的武元华。"

"那……那阿媚难道是指……"李显逐渐听明白了。

"然。"张鷟点点头，"十四岁时，陛下被选入宫，赐名'媚娘'，脱离了苦难，过上了富贵的生活，并且爱上了一个男人，一个英明神武的男人，那就是太宗。她崇拜他，痴心于他，竭尽全力变得妩媚可人。但是……"

张鷟顿了顿："猫鬼中，有一个听起来年纪二十多岁的叫阿静的尼姑……陛下二十四岁时，太宗驾崩，按照规矩，陛下削发为尼入感业寺。心爱的男人走了，以前的富贵生活没了，眼前只有青灯古佛，只有无边的寂寞，大海一样的死寂。她变得心如死灰。静尘，这是陛下在感业寺的法名。"

所有人，都颤抖起来。

"至于猫鬼中，那个叫阿晨的心狠手辣的三十岁左右的女子……"张鷟深吸一口气，"陛下在感业寺时，遇上了大帝。当年在宫中，二人便……便有了情谊。大帝对陛下甚为迷恋，迎接入宫。陛下一生，我想最爱的可能只有一个人，那就是太宗。而对于大帝此举，最有可能的是为了摆脱感业寺的那地狱一般的日子。她高兴地进入宫中，却发现那是更为黑暗的地狱，充满着钩心斗角的、战场一般的地狱。人不为己，天诛地灭，你若不狠心，死的就是你。所以，陛下变得……变得心狠手辣，变得诡计多端，变得冷酷无情。三十岁时，她被封为'宸妃'，所谓的'阿晨'，指的就是这个吧。"

张鷟的声音变得沙哑起来："从那时起，世人都津津乐道陛下做过的恶事，说她杀了多少人，说她是踩着尸骨登上了帝位，但没人知道她内心受过多少的煎熬，没人知道她吃过多少苦，受过多少难！天下看到的是一个英明神武的女皇，一个翻手为云、覆手为雨的女皇，但她只是一个女子呀！尽管她给自己取名武曌，想像自己最崇拜、最爱的那个男人一样，能够为天下开创盛世！

"她做到了，但她，也老了。从一个天真烂漫的女子，变成一个深宫中孤独寂寞的老妇。没人跟她说话、谈心，平等地，朋友一般地。任何人都需要在情感上得到慰藉，不能从朋友那里得到，那就只能……只能从鱼水之欢上。

"她召了很多年轻的男人进宫，成为她的男宠。她沉溺在男欢女爱之中，沉溺在情欲之海，但午夜过后，一个人面对黑暗，面对空荡的深宫，只会越来越寂寞，只会越来越被那情欲抓住，成为情欲的奴隶，没有任何感情的情欲之欢，可不就是……可不就是妓女吗？'鹤奴'，她搁置男宠的地方，名叫控鹤监。"

"别说了！"李显长啸一声，声嘶力竭，号啕大哭。

不仅是他，所有人都黯然了。没人想到，平日里高高在上的女皇，竟然内心会如此寂寞、痛苦。这么多年，她一个人，是怎么熬过来的呀！

没人知道。永远没人知道。

……

雪，依然纷纷扬扬。

麟德殿前，张鷟昂头看雪。神秀大师站在旁边。

"终于……完了。"张鷟喃喃道。

"当初便让你不要再深查下去。"神秀大师笑了笑，"还记得你师父的那句话吗？"

"'有些事情，不知道真相，反而更好。'以前我只是随口说说，现在才知道其中的含义。"张鷟笑了。

"其实，人永远不可能知道所有的真相，比如这个案子。"神秀叉着手。

"是的。每个人都有各自的算盘。比如说婉儿，虽然看起来这件事和她无关，呵呵，但太平公主是如何得知梁王进宫的……还有……"

"算了。"神秀大师打断了张鷟的话，"不说出来，反而更好。"

张鷟点头。

良久。

"大师，陛下今后……"

"贫僧也只能暂时施法压制，所谓的施法，不过是一种开导罢了，治标不治本，随时可能复发。贫僧已经告知两位国公，定要严加守护，万不能放出宫外。"

"那等于是……等于是囚禁了。"

"这便是女皇，天下第一等可怜人。"神秀大师为之叹息，"此等事情，贫僧实在不忍心看下去，过几日，贫僧便要走了，回贫僧的山林之中，看那清风明月。"

"你倒是图清净！"

"你呢？"

"我呀，还是当我的神棍吧。"张鷟呵呵一笑，大步离开。

含元宫，丹凤门外。

狄千里、粟田真人、虫二等候良久。

雪终于停了，东方浮现出鱼肚白。

咚！遥遥地，听见街鼓响了一声。

这长安，迎来了新的一天。

# 尾声

猫鬼案后，李显正式被立为皇嗣，朝廷内外，无有异议。

女皇自此再无出宫，寝殿由张易之、张昌宗二人派重兵护卫，帝国所有重要事宜、奏章必须经二人之手传于宫中，二张自此权倾天下，逐渐变得飞扬跋扈，甚为朝臣嫉恨，被视为佞贼。

三年后，神龙元年正月，女皇病笃，卧床不起。床侧只有张易之、张昌宗守护。宰相张柬之、崔玄暐与大臣敬晖、桓彦范、袁恕己等，交结禁军统领李多祚，佯称二张谋反，发动兵变，率禁军五百余人，冲入宫中，杀死二张，随即包围寝宫，要求女皇退位。女皇被迫禅让帝位于太子李显，徙居上阳宫。群臣上女皇尊号为"则天大圣皇帝"，武周一朝结束，唐朝复辟，百官、旗帜、服色、文字等皆复旧制，复称神都为东都。史称"神龙政变"。

是年年末，漫天大雪中女皇于上阳宫孤苦病逝，享年八十二岁，遗诏省去帝号，称"则天大圣皇后"，并赦免王皇后、萧淑妃二族。

依礼法，陵寝须立碑一方以颂功德，皇帝与御史开启女皇留下之"制碑文"，发现其上有七人所写之文字，字迹凌乱不可认，文末更有猫爪印一枚，不可用。

神龙二年五月，女皇与高宗合葬乾陵。陵前石碑，由是无字。

（完）